친일문학의 내적 논리

식민주의와 문화 총서 3

친일문학의 내적 논리

김재용 · 김화선 · 박수연
이상경 · 이선옥 · 이재명 · 한도연

역락

머리말 : 친일문학의 내재적 비판을 위하여

 '동방의 마드리드'라고 불렸던 무한 삼진이 일본군의 손에 넘어가자 한반도 내에 거주하였던 문학인들 내부에서는 향후 전망을 놓고 양극화되었다. 비협력의 길을 걷는 이들은 당대를 암흑으로 인식하고 침묵, 우회적 글쓰기 혹은 망명으로 자신의 저항의지를 보인 반면, 협력의 길을 걷는 이들은 이 시대를 새로운 광명으로 인식하고 일본주의의 홍보에 나섰다. 협력에 나선 문학인들 중 일부는 과거의 관념에 매달리지 말고 냉엄한 현실을 보아야 한다고 주장하면서 민족주의나 사회주의에서 벗어나 일본주의로 나아가야 한다고 설파하였다. 독립이 불가능한 상황에서 피식민지인으로 차별받고 살기보다는 당당한 일본 신민으로서 동등한 대우를 받으면서 사는 것이 낫고 이를 위해 '내선일체'를 받아들이고 나아가 전쟁터에 나가 일본인처럼 죽는 것이 필요하다고 강변하였다. 또 어떤 이들은 협력의 길에 나서는 것에서 근대 이후 형성된 유럽 중심주의의 세계사에서 벗어나는 새로운 해방의 단초를 발견하기도 하였던 것이다. 차별의 극복이든 세계사적 전환이든 그 어디에서도 이들은 해방의 논리를 읽어 내었다. 그런 점에서 이들은 일제의 강요에 의해서라기보다는 자발적으로 협력의 길에 나섰다. 이처럼 친일문학은 자발적이기 때문에 거기에는 내적 논리가 존재한다. 이것의 재구성을 통한 비판을 행하지 않고 그냥 외부에서 접근했을 때 식민주의에 대한 협력이 내장하고 있는 폭력과 억압의 정체를 가려내기는 쉽지 않은 것이다. 이 책에서는 일제 말 전시기 소설, 시, 희곡 비평 그리고 아동문학에 걸쳐 식민주의에 협력하였던 작가들의 내적 논리를 파악하고 이를 비판하는 방식을 취하였다. 친일문학에 대한 이러한 새로운 연구방법이 향후 이 방면 연구에 있어 기점이 될 것으로 믿는다. 학술진흥재단 기초학문 연구에 참여하여 끝까지 성실하게 임해주신 공동연구원들에게 감사를 드린다.

2003년 12월

김재용

차 례

■ 김재용 | 일제 말 문학계의 양극화: 협력과 비협력의 저항 9

■ 한도연 · 김재용 | 친일문학과 근대성 31

■ 박수연 | 내재성 부재의 주체와 문학적 종착지 49

■ 박수연 | 국민문학, 시조와 민요시, 친일 83

■ 이상경 | 일제 말기 소설에 나타난 '내선결혼'의 층위 115

■ 이재명 | 박영호 희곡 「별의 합창」에 나타난 친일적 성향 연구 153

■ 김화선 | 일제 말 전시기의 아동문학 및 아동담론 연구 173

■ 김화선 | 이원수 문학의 양가성 211

■ 이선옥 | 여성해방의 기대와 전쟁 동원의 논리 239

■ 이선옥 | 우생학과 제국주의의 성정치 273

일제 말 문학계의 양극화 : 협력과 비협력의 저항
-김사량의 「천마」와 이석훈의 「고요한 폭풍」-

■ 김재용

1. 중일전쟁 이후 문학계의 양극화

중일전쟁은 중국과 일본 사이의 전쟁이기 때문에 한반도 주민들과는 별다른 관계가 없는 것처럼 인식되기 쉽다. 하지만 이 전쟁은 한반도에 살고 있는 주민들에게 깊은 영향을 미쳤고 이는 지금까지도 그러하다. 중일전쟁이 일어나자 이 전쟁의 추이에 대해 많은 지식인들은 깊은 관심을 보였다. 일부 사람들은 일본이 중국에 의해 패하게 될 경우 조선의 독립은 한층 쉬워질 것이라고 생각하였으며, 다른 사람들은 일본이 승리할 경우 조선의 독립은 이제 불가능해질 것이라고 보았다. 1938년 10월 '동방의 마드리드'라고 불리우던 무한 삼진이 일본군에 의해 점령되자 문학계는 양극화되었다.

하나는 사실 수리론에 입각하여 식민주의에의 협력을 공표한 경우이다. 이들은 현실의 전개과정은 그것이 좋고 나쁘고를 떠나 엄연한 사실이기 때문에 지식인과 문학인은 이를 겸허하게 받아들이고 그 속에서 활로를 모색해야 한다는 것이다. 동북아에서의 일본의 패권을 인정하고 조선종족의 해소를 통하여 대일본제국의 신민이 됨으로써 그 동안 받았던 차별과 불평등을 벗어나야 한다는 의견이다. 이는 식민주의에 협력하는 것이 한층 더 나은 삶을 보장한다는 견해로써 이른바 친일 협력의 길로 가게 된다. 다른 하나는 일본의 이러한 패권 장악이 설득의 과정이 아닌 폭력의 과정이고 또한 중국인들의 자발적 선택이 아닌 강요이기 때문에 결코 용납될 수 없다는 것이다. 그리하여 이들은 일본의 패권을 인정하지 않고 이러한 억압에 맞서 싸워야 한다고 생각하였으며 최소한 비협력의 저항을 해야 한다고 생각하였다. 그 이전까지 지속되었던 프로문학, 민족주의 문학, 순수문학과 같은 구분은 부차적인 것이 되어 버렸다. 협력과 비협력의 저항 이것이 당시 문학을 가르는 경계가 된 것이다.

이 글에서는 당시 협력과 비협력의 저항 양 입장을 대변하는 소설인 김사량의 「천마」와 이석훈의 「고요한 폭풍」을 비교하고자 한다. 이 작품을 선택한 것은 두 작품 공히 예술가 소설이라는 점이다. 당시 기로에 서 있는 소설가 자신과 주변 문학계를 소재로 하여 작품화한 다분히 자전적 성격을 띤 것이기 때문에 당시 양 입장을 견지한 작가들의 내면을 살펴볼 수 있는 좋은 자료가 될 수 있을 것이다.

2. 김사량의 「천마」와 비협력의 길

1) 일본 작가의 조선 방문 열기

중일전쟁 이후 급속하게 친일 협력의 길을 걷는 문학인들을 비판한 김사량의 「천마」는 당시의 사건과 인물에 원형을 두고 있는 이른바 모델소설이다. 따라서 이 작품에 대한 이해를 위해서 우선 이 작품이 원

형으로 하고 있는 사건과 인물들에 대한 이야기부터 시작하는 것이 좋
을 듯싶다. 이 작품은 일본인 작가가 만주 가는 길에 경성에 들렀다는
소문을 듣고 친일 문학인 현룡이 그와 친하다는 사실을 세상에 과시하
여 행세하려다가 오히려 버림받는 것을 다루고 있는데, 만주로 가다가
경성에 들른 이 일본인 문학인 다나까(田中)의 원형은 타무라 다이지로
우(田村泰次郎)인 것으로 보인다.1) 타무라 다이지로우는 1939년 1월에
결성된 대륙개척문예간화회의 일원으로 만주를 방문하면서 경성에 들
렀다고 회고하고 있는데 작가는 이 방문을 다루고 있다. 현룡은 타무
라 다이지로우와의 인연을 과시하여 조선 문단 내에서 자신의 위상을
높이려고 온갖 일을 서슴지 않고 했던 것이다.

  그런데 일본인 작가가 대륙을 방문하는 길에 경성에 들러 조선인 작
가와 대화를 나누는 일이 벌어진 것은 이때가 처음은 아니다. 이 작품
에서도 묘사되고 있는 것처럼 경성을 방문하는 모든 일본인 작가들에
게 행동의 준거가 되고 있는 것은 1938년 11월에 있었던 하야시 후사
오(林房雄)의 경성 방문이었다. 무라야마 도모요시(村山知義), 아키타 우자
크(秋田雨雀), 장혁주와 더불어 경성을 방문한 하야시 후사오는 만주로
가려다 경성에서 잠시 머물렀는데 이때 경성일보에서 조선문학인과의
좌담회를 가진 바 있다. 정지용, 유진오, 임화, 이태준, 김문집과 같은
조선인 문학자들도 참가한 이 좌담에는 당시 조선에 나와 거주하고 있
던 일본인이었던 경성제국대학의 중국문학과 교수였던 가라시마 쯔요
시(辛島驍)도 참여하였다. 이 좌담은 1938년 11월 29일부터 12월 8일까
지 경성일보에 연재되었고 동시에 하야시 후사오가 동인으로 있던 일
본 문학 잡지『文學界』1939년 1월호에 게재되기도 하였다. 일본인 작

---

1) 이 작품에 등장하는 일본인 작가 다나가의 원형이 다무라일 것이라는 추정은 가
  와무라 미나토 교수의 견해에 의거한 것이다. 川村湊,『滿洲崩壞』, 文藝春秋, 1997,
  145쪽.

가가 경성을 방문하여 조선인 문학인들과 이런 좌담을 나눈다는 것 자체가 분명 시국의 영향일 것이다. 그리고 무한 삼진의 함락 이후 많은 일본인 문학가와 조선인 문학가들 사이의 소통을 마련해주어 이를 내선일체의 계기로 삼으려고 하였던 경성일보사의 의도가 크게 작용했을 것이다. 무한 삼진 이전이라면 생각도 하기 어려웠던 이러한 일들이 하나의 시대적 흐름으로 자리잡기 시작하였다.

이 작품에서 타나까에 의해 비중있게 거론되는 오가타는 바로 하야시 후사오를 가리키는 것으로 추정된다. 타나까는 자신의 이번 방문이 갖는 의미를 오가타의 조선 방문에 견주어 판단한다.

동경의 저명한 작가 오가타가 경성에 들렀을 때 오무라의 주선으로 조선의 문인 몇 사람과 자리를 같이 한 적이 있는데 그 자리에서 삼십 분도 지나지 않아 오가타가 현룡에게서 조선인 전부를 보았다고 한 것은 과연 날카로운 예술가의 형언이라고 쯔노이는 찬탄하며 덧붙였다. 오카다가 여기에 조선이 있다고 외치면서 현룡을 가리켰을 때 실로 조선의 문인들은 완전히 아연실색하지 않을 수 없었다. 하지만 정작 당사자 현룡은 매우 득의양양하여 희죽희죽 웃으면서 흐뭇해했다. 다나까는 불과 하루 이틀 머무르고 게다가 술에만 쫓겨다녀서 제대로 관찰을 할 수 있는 상황이 아니지만, 오가다타에게 지지 않을 정도로 신랄하고 독특한 견해를 써 보내야겠다고 막 결심한 터였기 때문에 예전부터 아는 대표적인 조선인으로 쯔노이가 절대 틀림없다고 보증한 현룡과 우연하게 만난 것을 어느 정도는 기뻐했다.[2]

오가타가 30분만에 조선인을 파악할 수 있게 되었다고 장담하였고, 다나까는 잠깐 동안에 오다카를 능가하는 안목으로 조선인을 파악할 수 있다고 확신할 정도로 당시 일본 문학인들이 조선을 바라보는 자세

2) 김재용 외 편역, 『식민주의와 비협력의 저항』, 역락, 2003, 270쪽.

는 것은 대단히 피상적이고 또한 위계적이었다. 그런데 현룡은 이들로 부터 인정을 받아 조선에서 행세하려고 눈물겨운 노력을 하였던 것이다. 차별에 입각한 것이었음에도 불구하고 일부 식민주의에 협력한 문학인들은 이들로부터 인정을 받아 조선에서 행세하려고 노력하였다. 작가 김사량은 바로 이러한 식민주의에 협력하는 문학인들에 대해 가차없는 비판을 행하고자 하였던 것이다.

일본인 문학가들이 조선을 방문하고 조선인 작가들과 이렇게 소통하려고 하는 것 자체가 전적으로 중일전쟁 이후 특히 무한 삼진 함락 이후의 시국 탓이다. 중일전쟁이 일어났을 무렵만 해도 관망하던 일본인 작가들이 함락 이후 동북아시아의 새로운 현실을 받아들였고 이를 해석하기 위해 만주와 북중국 전선을 방문하였던 것이다.

2) 비협력 저항의 길과 일본어 문제

일본 작가들에 기대어 권위를 부리려고 하는 성격파탄인 현룡을 비아냥거리면서 식민주의에 협력하는 문학인들을 비판하는 작가 김사량의 시각은 매우 준엄하다. 현룡이 마지막으로 기대했던 일본인들에 의해서도 버림을 받자 자신이 일본인이 아니고 조선인이기 때문에 이러한 차별을 받고 있다고 생각하면서 자신은 더 이상 조선인이 아니고 일본 내지인이라고 하면서 창씨개명을 하는 대목을 통하여, 식민주의 지배 정책의 하나였던 창씨개명에 대해서도 날카롭게 비판한다. 현룡이 자신은 현룡이 아니고 겐노가미 류우노스케라고 외치면서 창녀촌의 문을 두드리는 마지막 장면은 식민주의 협력에 대한 작가의 비판이 가장 극적으로 드러난 대목이라 할 수 있다. 식민주의에 협력하는 지식인을 비판하는 김사량의 이러한 시각은 당시로선 결코 쉽지 않은 것이다.

작가는 이 작품에서 식민주의에 협력하는 성격파탄의 인물 현룡을 전경화하고 있지만 이에 못지않은 비중으로 식민주의를 비판하면서 살아가는 문학인의 모습도 그리고 있다. 현룡에게 접시를 던져 다치게 하고 상해죄로 잡혀간 평론가 이명식이 현룡과 대척적인 지점에 있는 인물이다. 그는 식민주의에 협력하는 당시의 문학인들을 신랄하게 비판한다. 현룡과 이명식은 당시 양극화되어가는 문학계를 각각 대표하는 인물인 셈이다.

그런데 이명식의 이러한 입장은 바로 김사량의 목소리임을 짐작할 수 있는데 그것은 일본어 사용에 대한 다음과 같은 대목이 김사량의 산문에서의 주장과 일치하기 때문이다.3)

조선어로 창작하는 것이 이 사람들에게 문화의 빛을 비춰주기 위해서도 그렇고 또 그들을 즐겁게 해주기 위해서도 절대적으로 필요하다는 것은 두 말 할 필요가 없지 않은가. 지금도 엄연히 조선어 3대 신문은 문화의 역할을 훌륭히 다하고 있고, 조선어로 된 잡지나 간행물도 민중의 마음을 풍족하게 하고 있네. 조선어는 큐슈의 방언이나 토호쿠의 방언과는 분명히 다르네. 물론 나는 내지어로 쓰는 것에 반대하는 것도 아니네. 적어도 언어 쇼비니스트가 아니네. 쓸 수 있는 사람은 우리의 생활이나 마음이나 예술을 널리 전하기 위해서 열심히 일해주지 않으면 안되네. 그리고 내지어로 쓰는 것을 좋아하지 않는 자나, 또 실제로 쓰지 못하는 이의 예술을 위해서는 이해심 있는 내지 문화인의 지지와 후원 하에 착착 좋은 번역 기관이라고 만들어 소개하도록 힘쓰는 게 좋을 것 같네. 내지어가 아니면 붓을 꺾어야 하는 것은 참으로 언어도단일세4)

작중인물 이명식의 이야기이기도 하고 작가 김사량의 언어이기도

---

3) 김사량, 「조선문화통신」, 『김사량 전집 4』, 河出書房新社, 1973, 21~30쪽.
4) 위의 책, 254쪽.

한 이상의 대목에서도 식민주의에 대한 강한 비판을 읽을 수 있다.

조선어를 일본의 방언으로 간주하고, 조선문학을 일본의 지방문학으로 보려고 하는 것에 대해 대단히 비판적인 것이다. 조선문학을 영국문학 내에서의 스코틀랜드 문학 정도로 보는 것에 동의하지 않는다. 당시 친일 협력의 문학인들이 조선문학을 일본문학의 한 부분으로 여기면서 마치 영국문학 내에서의 스코틀랜드 문학에 비유하곤 하였다. 이런 것에 대해 김사량은 강하게 비판하였던 것이다. 심지어 조선의 문학을 스코틀랜드가 아닌 아일랜드의 문학과 동렬의 것으로 보는 것에 대해서까지 이명식은 비판적이다. 아일랜드의 예술가들이 단순히 언어의 예술성 때문에 켈트어를 주장하는 것과 조선의 문학가들이 조선어를 고수하는 것과는 차원이 다르다고 보고 있는 것이다. 그런 점에서 이명식은 분명 일본어로 글을 쓰는 것 자체에 대해 비판적이다. 이러한 입장은 또한 김사량의 입장이기도 한 것이다.

하지만 일본어를 사용하여 창작하는 것 자체를 반대하지는 않는다. 일본어로서 글을 써야 하는 정황이 생길 경우에는 그렇게 하는 것이 조선어로 창작하는 것만큼이나 의미가 있다고 보는 것이다. 일본 독자를 비롯하여 세상의 사람들에게 조선의 사정을 알려야 할 필요가 생길 때 일본어로 창작할 수 있는 사람이 그렇게 하는 것은 오히려 의미가 있다고 보고 있는 것이다. 그가 「천마」를 일본어로 썼던 것도 바로 이러한 이유 때문이다. 해방 직후 문학가들의 좌담 자리에서 김사량이 조선어 글쓰기를 절대화하는 이태준에 대해 다른 의견을 제시할 수 있었던 것 역시 이러한 맥락에서 가능한 것이다.

3) 재조 일본인의 자종족중심주의에 대한 비판

「천마」에서 간과해서 안될 것 중의 하나가 재조 일본인의 형상이다. 이 작품에는 많은 일본인들이 나오지만 거기에는 일본에서 잠시 조선을 방문한 이들이 있는가 하면 조선에서 거주하는 일본인들이 있다. 재조 일본인들은 잠시 조선을 방문한 이들보다 훨씬 중요한 의미를 갖는다. 그런데 김사량은 이 작품에서 재조 조선인들이 갖고 있는 자종족중심주의에 대해 강한 비판을 보이고 있어 흥미롭다.

식민지하의 조선에서 조선인 작가에 의해 쓰인 작품에는 의외로 재조 일본인들이 등장하지 않는다. 당시 조선에 일본인들이 적지 않게 살았음에도 불구하고 일본인들이 이렇게 나오지 않은 데에는 조선인 작가들의 의식에 일본인들이 중요한 자리를 갖기 어려웠기 때문이 아닌가 한다. 물론 염상섭의 작품 「남충서」를 비롯하여 일부 작품에서 일본인들의 등장이 없는 것은 아니지만 이렇게 짧은 단편에서 여러 인물이 나오는 것은 쉽지 않은 것이다. 이 작품에는 재조 일본인으로 쯔노이와 오무라가 등장한다. 쯔노이는 가라시마 쯔요시(辛島驍)를, 오무라는 쯔다 다카시(津田剛)를 원형으로 한다. 이 둘은 다시 조선의 문화계에서 활동한 가장 대표적인 재조 일본인으로서 다음에 다루게 될 이석훈의 「고요한 폭풍」에 나오는 스키모토 나가오(杉本長夫)나 데라모토 키이치(寺本喜一)와 같은 이들과는 비교가 되지 않을 정도의 운신의 폭을 가지고 있는 문화관료이다. 녹기연맹 쪽에 깊은 관련을 맺고 있었던 쯔다 다카시와 교육문화계에 포진되었던 가라시마 쯔요시는 그런 점에서 당시 조선인 문학가들을 일정정도 통제할 수 있는 위치에 있는 인물이었다. 이 중에서 가라시마 쯔요시에 대해서 집중적으로 비판을 가한다.

이 인물에 대한 작가의 비판은 매우 날카롭다. 그가 앞에서는 내선일체를 내세우고 평등을 말하지만 실제적으로는 철저하게 위계에 입각한 차별을 행하고 있음을 비판하고 있는 것이다. "이번에 번역된 조선놈들의 작품을 읽고 나는 우선 안심했습니다. 완전히 안심했다고요. 그 정도라면 나 같은 아마추어라도 쓸 수 있어요. 조선의 지방적인 문화도 역시 여기에 와 있는 우리들 손으로 건설해야 합니다"라고 하면서 일본에서 건너온 다나까 앞에서 기염을 통하는 가라시마 쯔요시에 대하여 김사량은 매우 날카로운 비판을 가하고 있다.

　　그는 대학의 법과를 나오자마자 조선 구석에 와서 바로 교수가 되었는데 요즘은 예술분야의 모임에까지 활개치고 다니는 것이 내지인 현룡이라고 할만한 존재였다. 돈벌이하려는 속셈으로 조선에 건너온 일부 학자들에게 두루 있는 폐단이기는 하지만. 그도 또한 입으로는 내선동인을 주장하면서도 자기는 선택받은 자로서 민족적 생활적으로 남보다 한층 더 상스러운 우월감을 지니고 있다. 하지만 단 하나 예술분야의 회합에 나가면 자기가 예술적인 일을 조선문인들처럼 할 수 없다는 것에 열등감을 느끼고 그 반동으로 그들을 못마땅하게 생각하고 있었다. 특히 조선의 문인들을 무시하려고 애썼다.5)

　가라시마 쯔요시는 1928년 동경대학 중국어문학과를 졸업하고 경성제국대학 중국어문학과 주임교수로 재직한 바 있는 인물이기 때문에 모든 세부가 딱 들어맞는 것은 아니지만 전체적인 정황을 미루어 볼 때 가라시마라고 보는 것이 타당할 것 같다. 당시 재조 일본인 중 문화계에 큰 권력을 휘둘렀던 가라시마 쯔요시에 대한 작가 김사량의 이러한 비판은 예사롭지 않다. 당시 다른 작가들의 작품에서는 쉽게 찾아보기 어려운 로 이러한 점으로 하여 김사량이 식민주의에 대해 얼마나 강한 비판의식을 가졌는가 하는 것을 짐작할 수 있다.

---

5) 앞의 책, 268쪽.

3. 이석훈의 「고요한 폭풍」과 협력의 길

1) 문예보국순회강연과 친일 협력의 자발성

이석훈의 「고요한 폭풍」은 친일 협력의 내면을 보여주는 보기 드문 작품 중의 하나이다. 1940년 12월 초에 있었던 조선문인협회의 문예보국 순회강연에 참가한 자신의 행적으로 토대로 한 이 자전적 소설은 당시 친일 협력에 나섰던 작가들의 내면을 잘 보여주고 있다. 흔히 친일 협력을 일제의 강요에 의해 이루어진 것으로 보지만, 이러한 견해가 결코 근거가 없음을 이 작품은 잘 보여주고 있다. 친일 협력은 밖으로부터의 강요가 아니라 안으로부터 우러나온 것이며, 이러한 자발성에 기초한 내적 논리가 '양심'이라는 개인적 윤리의 문제에까지 이어져 있어 친일 협력이 얼마나 내면화된 것인가 함을 잘 보여준다.

이 작품에서 드러나는 친일 협력의 자발성과 내면화에 대해서 논의하기 위해서는 조선문인협회의 문예보국 순회강연을 살펴 볼 필요가 있다.

1940년 11월 조선문인협회는 변화하는 시국에 맞는 대중 강연을 조직하기로 결정하였다. 네 개의 반으로 나누었는데 1반은 경부선, 2반은 경의선, 3반은 호남선, 4반은 함경선이다. 이석훈은 바로 4반에 해당하는 함경선에 합류하였고 여기에는 그 이외에도 극작가 함대훈 그리고 조선에 나와 있는 일본인으로 경성제국대학에서 영문학을 전공한 데라모토 기이치(寺本喜一)와 스기모토 나가오(杉本長夫) 총 네 명이 참여하였다. 이 4반은 12월 5일 경성을 떠나 6일에 함흥, 7일은 성진, 8일은 청진, 그 다음에는 나남, 원산, 춘천 등을 순회하면서 시국강연을 하였다.

이들이 현지에 내려가 적어 매일신보에 보낸 다음의 소감을 보면 당시 이들이 얼마나 자발적으로 일하고 있었는가 하는 것을 엿볼 수 있다.

5일 야 경성을 떠나 6일에 함흥에 와서 제일성을 발하고 7일은 성진 8
일인 오늘 청진에 왔습니다. 함흥선 공회당에서 성진은 읍사무소 강당에
서 모두 성대히 강연을 마쳤습니다. 청진까지 오는 동안은 기차가 2, 3시
간씩 연착하여 큰 곤란이었습니다. 왜 그리 만만적인지 가슴이 답답했습
니다. 원체 시간이 없는데 기차까지 연착하여 강연하고는 곧 기차에 올
라야 하니 잠을 못자고 다니는 형편입니다.

▶ ▶〈함대훈〉

함흥의 청중은 기분 좋게 들어 주었습니다. 성지에서는 청중들이 냉풍
을 무릅쓰고 열심히 몰려와 주었습니다. 우리들의 사명의 중대함을 절실
히 느끼고 있습니다.

▶ ▶〈데라모토 기이치〉

이 쪽은 기차가 퍽 느려서 우리들은 전격(電擊)작전에 활동 중입니다.

▶ ▶〈스기모토 나가오〉

무엇을 얻고자 하는 청중들의 뜨거운 눈, 눈 …… 내 힘이 미약함을
느끼면서 더욱 분발하고 있습니다. 북국은 춥고 기차는 느림보다. 동해는
아름답습니다.6)

▶ ▶〈이석훈〉

매일신보에 보낸 통신에서 이석훈은 청중들의 눈이 뜨겁다고 쓰고
있지만 이 소설에는 강연자에게 결코 우호적이 아닌 청중들의 시선도
묘사되어 있다. 또한 이 부담스러운 시선을 이겨내면서 자신의 주장과
선택을 확신하게 되는 과정을 다루고 있다. 작가의 분신이라 할 수 있
는 박태민은 이 시국 강연을 전후한 시기에 비로소 친일 협력의 길에

---

6) 『매일신보』, 1940년 12월 12일.

들어서게 되었음을 고백하고 있다.

　　박태민은 깊은 회의 속에서 방황했다. 의식은 분열하여 다투기만 하고 이렇다할 결말에 도달할 수 없었다. 목적도 없이 거리를 걸었다. 아는 사람과 만나면 다방에서 커피를 마셨다. 사상의 핵심을 벗어난 평범한 대화로 일관했다. 때로는 상대에게 별로 이야기하지 않았다. 그러나 대상에 따라서는 자신을 조금 드러내 보였다. 신뢰할 수 있는 친구나 마음 편한 지기일 경우이다. 그러나 다방을 나와 헤어진 그 순간부터 다쿠보쿠의 시처럼 뭔가 손해를 본 것 같기만 하고 자신을 내보인 것을 후회하며 속을 들여다보인 것 같아 부끄러워하는 것이다. 신뢰할 수 있는 친구가 그렇게도 없느냐고 할지 모르지만 결국 이 시대의 인간은 모두 조심하고 입을 잘못 놀리는 일이 없도록 경계해야 하는 것이다. 박태민의 심리 상태는 살얼음판 위를 걷는 것만 같았다. 어디를 가도 아니 자기 집조차 발이 땅에 닿지 않고 떠 있는 것 같은 불안한 기분이었다. 바로 이럴 때에 박은 시국강연대의 한 사람으로 지명받았다. 정말 의외였다. 뭔지 모르지만 홀연히 새로운 운명의 막이 오른 것 같았다. 그 운명의 길이 어떤 것인지는 상상도 할 수 없었지만 어쨌든 새롭다는 것에 매력을 느끼고 이에 자신을 맡기기로 했다. 그는 묵묵히 강연을 결심했다. 그는 생각했다. 이 기회에 나를 단련해야지, 나는 지금 방황하고 있어 어떻게 해야 할지 모르고 있다. 이번 시련이 내가 가야할 방향을 가르쳐 줄지도 몰라[7]

　박태민이 협력의 길을 가야 한다고 속으로 생각하고 있었지만 바깥으로 내놓고 이야기할 형편이 못 되었던 것이 당시의 문학계 정황이다. 그런데 시국강연을 계기로 하여 확실하게 마음을 먹고 밖으로 드러내면서 본격적으로 친일 협력의 길을 걷게 된다. 이러한 작품내 정황은 이석훈의 지적 도정에 비추어 보면 거의 사실에 가까운 것으로 판단된다. 무한 삼진 함락 이후 현실의 추이를 지켜보던 많은 문학인

---

7) 김재용 외 편역, 『식민주의와 협력』, 역락, 2003, 58쪽.

들 중 일부는 일찍이 마음을 결정하고 친일 협력의 길을 선택하였지
만, 마음속으로는 그렇게 생각하였지단 결정적 계기가 없어서 그러한
선택을 내놓고 하지 못하던 사람들도 존재하였다. 이석훈이 바로 이
후자에 해당하는 인물이다. 관망만 하다가 이 시국강연을 계기로 행동
으로 옮기는 것이다.

　이석훈의 이 작품에서는 잘 드러나 있지 않지만 이 시기에 들어 시
국강연이 조직된 것에는 문학 외적 정치적 상황이 한 몫을 하였다.
1940년 6월 파리가 함락됨으로써 그나마 유럽에서의 반파시즘 장벽도
무너지게 되었다. 중일전쟁의 일본적 승리를 점쳤던 무한 삼진의 함락
이후에도 놓고 친일 협력의 길을 걷지 않았던 이들 중에도 이 파리 함
락으로 인하여 큰 충격을 받았던 이들이 있다. 문학계 내에서 이 시국
강연을 주도한 것으로 판단되는 최재서도 이 사건을 계기로 하여 친일
협력의 길에 나서게 된다. 1940년 10월 '신체제'가 선포되면서 이에
호응하여 문예보국순회강연에서 한 연설 「신체제와 문학」은 당시의
정황을 엿보게 해주는 아주 흥미로운 글이다.

　　우리는 지금 중국 대륙에서 4년 넘게 대전쟁을 치르고 있습니다. 최초,
　요컨대, 1937년 7월 7일에 노구교(蘆溝橋)에서 사건이 발발한 당시는 북
　지사변이라고 불렸고, 현지 해결로 29로군에 대한 사죄요구 정도로 그쳤
　습니다. 그러나 그로부터 1개월도 지나지 않은 사이에 사태는 악화일로
　로 치닫게 돼, 9월이 되자 명칭도 지나사변이라고 바뀌었습니다. 이리하
　여 전쟁을 하고 있는 중에 점점 전쟁의 목적이 진전되어 다음 해인 1938
　년 11월 3일에는 적의 항전 수도인 헝커우(漢口)가 함락된 것을 계기로
　동아신질서의 건설이라는 목표가 마침내 코노에(近衛) 수상에 의해서 발
　표되면서 일본국민은 물론 중국인의 일부에드 사변 해결의 목표가 점차
　분명해지게 된 것입니다. 그런데 나아가 올해 6월 17일 프랑스가 히틀러
　총통의 전격전을 당해 급기야 파리를 넘겨주고 나치스 독일이 여러 해

동안 품어왔던 구라파 신질서의 건설을 표면적으로 내세웠을 무렵부터 우리들 사이에서는 동아 공영권의 확립이라는 말이 들리기 시작했던 것입니다. 그리고 지금까지는 국민대중에게는 비교적 인연이 먼 것으로 생각되었던 프랑스, 네델란드 등의 나라들이 갑자기 각광을 받으며 우리 앞에 나타난 것입니다. 이런 와중에 지난 9월27일 일본, 독일, 이탈리아의 동맹이 체결되고 일본은 세계에 뜻을 같이 하는 독일이나 이탈리아와 함께 세계의 새질서를 건설한다는 확고한 신념이 국민 전반에 미치게 된 것입니다.[8]

조선문인협회 문예보국순회강연대 제2반이었던 경의선 부대에 참가하여 강연하였던 최재서가 청중을 상대로 한 말이다. 중일전쟁 이후 확신을 가지지 못하였던 이들이 파리 함락을 보면서 새로운 세계질서의 현전을 목격하게 되었다고 생각하게 이르렀고 이는 곧바로 친일 협력의 길을 걷게 되는 계기로 작용하였음을 최재서의 위의 글은 잘 보여주고 있다. 그런 점을 고려한다면 이석훈이 이 작품에서 순회강연을 계기로 친일 협력의 길에 나서게 되었다고 묘사한 것은 당시의 문학계 일반의 정형에 대한 정확한 묘사라고 하기는 어렵고 작가 자신에 국한된 것이라 할 수 있을 것이다. 하지만 이석훈의 무의식 속에서는 당시 이러한 정황의 변화, 즉 무한 삼진의 함락과 파리함락으로 이어지는 일련의 세계질서의 변화가 결정적으로 놓여 있었음을 알 수 있다.

이런 상황이기 때문에 문예보국 순회강연은 결코 외부 당국에 의해 강요된 것이 아니고 어디까지나 자발적으로 이루어진 것임을 알 수 있다. 이 작품에서 "K씨가 일어나 이번 기획은 결코 흔한 문예강연회가 아니라는 것, 상부의 압력에 의한 것이 아니라 문인협회 자체의 발의로 이루어졌다는 점을 열띤 어조로 설명했다."라고 대목은 당시의 현

---

8) 최재서, 「신체제와 문학」, 『전환기의 조선문학』, 인문사, 1943, 27∼28쪽.

실을 반영한 것이라 할 수 있을 것이다.

2) 친일 협력의 내면화와 양심의 소리

이 작품이 당시 친일 협력을 보여준 다른 작품에 비해서 돋보이는 것은 바로 친일 협력의 내면화를 보여준다는 점이다. 우리의 통념과 달리 친일은 철저하게 자발적인 것이다. 자발적이지 않은 것은 친일 협력이라고 부를 수 없다는 것이 필자의 판단이다. 또한 친일이 자발 적이기 때문에 거기에는 항상 내적 논리가 따른다. 내적 논리 없는 자 발성이란 생각할 수 없는 것이다. 그렇기 때문에 바깥에서 보는 것과 는 달리 친일 협력의 작품을 읽게 되면 거기에는 내적 논리가 깊숙이 스며 있음을 확인할 수 있다.

그런데 이석훈의 「고요한 폭풍」이 문제적인 것은 그것은 내적 논리 에 입각한 자발성을 넘어 그것이 한 개인의 내면에 자리잡게 되는 내 면화의 과정을 보여준다는 점이다. 실제로 친일 협력의 길을 걸은 문 학인들이 자신의 이러한 선택의 내면 과정을 보여주는 작품을 거의 쓰 지 않았기 때문에 이 작품은 매우 희귀한 것에 해당한다.

이 작품에서 주인공이 자신이 친일 협력의 길을 걷게 되는 과정에서 가장 중요한 것은 양심이라고 보고 있다.

"내 이야기 어땠습니까? 졸변이어서 아무래도"
"졸변이라뇨? 웅변이었지요. 그만큼 대중에게 끼치는 해독도 클 거라
고 생각해요"
박태민은 그녀의 얼굴을 힐끗 보며
"진심이세요?"
라고 조금 정색하고 물었다. 박은 아까의 홍분이 가시지 않았던 것이다.

"물론 진심입니다. 박선생님도 강심장이라고 생각하고 있던 참입니다."

"왜일까요? 저는 진심입니다만 …"

"물론 농담도 아니고 호신술도 아니라고 생각해요. 박선생님은 그런 호신술을 부릴 필요도 없다고 생각하지만 아무래도 납득이 가지 않아요, 박선생님의 논조가. 정말 그렇게 생각하세요? 솔직하게 말씀해 주세요."

이 여자는 정말 뻔뻔하다는 생각을 하며 박태민은 당황했으나 분명하게 말했다.

"저는 거짓말을 못하는 성격입니다. 양심을 걸고 제가 믿는 바를 고백한 것입니다. 그거 말고 뭐가 있다는 겁니까? 일본을 의식하지 않는 조선 민족이야말로 거짓말이지요. 억지소리지요"9)

위의 인용된 대목은 소설가 박태민이 과거 그 자신이 함흥에서 근무할 때 문학공부 관계로 만났던, 한때는 사회주의운동을 했던 나성희라는 여인과 재회하여 나누는 대화의 일절이다. 나성희가 강연 내용이 진짜 우러나온 것인가 하고 물었을 때 그것은 양심에서 우러나오는 소리라고 답한다. 그 정도가 아니라 오히려 현재 벌어지고 있는 일본 중심의 동북아 현실을 무시하는 것이야말로 억지스럽고 거짓이라고 반박하는 것이다. 신념과 다르게 전개되는 현실을 애써 무시하면서 고집스럽게 비현실적인 과거의 신념을 습관적으로 지키려고 하는 것은 양심에 어긋나는 일이라고 주장하고 있다. 이런 대목을 볼 때 박태민의 친일 협력은 어설픈 도박적인 선택이나 혹은 일신의 영화를 위해 하는 그런 것과는 달리 양심의 밑바닥에 닿아 있는 아주 내면화된 목소리인 것이다.

이런 양심의 목소리는 성진에서 만난 박 기자와의 만남에서 더욱 적극화되어 나간다. 시국강연이지만 작가가 하니까 혹시나 별다른 이야

---

9) 김재용 외 편역, 앞의 책, 76쪽.

기가 있을지 모른다는 기대감으로 강연장을 방문했던 박 기자와 소설
가 박태민이 나누는 다음의 대화는 박태민의 양심의 소리가 한층 강화
되어 다른 사람에 대해 항변하는 수준을 넘어 자신을 비판하는 사람에
대한 강한 공격으로까지 나아가고 있다.

> "아무리 시국강연이라지만 뭔가 있을 것 같아 기대하고 회장으로 달려
> 간 것입니다. 그런데 당신은 일본주의를 주장하는 겁니다. 양심적 작가의
> 추락입니다!"
> 젊은 신문기자는 주먹을 휘두르며 탁에게 퍼부어 대는 것이었다. 박태
> 민은 뭐가 뭔지 모를 억울함으로 느끼며,
> "자네가 애독하지 않았도 돼. 자네가 애독하는 박태민은 쇼와 15년
> (1940년을 가리킴 – 인용자) 11월에 죽어버리고 새로운 박태민이 태어난 거
> 야. 자네 정도의 양심은 나도 있어! 작가가 아니라도 상관없어 나는 진실
> 을 살아가는 평범한 인간으로 충분해. 자네야말로 위선자잖아. 동포의 운
> 명에 눈을 가리는 교활한 에고이스트잖아. 그런 주제에 명예도, 지위도,
> 돈도 원하지. 부자나 관헌들에게 아부를 하고 전전긍긍하는 건 바로 자
> 네야. 난 양심이 명하는 대로 행동할 뿐이다. 난 자네와 더 이상 이야기
> 하지 않겠어. 난 가겠네"[10)]

일본주의를 선전하는 것 자체가 양심적 작가의 추락이라고 하는 비
판에 대해서 박태민은 그런 태도야말로 비양심적이고 위선적인 행동이
라고 반박한다. 당국의 시책에 불만을 품고 있음에도 불구하고 앞에서
는 제대로 저항도 하지 못하고 비위를 맞추어 살면서 뒤에서는 비판하
는 면종복배적 태도야말로 비양심적인 일이라고 비난하는 것이다. 나
아가 그러한 태도는 자신의 일신만 고려하는 것이고 다른 동포들의 삶
에 대해서는 무관심한 이기주의자이라고 또한 비난하는 것이다. 이처

---

10) 앞의 책, 83~84쪽.

럼 친일 협력을 하지 않는 사람이 면종복배와 이기주의의 태도라고 비
판하고 오히려 친일 협력을 하는 것이야말로 가장 솔직하며 이타주의
적 태도에 입각한 양심의 발로라고 주장하는 것이다.

앞서 나성희와의 대화에서는 신념과 현실 사이의 괴리를 목격하면
서도 타성에 젖어 과거를 고집하는 것에 대한 비판, 즉 타성적 사고의
위선에 대한 비판이라면 박 기자와의 대화에서는 면종복배와 이기주의
의 태도에 대한 비판으로 나아간다. 이러한 비판과정에서 소설가 박태
민은 자신이야말로 솔직하고 이타적인 사람으로 자기규정하기에 이른
다 그리고 이러한 태도야말로 양심에서 우러나오는 것이기 때문에 어
떤 시련도 이길 수 있는 것이라고 믿는다. 진실을 향하여 역경을 헤쳐
나가는 것은 그 자체로 윤리적으로 정당화될 수 있으며 또한 그런 점
에서 숭고하기조차 한 것이다라고 믿고 있는 것이다.

이처럼 이 작품을 통해서 볼 때 흔히 친일 협력을 외부로부터의 강
제에 의해 이루어진 것이라고 보는 통념이 얼마나 사실과 어긋난 것인
가 하는 것을 다시 한번 확인할 수 있다. 친일 협력의 자발성을 내면에
기초를 두고 이루어진 것이다.

3) 재조 일본인과 일본주의에의 포섭

이 작품에서 쉽게 넘길 수 없는 것 중의 하나가 바로 재조 일본인들
이다. 물론 앞서 살펴본 「천마」에서도 몇몇 재조 일본인들이 등장하였
다. 그런데 이 작품에서 다루는 작가의 태도는 김사량의 그것과는 현
저하게 차이가 난다.

우선 눈에 띄는 것으로는 박태민과 같이 함경선을 타고 문예보국순
회강연을 나선 두 명의 경성제국대학 출신의 문인들이다. 가가와 마

키노 이 둘은 당시 경성제국대학에서 영문학을 전공한 데라모토 기이치와 스기모토 나가오가 원형이다. 이 두 사람은 경성제국대학에서 사토 기요시(佐藤清) 교수 밑에서 최재서와 더불어 영문학을 공부한 사람들이었다. 2회 졸업생인 데라모토 기이치와 4회 졸업생인 스기모토 나가오는 나중에 국민문학 잡지에 번번히 출연하여 일제 말 국민문학계의 한 복판에 서 있던 재조 일본인이었다. 이들이 1940년 11월 무렵 이렇게 조선문인협회의 중추로 등장하고 있다는 것은 놀라운 사실로서 조선문인협회 내에서는 이미 어느 정도 내선일체가 진행되어 가고 있음을 보여준다. 이 작품에서 박태민이 조선종족의 입장에서 내선일체를 이야기한다면 재조 일본인인 가가와와 마키노는 대화종족의 입장에서 내선일체를 이야기한다. 데라모토 기이치를 원형으로 하고 있다고 짐작되는 마키노의 다음과 같은 말은 당시 자조 일본인 그 중에서 내선일체를 외쳤던 이들이 어떤 생각을 가지고 있었는가를 잘 보여준다.

　　난 성진에서 태어나 여기에서(함흥을 가리킴 – 인용자) 자랐습니다. 난 내지인이지만 육체적으로는 진짜 조선인이지요. 그 때문인지 전 조선에 굉장한 애착을 느끼고 있습니다. 고향은 쿄토라고 되어 있어 2년에 한번씩 가 일본인으로서 교토의 산하에 감격하고 돌아오기는 하지만 역시 내 고향이라고는 생각되지 않아요. 뭔가 마음이 허전해요. 내일 강연하게 될 성진이나 함흥에 오히려 특별할 애착을 느껴요. 이렇게 말하면 정상이나 박상은 조선에서 태어났으니 조선밖에 없다는, 결국 민족이 되겠지만요. 그러나 인간인 이상 누구나 자기가 태어난 토지에 애착을 갖는 건 당연하지요. 단 우리들이 태어난 곳을 일본이라는 커다란 전체로 연결하는 것이 중요하다고 생각합니다. 거기에서 내선민족 – 조선에서 태어난 당신들도 나처럼 – 이를 초월하여 하나로 잇는 것이 가능하다고 생각하고 또 그렇게 하지 않으면 안 된다고 생각합니다.[11]

11) 앞의 책, 71쪽.

야마토 종족과 조선 종족이 일본제국의 큰 틀에서 하나가 되어야 한다고 주장하는 마키노의 주장은 당시 재조 일본인 중에서 내선일체를 외쳤던 사람들의 입장을 그대로 반영하고 있는 것이다. 박태민은 이러한 재조 일본인의 입장에 서게 되면서 일본주의를 어렵지 않게 받아들이게 된다.

그런데 이 작품에서 박태민의 사상적 변모에서 가장 중요한 역할을 하는 재조 일본인은 키다하라이다. 쯔다 세쯔코(津田節子)를 원형으로 하고 있는데 그녀는 녹기연맹을 처음 조직하였으며 경성제국대학 예과의 화학교수였던 쯔다 사카에(津田榮)의 부인으로서 국민문학의 전위에 섰던 예의 쯔다 카다시(津田剛)의 형수였다.[12] 문예보국순회강연을 준비하는 모임에서는 키타하라가 박태민을 무시한 반면, 이 강연여행을 다녀와서 이루어진 결산 모임 이후에는 적극적으로 박태민을 끌어들인다. 키타하라가 관여하는 잡지 『생활의 깃발』(이것은 녹기연맹의 기관지 『녹기』를 가리킴)에 박태민에게 작품을 하나 써달라고 청탁하고 이를 그가 기꺼이 받아들여 작품을 발표하기도 한다.(실제로 이석훈은 「고요한 폭풍」의 3부를 '녹기' 1942년 12월에 발표한다.) 이런 방식으로 급속하게 박태민은 일본주의의 아성에 흡수되어 간다. 당시 녹기연맹은 일본주의 이데올로기들이 집중되어 있던 곳으로 이석훈 역시 여기에 급속하게 빠져들었다. 이처럼 이 작품은 재조 일본인들과의 관계 속에서 급격하게 일본주의에 경사하는 것을 적극적으로 평가하고 이에 큰 부분을 할애하고 있음을 알 수 있다. 이석훈의 친일 협력에서도 이런 부류의 재조 일본인들의 작용이 컸음을 알 수 있다.

---

12) 이승엽, 「녹기연맹의 내선일체운동 연구」, 한국정신문화연구원, 1999.

4. 협력과 저항

이상에서 보았던 것처럼 중일전쟁 이후 일본이 동북아의 패권을 장악하게 되면서 조선 문학계 내에서는 식민주의에 대한 협력과 저항이라는 양극화의 양상이 벌어졌음을 알 수 있다. 흔히 이러한 협력과 저항의 두 양상을 구분 짓는 것 자체가 당시의 실상과는 무관하게 후대의 평자들의 머리 속에서 만들어낸 허구적 상상의 산물이며 이것의 배후에는 내셔널리즘이 놓여 있다고 주장하기도 한다. 그런데 김사량의 「천마」와 이석훈의 「고요한 폭풍」을 나란히 놓고 보면 당시의 문학계 내에서는 문학인 각자의 현실 판단에 의해 주체적으로 그러한 상반된 길을 선택하였음을 알 수 있다. 또한 그것은 식민주의에 대해 각각 다르게 판단한 것의 결과임을 알 수 있다. 억압에 대해 싸운 것과 억압에 편승한 것과 사이에는 분명한 차이가 존재한다. 이러한 차이를 무시하고 동급화시킬 때 우리는 더 큰 폭력을 용인하는 결과에 이르게 되는 것이다. 그런 점에서 친일 협력과 저항에 대한 이론적 작업과 이것에 기초한 개별 작가에 대한 평가는 결코 미룰 수 없는 것이다.

친일문학과 근대성
-식민주의 파시즘 협력의 두 계기-

■한도연 · 김재용

1. 근대성에서 본 친일 파시즘 문학

한국근대문학사에서 친일 파시즘 문학을 근대성과 관련하여 논의하고자 할 경우 그것은 두 가지로 나누어 볼 수 있다.

하나는 한국근대문학의 근대성과 친일 파시즘 문학과의 관계를 밝히는 작업이다. 한국근대문학을 그 정치적 사상적 지향 특히 국가간 관계에 대한 견해에 따라 나누어보면 국민주의, 국제주의 그리고 세계주의로 나누어 볼 수 있다. 국민주의는 1920년대 국민문학론에서 가장 극명하게 드러나고 있는 것처럼 국민국가를 역사의 종점으로 간주하고 그 속에서 모든 것을 사고하는 경향이다. 국제주의와 세계주의는 국민주의가 전제로 하는 국민국가 자체를 부정한다. 국민국가라는 감옥에 갇혀 있는 한 자국에 대한 충성과 타국에 대한 배제로 인하여 지구상의 진정한 평화와 인류의 결합이란 불가능하다고 보는 것이다. 그런데 이 둘은 이를 넘어서는 방식에 있어서 상이한 차이를 보여준다. 국제주의는 프로문학에서 가장 극명하게 드러나는 것으로 국민국가는 부르조아지의 이익을 확보하기 위해 만들어진 것에 불과한 것으로 이는 반드시 넘어서야 하며 진정 인류를 하나로 묶어주는 것은 계급이라고 보고 그런 점에서 프롤레타리아 국제주의를 표방한다. 세계주의 역시 국민국가를 넘어서야 한다고 주장하지만 그것이 프롤레타리아 계급의 당에 의해서 이루어지는 것이 아니라 근대 자체에 대한 반성과 전복에서 이루어진다고 보는 것이다.

그런데 이 세 가지의 경향은 각자의 내적 논리에 따라 일제 말 파시즘에 대한 반응이 달라진다는 점이다. 국민주의의 경우 일본의 국가주의에 쉽게 포섭되어 가는 반면, 국제주의와 세계주의는 그렇지 않다는 점이다. 국민주의가 국가주의에 친화력을 느끼는 것은 국민국가를 역사의 궁극적인 종점으로 보고 그 과정에서 국가의 역할을 중요시하기 때문이다. 이광수와 주요한을 비롯한 국민문학론자들이 쉽게 친일의 길에 들어서게 되는 것은 이런 점에서 결코 낯선 것이 아니다. 이에 반하여 국제주의자와 세계주의자의 경우 쉽게 친일 파시즘의 길에 들어서지 않는다. 이들은 기본적으로 국민국가라는 것을 부정하고 나왔기 때문이다. 하지만 이들 내에서도 부분적으로 친일 파시즘의 길을 걷는 작가가 나오기도 하는 데서 볼 수 있는 것처럼 내적인 분화가 존재한다. 국제주의의 경우 식민지에서의 민족문제를 고려하는 쪽과 그렇지 않은 쪽이 존재하는 데 전자, 즉 민족문제를 사유하는 쪽은 친일 파시즘에 쉽게 기울지 않는 반면, 후자 즉 민족문제를 거의 고려하지 않고 오로지 자본주의 일반의 측면에서만 사유하는 사람은 친일 파시즘에 기울기 쉽다는 점이다. 일본의 파시즘이 자본주의 극복이란 점을 내세웠기 때문에 민족문제를 고려하지 않을 경우 이것에 쉽게 맞닿기 때문이다. 한설야와 송영을 비교하면 이 점은 아주 잘 드러난다. 한설야는 국제주의자이면서도 민족문제에 대해 남다른 관심을 가졌기 때문에 친일 파시즘에 쉽게 기울지 않는다. 이에 반하여 송영처럼 민족문제에 관심을 갖는 것 자체를 부르조아 민족주의에의 투항이라고 보는 이들은 친일 파시즘에 쉽게 넘어간다. 세계주의의 경우 국제주의와 마찬가지로 그 양상이 비슷하게 나타난다. 세계주의자들 내에서도 식민지의 문제를 고려하는 경우에는 친일 파시즘 문학어 쉽게 기울지 않았던 반면, 그렇지 않은 경우 이것은 친일 파시즘에 급속하게 기운다. 일본의 대동아 공영권은 '팔굉일우'가 의미하는 것처럼 새로운 세계주의의 구현이라고 볼 수 있기 때문이다. 전자의 경우로는 근대의 극복이 유행처럼 난무하던 시절에도 마지막까지 근대 자체의 탐구에 열을 올렸던 김기림을 들 수 있고 후자의 경우로는 최재서를 들 수 있을 것이다.

한국근대문학사에서 친일 파시즘 문학을 근대성과 관련하여 논의하고자 할 경우 다른 하나는 친일 파시즘 문학 그 자체의 근대성 이해이다. 친일 파시즘 문학을 이해할 때 어떤 이들은 친일 파시즘은 일제의 강요에 의한 것 혹은 먹고살기 위해서 어쩔 수 없이 한 것 등으로 생각하고 따라서 이들 친일 파시즘 문학의 내적 논리나 이를 근대성과 관련하여 이해하는 것 자체를 부질없는 짓이라고 판단하게 된다. 다른 일각에서는 친일 파시즘 문학은 당시 일본에서 유행하던 '근대초극론'에 영향을 받아 이루어진 것으로 친일 파시즘 문학 전체가 근대 극복의 논리와 연관된 것처럼 묘사하기도 한다. 필자가 보기에 이 둘은 당시의 실상과 매우 거리가 먼 것처럼 보인다. 친일 파시즘 문학은 결코 외부의 강제에 의해서거나 혹은 생계의 방편이 아니다. 외부의 강요에 의해 이루어진 것인 경우 그것은 결코 친일 파시즘 문학으로 분류할 수 없다는 것이 본인의 판단이다. 친일 파시즘 문학은 철저하게 자발적이며 내부에는 논리가 있다는 것이 필자의 지론이다. 또한 친일 파시즘 문학은 근대 극복과 관련이 있지만 모든 친일 파시즘 문학이 그러한 것은 아니라는 점이다. 어떤 경우에는 근대성에 대한 자의식이 없이 다른 연유로 이루어지는 경우도 있는 것이다. 그런 점에서 친일 파시즘을 근대성과 관련하여 살피는 것은 매우 중요하다고 할 수 있다.

이 글에서는 한국근대문학사에서 친일파시즘 문학을 근대성과 관련하여 논의하는 두 가지 문제 중에서 후자의 경우를 집중적으로 다루려고 한다. 전자의 경우는 친일 파시즘 문학에 대한 개별 작가들에 대한 분석이 어느 정도 이루어져야만 가능할 뿐 아니라 또한 후자의 문제 즉 친일문학과 근대성의 상관관계가 드러나야만 가능할 수 있기 때문이다.

2. 중일전쟁과 사실수리론 : 근대화론의 함몰

조선의 문학인들이 집중적으로 친일 파시즘의 길로 들어서게 되는 계기 중의 하나가 무한 삼진의 함락이다. 1938년 10월 '동방의 마드리드'라고 불리우던 무한 삼진이 일본군에 의해 함락 당하자 조선의 문학인들 중 일부는 이 새로운 사태를 받아들여야 한다고 주장하면서 친일 파시즘의 길로 걸어갔다. 중일전쟁이 일어났을 무렵만 해도 사태의 전개에 따라서는 조선이 일본으로부터 독립할 수 있는 길이 열릴지 모른다는 일말의 기대감을 가지고 있었다. 중국이 일본에 이기게 되면 일본의 식민지였던 조선의 자동적으로 해방을 얻게 된다. 중국의 국민당과 공산당에 그 많은 조선의 지식인들이 몰렸던 것은 중국이 승리함으로써 조선이 해방될 수 있다는 기대감이었다. 그렇기 때문에 중일전쟁이 일어났을 때 이를 관망하면서 사태의 추이를 지켜보았던 것이다. 그런데 중국이 주요 도시에서 패하여 국민당은 중경으로 공산당은 연안으로 쫓겨나는 것을 보면서 이제 동북아에서 일본의 승리라는 것은 기정사실인 것으로 간주하였다. 무한 삼진이라는 마지막 방어선이 무너지면서 사태는 더욱 분명하게 보였던 것이다. 그렇기 때문에 더 이상 머물 거릴 필요가 없었던 것이다. 이 사태를 받아들여야 한다고 보았던 것이다. 물론 당시의 모든 조선의 문학인들이 그렇게 본 것은 아니다. 하지만 친일 파시즘에 협력한 문학인들 중 상당수가 이 시기에 친일 협력의 길에 들어섰다.

당시 이러한 친일 협력 지식인의 현실인식을 가장 잘 보여준 이가 백철이다. 백철은 「시대적 우연의 수리」(조선일보, 1938. 12. 2~7)에서 다음과 같이 무한 삼진 함락의 의미를 적고 있다.

직접 지금은 동양의 현실을 두고 볼 때에도 이번 사실이 문학자나 지식인 앞에 지식인 앞에 결코 무의미한 것만이 될 수는 없는 일이다. 우선 그런 의미에서 한편으로는 이번 사변을 크게 평가하여 동양사가 비상히 비약한다는 일가견을 가지고 있다. 사실 나는 이번 사변에 북경, 상해, 남경, 서주, 한구 등이 연차 함락되는 보도와 접하고 또는 사진 등을 통하여 지나의 모든 봉건적 성문이 몰락되는 광경을 눈앞에 볼 때에 우리들의 시야가 시원하게 뚫리는 상이한 흥분이 내 일신을 전율케 하는 순간이 있다. 여기서 지식인이 눈앞에 보는 사실에 멎어서 부정적인 요소만을 보는 것은 한 개의 사실주의에 덜어진 근시안적 판단인 줄 안다. 다른 것은 고사하고 오직 그 봉건적인 성문들이 몰락한다는 사실 그것만을 가지고도 이번 정치에 하나의 사적인 의미를 붙여보는데 족한 것이다.─ 기왕 허물어질 성문이면 하루라도 속히 허물어져 버리는 것이 역사적으론 진보하는 의미다. 사실 한번 허물어진 봉건의 성문은 다시 그 모양으로 건축되는 일을 역사는 반복하지 않을 테니까……. 이때에 있어 그 성문의 허물어지는 형상이 너무 인위적이라든가 약간 부자연하다든가 하는 문제는 선두에서 지적한 바와 같이 아무리 생각하고 상심한댔자 아무 효과 없는 일인 것이다. 문제는 이미 저지른 일에 대해서 가능한한 한도내에서 취할 장소를 취해 보는 것이다. 가령 그 허물어지는 실제의 성문의 광경 뒤에 눈에 보이지 않는 봉건적인 것이 꺼져서 풀려나가는 문화적인 사실을 간과하지 않고 이번 정치를 이해한다면 이번 정치를 추리는 동양의 역사가 한편으로 크게 발전하는 것을 이해하는 것이 단순히 무리한 해석은 아니리라. 지금까지 토지법에선 이른바 아세아적 생산이라는 태고식을 청산하지 못하고 문명정도론 봉건의 성을 넘지 못한 지나가 그 수준을 깨트리고 하나의 세계적인 수준에 나간다면 그것은 이번 정치를 통하여 동양의 소득이 의외로 크다고 할 수 있지 않을까? 또한 이번 정치에 대하여 위정자들이 동양의 평화를 건설하는 이상을 말하는데 대하여도 그 말을 제대로 신뢰하되 그 신념의 의미는 이상의 지적해온 사실 뒤의 일 또는 우연이상의 의미를 함축하는 것이라 할 것이다.

무한의 함락을 일본 제국주의의 침략적 영토확장의 차원에서 보기에는 현실이 너무 암담하다고 생각한 나머지 이를 단지 시대적 우연의 문제로 보면서 받아들여야 한다는 다소 체념 섞인 목소리에서 친일 파시즘에 협력한 지식인의 현실타협을 읽을 수 있다. 제국주의의 침탈이 현실에서 별 저항 없이 이루어지는 것을 보면서 느끼는 절망감과는 기본적으로 다른 것이다. 이 시기에 많은 이들은 이러한 현실 앞에 무력하게 바라만 보아야 했던 이들도 내적으로 심한 패배감과 절망감에 사로잡혀 있었지만 그렇다고 이를 받아들이지는 않았던 것이다. 거기에는 여전히 진행되고 있는 중국의 항전을 보는 이들도 있었을 것이고, 미국을 비롯한 유럽의 존재를 의식한 이들도 있을 것이다. 그렇지 않다 하더라도 최소한 이러한 억압적 현실의 존재를 인정하지 않으려고 하는 이들도 있었을 것이다. 그런데 백철은 너무나 쉽게 이를 받아들였던 것이다.

더욱 중요한 것은 이러한 현실 타협이 결코 심정적 차원에 그치는 것이 아니고 내적 논리를 갖게 된다는 점이다. 무한의 함락을 봉건적

인 것에 대한 근대적인 것의 승리로 보면서 거기에서 진보의 기미를
읽어내는 백철의 관점은 당시 친일 파시즘의 협력이 결코 외부로부터
의 강요에 의해 이루어진 것이 아님을 명백하게 보여주고 있다. 오히
려 그것은 역사에 대한 자기 식의 해석에 입각해 있을 뿐만 아니라 스
스로 진보에 편에 선 해석이라고 믿고 있다는 점이다. 그런 점에서 친
일 파시즘에의 협력이란 것은 철저하게 자발적이며 또한 그것은 내적
논리를 갖추고 있다는 것이다. 그런 것이 없다면 위와 같은 발언이 가
능할 수 없다는 것이다. 그것은 철저하게 우승열패의 근대 제국주의의
논리에 함몰하는 것이다.

민족의 해방이란 것이 강 건너 간 것이라고 생각하는 순간[1] 남는
것은 이제 어떻게 살아갈 것인가의 문제만 남는다. 그런데 이를 수동
적으로 받아들이게 되면 너무나 우울하기 때문에 이 새로운 현실에서
새로운 이상을 찾는 것으로 나아간다. 백철에게 있어서 이것은 '신이
상주의'라는 이름으로 드러난다. 백철의 「이상주의의 신문학」(동아일보,
1939. 1. 15~21)은 이를 구체적으로 드러낸 글이다.

무한 함락 이후의 동북아 현실을 진보의 관점에서 해석하고자 하는
백철의 관점은 사회주의를 진보의 화신으로 여기던 이전의 세계관에서
벗어남은 물론이고 나아가 그것을 '죽은 개'취급하여야 하는 것이다.

---

1) 당시 일본은 무한 함락에 조선의 주민들이 도취할까봐 주의를 요구할 정도로 승
전을 기정사실화하고 있다. 다음은 무한 흐락 직후 일본 당국이 조선의 주민들에
게 배포한 선전문의 한 부분으로서 당시 사람들이 무한 함락을 어떻게 보고 있
었는가를 잘 말해주는 자료이다. "한구나 광동이 함락하여도 지나 사변은 아직
끝나지 않는다. 뿐만 아니라 저 편도 저편을 도와주는 외국도 일본 국민이 이쯤
에서 마음을 놓고 전쟁에 활기를 잃고 마음을 늦추기를 속으로 기다렸다가 그
틈을 타서 덤비려고 하고 있다. '이기고 투구끈을 졸라맨다'는 말은 참으로 이런
때에 할 말이다. 어떤 점으로 보든지 지금 여기서 우리의 마음을 늦추어서 이때
까지의 전승의 결과를 헛되이 하는 실패에 빠져서는 안된다." 조선총독부, 『한구
공략과 지금으로부터의 각오』, 1938. 10.

그럴 때만이 봉건에 대한 근대의 승리를 진보로 표현할 수 있게 되는 것이다. 이러한 내면의 변화과정을 백철은 평론으로서는 다 담아낼 수 없다고 생각하여서 소설 「전망」을 발표한다.

이 작품은 중일전쟁을 배경으로 펼쳐지는데 이것은 위에서 보았던 것처럼 백철에게 있어 중일전쟁은 친일 파시즘에 협력하는 새로운 세계의 진전을 가져다 준 결정적 계기였기 때문에 그러한 것이다. 그리하여 중일전쟁 이후 펼쳐지는 새로운 세계를 중심으로 이에 적응하는 인물과 그렇지 못한 인물을 극적으로 대비시킨다. 작가의 분신이라 할 수 있는 화자는 과거 사회주의의 세계관에서 벗어나 이 새로운 세계의 현실에 적응하는 인물로 그려져 있는 반면, 김형오라는 같은 고향에 사는 친구는 이 전쟁을 바라다보면서 절망하고 끝내 자살하는 것으로 설정한다. 이 둘 사이의 차이를 드러내기 위하여 그리고 김형오는 현실에 적응하지 못하고 죽는 반면 화자인 작가는 그렇지 않은 것을 설명하기 위하여 김형오를 영웅주의와 자기애적인 인물로 만들어 놓고 있다. 같은 조건에 놓여 있으면서도 김형오는 성격적 결함으로 인하여 결국 자살하고 말고 자신은 한 차례 열병을 겪고 난 다음 세상에 복귀할 정도로 탄력성이 있는 인물이기에 새로운 세계에 진입할 수 있다는 식이다. 이러한 자기 합리화는 새로운 세대와의 만남으로 이어진다. 열두 살 난 영철과의 만남에서 지난 시절과는 다른 세계를 접하는데 그것은 추상적 이상의 세계가 아닌 구체적으로 증명 가능한 세계에 대한 신뢰이다. 영철이 과학 탐구를 좋아하는 것으로 설정하고 이를 증명 가능한 세계라고 이름 붙이는 데서 명징하게 드러나고 있는 것처럼 백철은 현실을 그 자체로 받아들이는 태도를 견지하고 이것만이 인간을 허망함과 추상에서 구해줄 수 있는 것처럼 그려 놓고 있는 것이다.

이상에서 보는 것처럼 백철의 친일 파시즘에의 협력은 외부의 강요도 생계 유지의 방편도 아닌 현실 수리론에 입각한 철저하게 자발적인 것이다. 또한 거기에는 봉건의 성문을 파괴하고 근대를 구축하는 과정으로서의 세계사의 전개를 수용하는 내적 논리가 놓여 있는 것이다. 동양이라고 하는 것에 주목한다면 일본의 중국 침략을 설명할 수 없는 것이기에 그는 이를 봉건에 대한 근대의 승리라고 설명하게 되는 것이다. 그런 점에서 그는 근대화론에 편입하게 되는 것이며 그 폭력으로부터 자유롭지 못한 것이다.

이러한 인식은 비단 백철에게만 드러나는 것이 아니다. 이 시기에 들어 친일 파시즘에 협력하게 되는 이광수를 비롯한 많은 문학인들에게서 공통적으로 확인할 수 있는 것이다. 단지 거기에 이르는 과정이 개별 작가에 따라 약간의 차이가 있을 뿐이다. 백철을 선택한 것은 그가 상대적으로 친일 파시즘의 협력 과정에 대한 자의식을 표현해 놓았기 때문인 것이다.

3. '동양'의 부상으로서의 신체제론 : 변형된 근대화론의 함정

일제 말 파시즘을 떠올리면 생각나는 단어 중의 하나가 신체제론이다. 그렇기 때문에 이에 대한 정확한 이해 없이 그냥 막연하게 당시 시대를 상징하는 어휘 중의 하나로만 기억하고 있는 것이다. 하지만 신체제론이란 것은 일제 말 파시즘의 전체를 통용할 수 있는 것도 아니고 일정한 시기에 들어서면서 만들어진 개념인 것이다.

신체제론이라고 불리기 시작한 것은 1940년 10월 이후이다.[2] 신체

---

2) 신체제란 말이 공식적으로 사용되기 시작한 것은 1940년 10월 16일 조선 총독 미나미 지로가 행한 임시 도지사 회의에서의 연설에서이다. 미나미 지로의 훈시

제라는 말이 글자 그대로 의미하는 것처럼 구체제에 대비되어 새로운 체제를 말하는 것이다. 그러면 무엇이 구체제이고 무엇이 신체제인가? 구체제라는 것은 유럽이 중심이 되어 아시아를 비롯한 비서구가 유럽의 대상으로 되었던 체제라면 신체제라는 것은 과거의 이러한 방식이 더 이상 통용되지 않는 다시 말하여 동아시아가 동양의 이름으로 떠오르면서 유럽적 가치에 의해서 일방적으로 규정당하지 않는 시대를 일컫는 것이다. 서구의 동점 이후 형성된 불구적 체제를 극복하고 동양이 이제 스스로 자기 목소리를 내면서 더 이상 서양의 노예가 되지 않는 것을 말하는 것이다.

그러면 왜 이 신체제가 1940년 10월 이후에 이르러 이렇게 세상을 떠들썩하게 만들었는가? 일본의 동원 체제의 국가 기구였던 국민정신총동원을 국민총력조선연맹으로 이름을 바꾸면서까지 했던 이유는 무엇인가? 이것을 이해하기 위해서는 당시에 일어난 두 가지의 의미 있는 사건에 대한 이해 없이는 곤란하다. 하나는 중국의 '신국민정부' 즉 왕정위의 신남경 정부의 수립이다. 다른 하나는 파리의 함락이다.

왕정위 정부란 1940년 3월 남경에 세워진 친일 정권을 일컫는다. 일본은 이를 중화민국의 정식 정부로 승인하고 특명전권대사를 보내서 일본과 중국의 평화를 여는 계기로 홍보하고자 하였다. 그 동안 일본 정부는 동양의 단결과 평화를 이야기하면서도 중국을 침략하였기 때문에 스스로 명분을 얻지 못하였다. 그러던 차에 왕정위의 정부가 수립되자 이제 중국인도 스스로 일본 주도의 동양 건설에 참가한 것으로 선전할 수 있게 되었던 것이다. 잘 알려져 있는 것처럼 왕정위는 장개석과 더불어 손문의 핵심 참모로서 북벌에 참가한 인물이다. 중일전쟁

와 그 의미에 대해서는 조선총독부 발행의 『半島ノ國民總力運動』, 조선총독부, 1941, 67～72쪽 참고.

이후 처음에는 장개석과 더불어 반일을 하다가 무한과 광동 함락 이후 중경으로 쫓겨간 후에 주전론을 외치던 장개석과 달리 화평론을 주장하였다. 그러다가 이견이 좁혀지지 않자 베트남으로 탈출하였고 이후 남경에 와서 '신국민정부'를 세우게 된다. 일본측에서는 왕정위의 친일 정권 수립을 호기로 삼아 일본 조선 중국 삼국의 대통합을 이룩하게 되었다고 선전하였다.

당시 조선의 문학인들을 비롯한 지식인들에게 왕정위의 '신국민정부' 수립은 적지 않은 충격을 주었던 것으로 보인다. 중국 정부가 무한과 광동에서 패배하여 중경으로 쫓겨간 이후에도 한가닥 희망을 가지고 있었는데 이제 중경에서 왕정위가 탈출하여 나와 새로운 정부를 수립하는 단계에 이르자 여간 놀라워 했던 것이 아니다. 중일전쟁이 일어난 직후 특히 무한과 광동이 함락된 직후의 그것과는 비교가 되지 않을 정도로 충격이 컸던 것이다. 중국인 스스로 이렇게 자발적으로 일본 중심의 동양 사회에 편입되는 것을 보고 민족의 해방이 물 건너간 정도가 아니고 동양이란 것이 구체적으로 현현되는 순간처럼 보였던 것이다. 당시 이러한 충격이 얼마나 컸던가 하는 것을 잘 보여주는 것으로 박태원의 「아세아의 여명」(『조광』, 1941. 2)을 들 수 있다. 박태원은 왕정위의 탈출 과정을 상세하게 기록하면서 이를 아시아의 여명이라고 표현하였다. 그가 이를 아시아의 여명이라고 보았던 데에는 이제 중국마저도 일본 중심의 동양 건설에 참여하였고 그 동안 서구에 매달리던 중국이 일본으로 돌아섰기 때문에 이제 완연히 동양 혹은 아시아의 독자적 진로가 마련되었다고 보았기 때문이다.

동양의 이러한 부상은 결코 그 자체로만 이루어진 것이 아니다. 그 것은 구 서양의 몰락과 맞물렸기 때문에 실체를 더한 것처럼 느껴졌던 것이다. 구 서양의 몰락은 바로 파리의 함락이다. 1940년 6월 독일에

의해 파리가 함락되자 그 동안 인민전선 등의 형태로 그나마 유지되어
오던 불안한 구석이 현실로 드러난 것이다. 서구 문학의 전통 속에서
파시즘과 맞서 싸울 수 있는 원천이 있다고 믿었던 많은 문학인들에게
파리의 함락이란 바로 구 서양의 몰락으로 비추어졌던 것이다. 최재서
가 이를 계기로 하여 친일 파시즘에의 협력을 하게 된 것도 그런 점에
서 우연이 아닌 것이다. 최재서처럼 서양의 교양에 젖줄을 대고 있던
이들에게 파리의 함락이란 것은 더욱 크게 다가올 수밖에 없었던 것이
다. 독일과 이태리는 일본과 더불어 그 해 9월에 삼국동맹을 맺으면서
새로운 세계체제를 구상하기에 이른다.

무한 삼진의 함락으로 인한 '동양협동체'의 부상과 파리 함락으로
인한 '구서양'의 몰락이란 정세의 전개로 말미암아 많은 조선의 지식
인들이 신체제가 실제로 가능한 것이라고 믿게 되었다. 신체제론이 나
온 직후 이루어진 '문예보국강연대'의 일원으로 참가하였던 서북 지방
에서 한 연설인 '신체제와 문학'은 이 시기에 이르러 식민주의적 파시
즘에 협력한 문학인들의 내면을 아주 잘 보여준다.

> 올해 6월 17일 프랑스가 히틀러 총통의 전격전을 당해 급기야 파리를
> 넘겨주고 나치스 독일이 여러 해 동안 품어왔던 구라파 신질서의 건설을
> 표면적으로 내세웠을 무렵부터 우리들 사이에서는 동아공영권의 확립이
> 라는 말이 들리기 시작했던 것입니다. 그리고 지금까지는 국민대중에게
> 는 비교적 인연이 먼 것으로 생각되었던 프랑스 네덜란드 등의 나라들이
> 갑자기 각광을 받으며 우리 앞에 나타난 것입니다. 이런 와중에 지난 9
> 월 27일 일본 독일 이탈리아의 동맹이 체결되고 일본은 세계에 뜻을 같
> 이하는 독일이나 이탈리아와 함께 세계의 새 질서를 건설한다는 확고한
> 신념이 국민 전반에 미치게 되었던 것입니다. (중략-인용자) 프랑스 혁명
> 이래 150년에 걸쳐 세계를 지배해온 구질서는 완전히 역사적 사명을 다
> 하고 지금은 오히려 인류의 발달을 저해하는 질곡으로 되었습니다. 이

질곡을 타파하고 인류를 새로운 질 속에 해방하지 않으면 안됩니다. 이 역사적인 대사업을 담당하는 나라가 어디일까요? 그것은 신흥국가 즉 구라파에 있어서는 독일과 이탈리아이며 동양에 있어서는 일본입니다. 특히 동양은 오랜 동안 구미제국의 제국주의에 지배되어 무척이나 발달을 저해받아 왔습니다. 그들 제 민족을 허방하고 진정으로 자주적인 동양을 건설해나가지 않으면 안됩니다. 그리고 그것을 제대로 수행할 수 있는 것은 우리 일본입니다.[3](원문은 일본어임 - 인용자)

왕정위 정부의 수립으로 상징되는 동양의 부상과 파리 함락으로 상징되는 서양의 몰락은 상승작용을 하면서 구체제와 신체제로 대비되었다. 봉건에 대한 근대의 승리로서 중일전쟁을 보던 백철의 근대화론의 시각과 프랑스 혁명 이후의 근대질서를 구체제라고 부르고 이를 넘어선 새로운 체제를 구상하는 최재서의 시각 사이에는 엄연한 차이가 존재하는 것이다. 서양 중심의 세계사가 아닌 새로운 세계사를 서술하는 것이 가능할 것처럼 보였기에 근대의 극복이란 구호가 어렵지 않게 자리를 잡게 되었다.

실제로 이러한 흐름 속에서 근대 극복의 문제를 들고 나온 작가들이 한 둘이 아니었다. 채만식은 서구 근대의 개인주의를 극복하는 차원에서 '멸사봉공'을 외치면서 이를 근대 극복의 새로운 경지로 보았고,[4] 서정주는 서양의 정신세계에서 탈출하여 동양의 정신을 찾으려고 노력하였으며 이것이야말로 그 동안 서양이 보여주었던 한계를 넘어서는 근대 극복의 장이라고 판단하였던 것이다.[5] 이 외에도 이 시기에 들어

---

3) 최재서, 「新體制と 文學」, 『轉換期の 朝鮮文學』, 인문사, 1943, 28～29쪽.
4) 채만식의 식민주의 파시즘에 대한 협력이 대해서는 「'멸사봉공'으로서의 친일 파시즘 문학」, 『실천문학』, 2003년 봄호에서 필자의 견해를 밝힌 바 있다.
5) 식민주의 파시즘에 대한 서정주 협력에 대해서는 「전도된 오리엔탈리즘으로서의 친일 문학」, 『실천문학』, 2002년 여름호에서 필자의 견해를 밝힌 바 있다.

많은 조선의 문학가들은 자기 식으로 근대 극복의 도정에 나서고 있다
는 자부심과 긍지를 강하게 가지고 있었던 것이다. 중일전쟁 이후 일
제 파시즘에 협력하였던 작가들은 이러한 사태를 아주 어정쩡하게 받
아들일 수밖에 없었던 반면 그 동안 긴가민가하여 조심스럽게 처신하
였던 작가들의 경우에는 서슴지 않고 자신의 논지를 펼쳤던 것이다.

당시 이러한 내면의 변화를 아주 잘 보여준 작품이 이석훈의 「고요
한 폭풍」(일본어로 발표되었는데 원제는 「靜かな 嵐」이다)이다. 이 작품은 3부
의 연작으로 구성되어 있는데 각각 발표 시점이 다르다. 1부는 『국민문
학』 1941년 11월호에, 2부는 『국민문학』 1942년 6월호에, 3부는 『녹기』
1942년 11월호에 각각 발표되었다. 1부에서는 1940년 12월에 열린 작
가들의 '문예보국강연대' 준비를 다룬 것이고 2부는 함경도 방면으로
떠난 제4반의 문학가들이 현지에서 겪는 일이고 3부는 태평양 전쟁이
일어난 이후 과거에 주인공의 이러한 시국 강연을 비난하였던 이들이
자신의 잘못을 뉘우치고 화해하는 것이다.

이 작품의 제목이 말해주는 것처럼 처음에는 아주 사소한 데서 눈에
띄지 않게 일어난 변화이지만 점차 시간이 지나면서 대중의 힘을 얻어
세상을 떠들썩하게 만든다는 것이다. 흥미로운 것은 이 작품의 출발이
1940년 12월에 있었던 작가들의 전국 순회 시국강연을 다룬 것이라는
점이다. 신체제론이 공표된 직전인 1940년 10월 12일 38명의 문학인
들이 일본 장교의 안내로 양주에 있는 지원병 훈련소에 일일 입소를
한 것이다.6) 물론 신체제론이 공표된 것은 그 달 16일지만 이미 이에
대한 논의가 신문 지상으로 보도되었기 때문에 이것도 관련이 있는 것

---

6) 매일신보에서는 당일 「신체제와 문인의 사명」이란 사설을 내 보냈고 잡지 『삼천
   리』는 여기에 참가하였던 이들의 소감을 받아 그 해 12월호에 내보내기도 하였
   다. 홍효민은 매일신보 1945년 10월 15일부터 25일까지 9회에 걸쳐 보고문(감격
   의 일일 – 육군지원병 훈련소를 보고)을 발표하였다.

으로 보아야 할 것이다. 대규모의 작가들이 참여한 이 행사는 그 이전에 이루어진 중국 전선 방문과 같은 것과는 비교가 된지 않을 정도로 대대적인 것이다. 그렇지만 이것은 작가들의 시국 강연 즉 '문예보국 강연대'의 활동과는 비교가 되지 않는다. 이 강연활동은 신체제 공표 직후에 이루어진 것이라는 점 이외에 작가들의 본령인 사상적 강연이라는 점에서 그러하기 때문에 시국에 대한 당시 작가들의 자세를 잘 보여주는 것이라 할 수 있다. 11월달에 논의를 거쳐 12월에 이루어진 이 전국 순회 강연은 전체 4개의 반으로 나누어져 각 반마다 3~5명 정도가 참여하였다.[7] 이석훈 역시 제4반인 함경선반에 참여하여 순회 강연을 하였기에 「고요한 폭풍」은 이를 바탕으로 쓰여진 것이다.

　이 작품에서 흥미로운 것은 작가들의 순회 강연을 비난하던 사람들이 결국 자신의 행동을 뉘우치고 화해하게 되는 데 그 계기가 태평양 전쟁의 발발과 징병 발표라는 점이다. 이미 신체제론이 등장하였을 때 그것은 서양의 몰락과 동양의 부상을 표방하였기에 이것이 근대의 극복이라고 믿었던 많은 작가들이 이를 받아들였던 것이다. 그런데 이 시기에도 이러한 것을 신뢰하지 않고 여전히 망설이던 사람들이 태평양 전쟁이 일어나는 것을 보면서 동양과 서양의 대립을 실감하게 되고 신체제론을 받아들인다는 설정이다. 시기의 차이는 있고 그 계기는 다르지만 결국 연속되는 것은 서양의 돌락과 동양의 부상이라는 현실이다. 그런 점에서 신체제론 이후 일제 파시즘에 협력하였던 조선의 작가들에게는 근대의 극복이란 것이 핵심임을 알 수 있다.

---

7) 제1반인 경부선반에는 김동환, 유진오, 박영희 등이 참여하였고, 제2반인 호남선 반에는 정인섭, 이헌구 등이 참여하였고, 제3반인 경의선반에는 백철, 최재서 등이 참여하였고, 제4반인 함경선반에는 이석훈, 함대훈 등이 참여하였다. 제1반의 소식은 김동환이 매일신보 1940. 11. 13자에, 제2반의 소식은 정인섭과 이헌구가 14일자와 16일자에, 제4반 소식은 함대훈이 17일자에 썼다.

그런데 이 근대의 극복이란 것이 그 동안 지속되었던 유럽 중심주의에 대한 반발임에는 분명하지만 그것의 진정한 극복이라기보다는 또다른 중심주의 즉 전도된 오리엔탈리즘으로서의 동양주의에 지나지 않는다는 것이다. 그런 점에서 그것은 국가주의로서의 변형된 근대화론에 불과할 뿐이다. 서구의 근대를 따라잡기 위해 벌인 추격전에 지나지 않은 것으로 판명된 또 하나의 '단절 속의 반복'에 지나지 않는다.

4. 친일문학과 근대화론에의 포섭

친일 파시즘 문학은 결국 근대를 넘어서지 못하였다. 근대 자체에 대한 추종이든 근대 극복을 주관적으로 지향했든 관계없이 종국에는 근대 속에 포섭되었던 것이다. 이것이 친일 파시즘 문학의 비극이었다. 특히 근대를 추종하였던 사람들보다는 근대를 극복한다고 믿었던 이들에게는 더욱 그러한 것이다. 이 점은 근대를 극복한다는 것이 얼마나 어려운 일이며 또한 얼마나 신중하게 접근해야 하는 일인가 하는 점을 새삼 일깨워주는 것이기도 하다.

그런데 일제하 한국근대문학이 모두 친일 파시즘 문학으로 귀결된 것이 아닌 데서 잘 드러나는 것처럼 한국문학이 모두 근대화론의 감옥에 수감되었던 것은 아니다. 친일 파시즘 문학에 가담하지 않았던 문학인들은 그런 점에서 일단 근대화론의 함정에서 벗어난 이들이라고 할 수 있을 것이다. 물론 개중에는 내면적으로 근대에 대한 강한 반성과 저항이 준비되어 경우와 그렇지 않은 경우가 공존하였다. 일제 파시즘에 협력하지 않았다고 해서 필연적으로 근대화론에서 벗어났다고 말할 수 있는 것은 아니다. 하지만 한국근대문학에서 근대화론의 함정에서 벗어나 사유할 수 있는 문학인들은 최소한 친일 파시즘 문학 바깥에서 이루어졌다는 사실만큼은 분명하다.

친일 파시즘 문학은 한국문학의 근대성을 논의할 때 그 시금석이 될 정도로 중요하다. 친일 파시즘 문학은 그냥 우연히 일어난 하나의 에피소드나 해프닝이 아니다. 그것은 한국근대문학의 중간 결산일 정도로 그 이전부터 진행되어 오던 근대문학의 연장선상에 놓여 있는 것이다. 그런 점에서 친일 파시즘 문학의 근대화론에의 포섭 문제는 한국근대문학의 근대성 일반 논의로 이어질 때 더욱 넓고 깊은 역사적 전망을 얻을 수 있는 것이다. 이것이 차후 과제이다.

내재성 부재의 주체와 문학적 종착지

-주요한의 경우-

■박수연

1. 포스트 식민주의에 대해

제국주의의 식민지 지배가 단순한 지배-피지배의 이분법적 도식으로 환원될 수 없다는 사실이 포스트 식민주의 이론의 유행과 함께 자명해진 듯하다. 주지하다시피 지배-피지배의 이분법은 서구적 근대의 형이상학적 진리표로부터 근거를 부여받고 그 진리표에 대한 제3세계적 저항의 이론에 의해 역설적으로 보충된 바 있다. 제국주의로부터의 해방이 국민국가 건설의 과제로 이어지고 그것이 신식민지 파시즘의 파행으로 치달았던 나라들에게서 그 예를 보는 일은 피식민지 나라 외부의 제국주의적 관점[1]을 갖지 않더라도 충분히 실감되는 바 있다. 이로써 신생 독립국들의 역사적 경험은 제국주의적 민족담론이 그 나라들에 이식시킨 기원적 민족 형이상학의 영향과 무관하지 않은 것으로 해석되었고 또 한편으로 그것은 피식민지인들의 제국주의 담론에 대한 모방과 긍정 때문이라고도 이해되었다. 이를테면 단절과 반복이라는

---

1) 가령, 알렝 핑켈크로트, 주태환 역, 『사유의 패배』, 동문선, 1999, 105쪽 참조.

담론에 지쳐 정복과 해방의 사회구성체를 근대적 민족주의의 쌍생아라
고 비판하는 시대를 우리는 살고 있다. 더구나 그 비판의 대상이 일상
적 파시즘론을 정당화하는 기제로 작동하면서 지배체제에 저항하는 다
양한 집단적 실천은 참된 자유의 실질적 실현을 방해하는 국가주의와
가족유사성의 관계에 있는 것으로 규정되었다. 실로 지배와 피지배 내
지 억압과 저항의 상호 의존에 대한 최근의 분석적 진술들은 장기간의
피식민지 경험과 파시즘적 권력의 미청산이라는 역사적 질곡에 둘려
있는 한국의 현실에서 미묘한 호응을 불러오게 되었다. 이 논리 속에
서 보면 우리는 모두 자기반성과 부정의 시간을 거쳐야 한다.

　그런데 그것은 왜 미묘한 것일까? 포스트 식민주의 이론이 깊이 의
존하는 바의 정신분석담론이 현실과 맺는 관계를 살펴볼 필요가 있겠
다. 최근의 이론적 정세 하에서 포스트 식민주의 이론이 호응을 얻는
이유는 정신분석학이 분석자(analysand)의 숨겨진 상처의 죄의식을 적절
히 활용하면서 도달하게 되는 효과와 관련되는 듯싶다. 이를테면 트라
우마와도 같은 무의식적 타자는 그 타자를 향해 자신을 투사하는 주체
에게 되비쳐지면서 주체를 규정하게 된다. 피식민지의 경우로 바꿔 말
한다면, 사람들은 제국주의의 식민담론에 의해 길러지고 그 담론을 모
방하면서 살게 된 역사적 질곡의 경험을 제대로 해결하지 못했다는 자
의식에서 해방되지 못한 채 그 상처의 죄의식을 식민지적 자아의 형성
과 관련시키는 것이다. 요컨대 피식민지인 대부분은 거울에 되비쳐진
것과 같은 형태로 제국주의의 협력자가 되어 살아왔다는 정신분석적
개안(?)이 여기에 있다. 이로써 식민지의 역사적 질곡은 식민 주체에 호
명된 피식민지인들의 모방에 상당부분 기인하는 것으로 이해되어 버렸
다. 피식민지인들의 자기 반성적 거듭남이 이래서 요구되는데, 정신분
석 담론이 분석자의 고백적 자기 진술을 통해 자신의 근거를 부여받듯

이 그 죄의식의 원인은 역설적으로 식민지 지배의 근원적 원인인 것으로 자리바꿈 된다. 이런 기원의 꼬리물림이 있는 한 피식민지인들은 결코 제국주의 담론의 그물망으로부터 벗어나지 못할 것이다.

그러나 그렇게 구성되는 식민지적 기원은, 라깡이 말하듯이, 실은 부재하는 기원이며 주체가 결여된 장소이다. 유아기의 원초적 경험은 현재의 분석자가 사후적으로 만들어 놓은 기원에 불과하다. 원초적 경험 때문에 현재의 주체가 겪는 괴로움(히스테리적 증상)의 규칙이 있다면 그것은 "그 증상의 생산을 위해 여러 요인들이 결합되고 다방면으로부터 동시적으로 일깨워진 것들이(증상과 관련해 사후적으로 : 인용자) 선택된 것"[2]이기 때문이다. 요컨대 기원은 '부재하는 기원'인 것이다. 한국적 현실에서의 그것의 미묘함은 그 때문이다. 기원이 없는데도 그것 때문에 괴로워해야 한다면 그것의 효과는 무엇일까. 포스트 식민주의 이론이 제국주의의 위치에서 식민지 해방 이후의 담론으로 선택적으로 구성된 것일 가능성이 여기에 있다.

다른 한편, 이른바 세계사적 근대의 다차원적 계기와 국면을 치밀하게 논증하는 차원을 넘어서서 진행되는 포스트 식민주의 이론의 논리적 공교함은 역으로 실제 역사적 구성물들의 재배치에서 심각한 단순화로 빠져드는 감이 없지 않다. 일상적 파시즘론이 제기하는 우리 삶의 형이상학적 폭력성은 충분히 긍정될 수 있는 일일 것이다. 그것은 현실에 대한 자기 성찰적 실감을 가져오는 소중한 계기임에 틀림없다. 그러나 여기에 묘한 차원의 단순 환원론이 있는 것이다. 수많은 식민지 지배와 그에 따른 저항의 논리를 제국주의 담론에 호출된 주체들의 폭력적이고 자기 동일적인 민족 담론 내지는 근대적 형이상학의 파시

2) S. Freud, "The aetiology of hysteria," James Strachey (tr.), *The Standard Edition of the Complete Psychological Works of Sigmund Freud* vol.Ⅲ, The Hogarth Press, 1962, p.216.

즘으로 분류하는 일이 그것인데, 이러한 환원론이 또 다른 형태의 이분법적 단순론으로 빠질 위험은 얼마든지 있다고 여겨진다. 민족 형성의 외적 계기와 내적 근원을 섬세하게 준별하는 일 없이 민족주의를 국가주의와 등치시키고 국가주의의 파시즘적 폭력성을 환기시킨 후 이를 통해 민족 담론을 역사적 악으로 규정하는 저간의 이론적 정세 속에서는 포스트 식민주의 이론의 논리적 공교함이 증발되어 버린 채 선악의 이분법적 구도만 남게 되는 것이다.

이와 관련하여 호미 바바가 사이드를 이분법적 오리엔탈리스트로 규정한다는 점3)을 돌아볼 필요가 있다. 바바에 의하면 사이드는 '잠재적 오리엔탈리즘(서구적 지배의 무의식적 확신)'과 '외현적 오리엔탈리즘(동양에 관한 지식)'의 양극성을 강조하는 사람이다. 그 두 가지 오리엔탈리즘의 '상호 연결/분리'라는 통시적 과정 속에서 서구적 오리엔탈리즘이 항상적 불안정성을 겪는다는 사실에 대해 사이드는 결코 침해될 수 없는 권력 안(서구)과 밖(동양)의 대립 위치를 '의도적으로' 부각시키면서 봉합해버린다는 것이다. 그에 따르면 사이드는 "처음에 그런 두 가지 담론적 상황 간에 대립을 설정하고, 마지막에는 그 둘을 정치적—이데올로기적 '의도'를 통해 통합되는 조화된 재현의 체계로 상호 연결되도록 한다."4) 이것이 사실이라면 서구의 오리엔탈리즘은 내적으로 균열을 겪는 일 없이 영속될 수밖에 없을 것이다. 그렇게 통합된 재현 체계는 타자에 의해 모순에 처하거나 균열되지 않는 체계이기 때문이다. 그러나 사이드는 바바가 (의도적으로?) 무시하고 있는 주장을 병행시킨다. "거의 역설적이게도, 19세기를 통하여 동양과 서양의 거리는 계속 축소되었다"5)고 그로써 "고전적인 동양의 연구에 기반을 둔 잠재적인

---

3) H. 바바, 나병철 역, 『문화의 위치』, 소명출판, 2002, 154~156쪽.
4) H. 바바, 위의 책, 155쪽.
5) E. W. 사이드, 박홍규 역, 『오리엔탈리즘』, 교보문고, 2000, 391쪽.

오리엔탈리즘의 교의와 여행자, 순례자. 정치가 등에 의해 나타난 오늘
의 명백한 동양의 묘사 사이에는 긴장관계가 높아졌다"6)고 사이드는
말한다. 요컨대 오리엔탈리즘을 형성한 지식은 "해체되고 해방되어 새
로운 형태를 취하게 되었다"7)는 것이다. 이것이 잠재적 오리엔탈리즘
의 영역에서 나타난 사태라면, 종래의 오리엔탈리즘이 수동적 여성상
으로 유비한 바의 외현적 오리엔탈리즘을 전복시키기 위한 노력이 우
리 시대의 역사적 과제이자 가능성이라고 사이드는 강조한다. 그 과제
와 관련하여 그가 제시하는 질문, 즉 "문화적, 종교적, 인종적 차이는
사회ㅡ경제적 또는 정치ㅡ역사적 범주보다도 중요한 것이라고 말할
수 있을까"8)라는 질문이 주목되어야 할 터인데, 따라서 필요한 것은
주어진 역사적 조건 속에서 민족 담론이 구성되고 전개되며 효과를 발
휘하는 과정에 대한 복합적 분석이라그 하겠다. 민족 담론에 대한 환
원적 단순화를 위해 의도적으로 무시된 요인들의 복권이 시급한 셈이
다.

　바바는 오리엔탈리즘의 두 가지 영역이 실은 그 담론의 타자성과 양
가성을 독창적으로 고려하도록 한다고 말한다.9) 식민지 지배에서의 식
민 주체의 양가적 구성이라는 문제 설정은 지배와 피지배라는 이분법
적 도식으로 환원되지 않는 민족 문제의 복수성을 역설적으로 환기한
다는 점에서 충분히 긍정되어야 할 것이다. 그런데 제국주의 민족 담
론에 의해 호출된 주체의 문제는 좀더 복잡한 논의를 필요로 하는 듯
싶다. 라자뤼스는 이에 대해 피식민지인들의 내적 분할을 제기한다. 분
할된 세력관계 속에서 포스트 식민주의 이론이 이야기하는 피식민인은

6) E. W. 사이드, 같은 곳.
7) E. W. 사이드, 같은 책, 496쪽.
8) E. W. 사이드, 같은 책, 565쪽.
9) H. 바바, 앞의 책, 155쪽.

진정한 피식민인이 아니라 식민 담론에 의해 호명된 대리인(agent)이라는 것이다. 결국 식민 담론이 구성하는 것은 식민화된 엘리트주의에 지나지 않는다고 할 수 있는데,[10] 이것은 식민 주체가 봉합될 수 없는 분열의 삶을 살아간다는 말과 같다. 호명된다는 것은 언어화된다는 것을 의미한다. 그러나 실재의 차원에는 언어화되지 않은 채 주체를 지속적으로 괴롭히는 영역이 있는데, 이 실재의 운동 때문에 주체는 지속적으로 자신의 정합성을 추구할 수밖에 없다. 이렇기 때문에 식민 담론에 의해 호출되는 주체라 해도 그 주체가 언제나 완전한 식민지인으로 존재하는 것은 아니라고 해야 한다.

우리는 이 논의를 스피노자를 영유하는 라깡의 심신 병행론으로 유비하면서 현실 이해의 차원으로 전환할 수 있다. 라깡에게 주체란 단순한 정신분석학적 주체가 아니라 철학적 법적 언어적 주체이다. 인간의 인격은 그의 고유한 환경에 의해 구성되는 총체성에 병행되는 것이다. 같은 의미에서 스피노자는 "관념의 질서와 결합은 사물의 질서의 결합과 동일하다"[11]고 쓴다. 그런데 스피노자의 일원론적 세계관은 사고와 연장이 하나의 실체로 귀속된다는 사실을 밝혀 놓음으로써 주체의 문제를 타자들과 관계 맺으면서도 주체 자체의 문제로 이해해야 하는 길을 열어 놓았다. 스피노자에게 내부와 외부의 양태들은 하나의 실체에서 이루어지는 변용들이다. 모든 차이는 하나의 실체가 다양하게 뻗어내는 속성에 지나지 않기 때문이다. 스피노자를 영유한 라깡에게 인격은 실체의 속성에 해당하는데, 그는 이렇게 말한다. "이제 주체라는 개념에 대해 이야기해보도록 하자. 그것을 끌어들일 때 우리는 자기 자신을 끌어들인다. 당신에게 말하고 있는 사람은 다른 사람에게

---

10) N. 라자뤼스, 김보민 역, 「초국가주의와 소위 민족국가의 사멸」.
   http://www.colonialismstudy.com.
11) B. 스피노자, 『윤리학』, 서광사, 1990, 73쪽.

말하고 있다는 듯이 말하는 사람이다-그는 잘못된 언어를 사용하고
있다. 자기 자신이 문제인 것이다. 이처럼 프로이트는 시작에서부터 그
자신을 분석하듯이 신경증을 분석해야만 진전이 있다는 사실을 알고
있었다."[12] 결국 문제되는 것은 제국주의적 식민 담론으로서의 타자가
아니라 타자와 관계 맺고 호출되면서 경험적 현실을 살아가는 주체의
자기 정립인 것이다. 주체의 내재성이라고 다시 정리될 수 있는 이것
을 현실 역사의 행정으로 돌려보는 일은 제국주의와 식민지의 현실적
관계를 살펴보는 일과 통한다.

  이것을 친일문학에 대한 논의로 전환시킬 경우, 특히 글쓰기의 주체
가 문제가 되기 때문에 더욱 논점이 예각화된다. 왜냐하면 글쓰기의
주체란 '소유의 변증법'(상징계)에서 '존재의 변증법'(상상계)으로 돌아가
려는 주체이기 때문이다. 이때 주체는 '아버지'라는 큰타자를 벗어나서
자신의 말로 세계와 만나려는 내재적 주체이다. 이런 관점에서 친일문
학을 이야기한다는 것은 무엇을 의미하는 것일까? 저항과 협력으로 이
중 구조화된 주체라는 문제 설정의 포스트 식민주의적인 관점 속에서
보면 친일문학은 식민담론에 포획된 주체들에게는 불가피한 선택임이
분명하다. 그들은 식민구조의 아들들이기 때문이다. 그러나 그 주체가
실은 항상 타자에게 구속된 채 고정되어 있기만 하는 존재가 아니라는
사실이 고려될 필요가 있는 것이다. 파농이나 라자뤼스가 피식민지 주
체의 내적 분할(부르주아적 민족주의/민중적 민족주의)을 제기하고 민중적
민족주의의 저항적 잠재력으로부터 탈자본주의의 가능성을 보는 것은
바로 그 주체의 내재성으로 제국주의적 질서를 돌파할 가능성을 타진
하는 것이라고 할 수 있을 것이다.

---

12) J. Lacan, Seminar Ⅰ, Norton, 1988, p.2. 오질비는 이 문제를 "주체는 결국 사회
    적 요구들(타자들:인용자)의 체계 대신 자신의 고유한 체계를 대체물로 갖는"다
    고 정리한다. B. 오질비, 김석 역, 『라깡, 주체개념의 형성』, 동문선, 2002, 75쪽.

최근의 이론적 경향이 보여주는 주요 논점 가운데 하나가 민족주의 비판이고 이것은 포스트 식민주의 이론의 문제제기가 가지고 있는 강한 유인력에서 비롯된다고 여겨진다. 민족의 혈통과 전통을 강조하는 원초적 민족 담론이 실제로는 가능하지 않은 이념적(이것은 관념적이라는 의미와 통할 것이다) 구성물에 지나지 않는다는 비판이 화려한 분석적 수사와 함께 제기되고 있는 것이다. 이 비판이 민족 형이상학의 폭력성에 대한 지적으로 의미화 되는 것은 그 자체로는 충분히 긍정해야 할 것이다. 실제로 민족주의에 의해 악의적으로 억압되었던 것이 있다면 그것은 언제 어디서나 복권되어야 할 것임에 틀림없다. 그러나 민족주의 비판 담론에서 가장 결여되어 있는 것이 있으니, 그것은 민족의 구성과 발견의 경험을 서구와는 다른 방식으로 수행한 제3세계 민중들의 자기 해방의 계기가 무시된다는 점이다. 이것은 포스트 식민주의 이론에서 왜 피식민지인의 일부는 저항으로 나아가고 또 다른 일부는 협력으로 나아가는지에 대한 분석이 부족하다는 사실과 통하는데, 이는 정신분석학의 타자론에 지나치게 의존하면서 제국주의적 타자에 의해 구성된 피식민지인이라는 관점만이 부각되기 때문일 것이다. 이와 관련하여 한 논자는 김사량 문학의 포스트 식민주의적 내용이 그의 현실적 실천을 끌어내고 있다는 주장을 하고 있어서 주목된다. 그는 「풀 속 깊이」를 분석한 후 "작가 김사량은 이처럼 식민지인의 양가성을 극대화시켜서 그 속에서 멀어지는 동화와 이화의 틈을 확대시켜 나갔다. 이러한 틈에 대한 인식이 작가 김사량으로 하여금 연안으로 탈출하여 항일의용군에 가담하게 만든 원동력이었다고 해도 과언이 아니다"[13] 라고 말한다. 김사량의 탈출이 피식민인의 양가성에서 비롯된 것이라

---

13) 윤대석, 「국민문학의 양가성」, 『트랜스토리아』 2호, 박종철 출판사, 2003 상반기, 176쪽.

면 그 양가성 중에서 김사량으로 하여금 탈출의 길로 나아가도록 한
저항적 요인만이 그의 심리에 부각된 이유는 무엇이었을까?

식민담론에 의해 구성된 주체로서의 피식민지인은 권력의 대립관계
를 알 수 없다. 대립을 알기 위해서는 권력의 외부에 있어야 하지만 푸
코를 전유하는 바바의 경우 권력의 외부에 있는 존재는 없기 때문이
다. 그러므로 김사량의 소설에 대한 위와 같은 주장은 다음과 같은 두
가지 말을 덧붙여 놓는 것과 같다. 하나는 김사량이 식민 담론의 외부
다시 말해 권력의 외부에 있었다는(포스트 식민주의 이론에서는 실제로는 불
가능한 상태를 지시하는) 말을 하는 것이며(이것은 실제로는 포스트 식민주의적
실천의 가능성을 부정하는 것이다), 다른 하나는 김사량의 탈출을 계기화하
는 것이 무엇인지를 다시 찾아내야 한다는 말을 하는 것이다. 전자의
경우는 김사량이 식민 담론의 주체로 호명되지 않는 또 다른 요인에
의해 더 많이 규정되고 있었다는 사실을 뜻하는데 그것을 우리는 '민
족'이라고 부를 수 있을 것이다. 후자의 경우는 그 민족의 어떤 요인이
우선적으로 효과를 발휘하고 있었는가를 밝혀내는 일을 요구하는 것이
다. 그리고 그것을 밝혀내는 일은 제국주의에 의한 식민지 수탈의 과
정을 밝혀내는 일과 통할 것이다.

당연히 스피박이 말하는 단절과 반복의 가능성 자체가 무시될 수는
없다. 그러나 반복에도 단순 반복이 있고 변형된 반복이 있다. 이때 단
순 반복의 삶을 살아가는 존재는 라자뤼스가 말하듯이 식민 담론에 의
해 호명된 대리인이다. 그러나 주체가 그로써만 구성되는 것은 아니다.
실로 포스트 식민주의 이론의 중요한 측면은 주체의 그 분열된 양상을
환기한다는 것이다. 양가성과 혼종성 개념이 이와 관련될 터인데, 그러
나 주체의 그 분열된 차원이 언제나 현실화되는 것은 아니다. 오히려
우리가 주목해야 하는 것은 그 분열된 주체의 잠재성이 어떤 경로를

통해 어떤 모습으로 현동화(actualization)되는가 하는 것이다. 민족담론을 동원하여 민족을 강조하는 일이 국가주의의 반복이라고 비판하는 것은 그 민족 담론이 식민 담론의 반복이되 차이나는 반복이라는 사실을 애써 눈감으려 하는 것이라는 혐의가 짙다. 그렇다면 국민국가의 경계를 지우면서 제국에 대해 강조하는 것과 일본의 제국이론은 어떤 관계를 맺는가에 대한 논의가 뒤따라야 할 것이다.

　마찬가지로, 친일문학을 논점화하는 것은 또 다른 논자가 말하듯이[14] 식민 담론에 호출된 주체의 자기동일성을 급진적으로 반복하는 일과는 거리가 멀다. 이 논의는 제국주의의 규정력만이 일방적으로 강조된 채 식민 담론을 반복하는 주체를 지적하는 것인데, 이는 주체를 단순한 타자 복제로 이해했을 때에만 가능한 논리이다. 여기에는 민족주의를 단순 악으로 환원한 채 모든 잠재적인 것(the virtual)을 모든 현실적인 것(the real)으로 바꿔놓는 논리적 비약이 있다. 이것은 모든 민족주의를 국가주의와 등치시키고 단순 악으로 환원하는 최근의 이론적 정세를 추수하는 데서 나온 결과일 것이다. 그러나 주체는 내재적 주체이지 타자성으로 단순 환원될 수 있는 주체가 아니다. 친일문학을 이야기한다는 것은 포스트 식민주의 이론에 의해 탈영토화된 민족주의를 다시 주체의 내재성으로 재영토화하는 일과 통한다. 친일문학을 다시 이야기하는 것은 바로 그 재영토화의 과정에서 내재적 주체성으로 살지 못했던 존재들의 문제를 살펴봄으로써 위의 논의가 우려하는 바의 역설적 한계를 피해가기 위한 것이다.

---

14) 강상희, 「친일문학의 인식 구조」, 한국근대문학회, 『한국근대문학연구』 7호, 태학사, 2003.

2. 친일의 경로

주요한의 첫 번째 친일 작품은 『조광』 1940년 9월호에 수록된 「여객기」이다.[15] 이 작품은 대동아 공영의 현실적 감각을 노래한다. 그의 친일이 대동아 공영권과 전쟁 찬양에 주로 집중되고 이것이 1940년의 작품 발표와 함께 구체화된다는 것은 그가 내선일체의 황민화론보다는 동아 신질서론에 강하게 이끌린 문인이라는 사실을 알게 해준다. 이렇게 본다면 그의 최초의 친일시가 「여객기」인 것이 우연은 아니게 된다. 그는 "동아의 너른 터를 한집인 듯 여기"(「여객기」)는 현재를 넘어서 "오대주 한 뜰 될 날"(같은 시)을 고대하고 있다. 한국 근대시의 입구에 결코 무시될 수 없는 흔적을 남겨 놓은 그가 만세일계 천황귀일의 대동아정신을 시조로 표현하는 사정을 살펴브는 일은 그러므로 한국 근대문학의 어떤 운명을 고찰하는 것과 같은 일이 될 터이다.

그가 자신의 시력을 정리해주는 글은 네 편이다. 세편은 종래의 연구자들에게 익히 주목되어온 바 있는데, 「창조 시대의 문단」(『자유문학』 창간호, 1956. 6.) 「나의 창조 시대」(『문학사상』 1979. 10) 「내가 당한 20세기」(『새벽』1, 1982)가 그것이다. 이 글들은 주요한이 일본의 명치학원 유학시절부터 자신에게 영향을 끼친 일본 문단의 분위기를 자서전 형식으로 서술하고 있어서 한국 근대시의 형성을 이해하는 데 주요한 자료가 된다. 그런데 그가 동일한 내용을 서술하고 있는 최초의 글은, 그의

---

15) 임종국은, 주요한의 표면적 친일 행위는 1938년 12월 24일 수양동우회를 대표하여 국방헌금조로 4천원을 종로서에 기탁한 일로부터 시작되었으며 그 전에 전향자들의 친일조직인 대동민우회에 가입하면서 전향서를 발표한 일이 직접적 계기가 된다고 썼다. 임종국, 『친일문학론』, 평화출판사, 1993, 378쪽. 그런데 주요한의 대부분의 친일작품 내용이 대동아 신질서 수립의 당위성과 전쟁 찬양에 바쳐지고 있다는 점을 감안하면 그의 친일의 내면화가 이루어지는 시기는 대동아공영권 논의가 공식화되는 1940년의 작품 발표시기부터라고 생각된다.

문학적 이력을 설명하는 것으로서, 松村紘一이라는 이름으로 발표된 「詩壇三十年」(『신시대』, 1944. 4.)이다. 위의 다른 글들과 동일한 내용을 다루고 있으되 「시단 30년」의 특이한 점은 글의 결론을 '국민문학으로 회귀해야 할 조선문학'이라는 진술로 마무리하고 있다는 점이다. '조선 민요와 시조의 전통을 현대화하기 위해 국어(일본어)로 그 정신을 재현해야 하며 이로써 황국문화를 만들어내는 데 크게 공헌하리라'고 주장되는 것이다.16) 훗날 동일한 내용의 글을 이 결론 부분만 생략한 채 반복하는 주요한의 심리는 무엇이었을까.17) 그가 한국 근대시의 형성에 끼친 커다란 영향을 고려하면서 대동아공영의 염을 노래하는 시형식이 시조라는 사실을 생각해보면 이 '대동아공영 찬가'는 곧 일본식의 전도된 오리엔탈리즘에 대한 전통(동양)미학적 표현임을 알 수 있다. 이것이 실제로 실현되는 날 일본(←조선)과 중국 만주 등 동양의 도의적 세계관에 기초한 신체제는 서구적 근대에 반정립된 것으로서의 '동아신질서'를 구가할 것이었다.

　동아신질서란 1938년 일본 수상 코노에 후미마로(近衛文麿)가 중국의 배일 민족주의를 회유하기 위해 내놓은 대 중국 선린정책의 구호였다. 이것이 공식화된 것은 2차 코노에 내각이 남방문제에 관심을 기울이면서 동아신질서론을 대동아공영권 구상으로 확대시킨 「기본국책요강」(1940. 8)을 통해서이다. 그것의 경제적 주장은 서구 근대 자본주의를 넘어서고 사회주의와 나치즘의 경제 체제도 지양시킨 일본식 계획경제

---

16) 「詩壇三十年」, 『신시대』, 1944. 4. 61쪽.

17) 과거의 실제적 이력 자체가 고쳐지거나 무화될 수는 없다는 점에서 주요한의 문학적 회고가 전혀 다른 내용으로 씌어질 수는 없을 것이다. 그러나 하나의 사건이 하나의 결론으로 필연화되었을 경우, 그 사건의 내용을 다시 서술하는 것은 그 결론을 어떤 방식으로든 전제하는 일이 될 수밖에 없다. 주요한의 문학적 회고가 문제적인 것은 그 때문이다. 그의 이 회고는 한국 근대문학의 한 경로가 피해갈 수 없는 운명을 징후적으로 드러내는 것이 된다.

인 바, 이것이, 그리고 이의 전사로서 '동아협동체론'과 '동아연맹론'이
조선 지식인들에게 끼친 영향은 '전향론'의 형식을 통해 별도로 고찰
될 수 있을 터이다.[18]

주요한의 전향 문제를 고려할 때 부각되는 것이 그의 친일과 동우회
재판이다. 그가 대동민우회에 가입하면서 발표한 전향 성명서의 날짜
는 1938년 6월이고 수양동우회 관계자들이 검거된 것은 1937년 6월부
터 38년 3월까지이며 그 사건의 예심이 끝난 것은 1938년 8월이다. 이
런 정황들로 미루어본다면 미나미(南次郞) 총독이 내걸었던 내선일체의
황민화론이 주요한에게 내면화될 계기는 거의 없었다고 할 수 있다.
더구나 수양동우회가 민족부르주아 주도의 합법적 자치운동론을 표면
에 내걸었고 이것이 조선 독립에 대한 타협적 차선책이었던 정황이고
보면 내선 일체론에 대한 심리적 저항이 주요한에게 깊이 잠재되어 있
는 상태였다고 할 수 있다. 그런 그에게 38년의 전향 성명서와 국방헌
금은 그야말로 회유와 협박에 의한 행동이었을 가능성이 크다.

그런데 동아신질서론의 경우는 일본을 정점으로 해서 대동아권에
속한 국가·민족의 하위 배치를 일종의 민족 자치론으로 표면화했다.
조선 민족은 미나미의 동화정책에 의해 내지 편입이 강요되었지만 그
이전부터 있어 왔던 조선자치론[19] 논의의 경험 속에서 조선이 선택해
야 할 대안으로 대동아론이 긍정될 가능성은 충분했다. 이 긍정은 물
론 하나의 가능성에 대한 상상적 내재화에 불과했다. 조선의 자치론자
들이 동아신질서의 신체제론 속에서 민족의 활로를 기대했다고 해도

---

18) 김석범은 "사회주의 운동과 결합한 식민지 민족해방투쟁, 또는 민족주의자들의
   민족독립투쟁 과정에서의 '친일', '민족반역행위'"를 전향이라고 규정한다. 金石
   範, 『轉向と 親日派』, 岩派書店, 1993, 10쪽.
19) 민족주의 우파의 자치론에 대해서는 박찬승, 『한국근대정치사상사연구』, 역사비
   평사, 1997.

실제로 조선은 일본의 외지로만 인정될 수 있을 뿐이었다. 가령, 1942년 11월의 대동아문학자대회에 참가한 이광수, 유진오, 박영희는 데라다 히까루(寺田瑛), 가야시마 츠요시(辛島驍)와 더불어 일본의 조선지방 대표로 참가한 것이었다. 그러나 비록 상상의 차원이라고 해도 그 내재화의 내용이 문인들의 글쓰기에서 작동될 때 상상과 현실의 분리/접합이라는 통시적 상호 과정을 거쳐 자기 신념으로 정착되는 일이 발생하고 있으니 조선의 친일문학 전체는 실로 이런 자기 신념의 표현이라고 할 만한 것이다.

주요한이 이 자기 신념을 특히 1940년부터 '동양 해방'과 '팔굉일우'의 이념으로 드러내기 시작했다는 사실은 그의 일본 유학이 그에게 가져다 준 근대 경험과 그로 인해 형성되었을 근대성의 보편적 내러티브에 의한 유인을 역설적으로 드러내는 것이라고 할 수 있다. 다시 말해 그의 문학적 전개 과정은 서구적 근대에 대한 유인에서 시작되어 식민지인의 보편적 감정이었을 열등감으로 중간 결산되고(이 열등감은 열등감을 극복하기 위한 정치적 매개를 필요로 했으니 그것이 주요한에게는 문학으로 표현된다는 사실을 주목해야 한다) 그것이 그로 하여금 국민문학파의 시조와 민요로 나아가도록 했으며 결국 서양을 대립항으로 놓은 동양의 발견(이것은 결국 서구적 근대를 극복하지 못했다는 사실을 역설적으로 드러내는 것이다)에 이르러 일종의 자기 도취적 친일문학으로 귀결된 것이었다고 할 수 있다. 거칠게 말하면 열등감에서 전도된 주체의식으로의 전환이라고 할 수 있는 경로가 여기에 있다. 이것은 최근에 주류화된 주체—타자론의 관점과는 다른 방식으로 그 주체—타자론을 전유할 필요성을 제기하는 것인데, 왜냐하면 친일문학의 경우 타자의 인정을 넘어서서 타자에의 함몰이 귀결시킨 무—주체(a-subject)를 형성시켰다고 판단되기 때문이다. 이를 살펴보기 위해서는 주요한이 일본에서 어떤 문학

경험을 했으며—그것은 타자의 경험이었을 것이다—그 경험의 귀착지
가 어디인가를 추적해 보아야 할 것이다. 이것은 한국 근대문학이
1940년대 전반기에 열화와같이 펼쳐 보였으며, 최재서의 표현을 빌면
"조선인만을 대상으로 하는 좁은 문학"을 넘어서서 "아시아 민족 십억
의 문학"으로 지향된다고 상상했던[20] 친일문학의 경로가 어떤 연유를
갖는 것인지를 추적해 들어가야 한다는 것을 뜻한다. 근대 자유시의
형식을 개척하고 그 다음에 시조와 민요의 세계로 들어갔다가 30년대
의 공백기를 거쳐 다시 신체제론의 긍정 속에서 자유시와 시조 신민요
의 창작에 나선 주요한에게 문학은 무엇이었을까.

3. 문학적 근대 경험과 그 귀결로서의 닫힌 전통

주요한의 근대문학 경험이 1912년의 도일로부터 1919년 상해로 건
너갈 때까지의 일본 문단의 분위기 속에서 이루어진 것이었음은 주지
하는 바이다.[21] 그는 명치학원 중등부 3학년 때에 카와지 류코(川路柳
虹)의 집에 드나들면서 시를 배웠다. 카와지 류코는 시인이자 화가였으
며 주요한의 일어시가 수록되어 있는 『伴奏』와 『現代詩歌』를 주재한
사람이기도 하다. 주요한이 이때 배웠을 시가 구어자유시 운동의 선구
자였던 카와지 류코의 영향권 아래 있었을 것임이 분명하거니와 주요
한 또한 그 당시에 쓴 서구시의 영향과 편향에 대해 그 불가피성을 고
백하고 있다.[22]

---

20) 최재서, 「결전문학의 급전환」, 『문학보국』 1943. 9 ; 정창석, 「소위 '대동아공영
   권'의 문화주의」, 『경기대 인문과학논총』 6집, 1998, 358쪽 참조.
21) 이 과정에 대한 가장 체계적인 연구로는 심원섭, 「주요한의 동경 유학시대」, 『한·
   일문학의 관계론적 연구』, 1998, 국학자료원 참조.

기독교 집안의 개화적 분위기에서 자라고 13세에 일본으로 유학을 떠났으며 조선의 전통적 문학 세례를 별로 받지 못한 상태에서 서구 자유시의 경험을 통해 창작의 길로 들어선 주요한에게 문학적 중간 결산이 민요라는 사실은 그러므로 좀 의외의 것이다. 지금까지 밝혀진 자료로 볼 때 주요한이 민요시의 필연성을 제시한 최초의 글은 1924년의 「노래를 지으시려는 이에게」이다. 우리 문학 전통의 특별한 세례를 받은 기억이 없는 주요한에게 민요는 무엇이었을까? 당시의 시인들에게 본보기가 될만한 작품이 조선에 없다는 주요한의 생각은 상당히 자각적인 것이었는데, "이 초창 시대에 잇는 우리는 긔성한 시대의 셰력을 가진 것 업고 일반 독서계급의 ○른 감상력을 가짐도 업고 쏘 긔성한 시가의 형식도 업시 다만 빈손으로 무슨 새론 문학의 창조를 ○ 하는"(「노래(1)」, 50쪽) 시대라고 자신의 문학적 환경을 정리하고 있기 때문이다. 그런 그가 「노래(1)」에서 꼽고 있는 우리 민족의 대표적 노래 형식이 첫째 중국의 완전 모방품인 한시, 둘째 내용상의 중국 모방품, 셋째 "국민덕 정조를 여간 나타낸 민요와 동요"(「노래(1)」, 47쪽)였음을 고려한다면, 민요야말로 우리가 계승해야 할 민족적 시가라고 그에게 생각되었음이 분명하다. 그런데, 그의 문학적 성장 환경이 민요에 의한 충분한 교양을 어렵게 만든 것이었기 때문에 민요는 그에게는 '발견된 전통'[23]이라 할만한 것이다. 민요에 대한 그의 개안이 어떤 근거를 갖는 것인지 알려주는 진술이 있다.

---

22) 「노래를 지으시려는 이에게(1)」, 『조선문단』, 1924, 10, 49쪽 참조. 「노래를 지으시려는 이에게」는 『조선문단』 1924년의 10, 11, 12월호에 분재되어 있다. 이하에서는 각각 「노래(1)」, 「노래(2)」, 「노래(3)」으로 표기한다.

23) '발견된 전통' 혹은 '창조된 전통'에 대해서는 E. Hobsbawm, "Introduction : Inventing Tradition", E. Hobsbawm & t. Ranger (ed.), The Invention of Tradition, Cambridge Univ. Press, 2000, pp.13~14 참조. .

튜톤 문학에 튜톤의 피가 흐르고 라틴 문학에 라틴의 피가 흐름가치 조선 문학에 조선의 피가 놀뛰어야 할 것이다. 그리한 뒤에라야 슬라브 예술이 먼저 슬라부 예술인 뒤에(슬라브예술이기 때문에) 세계예술이 됨같이 조선문학이 조선문학인 뒤에(흑 인 까닭으로) 세계문학이 될 것입니다.

▶▶⟨「노래(2)」 49쪽⟩

조선 민요의 재창조가 근거를 부여받는 것은 튜톤 문학과 라틴 문학, 슬라브 예술과의 유비를 통해서이다. 주요한으로 하여금 조선문학에서의 민요의 중요성을 발견하도록 한 것은 그의 근대 문학 경험의 한 예였을 서구 문학들이 "튜톤의 피"와 "라틴의 피"라고 비유되는 바의 민족적 내용을 획득한 것을 인식한 데서 비롯되는 것이다. 이것은 그러나 외부에서 수입된 필요성일 뿐 조선 근대문학으로서의 민요 자체의 필연성을 설명해 주지는 않는다. 민요 디외에도 내용적 차원에서 민족의 삶을 형상화하는 예는 많이 있을 것이기 때문이다. 이를테면 주요한은 조선 신시의 민족적이고 전형적인 형태로서 왜 민요가 창작되어야 하는가에 대한 설명을 민요의 내재적 분석을 통해 제시해야 한다는 요구를 받고 있는 것인데, 이 요구에 대한 답변은 다른 나라의 예속에서 찾아지는 것으로 방향이 잘못 잡힌 형국이다. 한편 조선 신시의 기준으로 그가 제시하는 것은 첫째 개성의 표현이며 둘째 조선사람의 개성(조선혼)을 표현하라는 것이다.(「노래(2)」 48쪽) 그러나 개성이 무엇이며 조선의 개성이 무엇인가에 대한 설명이 없이 막연하게 제시되는 이 두 가지의 기준으로 조선 민요의 필연성이 이해될 수는 없을 터이다. 그 스스로 "짧은 시간에 단뎡을 내리지 못할 문뎨"(같은 곳)라고 고백하고는 있으되 자신의 논의에 더 충실하기 위해서 그가 제시한 민요 발견의 계기는 다음과 같다.

조선의 신시 운동이 성공하려면 반드시 민요를 기초 삼고 나아가야 되리라 합니다. 이것은 어떤 나라 문학사를 보더라도 증명할 수 있는 것이외다. 문학 발생의 초창 시대에 있어서 그 새 문학의 출발점이 언제든지 민요에 있었습니다. 멀리 그릭이고 그럿섯('그럭(Greek)이 그럿섯고'의 오식인 듯함 : 인용자) 라틴문학, 영, 법, 덕의 근대문학, 가까이 일본의 문학이 그랬습니다.

▸▸〈「노래」(3) 44쪽〉

조선의 시가 시마자키 도손(島崎藤村)을 거쳐 난숙기에 이른 일본시를 모방하면서 형성되었다고 진술하는 데서24) 주요한은 조선 신시의 진

---

24) 「詩壇三十年」, 『신시대』, 1944, 4, 59쪽 참조. 시마자키 도손에 대해 주요한은 일본 민요의 완성자라는 평가를 내린다. 벌꽃(주요한), 「일본근대시초(1)」, 『창조』 창간호, 1919, 2, 76쪽 참조. 그의 시를 민요라고 규정하는 일에 대한 고찰은 필자의 능력 밖의 일이지만, 정통적인 문학사에서 시마자키 도손은 일본 신체시의 완성자라는 평가를 받는 시인이다. 주요한이 시마자키 도손에 대해 민요를 완성했다고 말하는 것은 그의 신체시가 일본 시가의 전통적 음률인 7·5, 5·7조를 활용하는 형태적 측면에 주목했기 때문인 듯하다. 그런데 주요한 자신은 당시에 일본의 초기낭만파 시인들에게서 별로 모방욕을 느끼지 못했다고 술회한다. 주요한, 「'창조'시대의 문단」, 『자유문학』, 1956, 6, 135쪽 참조. 그렇지만 이것은 이중적 의미를 갖는 진술이다. 우선, 표층적 층위에서 이 진술은 당시 주요한이 관심을 가지고 있던 시인들이 프랑스 세기말 시인들이었다는 사실을 부각시키려는 의도를 부각시키는 효과를 갖는다. 다음, 심층적 층위에서 이 회고의 또다른 뜻은 주요한이 서구시의 영향으로 쓴 자유시가 실은 진정한 의미의 신시의 출발이 아니라는 것이다. 왜냐하면, 위 인용문에도 드러나듯이, 새 문학의 출발은 민요로부터 나오는 것이라고 그는 생각하고 있기 때문이다. 이렇다면, 서구 상징주의 시에 강하게 영향받고 『반주』와 『현대시가』에 그런 경향의 시를 발표하기도 했던 주요한에게 혹시 자신의 과거 경력을 무시해도 좋은 것으로 정리하려는 심리가 있었던 것은 아닐까? 한편 요코야마 게이코(橫山景子)는 주요한과 시마자키 도손의 관계가 주요한의 회고처럼 별다른 수수가 없다고 볼 수 없음을 그 두 명의 시를 비교하면서 실증하고 있다. 요코야마 게이코, 「주요한의 일어시 작품에 관한 연구」, 경북대학교 박사학위논문, 1989, 99쪽 참조. 이를테면 시마자키 도손의 영향권에는 주요한 자신도 포함될 수 있는 것이다. 이 지적에 주목해야 하는 이유는 주요한의 민요적 서정시풍의 계기가 그가 시마자키 도손을 접한 명치학원 3학년 시절(1915)부터 주어졌다고 할 수 있기 때문이다. 이 시기에 그의 문학적 성향이 상징주의 시의 영향을 강하게 받고 있음에 틀림없지만, 그렇다고 해도 그의 민요시가 외부에서 수입된 것이었다는 사실에는 변함이 없다.

정한 출발이 민요시임을 암시하는 것이라고 흘 수 있다. 그 자신 또한 우리 민족의 외부적 구성물인 서구 자유시와 근대시로서의 민요시에 대한 예화를 통해 자신의 민요시 주장을 정당화하고 있는 만큼 외부적 존재들에 대한 모방이 그의 시의 모태가 되는 셈이다. 요컨대 주요한의 시적 계기를 이루는 것들은 조선 문학의 내재적 한계를 돌파해 나가는 과정에서 얻어진 것이 아니라 조선보다 일찍이 근대문학의 길을 개척해 나갔던 나라들의 예를 통해 유비적으로 인식된 것들이다. 그에게 '조선혼'을 추구하는 문학적 영역으로서의 민요시조차도 그 필연성이 위와 같은 예를 통해 정당성을 얻는 것이라면 결국 서구시와 일본시의 영향으로 근대문학의 경험을 했던 주요한의 한계가 똑같은 방식으로 반복되는 것이 아닐 수 없다.

　그런데 이 문학이 "국민문학"[25)]을 주장하는 주요한의 태도에서 하나의 근거를 부여받고 있음이 지적되어야 할 것이다. 그의 민중관이 계급적이라기보다는 무차별적 전체 집단으로서의 조선인이었다는 점과 함께, 국민주의가 제국주의의 침략전쟁 과정에서의 국가의 지도력을 민중들에게 강요하면서 형성된 것이라는 사실을 염두에 둔다면, 국민문학파의 국민주의야말로 식민지 담론이 호출한 주체들의 전형적인 인식인 셈인데, 이것 또한 외부적 타자의 규정을 역설적인 방식으로 강하게 드러내는 예에 해당하겠다. 민중 자체의 내재적 능동성에 주목하기보다는 외적 권력 형식의 중요성을 강조하는 국가주의 담론이 여기에 있거니와 주요한의 시편들이 당대 민중의 고통과는 지나치게 무관할 정도로 낙관적 외피를 두르고 있다는 사실이 이와 관련하여 지적될 필요가 있다.

　이에 대해서는 주요한이라는 시적 주체의 문제와 관련해서 다음의

---

25) 「장강 어구에서」, 『창조』 7호, 1920, 7, 55쪽.

진술을 살펴볼 필요가 있다.

> 주군(朱君)의 작품에서는 한 줄기 초록색을 느낀다. 그 초록색은 때로 노랑색으로 가라앉고 때로는 은색으로도 빛난다. …(중략)… 갑자기 초목 이 빛을 발하고 이야기를 늘어놓고 참다운 생활의 춤을 추기 시작하는 듯한, 그러한 경탄과 기쁨을 그대의 작품에서 느낀다.26)

주요한의 시에 대한 당시 일본 시인들의 한 인상을 잘 드러내주는 대목인데, 이런 평가와 무관하지 않을 주요한의 진술이 있다.

> 나는 데카당적 경향을 가진 작가를 좋아하지 않으며 자신도 그런 경향 을 피하기로 주의하였습니다. 오직 건강한 생명이 가득한, 온갖 초록이 자라나는 속에 있는 조용하고도 큰 힘 같은 예술을 나는 구하였습니다.
> ▶▶〈『아름다운 새벽』, 조선문단사, 1924, 12, 169쪽〉

우연이라고 보기에는 지나친 유사성이 두 개의 진술문 사이에 있음 을 알 수 있다. 그런데 시집 『아름다운 새벽』이 이렇게 건강하고 낙관 적인 정서의 시로만 이루어진 것이 아니라는 사실을 고려하고 보면, 주요한이라는 시적 주체성이 낙관 지향의 태도로 스스로를 정리하는 과정이 어떤 연유를 갖는지를 두 진술들은 보여주는 셈이다. 서구적 근대 문학에서 창작의 길을 찾고 그것을 조선 신문학의 과도기적 불안 정성으로 치부한 후 민요시의 필요성을 주장했으나 그것마저도 실은 조선의 내적 필연성에서가 아니라 선발 근대국가의 문학에 유비하여 정당성을 부여받은 주요한의 근대문학의 경로는 시종 외부에서 수입된 것들의 의식적 구성물에 다름아닌 것이다.

---

26) 長島豊太郎, 「前號의 詩歌」, 『現代詩歌』, 1918. 5. : 심원섭, 앞의 책에서 재인용.

수입된 근대문학이 피식민지인들에게 불가피한 것이었다고 해도 그 외부의 힘에 대한 내적 응전을 치러 내지 못할 경우의 예를 주요한은 전형적으로 보여준다고 하겠다. 이 예는 최근년간의 담론에서 주목되는 바 있는 주체-타자론의 문제 설정에서 심각하게 되돌아보아야만 할 사항 하나를 제기한다. 근대 주체철학의 파행에 대한 대안으로 부상한 타자론 혹은 타자 중심주의가 인정될 수 있다고 해도 주체는 어디까지 타자화 될 수 있는가 하는 문제가 그것이다. 주요한을 예로 든다면, 그는 주체를 망각하고 타자의 영역으로 완전히 뛰어든 경우라고 하겠다. 그런데 그 뛰어듦이 주체를 살리는 방향으로 이어지지 못한 채 일본과 서구적 근대라는 절대적 타자에게 긴박되어 그 반대 방향으로 나아갔으니 그의 친일문학은 주체의 내재성을 갖지 못한 자가 맞이해야 할 필연적 행로였던 셈이다.

4. 친일로의 전환

주요한이 친일의 길로 나서기 시작한 것은, 앞에서 말했듯이, 명목상으로는 1938년 6월의 전향성명서 발표이지만 실제적으로는 1940년이라고 여겨진다. 이때로부터 친일 문건이 지속적으로 작성된다는 사실은 그의 친일이 일본이라는 대상과의 접합/분리의 통시적 과정 속에서 그 대상에 대한 내면화를 이루어낸다는 것을 뜻하기 때문이다. 주요한에게 가장 많이 등장하는 작품의 내용이 대동아공영권의 이념이고 이 대동아론은 코노에 2차 내각의 1940년 정책, 즉 '기본국책요강」에서 비롯된다고 우리는 앞에서 썼다. 그런데 이 대동아론이 조선의 경우 내선일체의 황민화론과 결합될 수밖에 없는 것이었고 그로써 친일

문학에서 이 두 가지의 이념은 일종의 쌍두마차가 된다. 친일의 길로
나서는 순간 그 두 가지의 이념은 서로 보완적 관계를 이루면서 국면
적 정황에 따라 어느 한 가지로 집중되지만, 친일을 내면화하는 외적
국면은 크게 세 가지 정도로 구분된다. 첫째 중일전쟁의 발발과 중국
의 패배를 보면서 내선일체론을 긍정하는 경우, 둘째 신체제론의 대동
아공영권 구상을 긍정하고 동양의 경륜으로 나아가는 경우, 셋째 태평
양 전쟁의 발발을 경험하면서 일본 승리의 기원을 내면화하는 것이 그
것이다. 첫째는 이광수 김동인 김동환이 대표적이고 둘째는 채만식이
셋째는 서정주가 대표적인데 주요한은 두 번째에 해당하는 경우이다.

　대동아공영의 신체제론이 주요한에게 긍정되는 과정이 어떤지를 직
접 알려주는 문건은 없다. 다만 친일의 첫 작품이 그 길로 나선 사람의
심회를 직간접적으로 드러내리라고 생각할 수는 있겠다. 주요한의 첫
친일 작품은 앞에서 말한 「여객기」와 이를 뒷받침하는 「동양해방」, 「팔
굉일우」이다. 제목을 통해서도 대동아의 이념이 분명히 드러나는 이
시들 중 「여객기」는 동아의 구성원들이 오대주로 뻗어나갈 미래의 염
을 당겨 노래한다면 「동양해방」은 "동양의 채찍"과 "동양의 참음"으로
비유되는 고통이 해방과 구원의 세계로 열려 있으므로 기쁨이 된다는
것을 노래한다.

　이런 생각이 나오게 되는 근거를 보여주는 시가 「팔굉일우」이다. 「팔
굉일우」는 "한 낱의 생각" "한 낱의 곡조"가 깊이 모를 "한 낱의 이
상" 곧 천황의 이념으로 표현되면서 이 이념 아래 펼쳐지는 지금의 싸
움이 천황 귀일의 정신으로 사랑을 실현하는 역사를 가져오리라는 내
용을 담고 있다. 좀 길지만, 시를 보자.

　　불은 하나나 / 밝음은 가득하외다. / 한 낱의 생각이 / 억만의 마음을 감

기고 / 구원할 것입니다.

종은 집 속에 우나 / 온 따에 퍼집니다. / 한 날의 곡조가 / 만 나라의 거름을 / 어우를 것입니다.

한 낱의 생각이 예부터 있고 / 한 낱의 리상이 / 기엏고 올 것입니다. / 그 깊이를 모릅니다. / 그 넓이를 모릅니다. / 그 높이를 모릅니다. / 그 멀기를 모릅니다. / 모르도록 그 나타남이 어수선하외다.
시방 우리는 총을 들고 / 시방 우리는 칼을 잡고 / 시방 우리는 싸우고 / 시방 우리는 분흡니다. / 그러나 나종은 총을 거두리라. / 칼을 꽂으리라. / 사랑이 다스리리라.

혹은 웃을 것이고 / 혹은 뛸 것이고 / 혹은 막을 것입니다. / 마는 웃는 이는 놀랄날이, / 뛰는 이는 반길 날이 / 닥는 이는 업델날이 / 머지안하외다.

불은 하나나 / 억만 등을 켭니다. / 생각은 하나나 / 억만 구원을 이룹니다.

한 낱의 생각이 / 예부터 있고 / 기엏고 올 것이외다. / 옴을 새기지 못합니다. / 뜻을 풀지 못합니다. / 아직 우리는 알기보다도 / 바랄 뿐이외다. / 우리의 아들들은 알 것이외다. / 우리의 손자들은 누릴 것이외다.

아직 우리는 바랄 뿐이외다ㅡ / 한 낱의 생각을. / 한 낱의 광명을.

하나와 다수 혹은 일(一)과 다(多)의 논리적 곡예를 곡진하게 비유함으로써 시가 도달하는 곳은 "한낱의 광명"이다. 그것이 "예부터 있고" "기엏고 올 것"이라는 말로서 시인은 천황의 근거를 신화로 확인하는 역사의 현실적 실현을 기대한다. 그 현실의 실현을 통해 이룰 것이 총과 칼을 거둔 후의 사랑(동양적 도의)의 통치인데, 시인은 그런 논리에 대한 사람들의 비판적 태도도 알고 있었던 듯하다. "혹은 웃을 것이고 / 혹은 뛸 것이고 / 혹은 막을 것"이라고 쓰고 있는 것이다. 그런데 그 비판적 태도에 대한 반응이 '웃는 이는 놀라고 뛰는 이는 반기며 막는 이는 엎드릴 날'에 대한 예감으로 나아가는 곳에서 우리는 시인의 팔굉일우 이념이 신념으로 내재화된 것임을 알게 된다. 그것이 내재적 신념인 것은 시인이 그 비판을 의도적으로 불러서 다시 역비판하고 있기 때문이다. 더구나 그는 팔굉일우의 그 일우(一宇)가 무엇인지를 아직 제대로 알고 있지 못한 상태이다. 다만 그 일우가 팔굉을 사랑으로써 구원하는 날을 "바랄 뿐"이다. 문사(文士) 주요한의 관점에서 볼 때 대동아 공영의 이념 중 주목되는 것이 정신적 도덕적 영역이었을 터이고 이 영역에서 강조된 것이 곧 동아의 도의 정치의 세계적 실현이고 보면[27) '팔굉일우'에 대한 그의 긍정적 내재화는 얼마든지 가능한 일이었다고 여겨진다.

그는 이러한 공영의 세계상을 구체화해서 설명하기도 하는데[28) 정치적으로 그것은 '팔굉일우' '황도주의' '일본적 전체주의'를, 경제적으로는 동아권 내의 자급자족과 분업을, 문화적으로는 '일본문화의 재검토' '동양 문화의 정체 규명' '물질 문명과 정신 문명의 조화'를 이루는 것이다. 이것이 오카쿠라 텐신(岡倉天心)이나 미키 키요시, 오자키 호

27) 일제의 식민지 정책이 영국 프랑스와는 달리 동화의 방향에 초점이 맞추어져 있고 이것은 일본의 관점에서는 내지인과 외지인의 구별을 무화시키는 사랑의 실현으로 이해되었다고 가라타니 고진은 지적한다. 가라타니 고진, 이경훈 역, 「일본 식민주의의 기원」, 『유머로서의 유물론』, 문화과학사, 2002, 299쪽 참조. 이른바 '도의 정치'로 표현되는 바의 일본 식민주의가 사실은 모든 피지배자들을 미국인으로 보려 하는 미국식 식민주의로부터 영향받은 것이라는 그의 지적은 경청할 만한 부분이지만, 그 사랑의 관념이 식민주의 자들의 왜곡된 심리를 드러내주는 것일뿐더러 실제 식민지 지배에서 내지인과 외지인에 대한 선택적 차별의 논리가 작동했다는 점 또한 무시되어서는 안될 것이다. 이에 대해서는 가와 가오루, 김미란 역, 「총력전 아래의 여성」, 『실천문학』, 2002, 가을 참조.
28) 『매일신보』, 1942. 3. 23~27쪽 참조.

스미등을 통해 일본의 아시아주의의 혙태로 일찍이 제기되고 있었거니
와 니시다 기타로(西田幾多郞)는 「세계 신질서의 원리」(1943)에서 "각 국
가 민족이 각자의 개성적인 역사적 생경으로 살아가며, 동시에 제각기
세계사적 사명으로써 하나의 세계적 세계에 결합하는 것"[29]으로 '팔굉
일우'를 정리해 놓는다. 이때 각 민족은 공영권과 같은 '특수한' 세계
를 통해 '하나의' 세계적 세계에 연결되는데, 그 세계적 세계의 중심에
있는 것이 황실이라고 니시다는 못박는다. '특수한' 세계가 주요한이
말하는 바 대동아 공영권 내의 분업에 기초하여 하나의 경제단위로 묶
이고 정치적으로는 '일본적 전체주의'[30]로 지향된다는 점을 주목할 필
요가 있겠다.

　이 시기의 주요한의 시가 내용적인 측면에서 대동아 공영의 실현을
위한 전쟁 미화와 그에 수반되는 인종적 적개심의 표현으로 나아간다
는 사실과 함께 신가요－신민요의 형식들이 사용되고 있다는 사실을
특기할 필요가 있겠다. 특히 민요시 형식의 경우 김억, 김동환과 함께
친일의 제국주의 이념과 에스니시티라는 영역으로 별도의 고찰을 필요
로 하는 바인데, 이것은 신체제 이후의 음악과 동양적 전통론이 습합

---

29) 허성우, 『근대일본의 두 얼굴 : 니시다철학』, 문학과지성사, 2000, 448쪽에서 재
　　인용. 한편 니시다가 말하는 전체와 개(個)의 관계 혹은 다(多)와 일(一)의 관계를
　　라이프니츠의 모나돌로지에 유비하면서 그 둘의 사상이 사실은 타자를 배제한
　　동일성의 철학이며 독아론에 지나지 않는다고 비판하는 관점에 대해서는 가라타
　　니 고진, 이경훈 역, 「라이프니츠 증후군」, 『유머로서의 유물론』, 문화과학사,
　　2002 참조.
30) 이는 나치즘적 정치도 아니고 프롤레타리아 중심의 사회주의도 아니다. 이 전체
　　주의는 부분이 전체이고 전체가 부분에 존재하는 체제이며, 일즉다(一卽多)의 세
　　계인데, 이런 전체주의에 대해서는 미키 키요시, 최원식・백영서 편, 「신일본의
　　사상원리」, 『동아시아인의 '동양' 인식 : 19～20세기』, 문학과지성사, 1997과 채
　　만식, 「문학과 전체주의」, 『삼천리』, 1941 1 참조. 물론 이것은 하나의 이념형으
　　로 제시된 것이다. 대동아공영론이 실제 현실에서 진행되는 원리는 익히 아는 대
　　로 멸사봉공이었다.

된 모습이기도 하다. 당시에 진행되었던 가요 정화운동에서 강조되었던 것이 건전한 내용의 국민적 계몽이었고 보면, 계몽의 대상인 대중들을 위해 통속문학이 필요하다고 주장하는 주요한(「춘원·요한 교담록」)에게 문학이 무엇이었는지를 묻는 것은 착잡한 일이 아닐 수 없다. 그에게 문학은 조선인을 일본인으로 만드는 매개물이었다고 할 수 있기 때문이다.

이것을 일본의 사회진화론적 식민지 담론에 붙들린 채 민족을 생각한 주요한이라고 정리할 수 있을 것이다. 이때 그의 민족주의는 제국주의에 대한 저항이라기보다는 지배의 기제를 강화시키는 국민주의가 된다. 실력양성론으로 대표되는 바의 사회진화론이 제국주의의 식민지 담론으로 활용되었다는 점을 전제한다면 실상 그의 동우회 활동은 이미 식민담론에 호출될 주체의 길을 예비하고 있었던 셈이다.[31] 이것은 또한 주체 외부의 근대 문학 경험을 조선의 근대문학의 길로 유비해서 실제로 그 길을 걸었던 전력과도 관련될 것이다. 우리는 이것을 다시 니시다의 철학적 주장과 관련시켜 볼 수 있다. 니시다가 말하는 것은 '자기를 비우고 사물을 보는 것, 즉 자기가 사물 안에 몰하는' 태도의 필요성이다. 이로써 자기 초월이 일어난다는 것인데, 실상 그것이 말로 표현할 수 없는—주체의 말이 사라지는 것이니까 그럴 수밖에 없을 것이다—대상 혹은 타자(이를 테면 황실)에 대한 완전한 함몰로 나아가는 길이다. 그런데, 역사 속에서 볼 때 주체의 내면을 비우고 타자를 주체로 착각하는 길목에 파시즘이 있었음을 우리는 충분히 경험해 왔다.

이것이 단순히 철학적 사변만은 아니었음을 주요한은 보여주었다. 언어 문제를 예로 든다면, 일본어로 창작한 문인 모두가 친일을 했다

---

31) 물론 이 지적이 주요한의 친일문학은 1920년대부터 진행되었다는 의미로 해석되어서는 안될 것이다. 잠재적인 것과 현실적인 것은 엄연히 다르기 때문이다.

고 말하는 것은 또 하나의 독단이지만, 주요한의 경우는 특기해 두어야 할 내용이 있다. 조선정신을 표현하는 조선 말의 필요성(「노래(3)」 239~40쪽)을 주장하던 주체에서 일본어로 조선시를 번역할 필요성을 주장하는 주체로 변신한 주요한이 있는 것이다. 이때 번역은 단순히 문자의 전환에서 그치는 것이 아니라 정신의 전환으로 나아가는 것이었다. 그는 "현재 우리 감각에 반향을 니르킬만한 생명 잇는 말"(「노래(3) 240쪽)을 찾고 있었는데, 그 언어 감각이 신체제 이후에 어떤 것이었는지를 보여주는 예가 다음 진술에 있다. 조선어의 미감과 조선혼의 내용을 민요시의 형식에 실어보려던 시인은 다음과 같은 진술로 자신의 문학적 일대기를 정리한다.

> 조선에서의 결전문학이 국어문학(일본문학 : 인용자)으로의 용감한 돌진이 되어야 함은 두말할 것도 없습니다. 그리고 그것은 계몽 선전의 도구로서의 조선문의 효용과 결코 배치되는 것이 아닙니다.
> 특히 시를 쓰기 위해 국어를 능숙하게 구사하는 일이 매우 어렵다는 점은 일단 시인하는 바입니다. 그러나 오늘의 시문학이 기교의 시가 아니라, 영혼의 시이므로 다행한 일입니다. 우선 영혼으로 산다면 주저할 것 없이, 국어의 표현으로 돌진해야겠습니다. 가장 어려운 돌격로를 뚫고 나가는 데는 오직 용기가 필요할 뿐입니다.
> ▶▶〈「이기지 않으면 안 된다」, 『친일문학작품선집1』, 실천문학사, 1986.〉

5. 결론

식민지인들이 항상 "갈라진 혀"[32]로 말하는 것은 아니다. 그들에게

---

32) H. 바바, 나병철 역, 『문화의 위치』, 소명출판, 2002, 178쪽.

갈라진 혀가 있었다고 해도 그들은 두 개의 혀로 말할 자격을 가지고
있지 않았다. 그들에게 있어서 말할 수 있는 혀는 식민지 담론에 호출
된 주체의 혀일 뿐이었다. 그 말의 한 예를 우리 문학의 국민문학파에서
발견하게 된다는 사실은 저간에 그들을 민족주의 문학이라고 분류해온
관점에서는 좀 의아한 일일수도 있겠다. 위에서 인용한 주요한의 「노래
(2)」와 함께 다음을 보자.

> 사상의 경향으로써 세계의 인류를 살펴보면 대개 두 종류로 나눌 수
> 가 있으니 일(一)은 내관적 인종이라 할 것이오 우(又) 일은 외선적(外宣
> 的) 인종이라 할 것이다. …(중략)… 전자는 산문적 경향을 띄고 후자는
> 시적 경향을 취하게 되었으며, 한가지 시를 만들어도 전자는 가만히 생
> 각게 하는 그것을 만듦에 대하여 후자는 소리 질러 부르는 그것을 만들
> 었다. …(중략)… 그런데 우리 조선인은 속으로 속으로 마음을 파들어가
> 는 종인이 아니라 겉으로 마음을 소리지르는 종인으로 저 두 가지 중에
> 서 유태적인 후자에 부치는 종족이었은 듯하다.
>
> ▶▶〈최남선, 「시조 태반으로서의 조선 민성과 민속」, 『조선문단』, 1926, 6, 354쪽〉

> 영문학도 상식적이요 평범한 것이 특징이다. 이것은 앵글로색슨족의
> 가장 중용적·상식적인 민족적 특성에서도 오는 것이려니와, 그 지리적
> 으로 역사적으로 북구 민족의 극단의 엄숙과 지둔과 이지적 명상적인 것
> 에 남구 민족의 극단의 감정적·쾌락적·경쾌적인 특징을 받아 조화한
> 까닭이라고 한다.
>
> ▶▶〈이광수, 「중용과 철저-조선이 가지고 싶은 문학」,
> 『이광수전집』16, 삼중당, 1963, 150쪽〉

최남선과 이광수가 글의 여기저기에서 '국민문학'과 '민족문학'이란
말을 뒤섞어 사용하고 있기 때문에[33] 많은 혼란이 초래된 이른바 국민

---

33) 이 때문에 훗날 신동엽은 최남선과 이광수의 '국민문학'론에서 민족문학의 전거

문학파 문학론의 일단을 볼 수 있는 글이다. 전자는 국민문학으로서의 시조에 대한 논리적 근거를 확보하기 위해 씌어지고 후자는 계급문학의 '변적(혁명적)' 문학에 대비되는 '상적(안정적)' 문학의 필요성을 주장하기 위해 씌어지지만, 두 글 모두 최남선의 「조선 국민문학으로서의 시조」(『조선문단』, 1926. 5)에서 시작된 국민문학파[24])에게 민족 개념이 어떻게 이해되고 있는가를 알려주기에 부족함이 없다. 그것은 에스니시티에 기초한 형이상학적 기원적 민족 담론을 구성함으로써 조선의 시조야말로 민족혼의 가장 전형적이고 배타적인 형식임을 주장하는 것이다. 여기에 일종의 인종주의적 시각이 들어가 있음은 최남선의 글이 보여주는 바이다. 인종주의가 우생학 담론의 형태로 제국주의의 배타적 지배력을 정당화하는 데 기여했다는 측면에서 본다면 실로 국민문학파의 주장이야말로 식민지 담론에 호출된 주체들의 발언이라 할만한 것이다. 주요한이 「시단삼십년」에서 조선 시조와 민요의 현대화를 위해 그 작품들을 일어로 번역하고 그로써 황국문화의 일익을 담당하게 되리라고 주장하는 심리에 정서 개선을 통한 인종적 개량의 희망이 없다고 말할 수는 없게 되었다.

국민문학파의 사회운동론이 민족부르주아 우파의 실력양성론이었으며 이 실력양성론이 구한말에 제기되었던 사회진화론의 1920년대적 변형'[35])이었고 보면 이들의 '갈라진 혀'가 두 개의 말을 할 수 없었다는 사실은 이미 일찍이 결정된 것이었다고 해야 할 것이다. 그들의 혀

를 찾기도 한다. 신동엽, 「시와 사상성」(1963. 12. 11), 『신동엽전집』, 창작과 비평사, 1985, 382쪽 참조.

34) '국민문학'이란 용어를 최남선이 이 글에서 맨 처음 사용하는 것은 아니다. 가령, 본고의 대상이 되는 주요한만 해도 1920년의 상해시절에 전영택에게 보낸 편지에서 이렇게 말하고 있는 것이다. "국민적 문학의 산출! 생명 잇는 작품의 출현! 이것이 제일 먼져 요구되는 것인가 합니다." 주요한, 「장강 어구에서」, 『창조』, 1920, 7, 55쪽 참조.

35) 박찬승, 『한국근대정치사상사』, 역사비평사, 1997, 243쪽 참조.

가 갈라져 있었다고 해도 그것은 잠재적인 차원에서 그럴 수 있을 뿐이었다. 현실에서 그들은 식민 지배에 대한 저항보다는 모조품이라는 결과를 만들어냈다. 식민지배자들이 길러낸 피식민지인들의 양가성은 오히려 피식민지 전체의 사회구성이라는 차원에서 재검토되어야 할 필요성이 있는 것이다. 이를테면, 피식민지인들에게 식민담론에의 호출이 불가피한 것이었다고 해도 그 불가피성 속에서 형성된 양가성이란 사회−경제적이고 정치−역사적인 차원의 세력 구성과 그들의 갈등을 반영하는 양가성일 수밖에 없다. 드러난 결과를 놓고 볼 때 동일한 식민지 담론의 그물망을 살아가면서도 어떤 조선인들은 적극적 친일의 길로 나아갔고 어떤 조선인들은 배타적 저항의 길로 나아갔기 때문이다. 물론 그 친일과 저항이 순수한 상태의 그것이리라고 생각하는 것은 하나의 관념으로만 가능하겠다. 모든 인간은 항상 자신의 존재 위치 반대편을 볼 수밖에 없는 존재이기 때문이다. 포스트 식민주의 이론이 우리에게 주는 교훈이 있다면 이렇게 삶의 양면을 동시에 가지는 존재의 역사성에 대한 반성적 개안을 가능하게 했다는 점일 것이다. 그러나 현실의 행정과 그것의 효과 속에서 중요한 것은 하나의 주체가 어떤 국면 속에서 어떤 선택과 실천을 하는가 하는 점이다. 이때 부각될 수밖에 없는 것이 외적 규정력을 넘어서서 주체의 내재성으로 현실에 응전하는 태도이다. 그것은 이미 자기 정립의 문제로 오랜 역사 속에서 제기되어온 바이기도 하다. 친일문학은 그 주체의 내재성에서 내재성을 지워버리고 타자에게 호명된 삶을 내재성으로 착각하며 살아간 문인들의 행적이었다. 여기에 친일문학과 파시즘의 연결이 있다고 할 수 있다.

▌주요한 친일 문건 목록

(대 : 대동아공영, 전 : 전쟁 미화, 내 : 내선일체론)

「여객기」(시), 『조광』, 1940. 9. ; 대

「동양해방」(시), 『삼천리』, 1940. 12. ; 대

「팔굉일우」(시), 『삼천리』, 1941. 1. ; 대

「첫피－지원병 이인석에게 줌」(시), 『신시대』, 1941. 3. ; 전

「임전조선」, 『신시대』, 1941. 9. ; 전

「가자 어서 가」, 『삼천리』, 1941. 9. ; 대

「전시봉공의 의용화」, 『삼천리』, 1941. 11 ; 전

「손에 손을」(시), 『국민문학』, 1941. 11. ; 대

「댕기」(시), 『국민문학』, 1941. 11. ; 전

「해외전쟁시집－독일편」(번역시), 『삼천리』, 1941. 12. ; 전

「루즈벨트여 답하라」, 『신시대』, 1942. 1.(『삼천리』 1942. 1에 동시 수록) ; 전

「명기하라 12월 8일」(시), 『신시대』, 1942. 1. ; 대

「하와이의 섬들아」(시), 『삼천리』, 1942.1. ; 전

「태평양의 시대」, 『매일신보』, 1942. 1. 7. ; 대

「국민시가의 경향」, 『매일신보』, 1942. 1. 8. ; (심사평)

「춘원·요한 교담록」, 『신시대』, 1942. 2 ; 전, 대

「미영의 동아침략」, 『신시대』, 1942. 2. ; 전

「상해조계진주일에 왕군에게 보냄」(시), 『조광』, 1942. 2. ; 대

「대동아행진곡」(시), 『춘추』, 1942. 2. ; 대

「영국에 蹂躪된 동양」, 『半島の光』, 1942. 2. ; 전

「싱가폴 함락가」(시), 『매일신보』, 1942. 2. 18. ; 대

「동아의 새봄」(시), 『매일신보』, 1942. 2. 23. ; 대

「마음 속의 싱가폴」(시), 『신시대』, 1942. 3. ; 전

「대동아권과 문화의 문제」, 『매일신보』, 1942. 3. 23～27. ; 대

「승리의 태평양」(시), 『춘추』, 1942. 4. ; 대

「댕기」(시), 『춘추』, 1942. 4.(번역재수록) ; 전

「전필승·공필취」, 『신시대』, 1942. 4. ; 전, 대

「勞務と義勇化問題」, 『대동아』, 1942. 5. ; 전, 내

「山本改造社長の印象」, 『대동아』, 1942. 5. ; (방문기)

「징병령 실시와 조선 청년」, 『신시대』, 1942. 6. ; 내

「새로운 각오」, 『대동아』, 1942. 7. ; 내

「12월 7일의 꿈」(시), 『신시대』, 1942. 12. ; 전

「각오를 새로히 하야」, 『신시대』, 1942. 12. ; 전

「성전찬가」(시), 『매일신보』, 1942. 12. 8. ; 전, 대

「반도청년 궐기하라」, 『매일신보』, 1942. 12. 11. ; 전

「苦難의 破碎」, 『춘추』, 1943. 1. ;

「최저생활의 실천」, 『신시대』, 1943. 3. ; 전

「徵兵制實施と靑少年の鍊成を語る」(座談), 『신시대』, 1943. 4 ; 전, 내

「아침햇발」(시), 『매일신보』, 1943. 5. 13. ; 전

「海往かむ」(시), 『춘추』, 1943. 6.

「五つの使命(다섯가지 사명)ー海軍特別志願兵制と半島靑年」, 『신시대』, 1943.
        6. ; 내, 전

「勝たねばならぬ(이기지 않으면 안된다)」, 『국민문학』, 1943. 6. ; 전

「出船の精神」, 『신시대』, 1943. 7. ; 전

『手に手を』(詩集), 박문서관, 1943. 7. 30. ; 시집

「宣誓式」, 『신시대』, 1943. 8. ; 전

「燃ゆる希望」, 『신시대』, 1943. 9. ; 대

「職場・道場・戰場ー就職する知識靑年に與ふ」, 『신시대』, 1943. 10. ; 내

「나서라 지상명령이다」, 『매일신보』, 1943. 11. 18. ; 전

「飛躍の時代 ー 學徒志願兵に與ふ」, 『신시대』, 1943. 12. ; 내

「私の 決戰座右銘」, 『신시대』, 1944.1. ; 전

「決戰下滿洲の藝文態勢 ー 滿洲 '決戰藝文全國大會' 參觀記」, 『신시대』, 1944.
        1. ; 대

「천인침」, 『매일신보』, 1944. 1. 20.

「戰ふ演劇の姿 ー 第二回競演大會を 觀る」, 『신시대』, 1944. 3. ; (관람기)

「詩壇三十年」, 『신시대』, 1944. 4. ; 내

「雨後」(시), 『신시대』, 1944. 5. ; 내

「同義語」(시), 『신시대』, 1944. 5. ; 내

「靜謐」(시), 『신시대』, 1944. 7. ; 대

「적 미국의 사상 모략」, 『신시대』, 1944. 10. ; 전, 내

「증산열의 앙양」, 『매일신보』, 1945. 1.4. ; 전

「파갑폭뇌」(시), 『매일신보』, 1945. 1. 30. ; 전
「전국민이 육탄으로」, 『매일신보』, 1945. 5. 24. ; 전

▌시집 『手に手を』(博文書舘, 1943) 목차

一番血潮(「첫피」)
八紘一宇(「팔굉일우」)
東洋解放(「동양해방」)
手に手を(「손에 손을」)
タンギ(「댕기」)

今日にして(오늘날에야)
大君に(폐하에게)
十二月八日(「명기하라 12월 8일」)
かへらぬ三十八機(하와이의 섬들아)
王君を憶ふ(「상해조계진주일에 왕군에게 보냄」)
心中のシンガポ—ル(「마음 속의 싱가폴」)
臨時大祭の日に(임시대제의 날에)
勝利の太平洋(「승리의 태평양」)
頌歌(송가)
序說(서설)
夫餘の夢(부여의 꿈)
白き花(하얀 꽃)
珊瑚の森(산호숲)
散策(산책)

※ 한자로 씌어진 제목은 일어로 작성된 글을 뜻한다.

국민문학, 시조와 민요시, 친일

■박수연

1. 국민과 민족

1920년대의 국민문학파가 프로문학에 맞서 결성되었다는 사실은 잘 알려져 있다. 표면적으로는 최남선의 「조선국민문학으로서의 시조」(1926)로부터 계기화 된 국민문학의 출현은 이광수의 시조 창작과 그 외 주요한 등의 호응을 얻으면서 하나의 유파를 형성하기에 이른 것이다. 이 국민문학파가 독자적인 차원의 이론적 깊이를 가진 것은 아니었다.[1] 그러나 이들이 프로문학에 맞서는 하나의 운동으로서 존재했었다는 점과 함께 이들 이전부터 심정적인 국민주의가 있었다는 사실을 고려하는 일은 한국에서의 근대의 출발과 전개를 이해하는 데 있어서 결코 가볍다고 할 수 없는 문제 하나를 제기한다. 국민주의가 민족에 대한 국가주의적 전유로 형성되는 것이라는 점에서[2] 일제시대의 국민주의

---

1) 이에 대해서는 김윤식, 『한국근대문예비평사연구』 일지사, 1984 ; 김영민, 『한국문학비평논쟁사』, 한길사, 1994 참조.
2) 국가를 초월한 역사적 전통적 문화적 귀속개념으로서의 '민족'에 대비하여 근대국가의 존재를 전제로 하는 '국민'개념에 대해서는 윤건차, 하종문·이애숙 역, 「민족환상의 차질」, 『일본 그 국가, 민족, 국민』, 일월서각, 1997, 95～106쪽 ; 최갑수, 「프랑스 혁명과 '국민'의 탄생」, 『서양에서의 민족과 민족주의』, 까치,

는 좌파의 이념과 대립하는 동시에 존재하지 않는 국가에 대한 상상과 함께 나타난 것이라고 할 수 있기 때문이다. 국민이 상상된 것이라면 그 상상을 가능하게 한 것은 무엇이었을까?

최근의 민족주의 비판 담론에서 민족을 근대 사회의 출현이 가져온 하나의 효과로서 상상된 공동체라고 이해하는 관점은 이제 인문 사회 과학계의 주류적 이론이 된 듯하다. 모든 이론적 성찰들이 일정한 정세 속에서 작용한다는 점을 염두에 둔다면, 형이상학적 민족기원론을 비판하고 상상된 공동체로 민족을 해석하는 일은 저간의 배외주의적 민족담론의 폭력적 존재 형식을 넘어서기 위한 유력한 논거가 될 수 있을 것이다. 실제로 그것은 세계사적 차원의 현재에도 여전히 관통되고 있는 식민성을 설명하는 데 있어서 주요한 이론적 틀로 주목되어 온 바이다. 그런데 민족이 초역사적 실체가 아니라 근대 사회 이후의 상상의 산물이라면, 민족의 형성에는 그것에 영향을 끼치는 경험적 울타리로서 주관적 조건과 객관적 조건이 전제된다고 하겠다. 주관적 조건이란 민족체에 속한 존재가 자신의 삶의 조건을 민족적 특이성으로 긍정하는 것을 가리키는데, 요컨대 삶의 특이성이 하나의 민족에 귀속되는 것으로 생각하는 자기의식이 그것이다. 일종의 자기 정체성이라고 할 수 있는 그 의식이 베네딕트 앤더슨의 말처럼 신문, 서적, 언어 등에 의해 동질적 시간을 살아가는 존재들이라는 방식으로 구성된 것[3]이라고 해도 그것이 자기의식으로 긍정된다는 점에서는 주관적 조건인 셈이다. 그런데 그 조건이 작동되는 또 다른 조건이 있으니, 근대사회라고 통칭할 때의 상품 운동의 기반이 그것이다. 민족의 영토적 분할이 자본 운동의 영역 획정과 관련된 것이고 보면 그 자본 운동을 통해

　　1999를 참조.
　3) B. 앤더슨, 윤형숙 역, 『상상의 공동체－민족주의의 기원과 전파에 대한 성찰』, 나남출판, 2002의 2장과 3장을 참조.

일관된 경제 구조로 재편되는 과정이 곧 민족 형성의 또 다른 조건이
되는 셈이다. 이것을 객관적 조건이라고 할 수 있다.

　민족의식이 구성되는 조건과 자본 운동이라는 조건은 민족의 형성
과 관련해서 그것 자체로 자족적이지 않다. 신문과 서적의 생산 요소
자체는 논리적으로는 민족 형성에 대해 아무런 필연성도 갖고 있지 않
으며 자본주의 생산관계도 마찬가지이다. 이 조건들에 대해서 민족 자
체는 외부적인 것이다. 따라서 이 조건들로부터 민족의 형성이라는 문
제로 나아가기 위해서는 하나의 매개가 필요하게 된다. 이때 논점화해
야 하는 것이 민족과 국가의 관계이다. 브로델과 월러스틴이 말하고
발리바르가 원용하는 세계 경제라는 개념을 통해서만 자본의 운동은
민족의 형성과 관련되는데, 이 세계 경제 속에서 대두되는 것이 곧 국
가 형태이기 때문이다. 국가의 상호 작용이야말로 세계체제 속에서 자
본주의를 구체적이고 역사적인 자본주의로 존재하도록 하는 것이다.[4]
에티엔 발리바르가 모든 민족을 식민화의 산물이라고 말하는 것의 의
미가 여기에 있다.

　그런데 대부분의 경우 민족과 국가는 상호 조응하는 것으로 이해된
다. 민족국가[5]라고 지칭되는 역사적 국가 형태가 그것인데, 발리바르
는 그 민족국가의 형태가 사실은 하나의 가능한 국가 형태에 지나지
않는다고 말한다. 민족국가란 부르주아의 일부 세력이 자신들의 계급
지배를 완성하기 위해 국가 권력을 활용할 필요성 때문에 탄생시킨 것
이며, 민족국가 형태가 아닌 '정치—상인적 복합체'로서의 초민족적

---

4) E. 발리바르, 서관모 역, 「민족형태 : 그 역사와 이데올로기」, 『이론』 1993 가을,
　111~113 참조.
5) nation state. 일단 지금까지의 관례인 민족국가라는 번역을 따른다. 엄밀한 개념
　규정을 한다면 국민국가라고 번역되어야 하는데 그 이유는 이하의 논의에서 설
　명될 것이다.

국가 형태가 있었다는 것이다. 따라서 국가 형태를 결정하는 데에는 계급투쟁의 영향이 존재하는 것인데, 이런 의미에서 국민주의와 민족주의는 다른 것이라고 해야 한다. 국민주의는 세계 경제에 연동된 부르주아지가 국가 권력을 이용해 시장을 개척해야 할 필요성 때문에 만들어낸 이데올로기로서 계급투쟁에서의 일부 분파의 승리를 반영하는 형태인데 비해 민족주의는 그 국민 이데올로기의 국제주의적 확장에 대응하면서 제기된 자기 방어 이념이었기 때문이다.6) 이를테면 국민은 국가의 이데올로기에 의해 호명된 주체를 정치적으로 표상한 것인 반면 민족(체)는 한편으로는 국민주의와 대립하면서 다른 한편으로는 그 국민주의를 가능하게 한 모체로서의 역할을 담당하는 것이다. 그런데, 국민주의가 서구 자본주의 국가의 전형적인 현상이었다면 그 국민주의의 정치적 지배력을 표상하는 제국주의 국가에 의해 근대 세계체제로 편입된 비서구 주변부 나라들은 서구 민족주의의 탄생 경로와는 다른 모습을 보여주었다. 비서구 식민지 민족주의는 일제시대 조선의 민족주의처럼 자신의 명확한 국가 형태를 갖지 않고 형성되는 경우가 대부분이었으며 따라서 민족적 주체는 서구와 같은 국민국가에 의해 호출된 주체가 아니라 민족체 내지 에스니시티를 기반으로 구성된 주체라고 할 수 있다. 민족과 국민을 구별하는 이유는 위와 같은 차이를 인정할 필요성 이외에도 민족주의의 부정적 측면이 민족주의 전체를 금기시 될 어떤 것으로 평가하는 위험으로부터 벗어나기 위한 측면도 있다. 민족주의 자체는 그것이 근대사회에서 해온 역동적 측면을 반드시 가지고 있게 마련이다. 더구나 피식민지 국가들의 민족 경험의 특성을 존중하는 역사적 시각을 확보하기 위해 그 둘의 구별은 반드시 있어야만 하는 것이다.

---

6) 이에 대해서는 최갑수, 앞의 글, 135쪽 참조.

그런데 민족주의의 전개과정에서 피식민지 민족주의의 형태가 서구 민족주의와 다르다면 그것을 무엇이라고 지칭해야 할까? 서구 민족주의가 국민국가의 형태로 이어지고 이것이 계급투쟁의 산물로서 부르주아지의 지배를 정당화하는 기제로 작용했다면, 동일한 범주적 관계 속에서 피식민지 민족주의의 형태는 계급투쟁의 결과로서 민중적 민족주의를 구성한다고 할 수 있을 것이다. 왜냐하면, 국민주의의 경우 부르주아 국가 권력의 지배적인 형태로서 자본 운동의 논리 속에서 제국주의로 전화할 가능성을 항상적으로 갖는 동시에 그 정치 형태의 질적 한도를 넘어설 수 있는 동력이 애초에 부재하기 때문이며, 이런 국가 권력에 대응하여 형성되는 식민지 민족주의의 경우 부르주아적 민족국가를 넘어서려는 민중적 민족주의의 기획을 실천할 수 있는 유력한 준거이기 때문이다.[7] 그러나 피식민지 민족주의가 언제나 민중적 민족주의를 구성하는 것은 아니다. 따라서 이것 또한 민족주의 중에서 하나의 가능한 형태라고 해야 할 것이다. 그 가능한 형태들 중 민중적 민족주의를 현실화하는 것은 사회세력의 역학관계인데, 식민지 조선의 문학에서 그것이 본격적으로 표현된 경우는 1920년대에 들어와서 였다.

---

7) 이런 구별이 인정된다면 그 다음에 필요한 것은 그 구별의 위상학을 세우는 일이다. 피식민지 경험 국가들의 위치에서 볼 때 잠정적으로 다음과 같은 구분을 할 수 있으리라 생각된다.

- 내셔널리즘
  1) 서구 내셔널리즘 : 국민주의≒민족주의
  2) 3세계 내셔널리즘 : 국가 권력·계급투쟁의 장으로서 세계 체제와 관련하여
     (1) 국민주의 : 민족의 국가주의적 전유
     (2) 민족주의 : 민족의 민중주의적 전유

2. 국민문학

피식민지 상황을 국민주의로 해결하려는 경우와 민중적 역사로 해결하려는 움직임을 구별할 필요성이 제기되는 것은 사회세력의 역학관계에 그 움직임이 연동되기 때문이다. 1920년대의 국민문학파는 민족모순의 해결을 '국민'의 형성에서 찾는 경우였다. 이와 관련하여 살펴보아야 할 것이 일본 국민문학의 형성이다. 일본에서 국민문학이 하나의 경향으로 형성된 것은 청일전쟁과 러일전쟁을 경과하면서부터이다. 수가 히데미(絓 秀實)는 나스메 소세키(夏目漱石), 시마자키 도손(島崎藤村), 구니키다 돗포(國木田獨步)를 이 시기에 국민문학이라는 패러다임을 만들어낸 대표적 문인으로 꼽고 이들에 의해 대내적으로는 국민이 대외적으로는 민족이 표상되기에 이르렀다고 지적한다. 이때 '국민'은 국민 상호간의 평등화(시민화)를 함축하지만 '민족'은 타자와의 차이=차별의 논리를 만들어냈다는 것이다.[8] 그런데 대내적 평등으로서의 국민 개념과 대외적 차별로서의 민족 개념이 명확히 분리된 채 사용되고 있는 것은 아니다. 1910년에 발행된 『국민독본』[9]은 "대일본의 국체와 국민성을 천명하고 현재의 법치국에 있어서의 국가조직의 강령과 국민의 책임을 개설하며 다음으로는 충군애국의 새로운 의의를 지시하고 또한 일본국민의 이상을 드러내"[10]기 위해 쓰인 것이다. 이른바 상호 평등한 국민의 자질을 밝히는 이 책은 신대(神代)로부터 당대에 이르기까지 일본 국민의 역사를 일종의 내셔널 히스토리로 만들어낸다. 앞에서 말했듯이 이런 국민론은 민족의 기원신화를 반영하면서 서술된 것인데,

---

8) 絓 秀實, 『'帝國'の文學—戰爭と'大逆'の間』, 以文社, 2001, 15쪽 참조. 한편 일본에서의 국민과 민족에 대한 논의의 사적 전개에 대해서는 윤건차, 앞의 글 참조.
9) 大隈重信, 『國民讀本』, 寶文館, 1910.
10) 같은 책, 「自序」 참조.

한국과의 관계를 밝히고 있는 부분(11장 2절)은 특별히 주목될 필요가 있다. 한국을 '일본의 평화로운 보호'하에 있는 나라로 상정함으로써 일본 국민의 자질을 호혜 평등론으로 표상하는 것과 동시에 그를 확장 증명하기 위해 민족 관계가 원용되고 있는 것이다.

일본의 민족관이 독일의 혈연공동체적 민족 개념에 뿌리를 두고 '일군만민'론에서 시작되어 메이지의 제국 헌법을 긍정하는 국민의식과 함께 형성되었다는 점을 고려한다면, 일본의 사회진화론과 구한말의 유기체적 민족관을 이어받고 있는 20년대 국민문학파의 '국민'론은 '민족'론과의 관련 하에 보다 세심하게 고찰될 필요가 있을 것이다. 최남선은 일찍이 '우리보다 앞선 문화를 이룩한 일본으로부터 가져올 것이 많으며 일본의 가르침에 감사하며 좇아야 한다'(「해상대한사(3)」, 『소년』, 1909. 1)고 말한 바 있다. 이런 심리적 경사를 배경으로 둔 국민문학파라는 것이 20년대의 정세변환 속에서 '문화적' 민족주의로 형성된 것이라는 점은 주지하는 바인데, 이들의 문화 중심주의적 사유에서 '문화'는 무엇이었을까? N. 엘리아스에 따르면 '문명'과 '문화'의 개념적 내포가 다른 것은 그것이 형성되는 역사적 문맥이 다르기 때문이다. 프랑스와 영국의 '문명' 개념은 정치적·경제적·종교적·기술적·도덕적·사회적 사실들을 지시하는데 반해 독일의 '문화' 개념은 정신적·예술적·종교적 사실들을 지시한다. 또한 문명 개념은 민족들 사이의 차이를 넘어서 문명적 보편성을 강조하는데 이는 다른 영토를 식민지로 개척한 민족들의 자아의식을 표현하는 것이다. 반면에 문화 개념은 민족적인 차이와 특성을 강조하는데 이는 다른 민족보다 때늦은 근대 경험을 했으며 역사적으로 위험 상황에 노출되었던 민족의 자아의식을 이룬다.[11] 이후 근대적 민족의 형성과정 속에서 '문명'은 구체

---

11) N. 엘리아스, 박미애 역, 『문명화 과정 I』, 한길사. 1996, 105~110쪽 참조.

제를 무너뜨린 인류의 진보와 보편성을 강조하는 개념으로 자리 잡은 반면 '문화'는 물질적 진보보다는 정신의 우월성을 강조하고 따라서 미래보다 과거(전통)를 중시하는 개념으로 자리 잡게 된다.[12] 결국 문명과 문화는 각각의 역사적 맥락 속에 놓인 민족적 자의식을 담고 있는 개념인 것이다.

일본에서의 '문화'론이 메이지 초기의 '문명'론을 물리치고 일반화되기 시작한 것이 1910년대의 다이쇼 시기라는 점과 함께 이 시기에 일본의 사상사가 구화주의(歐化主義)에서 국수주의(國粹主義 - 일본으로의 회귀)로의 전환을 보여준다는 사실[13]도 염두에 둘만하다. 이 시기야말로 한국근대문학의 본격적인 출발을 알리는 문인들이 속속 일본 유학 경험을 자신들의 글쓰기에 반영하는 때이기 때문에 20년대의 문화적 민족주의 또한 이 사상사적 영향권 안에 있는 것으로 이해할 수 있는 것이다.

그런데, 문화가 전통론과 관련되고 전통이 민족 형성과 관련되는 국면에서 일종의 교착이 일어나고 있으니, 일본 메이지 유신 초기의 '국민' 개념은 근대 천황제의 성립이 요청하게 되는 천황의 절대적 신성화와 함께 '신민'이라는 개념으로 바뀌어 나가게 된다. '신민'은 천황에 통치되는 계층의 차이를 무화시키면서 봉건적 충의 관념을 천황 일인에게 집중시키는 개념이었다.[14] 이것이 제국 일본의 뿌리깊은 역사성에 대한 강조로 이어졌던 바, 따라서 이것이 '민족'론과의 습합으로 이루어진 '국민'론임을 아는 일은 어렵지 않다. 이로써 서구의 '국민 - 문명' '민족 - 문화'의 개념쌍이 일본과 조선에서 '국민≒민족 - 문화'

---

12) 니시카와 나가오(西川長夫), 윤대석 역, 『국민이라는 괴물』, 소명출판, 2002, 103
   쪽 참조.
13) 니시카와 나가오, 위의 책, 113쪽.
14) 윤건차, 앞의 글, 102쪽.

로 전도되는 것이다.

일본에서의 이 '국민·신민·민족'의 상호 반영이 20년대의 문화적 민족주의자들에게 '국민≒민족'의 형태로 자리 잡게 된다는 사실은 그래서 오히려 자연스러운 바가 있다. 이광수가 「문사와 수양」(1921)에서 "문예가 일국의(널리 말하면 전 인류의) 문화의 꽃"이라는 표현과 "민족의 정신 중에서 계발하는 가장 큰 힘은 문예"라는 표현을 직접 이어 붙인다거나 "자국의 역사와 제 **민족의 국민성**"이라는 표현을 사용하는 것, 「조선민족론」(1933)에서 "고려 이래로 천여 년 간 조선인은 단일한 **국민생활**을 하여 왔다. 오직 철천지한이 되는 것은 이조의 숭명사상이었다. 이 숭명사상은 단군 이래의 모든 **민족문화**를 이멸(夷滅)하고 말았다."고 쓰는 것에서 국민과 민족 개념이 혼효되고 있음[15]을 알 수 있거니와 최남선도 「조선 국민문학으로서의 시조」에서 "조선의 **국민문학(민족문학)**으로의 시조를 좀더 밝은 데로 끌어내고, 힘있게 만들고, 막다란 골에 길을 터서 새로운 생명을 집어넣으려 함에 남과 같이 다소의 정열을 가질 뿐"이라고 말하고, 「시조 태반으로의 조선 민성과 민족」에서 "조선인은 노래 부르기(소리하기) 좋아하는 **국민**이요 또 **민족**이었다."고 쓸 때 그와 비슷한 관점을 드러내는 것이다. 이때 국민은 민족과 유사어로 사용된 개념이다.

그런데 국민문학파의 이 문화론이 문명론의 일환으로 제기되고 있다는 사실 또한 주목되어야 한다. 요컨대 문화론은 단순한 복고주의로서의 그것이 아니라 전통문화를 통해 서구 문명을 넘어선 근대화로 나아가려는 발전론으로 제기되는 것이다. 가령, 문명론자 후쿠자와 유키치가 "일본에는 단지 정부만 있고 아직 국민은 없다"[16]고 말하던 단계

---

15) 이에 대해서는 김춘식, 『미적 근대성과 동인지문단』, 소명출판, 2003, 149쪽에서 이미 분석된 바 있다.
16) 윤건차, 앞의 글, 101쪽.

에서 구가 가츠난(陸羯南)이 "국민을 통일·통합시키려고 한다면 반드시 문화를 통일·합동시켜야 한다."[17]고 말하는 단계로 나아가는 과정에 문화론이 제기되는 것이다. 최남선이 '세계문학으로서의 국민문학인 시조'를 주장하는 것도 같은 관점으로 이해할 수 있다. "시조는 조선인의 손으로 인류의 음률계에 제출된 일시형(一詩形)"(「조선 국민문학으로서의 시조」)이라거나 "조선인에게 태운 세계란 것은 요컨대 조선이라는 세계와 조선을 통해서의 세계니 세계를 당기어다가 조선으로 접입(接入)함이나, 조선을 잡아 늘여서 세계로 환몰(還沒)시킴이나 외형은 여하간에 실질로 말하면 조선인에게는 동일사의 양면일 따름이다."(같은 글)라는 진술에서 "인류"나 "세계"가 가리키는 것이 그의 『소년』지가 보여주었던 세계 문명 탐구와 기백의 대상인 것이다.

문명을 위한 문화로의 전환에서 국민과 민족을 뒤섞은 것이 20년대 문화적 민족주의의 내용이고, 조선에서의 그것이 일본의 문명·문화론을 번역한 것이고 보면 이로부터 10여 년 후에 국민문학파의 주요 인물들이 친일로 나아가게 되는 데에는 무시하지 못할 필연성이 있는 셈이다. 그것은 국민주의에서의 문명론적 국가의 역할에 대한 승인과 함께 민족주의에서의 국수적 인종주의(racism)의 수용이 동시에 작동한 결과일 터이다. 그런데 국가가 존재하지 않는 상태에서 국가를 승인하는 것은 외형적인 국가 이외의 국가적 대상을 필요로 하는 일이었다. 국민문학파의 조선'혼' 내지 조선 '정신'의 강조는 바로 그 국가적 대상의 필요성에 대한 심정적 표현이었다.[18] 일제 말기에 이르러 '조선혼'을 대신한 '일본혼'의 강조가 대거 눈에 띄거니와 이것은 곧 국가에 대한 염과 인종적 투명함에 대한 신념이 일본국민정신으로 결합되어

---

17) 니시카와 나가오, 앞의 책, 112쪽.
18) 김춘식, 앞의 책, 149쪽.

나타난 양상이라 하겠다. 이것을 민족주의의 효과라고 지칭하는 일은 그러므로 세심한 유보를 필요로 한다. 민족이 문화와 관련되고 그것이 국수의 강조로 이어지는 과정에서 식민지 조선의 문인들에게는 없는 국가를 상상해야만 하는 과제가 있었으니 그 국가의 상상에 포착된 것이 '조선혼'이었던 것이다. 이것은 조선의 문화를 탐구하기 위한 순수심이 아니라 문화로서 국가를 상상해야 했던 사람들의 불가피한 결과였다.[19] 더구나 그들이 근대문화에 매혹된 통로는 일본이었고 일본에서의 그것은 '국민-문명'을 전제하면서 '민족-문화'를 가다듬은 결과였다. 20년대의 국민문학파를 민족주의자들이라기보다 국민주의자들이라고 불러야 하는 이유는 그 때문이다. 이들의 이론적 착종이 한국근대문학의 진정한 정수로서 시조를 강조하고 에스니시티로서의 민요를 주장하도록 했을 터인데, 이를 좀더 살펴보도록 하자.

3. 국민의 신민화

국민문학파가 시조 창작에 많은 관심을 기울였지만, 그 시조에 대한 관심이 조선적인 것에 대한 강조로 나아가는 길에서 민요시를 만나는 것은 자연스러운 일이었다. 실제로 최남선이 시조를 주목하는 이유는 이광수가 조선 문학으로서의 민요를 주장하는 이유와 크게 다르지 않았다. 최남선에게 "조선 국토, 조선인, 조선심, 조선어, 조선 음률을 통하야 表現한 필연적 일 양식"(「조선 국민문학으르의 시조」, 『조선문단』, 1926, 5.)으로서 시조가 주목되었다면 이광수에게는 "우리 민족에게 특별히

---

19) 이광수에게 문화는 '정치'를 포함하는 광의의 개념이었다. "문화란 관념에는 정치, 종교, 철학, 문학, 예술, 과학, 습관, 취미 등을 포함한다." 「조선민족론」, 『이광수전집10』, 삼중당, 1974, 214쪽.

맞는 리듬을 발견하는 동시에 우리 민족의 감정의 흐르는 모양과 생각이 움직이는 방법을 볼 수 있는"(「민요소고」, 『조선문단』, 1924, 12)(『이광수전집』, 삼중당, 1974)것으로 민요가 주목되고 있는 것이다. 이렇게 고유한 민족성을 표현하는 것으로 주목된 시조와 민요가, 앞에서 정리했듯이, 국가·국민의 형식에 대한 대리 표상의 역할을 한다는 점에서, 시조와 민요에 표현된 화자의 위치를 살펴보는 일은 그 국가에 대한 개인의 관계를 살펴보는 일과 같은 것이 된다.

그런데, 국민문학파의 '시조부흥론'에 대해서는 당대부터 비판이 만만치 않았다. 대표적인 것은 김동환의 「時調排擊小議」(『조선지광』, 1927. 6)인데, 비판의 골자는 첫째, 시조는 과거의 예술이라는 점, 둘째, 형식상의 제약이 심하다는 점, 셋째, 귀족계급의 문학이라는 점이었다. 요컨대 시조부흥은 현실성 없는 봉건적 시가로의 회귀라는 것이다. 시조를 비판할 때의 김동환의 사상적 경향이 카프 맹원으로서의 그것이었음을 고려한다면, 이 비판의 입각점이 어디에 있는지 어렵지 않게 추측할 수 있다. 「애국문학에 대하여」에서 표현되는 김동환의 경향문학은 그러나 이념적으로는 당시의 사회주의 사상을 지지하더라도 민족의식의 차원에서는, 오세영의 지적처럼, 국민문학파의 그것과 유사했다.[20] 그가 애국문학을 주장하는 이유는 일제에 수탈된 조선 무산자 민중의 급성장인데, 당대의 민족궁핍화 현상이 조선 민중의 프롤레타리아화로 직접 대입될 정도로 그의 애국문학론은 논리적 오류를 범하고 있는 것이다. 그의 애국문학론은, 그가 "민족주의 형태를 갖춘"[21] 사회운동을 주장한다는 점에서 차라리 경향문학의 외피를 두른 국민문

---

20) 오세영, 『한국낭만주의시연구』, 일지사, 1990, 394쪽.
21) 김동환, 「애국문학에 대하여」, 『동아일보』, 1927. 5. 12~19. 그의 민족주의 문학론과 파시즘의 관계에 대해서는 졸고, 「힘과 서정의 결합으로서의 친일문학」, 『한국근대문학연구7』, 태학사, 2003.

학론이라 할 만 했다. 그러나 최남선의 시조부흥론은 김동환의 비판에
대해 논리적인 대응을 하지 못했다. 시조가 당대의 현실 속에서 살아
남기 위해서 필요한 일이 현대시조의 미학에 대한 이론적 점검이었지
만 국민문학파는 오히려 김동환이 비판한 시조의 형식적 고루함을 지
속시키고 있었다. 이는 그들의 시조론이 실제로 김동환의 지적처럼 봉
건적인 것으로의 회귀에서 크게 벗어나지 못하고 있음을 말해주는 것
이다. 이렇다는 사실은 조선적인 것으르서의 '문화'론이 국가를 추구했
을 때 그 국가권력의 향배가 어디에 있었겠는가 라는 중요한 문제를
제기한다.

  일제시대 사회운동의 지형도 속에서 국민문학파의 뿌리는 실력양성
론에 있었다. 최남선은 1908년에 안창호의 발의로 조직된 청년학우회
의 총무대리를 맡았고 『소년』을 발간하여 그 단체의 기관지로 삼았으
며, 1914년 이용우가 중심이 된 조선산직장려계(朝鮮産織奬勵契)의 회원
이었다. 이 단체들은 1910년대 실력양성론을 대표했다. 그는 또 20년
대 예속 자본가 계급에 기초한 민족주의 우파의 조선자치운동에서 핵
심적 역할을 하기도 했다. 조선자치론은 총독부의 정책에 긍정적으로
관련되거나 심지어 은밀한 지원에 힘입은 것이기도 했다.22) 결국 일제
본국 정부의 반대에 부딪쳐 무산되기는 했지만 조선자치론에 대한 총
독부의 계획이 성사되었을 경우 가능한 정치 형태는 실질적인 민족 자
주권이 일본에 묶여 있는 입헌 군주제였을 공산이 크다고 하겠다. 더
구나 일본 정부가 조선 자치 안이나 참정권 투여 방안 대신에 도회, 부

22) 일제시대 민족주의 우파의 실력양성론과 자치론에 대해서는 박찬승, 『한국근대
   정치사상사연구』, 역사비평사, 1997 참조 총독부의 내무국장 오오츠카 츠네사
   부로(大塚常三郞)가 계획한 조선자치의회는 총독부 자문기관으로서의 성격을 갖
   는 것으로서 교육, 산업, 토목, 위생, 사회시설에 한하여 자문 심의기구로 활동하
   도록 했으나 국방, 경비, 외교 등은 제외되어 있었다. 이에 대해서는 박찬승, 같
   은 책, 315~321쪽 참조.

회, 면회 등의 형식적 의결기구를 정비하는 지방제도 개정을 시행하자 자치론자들은 이것을 자치제도 시행의 전단계라고 생각하여 환영하는 분위기였던 것이다. 그런데 일본식 입헌군주제인 천황제의 특징은 봉건성의 온존이다. 메이지 정권은 근대 국민국가 형성을 위한 '국민'의 필요성에 부딪치자 봉건적 '신(臣)'과 '민(民)'에서 신분 관계를 없앤 상태로 신민 개념을 만들고 여기에 일본 특유의 일가주의(一家主義)를 접속시켜 천황을 정점에 두는 충군애국 이데올로기의 근대적 군주국가를 만들어 낸 것이다.[23]

여기에서 이광수가 시조에 대해 가지고 있었던 생각의 일단을 살펴볼 필요가 있다. 그는 「民謠小考」에서 시조에 대해 "대부분은 형식이나 생각이나 다 한문식이기 때문에 일반적·민중적인 지경에는 달하지 못하였"다는 평가를 내렸다. 우리말로 된 조선 문학의 독자적 전통으로서 민요를 강조하기 위한 수사적 비판이기는 하지만 시조가 한문 문학의 봉건성과 지배계급의 편향성을 지니고 있음을 염두에 둔 지적임을 알 수 있거니와, 이렇다는 의미에서 그의 말은 시조에 대해 "선조의 정신, 즉 국민정신의 감염을 받는"(「문학강화」, 『조선문단』, 1924. 10) 국문학으로서는 일정한 한계를 가지고 있다고 평가하는 것이 된다. 이때 국민정신은 "그 국민에게 특수하게 빼어난 이상과 감정"(같은 글)을 뜻하는데, 「민요소고」와 「문학강화」가 두 달의 간격을 두고 동일한 잡지에 발표된 글이고 보면, 결국 시조는 국민문학으로서는 격에 맞지 않는 장르가 되는 셈이다.

그럼에도 불구하고 그가 시조를 창작하게 된 이유는 무엇이었을까? 4년 후인 1928년에 그는 「시조」(『동아일보』, 1928. 11. 1~9)라는 글을 쓰고 시조의 형식적 율격을 분석한 후 그것이 시적 감정과 내용 전개에

---

23) 윤건차, 「'제국 신민'에서 '일본 국민'으로-국민 개념의 변천」, 앞의 책 참조.

어떤 관련을 갖는가에 대해 비교적 상세히 정리해 놓는다. 그런데 전개되는 내용과 구조를 보면 이 글은 김동환의「시조배격소의」에 대한 일종의 국민문학파적 대응임을 알 수 있다. 김동환이 시조를 중국의 모방품이라고 비판한 점에 대해 "조선 지식의 결핍에서 나온 무식"의 소리라고 대응하는 것, 시조의 3·4조 4·4조 음률이 봉건적 군신관계의 사회 질서가 무난히 진행되는 호시절에나 갖는 율조라는 비판에 대해 3·3조 시조와 변체형이 여러 급박한 감정을 적절하게 표현하도록 한다고 반론을 제기하는 것, 초중종 3장의 형식이 정서를 단순 기계적으로 분할한 것에 불과하다는 비판에 대해 각 장의 독립된 의미 내용이 발전적으로 결합된 형식이라고 대응하는 것 등이 그렇다. 그러나 이 글이 국민문학파 비판에 대한 대응으로서 국민문학론을 옹호하기 위해 쓰인 것이고 더구나 그의 애초의 시조관이 그리 긍정적이지 않았었음을 고려하고 보면, 이 글은 당시의 정세 속에서 필요해진 문단정치적 대응이기 쉽다. 그 대응이란 결국은 좌우 합작의 민족 운동 속에서 민족주의 우파의 헤게모니를 문학으로 우회하여 관철시키려는 행동이 되는 셈이다. 이와 관련해서 볼 때, 민족주의 우파의 조선 자치론이 일제가 허용하는 한도 내에서 민족의 미래를 고려하고 있었고 따라서 입헌군주제의 틀을 벗어날 가능성이 별로 없었다는 사실은 이광수가 시조를 옹호하고 창작하는 행위에 대한 또 하나의 설명을 제공하는 것이기도 하다. 그것은 국민을 호출하기 위한 국가관이 봉건적 유제를 벗어날 수 없었음을 알려주는 하나의 상징인데, 따라서 이때의 '국민'은 '신민'으로 상상되는 상태의 그것일 수밖에 없었다. 일본을 욕망하며 살았던 근대주의자 이광수가 친일의 시기에 이르러 거의 언제나 '대군(大君)'으로 시작되는 단가 형식의 일기를 쓰고[24]있다는 사실은 그

---

24) 김윤식, 『이광수와 그의 시대2』, 솔, 1999, 345~353쪽.

러므로 뜻밖의 일은 아닌 것이다. 더구나 김윤식의 지적처럼, 안창호로
부터 영향 받고 동우회 활동을 통해 생각과 행동이 일치하는 삶을 실현
해나갔던 '양심의 화신' 이광수라는 판단이 맞는다면, 역설적이게도 그
는 20년대부터 시조를 통해 심정적 군신관계를 실천해나간 셈이 된다.

20년대에 그것이 조선의 국가 형태를 대리 표상하는 정신의 영역이
었다면 그 국가 형태를 실질적으로 찾은 것은 친일의 시기에 이르러서
였다.

> 천년의 꿈이런 듯 옛서울을 못보아도
> 와편에 새긴 연꽃 그날 솜씨 완연하다.
> 그 문화 일본에 피어서 오늘 다시 보니라
>
> ▸▸〈「부여행」 2연(『신시대』, 1941. 7)〉

총독부가 내선일체 사업의 일환으로 부여에서 행한 신궁조성사업에
조선문인협회는 1941년 2월 봉사대를 조직하여 다녀온다. 이 시조는
그 봉사대 참여의 경험을 노래하는 것으로 백제와 일본의 문화적 뿌리
를 같이 묶고 이로써 조선인 황민화의 길을 찾아낸 자의 작품이라고
할 만하다. 이 시조가 '국민'을 '신민'으로 바꾼 군신관계에 대한 심정
적 표현이라면, 그것을 시적 화자의 위치를 통해 드러내는 것은 다음
과 같다.

> 1
> 어버이 없으시면 내 몸 없으리
> 어버이 겨오시매 내 몸 있도다
> 나라의 어버이신 임금이시오
> 내집의 어버이신 부모시로다

2
나라의 어버이께 충성 바치고
내집의 어버이께 효도 다하니
충성과 효도의 길 두흘이면서
근본은 하나일사 이 나라의 길

3
내 몸을 잊었으라 우리 임금의
나라를 위하사와, 선조대대의
조상님 세워주신 우리 가문을
맨대에 빛내임이 내 일생일세

▶ ▶ 〈「어버이」(『신시대』, 1941. 1.)〉

충성과 효도가 근본에서 하나라는 생각이 일본의 일가(一家)주의적
국가관과 근본적으로 결합된 것임을 염두에 두지 않더라도 시는 철저
하게 군신과 가족에 대한 혈통주의적 관념으로 물들어 있음을 알 수
있다. 고시조의 형식을 고스란히 반복하는 한편으로 시적 화자가 신민
과 자식의 위치에 있다는 것은 시인이 봉건적 유제의 국가관에서 벗어
나지 못했음을 알려주는 상징일 것이다. 결국 이광수가 이 시기에 이
르러 "일본의 국민문학의 결정적 요소는 그 작자가 천황의 신민이라는
신념과 감정을 가짐에 있다. 이 신념과 감정을 가진 작자의 문학이 곧
국민문학이 되는 것이다."(「국민문학문제」, 『신시대』, 1943. 2)라고 쓸 때 이
것은 국가주의의 사유 속에서 국민을 상상하고 그 국가의 대리 표상으
로 조선혼과 전통문학을 상상한 자가 그것을 대체할 수 있는 현실적
국가(→ 일본)를 만났을 때 가지게 된 하나의 필연적인 목소리인 것이다.
여기에는 물론 국가를 사유하는 데 있어서의 계급적 위치가 작용했을
것이다. 그것은 이광수에게는 민족부르주아 우파의 실력양성론과 조선

자치론으로 설명되는 계급위치였다. 그리고 이것은 다시 민요시의 긍정과 관련된 문제로 넘어간다.

4. 민요시와 에스니시티

시조와 함께 조선적 전통으로서의 민요를 강조한 시인들로는 주요한, 김억, 김동환을 꼽을 수 있다. 민요 시인들이 드러내고자 했던 세계는 무엇이었을까? 민요와 함께 고려해야 하는 개념은 에스니시티(ethnicity)이다. 에스니시티란 권력 배분에 있어서 소수파를 점한 사람들의 사회·문화적 특징을 일컫는 말로 국가의 이데올로기에 의해 주체로 호출된 다수파의 국민의식으로부터 벗어나는 소수파의 집단적 귀속의식을 지적하기 위해 사용된 용어이다. 실로 일제시대의 국가권력을 장악한 다수파는 일본이었으니 거기에 쉽게 호응하지 못했던 존재들을 소수파라고 부를 수 있을 것이다. 더구나 조선의 역사에서 민요는, 그것이 주로 억압적 일상사를 살아왔던 민중들의 노래였다는 점에서, 과거에도 당대에도 그 소수파의 에스니시티를 표현하기에 적절한 그릇이자 내용이었다. 그것은 상상만으로도 다수파의 국민의식과는 또 다른 정체성을 부여해 줄 것이었다. 그런데 월러스틴은 이 에스니시티의 기능을 세계체제를 존속시키는 역할로 규정한다. 하나의 에스니시티에 속한 존재는 그 그룹에 가장 적절한 사회적 위치를 인정하고 주장하면서 동시에 그 그룹이 자본의 운동 속에서 맡고 있는 역할을 강화하기 때문이다.[25] 결국 에스니시티란 자본주의 세계체제에서의 주관적 계급

---

25) I. 월러스틴, 성백용 역, 『사회과학으로부터의 탈피 : 19세기 패러다임의 한계』, 창작과 비평사, 1994, 117쪽 참조.

위치를 표현하게 된다고 할 수 있다. 그런데 일제 말기의 역사적 경험은 민족적 에스니시티가 미영 제국주의에 대항하는 인종주의로 전화하는 모습을 대대적으로 보여준다. 이는 일제가 침략자들에 의해 유린되는 장소로 동양을 설정하고, 스스로에게 소수파의 지위를 부여하면서 박해받는 인종을 상상하게 함으로써 동양인이라는 에스니시티를 창출한 결과였다. 일종의 '다수파의 에스닉화'라고 할 수 있는 이 작업을 통해서 일제는 열국체제 하에 있는 동양을 침략 당한 지역으로서의 대동아 경제블록으로 만들고, 그 속에서의 경제적 기능을 일종의 하위주체로서의 대동아 민중에게 부과하면서, 정치적으로도는 천황제적 위계구조의 신민을 창출한 것이었다. 이때 조선 심에 주목했던 문인들은 어떤 반응을 보여야 했을까?

　논리적 관계로 따져본다면, 일제 말 인종주의 담론의 '동양'과 '황국 정신'에 대응하는 것은 '조선'과 '조선심'이다. 그것은 조선 민족 특유의 문화적 정체성을 근대문학 형성의 필수불가결한 요인으로 상상하고 그로써 조선 민족의 정신을 더욱 고양시킬 수 있으리라는, 허구적이었지만 신념에 찬 실천의 매개물이었다. 국민이 국가에 의해 형성된다는 점에서 정치적이라면 에스니시티는 자기 귀속 의식이라는 측면에서 문화적인데, 조선심의 문제가 에스니시티로 논의될 수 있는 것은 그 때문이다. 시조와 민요시는 이때 그 집단적 자기 귀속의 문제로 연결된다.

　조선심 내지 조선혼으로서의 민요시를 주장했던 시인들 중에 일제 말기에 친일의 길로 나아간 대표적인 존재는 김억, 주요한이다. 주요한에게 근대 문학의 계기가 일본의 유학을 통해 주어졌다는 사실을 지적하는 것은 한국 근대시의 출발이 어떻게 이루어졌는가를 지적하는 것과 같다. 그는 일본 구어 자유시 운동의 선구자라고 평가받는 카와지 류코(川路柳虹)에게서 시를 배우고 『伴奏』와 『現代詩歌』에 일어시를 쓰면서 근대시의 감각을 익혔다. 그 감각이 프랑스 세기말 시인들에 대한 학습을 통해 주어진 것이라는 점은 그의 회고나 여러 연구들을 통해 익히 알려진 것이지만, 그것과는 별도로 시마자키 도손(島崎藤村)과 그의 연관성을 살펴볼 필요가 있다. 그 스스로는 시마자키 도손에게는 별다른 호감을 갖지 않았던 것으로 이야기하고 있지만,26) 요코야마 게이코(橫山景子)는 그 둘의 영향관계를 시분석을 통해 밝혀 놓은 바 있다.27) 이로 미루어 본다면 근대시에 대한 그의 생각에 시마자키 도손의 문학적 영향이 있었음을 일방적으로 부정할 수만은 없을 듯하다. 이와 관련하여, 시마자키 도손이 일본 신체시의 완성자라는 사실을 아는 것과 함께 일본 국민문학의 형성에서 그가 차지하는 위치에 대한 앞서의 지적을 상기할 필요가 있겠다. '신체시의 완성자'라는 그에 대한 평가를 주요한은 '일본 민요의 완성자'라고 바꾸어 놓았다.28) 신체시와 민요 사이의 거리는 어떤 것일까? 이후 그는 자신의 자유시를 문학 경험이 일천했던 자의 서툴렀던 습작에 지나지 않는다고 부정하고 조선 근대문학의 진정한 출발을 위해 민요시 창작에 주력해야 한다고 주장한다. 그래야 하는 이유는, 조선문학의 기준이 "조선 사람된 개성(간단히 말하면 조선혼)"(「노래를 지으시려는 이에게」, 『조선문단』, 1924, 11) 이외에 다른 것이 될 수 없다는 데 있으며 그로써 조선의 국민문학이 만들어질 수 있다는 것이다.

여기에 중요한 구성성분을 이루는 것이 한글이라고 주장된다는 사실은 특별히 기억될 필요가 있다. 이 사실은 언어에 대한 그의 유별난

---

26) 주요한, 「'창조'시대의 문단」, 『자유문학』, 1956, 6, 135쪽 참조.
27) 요코야마 게이코, 「주요한의 일어시 작품에 관한 연구」, 경북대학교 박사논문, 1989, 99쪽.
28) 벌꽃, 「일본근대시초(1)」, 『창조』 창간호, 1919, 2, 76쪽.

감각이 그냥 주어진 것이 아니라는 점을 알려주는 동시에 그 언어를 버렸을 때 어떤 세계로 나아가는가 하는 점을 일제 말기에 전형적으로 보여주고 있기 때문이다. 시를 쓰기 위해 영혼이 필요하고 "영혼으로 산다면 주저할 것 없이 국어(일본어 : 인용자)의 표현으로 돌진해야"(「勝たねばならぬ」, 『국민문학』, 1943 6)[29)]한다고 말하는 것은 예의 조선심이 허구적 에스니시티로 주장되었다가 그것을 보상할 수 있는 또 다른 대상이 나타났을 때 벌어질 수 있는 일의 예가 된다. 그의 일본어 창작은 그의 이전의 모든 한글 창작과 조선적 내용이 하나의 허구에 지나지 않았으며 그 허구가 또 다른 허구로서 일본 정신의 추구로 나아가는 경험적 틀이었음을 역설적으로 증명하는 것이다.

김억의 경우 민족적 정서의 강조는 그의 문학적 초기시절부터 있었다. 「시형의 음률과 호흡」(『태서문예신보』, 1919. 1. 13)은 자유시의 호흡률이 어떻게 형성되는가를 나름대로 논리화해서 보여준 최초의 글에 해당한다. 실로 김억이 조선 시단에 기여한 점은 근대시의 내적 논리, 요컨대 자유시의 호흡률과 같은 형식에 대한 미적 탐구를 보여주었다는 점일 것이다. 그 미적 탐구가 나아간 지점은 개성론이다. 예술은 정신의 산물이며 정신은 육체를 통해 표현되는 것인데, 결국 예술은 육체와 같은 형식적 표현을 가질 때 완성된다고 그는 말한다. 이때 육체는 개인마다 다른 것이므로 예술 또한 개성의 표현이 될 수밖에 없는 것이다. 그런데, 김억은 이 예술 개성론을, 개인들이 각각 다른 것처럼 각 민족도 다르다는 논리를 전제하면서, 민족 개성론으로 비약시킨다. 개인의 합이 사회이고 민족이라는 일종의 사회유기체론을 여기에서 볼 수 있거니와, 이것이 당대의 사회진화론에 영향 받은 것임을 아는 일은 어렵지 않다. "서양과 동양과의 문학이 서로 다른 것도 …(중략)…

---

29) 번역은 김규동·김병걸 편, 『친일문학작품선집 1』, 실천문학사, 1986.

민족과 민족의 사이에 서로 다른 예술을 가지게 된 것도 민족의 공통
적 조화－내부와 외부 생활로 말미암아서 되는 조화가 서로 다르기 때
문"(「시형의 음률과 호흡」)이라는 진술은 그 개인이 민족의 차원으로 확장
되고 개성을 민족 정서로 수렴하는 하나의 예이다. 결국 예술은 민족
정신·정서를 민족의 육체와도 같은 삶의 형식으로 표현하는 것이 될
터이다. 이 논의는, 아직까지는 민요시에 대한 것이 아니고, 이 즈음의
김억 또한 프랑스 상징주의 시의 소개에 주력하면서 자신의 창작방향
을 그 쪽에 두고 있었다고 하더라도 그가 훗날 민요시로 나아가게 되
는 계기를 보여주기에는 충분하다. 그 민족 정서가 "현대의 조선심"으
로 환언되고 그 삶이 "현대의 조선심의 고민과 어쩔 수 없는 고뇌"(「조
선심을 배경삼아」, 『동아일보』, 1924. 1. 1)로 이해되는 곳에서, 그리고 "조선
사람의 사상과 감정 또는 호흡에 가장 가까운 시조와 민요"(「밟아질 조
선 시단의 길」, 『동아일보』, 1927. 1. 3)가 조선 시가의 시형으로 이야기되는
곳에서 그의 민요시론의 직접적 계기를 볼 수 있지만 그것의 잠재성은
훨씬 이전부터 있었던 셈이다.

　이때 '조선심의 고민과 고뇌'라는 말로써 지시하는 것은 피식민지 상
태의 조선 현실에 대한 고민과 고뇌여야 했을 것이다. 그러나 김억은 그
현실의 고통을 미적 관념으로 돌파하려 한 경우였다. 그의 시의 애조 띤
정조는 현실의 그것이 아니라 개인적 서정의 그것에 불과했는데, 이는
시에 대한 그의 진술로부터 직접 도출되는 바이다. 그에게 인생의 고통
은 시로써 초월해야 할 것이었지 극복해야 할 대상은 아니었다. 삶의 고
통은 "예술로 인하여 시화(詩化)되고 미화(美化)되어 모든 고뇌를 달게"(「
조선심을 배경삼아」) 함으로써 잊혀질 것이었다. 이로써 그의 '조선심'이
현실의 그것이 아니라 자신의 시 미학을 위해 논리적으로 요청된 것임
을 알 수 있다. 이렇다는 것은 그의 조선심 또한 국민문학파와 주요한

의 그것처럼, 상실된 것에 대한 상상을 통해 현실의 문제를 해소하려
는 문학적 매개물이었음을 말해주는 것이 된다. 그가 조선심으로서의
민요시를 쓰기 시작한 것이 1924년인데 비해 민요를 절실한 감정으로
체험한 것이 1927·8년경이었다는 사실[30]을 고려하고 보면 이런 판단
은 더욱 근거가 있는 셈이다.

그러나 개인의 미적 매개물로 조선심과 민요가 추구되었다는 점 때
문에 김억의 시를 개인적 취향의 그것으로만 놓아둘 수는 없는 문제가
있다. 앞서 지적했듯이, 그는 개인의 시적 개성을 민족적 개성으로 직
접 확장시킴으로써 집단과 개인의 관계가 맺어지는 방식을 암시적으로
드러낸 바 있다. 개인들의 예술적 충동이 서로 다르다고 해도 그 개인
들이 만들어내는 "광의로의 한 민족의 공통적 되는 충동은 같을 것"(「
시형의 음률과 호흡」)이라는 진술에 미루어 판단할 때, 개인의 개성은 민
족 정서의 일개 구성물로 환원되는 것이 된다. 더구나 김억의 문학적
과제가 조선심을 육체화하는 전형적 호흡률이었고 보면, 시적 개성 자
체가 고려될 여지는 별로 없는 셈이다. 개인이 집단 속에서 집단의 공
통성을 만드는 데 기여하는 것으로 그치고 만다면, 실로 개인에게 실
현되는 민족적 현실의 구체는 사라지고 말 것임에 틀림없다. 이때 남
는 것은 오직 관념에 있는 민족적 고통이 될 것이니, 이 관념형으로서
의 고통이 개인에게 구체화 될 여지는 없어져 버리게 된다. 김억의 시
가 개인적 서정의 관념적 애상으로 그친 이유는 여기에 있다. 요컨대
개인이 집단에 의해 소멸되고 집단은 다시 관념형으로 제기되어 현실
적 구체를 소멸시킨 것이다. 문제는 그 관념성이 집단의 이름으로 개
인을 소멸시킨 논리적 과정의 결과라는 점이다.

이 논리를 알게 될 때 김억이 일제 말에 이르러 「국가와 개인」(『매일

---

30) 김억, 「수심가 들닐 제」, 『삼천리』, 1936. 8.

신보』, 1940. 11. 30)을 쓰고 신체제하의 개인의 윤리에 대해 멸사봉공으로서의 그것이라고 주장하는 참된 이유를 이해하게 된다. 그가 "(개인 정서의 집합인) 민족의 공통되는 충동은 같은 것"이라는 말을 친일의 시기에 국가와 개인의 관계로 바꿀 때, 그것이 언어만 바뀐 것일 뿐 실제 내용은 대동소이하다는 점에서 그의 국가관은 일찍이 준비되어 있었다고 할 수 있다. 더구나 그의 문학적, 사상적 경향이 당대의 문단에서 국민문학파의 그것에 가까운 것이고 보면, 그가 상상하는 국가가 어떤 것이었는지에 대해서는 지적할 필요가 없겠다. 그것은 실제 현실을 미적 관념으로 묻어버리고 고통의 현실을 아름다운 언어로 치장하기 위해 조선의 미적 형식을 탐구한 행위의 종착지였다. 이때 미적 형식의 근원인 조선심은 실제 현실을 외면한 자가 그 행위의 심리적 보상물로 찾아낸 의지처였다고 할 수 있다. 그러나 그것은 현실을 외면하고 찾아낸 결과라는 점에서, 민족의 형식이 아니라 민족의 고통스러운 현실을 대신할 수 있다고 믿어지는 것에 대한 상상에 불과했다. 그것을 국가에 대한 상상이라고 바꿔 말할 수 있는 것은, 상실된 것이 민족이 아니라 국가였으며, 나아가 국권 상실의 현실을 조선심이라는 미적 매개물로 대리한 것이기 때문이다. 김억을 미학적 국민주의자라고 부를 수 있는 이유도 여기에 있다.

　미학적 국민주의자로서의 김억의 민요시는 근대 자유시의 시형을 고민하는 과정에서 서정적 단시의 호흡률에 주목하면서 얻게 된 논리적 결과이다. 민요시는 김억이 고민한 호흡률의 간단 명료성을 일거에 해결해 줄 것이었다. 이렇기 때문에 그에게는 민요시를 논리적으로 보장해 줄 내용들이 더 필요했다. 여기에서 나타난 것이 민족 정서로서의 조선심이었으니, 이것은 그야말로 피식민지 지식인에게 민요의 정당성을 보장해 줄 현실적 준거였다. 그러나 그에게 민요시가 민족적 절실성으로부터 오지 않고 미적 필요성에서 왔다는 사실은 그 민요시를 위해 그가 귀속되어야 할 대상이 필요했었음을 말해주는 것에 다름 아니다. 그에게 조선심은 이로써 상상되고 허구적으로 만들어진 조선심이었다. 그러나 하나의 허구는 허구이기 때문에 다른 허구에 자리를 내어준다. 그의 역시집『愛國百人一首』가 단순히 친일의 염을 읊은 시가로서의 그것이 아닌 이유가 여기에 있다. 1944년 한성도서주식회사에서 발행된 이 책은 일본 막말의 소위 우국지사들의 와카를 양장형 시조로 번역해 놓은 것이다. 당시 국민총력조선연맹의 문화부장이었던 야나베 에이사부로(矢鍋永三郎)는 서문에서 징병제와 해군특별지원병제를 실시하는 조선의 급속한 황국화를 위해 일본 정신의 보급이 필요하던 차에 이 역시집의 기여가 클 것이라고 말하고 있거니와, 김억 본인 또한 조선심을 일본정신으로 거듭나게 하려는 의도를 보여주고 있다. 그 의도가 미적 형식에 대한 세심한 배려로서 나타나고 있으니, 양장형 시조로 와카를 재배치한 것이 그것이다.

　　'おほきみ' 'きみ' 또는 'すめらぎ'[31]같은 말을 그대로 직역하지 아니하고 '높으신 님' '높은 님' '우리님' 또는 '님'으로 고친 것에는 이미 和歌를 양장시조형에다(초장 3・4・3・4 종장 3・4・3・4) 달아 놓은 이상 역시 시조향(時調響)으로의 용어를 사용치 않을 수가 없다는 견지에서외다. 그렇지 아니하면 너무도 딱딱하여 조금도 노래답지 않기 때문이외다. 그리고 원문에는 윗구와 아랫구가 분명히 나누어지지 아니한 것이라도 역에서는 될 수 있는 대로 위아래구로 갈라놓노라 하였습니다. 원문인 和歌도 그럴 것인줄 압니다,만은 시조형에는 그 형식으로 보아서 반드시 그렇게 되지 아니하여서는 아니된다는 것이 나의 의견이요 주장이외다.
　　　　　　　　　　　　　　　　　▶▶〈卷頭小言〉,『애국백인일수』〉

---

31) 직역하면 모두 '천황(天皇)'으로 번역할 수 있는 용어.

여기에 이르러 김억은 조선심의 육체화라고 할 조선 시가의 **호흡률**을 일본 정신의 애국적 정수에 결합시키는 데 성공한 듯하다. 민족과 민족의 정서가 다르고 그 다름의 미적 형식이 시의 율격이라고 주장했던 20년대에 조선심의 형식미학은 하나의 에스니시티로 소수파의 귀속 의식을 자극했을 수 있다. 그런데 그것은 상실된 국가에 대한 허구적 상상으로 가능했다. 물론 상실된 것에 대한 상상은 국민주의자가 아니더라도 얼마든지 가능한 일이다. 여기에서 고려해야 할 것은 그 상상의 방식과 내용이 무엇으로 이루어졌는가 하는 점이다. 그 상상이 하나의 사회구성체 속에서의 상상이며, 결국 현실의 구체적 정세 속에서 현실의 세력관계를 반영하는 것으로서의 상상이라는 점을 고려해야 하는 것은 그 때문이다. 국가의 상상이 그 국가를 넘어서기 위한 것인가 아니면 국가에 머물러 있기 위한 것인가 하는 점이 고려의 대상이 되어야 한다는 말이다. 그러나 김억의 미학주의 속에서 그것은 고려될 필요가 없는 것이었다. 오히려 그것의 미적 기능이 국가를 대리하면서 민족을 주체로 호출했을 때 소수파의 에스니시티가 다수파의 그것으로 변모하는 것은, 국민문학파의 예에서 보듯이, 가장 가능성이 큰 경우였다. 김억은 일본의 시어가 조선어로 직역될 경우 '너무도 딱딱하여 노래답지 않게 될 것'을 걱정하면서 조선심의 형식인 시조의 율격으로 일본정신을 번역했다. 이로써 허구적으로 상상된 것은 쉽게 파괴되고 그 흔적만 남아서 다른 상상으로 넘어 갔으니, 조선심의 형식을 일본 정신의 형식으로 바꾸어 놓은 일이 그것이다. 이것이 현실을 관념 속에 묻고 미적 필요에 의해 조선심을 추구한 국민주의자의 미학이었다. 약간의 과장이 허용된다면, 일제 말에 이르러 그들에게는 조선의 국가든 일본의 국가든 귀속될 대상으로서의 국가만 있으면 되는 것이었던 셈이다.

　주요한·김억과 함께 살펴보아야 할 또 다른 민요 시인이 김동환이다. 김동환은 한국근대시사에서 특유의 북방정서를 개척하고 그것을 민족의 절대적 힘의 추구와 연결시킨 시인이다.[32] 더구나 그는 카프 구성원의 신분으로 국민문학파의 '시조부흥론'을 비판하고 민중의 시로서의 민요시를 강조했던 인물이다. 이때 그의 논점은 어디에 있었을까? "우리 민요만은 민족이라는 명칭으로 지칭되는 일언어족, 일혈통족에 그 단위를 둘 것이 아니라, 실로 민족성, 又는 향토성과는 그렇게 밀접한 관계가 없는 다만 사회적 조건을 같이 하였다는 학대받는 사회민중의 일단의 공통한 노래라고 하는 것이다."(「조선민요의 특질과 기장래」, 『조선지광』, 1929. 1)라는 진술은 그의 긴요론이 앞서 살펴본 시인들의 인종주의적 시각에서 비껴난 것이라고 생각하도록 해준다. 얼핏보면 형이상학적 민족 기원론을 뛰어넘는 것 같기도 한 이 주장은 그러나 뜻하지 않은 곳에서 의구심을 불러일으킨다. 「애국문학에 대하여」(『동아일보』, 1927. 5. 12~17)에 서술된 것은 당시의 '국민문학'을 보수주의적 망상으로 비판하고 무산자대중의 애국주의에 기초한 애국문학이었다. 위에서 말했듯이, 이 애국문학이 민족주의의 형태를 갖추어야 한다는 진술에 이르면, 그는 국민문학파의 방법론을 비판하였을 뿐 이념적인 차원에서는 국민문학파와 유사했다는 오세영의 지적이 타당하게 된다. 더구나 그는 1927년 카프에서 제명된 후 1929년 영창서관 발행의 『삼인시가집』(춘원·요한·파인)에 다수의 민요를 괄표하고 있기도 하다.

　결국 그도 조선적인 것의 탐구라는 문제의식에서 크게 벗어나지 못한 셈인데, 시조부흥론에 대한 대안으로 그가 제시한 것은 민요시였다. 민요시를 강조할 때의 그의 집단적 귀속 의식은 특별히 주목될 필요가 있

---

32) 이에 대해서는 졸고, 「힘과 서정의 결합으로서의 친일문학─김동환의 경우」, 『한국근대문학연구7』, 태학사, 2003 참고.

다. 왜냐하면 그가 민요시의 필요성을 주장하는 데에는 조선인 거의 모두를 프롤레타리아로 보는 관점이 작용하기 때문이다. 박해받는 조선인에 대한 강조가 조선 민족의 프롤레타리아화에 대한 주장으로 이어지는 것은, 민족현실에 대한 조급한 판단에 떠밀려 지나치게 멀리 나아간 감이 없지 않지만, 시국에 대한 그 나름대로의 진지한 대응이라는 점은 인정되어야 할 것이다. 그러나 그에게 무산자 대중의 정서와 현실에 기초한 민요시는 그리 많지 않았다. 그의 민요시를 압도한 것은 오히려 그가 시조를 비판할 때 논의했던 바의 비현실적 정서에 의탁한 작품들이었는데, 총괄해서 원형적 유토피아라고 할 만한 그 세계는 훗날 "조선적인 것"으로 최종 정리된다. 잡지『삼천리』의 성공을 발판 삼아 간행한 문예지『삼천리문학』에서 "향토에 발을 붙이지 않았음에 조선적인 정조를 그 작품에서 잃고 있습니다. …(중략)… 우리는 진실로 일체의 조선적인 것을 고조하여, 하늘에 닿도록 고조하여 내고 싶습니다."(「소설과 시의 길」, 1938. 1)라고 그는 말하는 것이다. 이 말이 20년대에 국민문학파의 조선심을 비판하던 '애국문학론'과는 상당히 다른 것임을 쉽사리 알 수 있거니와, 김동환은 이로써 현실을 외면하고 유토피아적 조선심의 당착적인 세계로 깊숙이 빠져 들어갔다.

왜 조선심은 그토록 빨리 '일본정신－동양정신'으로 바뀌어버린 것일까? 지금까지 그것은 조선심이 일제에 의해 억압되고 죽었기 때문이라고 정리되어 왔다. 또한, 문인들의 친일은 조선이 일본으로부터 독립될 가능성을 상실한 것으로 여겨진 현실에 대한 절망 때문이라고 주장되어 왔다. 그러나 그것은 사실을 상당히 많이 뒤집은 논리이거나 변명이다. 이상의 논의에서 알 수 있듯이 에스니시티로서의 시조와 민요는 일본 정신을 보급시키기 위한 중요한 매개물로 존재했고 이로써 일본을 중심에 둔 대동아체제를 존속시키는 데 기여하고 있는 것이다.

한편, 민족의 독립을 왜 그토록 쉽게 포기했느냐라고 묻는 것은 그 역사를 살지 않은 사람으로서는 쉬운 질책이지만, 별 의미가 없는 질문이기도 하다. 누구도 그 현실을 다시 살아줄 수는 없기 때문이다. 그렇다면 따져보아야 할 것은 그 포기의 정황과 심정을 어떻게 논리화해서 바라보느냐 하는 문제일 수밖에 없겠다. 그것은 애초에 없는 것을 있는 것으로 상정하고, 혹은 홉스봄의 말처럼 발명하고, 추구해왔기 때문이다. 조선심은 근대 이후에 민족적 에스니시티로 발명된 것이다. 근대라는 조건이 조선의 문인들에게 요구했던 무의식적 열등감이 일본적 동양으로 극복될 수 있다고 믿어졌을 때 그 조선심은 다시 동양—일본으로 새롭게 발명되었다고 할 수 있다. 그런데 역사를 살아가는 주체가 삶의 조건으로 갖는 전통이 발명될 수밖에 없는 것이라면, 그것을 발명하는 데 있어서의 주체의 내재성이 무엇보다도 문제되지 않을 수 없다. 주체가 그 전통과 어떤 관계를 댓는가 하는 것이 결국은 역사를 만들어 가는 근본적인 힘일 것이기 때문이다. 이것은 근대적 사회구성체 속에서 주어진 삶의 조건과 관계를 맺어나가는 한 주체가 어떤 계급적 위치를 갖고 있는가 하는 문제와 관련될 수밖에 없다. 그 관계가 허구적 민족과 에스니시티에 관련된 것이라고 해도 그렇다.

민요와 조선심의 주장이 허구적 에스니시티에 불과하다는 사실을 보여주는 하나의 예는 일제 말에 쓰인 민요조 시가이다. 4·4조와 7·5조로 된 친일 시가들의 주요 창작자가 국민문학파였거나 민요시를 주장했던 시인들이라는 사실은 무엇을 뜻하는 것일까? 혈통을 강조하는 인종주의적 관점에서 볼 때 한 사람이 동시에 두 개의 민족이나 국가에 속할 수는 없다. 결국 20년대의 국민문학파와 민요시인들은 애초에 가능하지 않았던 인종주의적 관점에서 국가와 민족을 상상했다가 일제 말에 이르러 일본 민족으로 거듭나는 과정을 보여준다고 할 수 있다.

그것을 전형적으로 예증하는 것이 바로 친일 민요시라고 할 만하다. 그들은 조선심의 육체로서 민요를 주장했고 다시 민요로써 친일을 노래했다. 이로써 그들이 20년대에 주장했던 에스니시티는 하나의 허구에 불과했던 것임이 드러나게 된다. 더구나 이때의 민요시는 '노래'라는 장르명을 갖고 창작되었는데, 이 시기의 '노래'는 다분히 일제의 정책에 촉발되어 창작된 것들이었다. 총독부는 1937년 '조선문예회'를 조직하고 이 단체를 통해 조선의 애조 띤 가요와 민요를 비판하면서 새로운 정서의 노래를 요구하고 있었으니, 이광수와 최남선, 김억의 작품들이 이 시기에 곡을 얻어 발표되고 있는 것이다.[33] 이 정책이 조선인들의 정서를 황국 신민의 그것으로 개량하기 위한 목적을 지니고 있었다는 점을 지적할 필요는 없겠다. 여기에서 민요시인들이 시를 노래로 인식하고 있었고, 애초에 조선적 자기 귀속의식으로 강조되던 노래들이 이제는 일본─동양 정신이라는 새로운 에스니시티를 만들어내는 데 기여하고 있음을 볼 수 있거니와, 결국 국민문학파와 민요시인들의 조선심은 하나의 허구적 에스니시티로 만들어져 다수파의 일본심으로 전환되고 말았던 셈이다. 물론 민족이 상상된 것이고 소수파의 자기 귀속 의식인 에스니시티 또한 그렇다는 점에서, 다시 말해 영원히 지

---

33) 최남선과 김억이 작사한 곡명은 다음과 같다. 가곡으로는 최남선 작사에 「내일」(이면상 곡), 「동산」(이면상 곡), 「가는 비」(현제명 곡), 「서울」(현제명 곡)이 있고, 김억 작사에 「복사꽃」(이면상 곡), 「붉은 꽃송이」(이면상 곡)가 있으며, 가요로는 최남선 작사에 「銃後義男」(이면상 곡), 「정의의 개가」(홍난파 곡), 「장성의 파수」(현제명 곡), 「김소좌를 생각함」(이종태 곡), 「방호단가」(이종태 곡)가 있고, 김억 작사에 「정의의 師여」(이면상 곡), 「종군간호부의 노래」(이면상 곡)가 있다. 이와는 별도로 이광수는 친일가요 「희망의 아침」(홍난파 곡)과 「지원병 장행가」(박태준 곡)를 발표했다. 이 시기에 각종 잡지를 통해 발표된 '신가요' 내지 '새노래' 형식의 시들은 일제의 신가요 정책에 부응한 것이기 쉬운데, 가령, 『삼천리』 1941년 9월호에는 '신가요집'이라는 타이틀 아래 이광수의 「지원병 장행가」, 「애국일 노래」, 「희망의 아침」, 주요한의 「가자 어서 가」 등의 친일 가요가 발표되고 있다.

속되는 실체가 아니라는 점에서 그것은 어쩌면 필연적일 수도 있을 것이다. 그러나 다수파의 에스니시티로 끝내 옮아가지 않은 존재들이 있다는 사실을 고려하고 보면 소수파의 에스니시티를 경험하는 주체의 위치가 중요해질 수밖에 없다. 이와 관련하여 민요시를 논의할 경우 김소월은 어떤 민요시를 썼는가가 분석될 필요가 있다. 더는 진전될 수 없는 논의의 결론만 이야기한다면, 그는 소수파의 사회적 위치에 훨씬 더 밀착된 민요로써 당대 현실의 구체화에 값했다. 이를 앞에서 말했듯이 주체의 계급적 위치로 바꾸어서 정리하는 일은 훨씬 더 많은 중간과정을 필요로 한다. 그러나 그것은 정말로 국가와 민족을 바라보는 계급위치의 문제였다.

5. 결론

근대적 민족이 상상의 결과물이고 집단적 주체로서의 민중 또한 그런 것이라면, 그것은 근대적 경험의 통시적 과정 속에서는 결코 초월될 수 없는 주객관적 조건이라고 해야 할 것이다. 근대가 유럽에서 시작되었다는 이유 때문에 모든 근대성을 유럽중심주의로 평가하고 부정할 수는 없다. 차라리 문제는 그 조건 속에서 근대사회의 어떤 일반적 현상을 형이상학적 억압을 정당화하는 근거르 작용하지 않도록 하는 일일 것이다. 철학적으로 보면 그것은 '보편'이라는 개념에 대한 발본적 문제제기이며 정치적으로 보면 그것은 국가와 국민에 대한 문제제기가 될 것이다. 에스니시티 또한 마찬가지이다. 그것은 정보와 힘을 독점한 국가에 의해 허구적으로 구성된 것일 수도 있지만 그 구성의 네트워크에서 지속적으로 미끄러지는 실재의 힘을 이용해서 소수파가 다수파의 일방적 권력에 대해 대응할 수 있는 근거이기도 하다.

그런데 그 양자가 긍정적으로든 부정적으로든 국가의 문제에 연관될 수밖에 없다면, 조선과 같은 식민지에서 없는 국가에 대한 상상이 조선심 혹은 조선혼으로서의 시조와 민요에 대한 주목을 가져왔다는 점에서 역설적으로 드러나듯이, 그 국가 권력의 그물망으로부터 벗어나 있는 존재들에 대해서 생각하는 것은 상당히 난제에 해당한다고 하겠다. 그러나 그것은 난제일 뿐 이해 불가능한 문제는 아니다. 친일문인들은 대부분 민족 상층부와 연결된 국가주의자들이었지만, 민중들은 오히려 일제와 친일문인들의 국가주의적 동원전략에 착취당하면서 고통 받은 사람들이었다. 따라서 필요한 것은 범민족적 태도라기보다는 계급적 시각임이 분명하다. 이것은 친일 행위가 단순히 민족의 문제가 아니라 그것과 결합된 계급문제이기도 하다는 것을 의미한다. 물론 이 말이 부르주아 국가 권력과 대립했던 좌파 지식인들에게 친일의 혐의를 덮어씌워서는 안 된다는 것으로 해석되어서는 안 될 것이다. 전향한 사회주의자들의 경우 친일 행위를 정당화하는 자기 논리는 더욱 분명한 바 있다. 가령, 일본의 나프에서 활약했던 김용제의 경우는 어느 시인보다도 많은 시집과 작품을 발표하고 있는 것이다. 그래서 좀 과장해서 말한다면, 친일문학은 한국 근대문학이 모두 빨려 들어가는 블랙홀과 같은 위치에 있다고 할 수 있다. 친일문학의 논리를 양심의 문제로부터 벗어나서 근대 초극론의 일환으로 다시 고찰해 보아야 하는 것은 그 때문이다.

일제 말기 소설에 나타난 '내선결혼'의 층위
- 이광수와 한설야의 작품을 중심으로 -

■ 이상경

1. 머리말

이 연구는 1937년 이후 일본인과 조선인 사이의 연애와 결혼을 소재로 한 소설 작품을 대상으로 '내선결혼'[1]이라는 구호와 정책이 지닌 함의와 그것에 대한 식민지 조선인들의 대응을 밝히는 것을 목적으로 한다.

일제의 총독 미나미 지로(南次郎)는 1936년 8월 5일 취임한 뒤 그때까지의 '내선융화' 대신 '내선일체'를 내세웠다. 특히 1937년 7월 7일 중일전쟁에 돌입하면서 조선이 병참기지로 부각되고 노동력과 병력을 동원할 생각을 하게 되면서 조선총독부로서는 조선인의 행동을 통제하고 일본식으로 조직하는 것이 절실한 과제가 되었다.

총독부에 의하면 내선일체란 '같은 조상, 같은 뿌리인 양 민족이 혼

---

1) 내선결혼, 내선일체 등에서 사용되는 '내선'이란 식민주의의 '내'지인 일본과 외지인 조'선'을 가리키는 용어이다. 일본어 자신을 일컫는 '내지'와 청일전쟁 이후 식민주의로 획득한 영토를 가리키는 '외지'는 두 지역 사이에 엄연한 구별과 차별을 둔 용어로서 식민지 시대의 역사적인 용어이다. 이를 드러내기 위해 본고에서는 처음 나올 때 '내선결혼' '내선일체' 등의 표시를 해 둔다.

연일체'가 되는 것이었다. 미나미는 1939년 5월의 국민정신총동원(1938
년 결성, 후에 국민총력 조선연맹으로 됨)에서 연설하면서 다음과 같은 말을
했다.

　　"천황을 중심으로 하는 신념으로서 비로소 내선일체가 이루어지는 것
　이다. 즉 내선일체를 이론적으로, 역사적으로, 혹은 동양의 현상 세계의
　환경으로부터 논하는 것은 어떻든 간에 단지 그 귀착점은 반드시 천황을
　중심으로 하여 내선이 일체가 되지 않으면 안 된다. … 내가 항상 역설
　하는 것은 '내선일체'는 서로 손을 잡거나 외형이 섞이거나 하는 것 같은
　미적지근한 것이 아니다. 손을 잡은 자는 놓으면 또 갈라진다. 물과 기름
　도 무리하게 휘저으면 외형적으로 섞이지만 그렇게 해서는 안 된다. **겉
　모습도, 마음도, 피도, 살도, 모두가 일체**가 되지 않으면 안 된다."2)(강
　조는 인용자)

　이렇게 '겉모습도, 마음도, 피도, 살도' 일체화시키는 '내선일체'라는
명분 하에 육군 특별지원 병령(1938년 2월 26일 공포, 4월 3일 시행), 제3차
조선교육령(1938년 3월 4일 공포, 4월 1일 시행), 조선민사령 중 개정 건과
조선인의 씨명에 관한 건(1939년 11월 10일 공포, 1940년 2월 11일 시행)과
같은 법률이 공포되었다. 조선인의 민족성을 말살하고, 일본 민족에 동
화시키는 정책이 추진된 것이다. 이런 과정에서 국책 결혼으로서 '내
선결혼'이 더 한층 장려되었다.
　물론 그 이전에도 일본인과 조선인의 결혼이 이루어졌고 총독부에
서도 이를 장려했다. 개인적인 차원에서 일본에 유학가거나 망명한 인
물들이 일본 여성과 결혼해서 돌아온 경우도 있었고, 3·1 운동 이후
'내선융화'의 입장에서 문화정치를 상징하는 정략결혼으로 1920년 4월

---

2) 「國民精神總動員朝鮮聯盟 役員總會席上 總督 訓示」, 1939년 5월 30일 ; 鈴木裕子(스
　즈키 유우코), 『從軍慰安婦・內鮮結婚』, 未來社, 1992, 84쪽에서 인용.

28일 이 왕세자 은과 일본 황족 나시모토의 결혼이 거행되었다. 이는 조선인의 피에 대한 관념에 충격을 주는 상징적 조치였지만 정책적으로 내선결혼을 장려하거나 강요하는 것은 아니었다.

그런데 미나미 총독부임 이후, 내선결혼은 그야말로 '피도 살도 모두가 일체'가 되는 내선일체의 최후 단계로 간주되었고 미나미는 내선결혼한 부부에 대해 표창까지 할 정도로 열심이었다. 그러나 각종 정황이나 통계상으로 보아 총독부의 정책적 장려에 의해서 내선결혼이 특별히 더 증가되었다거나 하기는 어렵다. 조선인과 일본인이 일상에서 접촉하면서 이루어진 사례가 일반적이고, 통계적으로도 내선결혼을 통해 내선일체를 이룬다는 것은 요원한 일이었다. 조선총독부도 "그것에 의하여 양 민족의 융화 결합을 기대하는 것은 이론으로서는 곤란하지 않지만 실제문제로서는 먼 장래에 기대를 걸 수밖에 없다."고 내선결혼의 효과에 대해서는 회의적으로 보고 있다.[3]

그런 점에서 내선결혼 정책이란 직접적인 동원의 문제이기보다는[4] 좀더 내면의 문제, 조선 민족의 정체성을 훼손하고 부정하며 독자성을 인정하지 않겠다는 식민지 정책의 문제였고, 이에 대한 조선인들의 반응 역시 남녀가 만나서 이루어 가는 사적 생활의 수준을 넘어선 어떤 차원에서 이루어졌다고 보는 것이 타당할 것이다. 한 민족 한 핏줄을

---

3) 朝鮮總督府,『朝鮮人の 人口問題』, 1939, 113쪽 ; 최석영,「식민지 시기 '내선결혼' 장려문제」,『일본학연보』9, 2000에서 재인용.
4) 스즈키 유우코는 1939~45년 사이에 조선 남성과 일본 여성의 결합 형태가 증가하고 있는 것에 주목하여 이 시기 내선결혼 정책이 전쟁에 동원된 일본 남성의 빈 자리를 메우는 역할을 조선 남성이 수행하도록 한 것으로 본다.(스즈키 유우코, 앞의 책, 쪽) 전쟁터에 나간 일본 남성을 위한 조선 여성을 '군위안부'로 동원하고, 후방에 남겨진 일본 여성을 위해 '내선결혼'으로 조선 남성을 동원했다는 이러한 해석에 대해서 실제 이루어진 내선결혼의 숫자가 '동원'으로 보기에는 너무 미미하다는 비판이 있다. 본고도 '군위안부' 문제와는 별도로 내선결혼 문제를 구체적인 조선 남성의 동원으로 보는 것에 대해서는 동의하지 않는다.

자부해 온 조선 사람들에게 이것은 '피'의 문제이며, '피'로 표상된 민족의 문제로 인식되었다. 이런 상황 아래에서 작가들은 '내선일체'의 전망과 관련지어 긍정적으로든 부정적으로든 일본인과 조선인 사이의 연애와 결혼 문제를 좀더 적극적으로 다루게 되었다.

문학 연구 바깥에서 내선결혼 문제에 관한 연구는 주로 '일본인 처'의 문제로 부각되었다. 일본에서 조선인 남성과 결혼한 일본 여성이나 조선에서 조선 남성과 결혼한 뒤 해방 후 일본으로 돌아가지 못하고 남편의 나라에 남은 일본인 처의 문제로서, 여성이 국가에 동원된 후 국가로부터 버림받은 여성이라는 견지에서 일본 여성학의 과제로 부각되었던 것이다.[5] 그런 만큼 '일본인 처'에 대한 실태 조사의 차원에서 연구가 진행되었다.

그런데 일제가 정책적으로 내세웠던 '내선결혼'을 당시의 조선인들이 어떻게 받아들였는가 하는 점에 초점을 맞춘 연구는 아직 없다. 한 개인의 내밀한 감정의 문제와 민족적 현실의 문제가 얽혀 있는 것이기에 드러내기가 쉽지 않았을 것이며, 자료의 한계도 있었다. 최근에는 내선결혼의 산물인 '혼혈인'을 문화적 경계인으로 보려는 시도가 있지만 이것은 본 연구에서 주목하고자 하는 당대적 문제의식과는 거리가 있다고 생각한다.

그래서 본 연구에서는 우선 일제시대에 산출된 내선 연애나 결혼에 관한 문학 작품들을 통해서 '내선결혼'이 가졌던 함의와 현실에서의 문제점을 짚어본 다음, 내선일체가 강제적으로 추진되었던 시기에 나온 내선결혼 소재의 작품들이 남녀의 연애나 결혼에 대한 사실의 묘사

---

5) 가세타니 도오모 (總谷智雄), 「재한 일본인 처의 형성과 생활 적응에 관한 연구」, 고려대 사회학과(석사), 1994 ; 田端かや(다바타 가야), 「식민지 조선에서 살았던 일본 여성들의 삶과 식민주의 경험에 관한 연구」, 이화여대 여성학과(석사), 1996.

로부터 시작하지만 그것을 넘어서서 민족을 둘러싼 이데올로기 투쟁의 성격을 띠는 양상을 분석할 것이다. 이를 통해 일본인과 조선인 사이의 연애와 결혼이라는 동일 소재를 가지고 작가가 어떤 문제를 끌어내는지, 어떤 결론을 내리는지 밝힌다면 민족 문제를 보는 시각을 읽을 수 있고 내밀한 정서의 차원에서 친일과 저항의 논리를 밝히는 길이 이를 통해 일제 말기 작가로 대표되는 지식인 사회의 지형도가 일부 드러나기를 기대한다.

2. 내선결혼론의 명분과 현실

일제시대 일본과 조선의 관계는 자주 남자와 여자의 결혼 관계에 비유되었다. 다음과 같은 식이다.

> 반도인은 일본과 결혼한 것이다. … 조선 민족을 몽상하는 자는 … 남편을 품에 안으면서 연인을 떠올리는 바람둥이 여자와 같은 존재…[6]

> 그 안트로폴리기적으로 봐도 또 필로로기적으로 봐도 일본과 조선은 남자와 여자 정도의 차이밖에 없습니다…[7]

피식민지를 여성에 비유하는 것은 식민주의가 즐겨 사용하는 상투

---

6) 현영섭, 「내선연합인가 내선일체인가」, 『내선일체』 2~1, 내선일체실천사, 1941. 1, 40쪽 ; 이승엽, 「녹기연맹의 내선일체 운동 : 조선인 참가자의 활동과 논리를 중심으로」, 정신문화연구원(석사), 2000, 65쪽에서 재인용.
7) 김사량이 일제 말기 김문집을 모델로 해서 쓴 일본어 소설 「天馬」(『文藝春秋』 1940. 6)에서 친일과 현룡이 하는 말. 김사량, 김재용 외 편역, 「천마」, 『식민주의와 비협력의 저항』, 역락, 2003, 274쪽.

적인 것이다. 그런데 간과해서는 안 될 점은 식민주의의 성립을 남녀
의 관계에 비유하자면 강제와 억압에 의한 강간 같은 것인데, 이에 대
해 '결혼'이라는 비유를 구사할 경우 강제성과 폭력성은 사상되고 두
사람의 자유의사에 따른 결합으로 호도되기 십상이라는 것이다. 내선
결혼론은, 비유하자면, 그러한 '강간'의 측면은 덮어두고 현상적인 측
면에서 결혼의 당위성을 논하면서 조화로운 결혼생활의 방책을 모색한
것이 된다. 게다가 미나미가 정책으로 내세워 적극적으로 추진한 그
현실의 내선결혼은 동화와 배제를 동시에 추구하는 것이었다.

　일본 내부에서도 식민지 동화정책에 반대하는 입장이 있었다. 당시
우생학과 인종사상을 신봉하는 세력은 동화정책에 반대했고, 당연히
혼혈을 낳는 내선결혼에도 반대했다. 원래 우생학에는 잡종강세론과
혼혈기피론의 두 흐름이 있었는데 일본의 우생학계는 '일본 민족 순혈
론'을 내세운 혼혈기피론이 주도했다. 이들이 혼혈을 기피하는 이유를
살펴보면 당시 내선결혼을 바라보는 일본인의 입장을 잘 알 수 있다.

　　잡혼은 많은 경우 성충동에 의한 것이며, '잡혼의 부부는 그 민족의 평
　균보다도 사회적 지위, 지능이 열등'하고 게다가 부모의 반대를 받는 경
　우가 많아서 가족제도의 해체까지 부른다. 또 혼혈아는 적응력과 질병에
　대한 저항력이 결핍되어, 대를 거듭하면서 원주민족에 가까워지든가, 별
　종의 민족이 되어 지배민족과는 멀어지고, 나아가 '성격적 의뢰심, 사대
　주의, 무책임, 의지박약, 또는 허무적, 성격파산적 경향을 가진다는 것'이
　강조되었다.[8]

　이들의 우생학은 황민화의 내선일체를 정책으로 내세운 조선총독부

---

8) 小熊英二(오구마 에이지), 『單一民族神話の 紀元 ― '日本人'の自畵像の系譜』, 新曜
　社, 1995, 253~254쪽.

측과는 갈등을 빚을 수밖에 없었지만 일본인 내부에서는 상당히 설득력을 가지고 있기도 했다. 조선총독부는 그런 입장에 맞서서 동화를 추진해 나간 셈이지만 그것은 어디까지나 동원의 필요에 의한 것이었다. 그래서 일본민족혼합론에 근거한 일선동원론, 일선동조론 같은 동화 이데올로기를 만들어 내고 그에 근거하여 '정신적' 차원에서 '내선일체'를 강조했다. 조선의 내선일체론자들이 꿈꾸었던 내선일체를 통해 차이를 무화시켜 차별로부터의 탈출하겠다는 꿈은 요원한 것이거나 아예 고려 대상도 되지 않았다.9)

전투적 내선일체론자로서 이데올로그 노릇을 했던 현영섭이 1938년 1월에 쓴 「내선결혼론」은 내선결혼의 당위성을 설명하고 내선결혼을 가로 막는 요소들을 지적하면서 조화로운 내선결혼의 방책을 제시한 글인데 당시 가장 적극적으로 내선결혼을 부르짖은 현영섭의 논의를 통해 내선결혼의 명분을 살펴보겠다.

"내선일체를 정신적으로만 추구하고 형식에서는 이를 추구하지 않는 사람이 있지만 나는 생활적, 예술적으로 이를 추구해야만 한다고 생각한다. 그것을 위해서는 물심일여의 정신으로 매진해야만 한다. 조선인이 일본인으로 되기 위해서는 형식을 주지 않으면 안 된다."10)라는 문장으로 시작되는 이 글은 실제 생활에서 행복한 내선결혼이 가능하도록 여건이 마련되어야만 내선일치가 완성된다고 상정하고 내선결혼의 당위성과 현실에서 그것을 방해하는 요소를 분석하고 있다.

현영섭은 일본 민족은 혼합 민족으로 형성되었다고 하면서 잡종강

---

9) 이 점은 창씨하게 하면서 원적을 통해 조선인을 구별할 수 있도록 한 것이라든지, 징병을 실시하면서 국민의 범위와 자격을 결정하는 호적법은 그대로 두고 병역법의 조항을 고쳐 징병을 할 수 있게 한 것이라든지 하는 형식으로 드러났다. 내선결혼에 대해서도 호적법이 그대로 존재한다는 것이 조선 내부의 친일파들에게도 불만 사항으로 지적되었다. 동화와 배제의 논리를 잘 보여주는 지점이다.
10) 玄永燮, 「內鮮結婚論」, 『新生朝鮮の 出發』, 京城 : 大阪屋號書店, 1939, 94쪽.

세론을 펼쳤다. 그 한 예로 임진왜란 때 일본에 포로로 끌려갔던 조선 인들이 결국은 정착하고 '조선요'의 기술을 개량하여 일본 도기를 만 들어 내었으며 일본인과 통혼하여 조선어를 잊고 청일전쟁, 러일전쟁 에 나아갔다는 것을 들고 있다.

현영섭의 주안점은 이론적인 것보다도 현실에서 내선결혼을 한 사 람들의 경험으로부터 행복한 내선결혼을 위한 방책을 궁리하는 것이 다. 현영섭이 보기에 행복한 내선결혼이 성립하는 경우는 양측이 민족 관념을 뛰어 넘을 수 있는 다른 종류의 사상을 가지고 있을 때, 각자가 자기 민족의 특징을 우월한 것으로 내세우지 않고 '세계화'된 생활 양 식을 취할 때, 그리고 조선인의 생활 수준이 일본인의 생활 수준보다 높을 때이다. 구체적으로는 기독교의 이념 아래 내선결혼을 한 조선 남성과 일본 여성은 종교적 이상이 남녀 사이에 있는 민족적 차이를 뛰어 넘을 수 있었다는 것, 아예 서양식 생활을 하는 경우 문화 충돌이 없었다는 것,[11] 생활 수준이 비슷할 때 인격적 만남이 가능하리라는 것[12]을 예로 들었다.

이런 현상 진단 후에 현영섭은 내선결혼을 방해하는 요소로 ① 조선 인의 사회적 지위가 낮은 것 ② 내선인 상호간에 경멸하고 반목하는

---

11) 조선인이 아름답다고 느끼는 것에 대해서 내지인은 아름답다고 느끼지 못할 때 연애는 성립하지 않는다. 조선인이 세수하는 방법, 띠를 매는 방법, 물건을 사는 방법이 다르고 앉는 방법이 다른 데서 내선결혼자의 생활이 불행해진 시례를 나는 알고 있다. 그들이 정말 일치하는 것은 서양식 습관을 채영했을 때이다. 양식을 먹고, 서양음악을 감상하고, 아파트에서 베드 생활을 할 때 그들은 완전히 일치 조화한다. 玄永燮, 앞의 책, 102쪽.

12) 조선인이 생활적 기술적으로 우월한 경우, 비교적 학대받던 어려운 처지의 내지인이 거기에 흥미를 느껴 연애가 성립하는 경우가 많다. 아메리카의 부호의 딸이 러시아 귀족이나 프랑스 귀족과 결혼해서 지위를 높이려는 것과도 약간 비슷하다. 내지인 여성 중 여급, 예기, 창기, 여중이 조선인 중 비교적 우수한 사람을 꽉 잡는 것이다. 혹은 대학 출신 조선인 여성을 어느 전문 출신 내지인이 처로 삼는다. 玄永燮, 위의 책, 103쪽.

것 ③ 법률적 이유를 들었다.

현영섭의 글은 ①과 ②항목에 대해서는 더 이상 구체적으로 언급하지 않고 ③항목에 대해서만 열심히 논리를 폈다. 앞의 두 항목은 곧바로 식민지의 피식민지에 대한 억압과 착취, 그리고 멸시의 현실을 직접 문제 삼는 민감한 문제였다. 법률적 문제에 대해 조선인 남성이 일본인 여성과 결혼하는 경우 그 자식은 당연히 조선적에 편입되어 조선적으로 살아갈 수밖에 없어서 현실적으로 내선결혼을 가로막으며, 그 2세는 일본인 어머니에 의해 일본식 생활 양식에 의해 자라났어도 사회 정치적 존재는 여전히 조선인으로 묶여 있기 때문에 많은 곤란을 겪게 된다고 보았다. 이런 점에서 호적법 개정은 조선인 내선일체론자들이 염원했던 '동화를 통한 차별로부터의 탈출'의 법적 확인이자, 조선인이었던 흔적을 지우는 마지막 과정으로서 내선일체 실현의 최종 단계에 해당한다.[13] 그러나 총독부가 내선결혼을 한 부부들에게 총독이 표창을 하면서까지 장려하는 정책을 취했지만 '본적 전속 금지'(本籍 轉屬 禁止 : 내지, 외지 지역 간 본적을 이동할 수 없는 것)로 해서 내지인이 조선으로 본적을 옮기거나 조선인이 내지로 본적을 옮기는 것이 허락되지 않아 내지인과 조선인은 호적에 의해 엄연히 구별되고 이는 고정된 것이었고 결국은 노동력과 병력 동원을 위한 이데올로기 공세에 지나지 않음을 드러낸 것이다.

현실적으로 내선결혼은 일본인과 조선인이 피를 섞는 것이고, 양측의 생활 습관이 맞부딪치는 것이었다. '피'는 생물학적의 피이자 민족성, 민족의식의 상징으로서 좀더 본질적인 것으로 생각되었으며, 생활 '습관'은 문화적으로 구성된 것의 상징으로 좀더 상대적인 것으로 볼 수 있다.

---

13) 이승엽, 앞의 논문, 71쪽.

피를 문제삼는 경우 식민주의에 협력하는 입장에서는 역사적으로 일본인과 조선인은 피가 같기 때문에 혹은 피를 섞으면 더 우수한 종자가 생산되기 때문에 내선결혼은 당위이거나 필연이라고 하고, 식민주의에 저항하는 입장에서는 피가 다르기 때문에 내선결혼 따위는 근본적으로 불가능하다고 했다. 피의 동질성을 전제하면서 내선결혼을 찬성하고 선전하는 입장에서는 생활 습관의 차이 같은 것은 계몽과 설득에 의해 쉽게 바꿀 수 있거나 아니면 시간문제인 것으로 처리되고 만다. 이런 논의와 정책에 맞서 '피'의 이질성을 전제하는 입장에서는 나머지 것이 아무리 일치하더라도 '피'가 다르면 결혼해서 생활을 같이 한다는 것은 불가능하고, 그 전의 아름다웠던 관계까지 훼손하는 것임을 역설한다. 이광수의 경우가 전자, 한설야의 경우가 후자인데 이들의 작품은 모두 내선 남녀의 연애와 결혼담 자체가 아니라 그것이 은유하는 민족적 현실을 문제 삼았다. '피'의 문제로 보되 '피'로 상징되는 민족의 미래를 보는 눈이 두 작가가 완전히 달랐다.

그밖에 완고한 인습이나 문화적 차이가 내선결혼에 미치는 영향을 다루면서 식민주의에 협력하는 입장에서는 그런 것은 세대의 차이이므로 시간이 해결해 줄 것으로 낙관하는 자세이다. 반면에 식민주의에 일정하게 거리를 두는 입장에서는 그런 인습이나 차이가 훨씬 더 완고하고 바꾸기 쉽지 않다고 본다.

3. 내선결혼의 실상

내선일체 정책이 적극적으로 추진되기 이전에도 식민지 현실을 반영하여 내선결혼이 소설 작품의 소재가 된 경우가 있었다. 그러나 그것은 '내선일체'와 '국민총동원'의 시대는 아니었기에 민족적 전망을 묻는 데까지는 나아가지 않았고 다만 이민족간의 결혼이 낳는 제반 문제점을 부각시키는 쪽으로 작품이 구성되어 내선결혼한 남녀의 생활 상황에서 내선결혼이 야기하는 문제를 충분히 시사하고 있다.

아마도 근대문학사에서 '내선결혼'이 등장하는 최초의 작품은 이인직의 「빈선랑(貧鮮郎)의 일미인(日美人)」(『매일신보』, 1912. 3. 1.)일 것이다. 이 작품은 대한제국기에 일본에 유학인지 망명인지를 갔던 조선 남성이 일본 여성과 함께 조선에 돌아왔는데, 일본에서 자기는 조선에 돌아만 가면 크게 출세한다고 큰 소리를 쳤고 일본 여성은 그 말을 믿고 조선에 왔으나 실제로는 출세를 못하여 방세를 낼 수도 없을 지경이 되어, 일본 여성이 조선 남성에게 속았다고, 무능하다고 바가지를 긁는 내용이다. 일본에서 하층에 속하는 여성이 조선 남성을 통해 신분이나 경제적인 측면에서 상승하고자 하는 욕구를 가지고 내선결혼을 행했음을 보여주고 있다.

이인직 소설의 '빈선랑'은 가난 때문에 일본인 처와 갈등했는데 돈이 있어도 민족적 차이 때문에 갈등은 여전한 것이 염상섭의 「남충서(南忠緒)」(『東光』 1927. 1~2)이다. 남충서는 조선에서 "셋째 손가락 안에는 드는 부자" 남상철(南相哲)과 일본 기생 출신인 미좌서(矢野美佐緒) 사이에서 태어났다. 내선결혼을 행한 남상철의 의도는 "어차피에 조선식·일본식의 두 살림을 배포하는 것이 형편으로도 부득이한 일이요, 취미나 교제상으로도 그리할 수밖에 없기 때문이었다."는 것이다. 미좌서는 일본인으로서의 자신을 그대로 유지하면서도 아들 남충서를 남씨 집안의 상속자로 만들어 자신의 지위를 굳히려고 노력한다. 이들 사이에서 태어난 남충서는 어려서는 남상철의 본처의 양육을 받다가 자라서는 친어머니 미좌서 밑에서 이름도 야노 다다오(矢野忠緒)로 하여 일본인 학

교를 다녔고 지금은 일본 유학 중인 대학생이다. 아직은 경제적 이해관
계에서 자유로운 남충서는 자신의 민족적 정체성을 놓고 고민한다.

> '아비의 나라는 내 나라다!'
> 고 생각은 하면서도 아비의 나라에 대한 군센 감격을 느끼지 못하는
> 자기를 불쌍히 생각지 않을 수 없었다.
> '아버지가 일본 사람이요 어머니가 조선 사람이었던면? 아버지가 서양
> 사람이요 어머니가 일본 사람이나 조선 사람이었던면?……'
> 하는 생각을 하여본 때도 있었다. 그러나 여기에는 그는 얼굴이 발개
> 지며 자기 속으로도 대답을 아니하려 하였다.
> 언젠가 PP단의 동지 한 사람이 별안간
> "여보게 야노군 …… 미나미군 …… 남군!"
> 하며 혀가 돌 새도 없이 연거푸 불러 놓고 나서
> "…… 온 자네 같은 부르조아지는 성도 많으니까 한참 부르고 나면 숨
> 이 차이그려!"
> 하며 여러 사람을 웃긴 일이 있었다. 여러 사람은 웃었으나 충서는 쓰
> 린 웃음을 체면에 못 이기기어서 따라 웃을 수밖에 없었다.
> "하지만 말하자면 나는 야노도 아니요 미나미도 아니요 남가도 아닐세
> 마는 그러나 그 중에 제일 적절히 나라는 존재를 설명하는 것은 '미나미'
> 라고 부르는 것이겠지! 야노도 아니요 남가도 아닌 거기에 내 운명은 미
> 묘한 전개를 보여주는 걸세."
> 하며 진담도 아니요 자조하는 농담도 아닌 소리를 할 제 여러 사람은
> 걸작일세 걸작야 하고들 웃었다.14)

'야노'는 어머니의 성이고 '남'은 아버지의 성이다. '미나미'는 '남'
을 일본식으로 훈독한 것이다. 남충서는 "그들(아버지, 어머니, 다른 동지들

---

14) 염상섭, 임형택 외 편, 「남충서」,『한국현대대표소설선』1, 창작과 비평사, 1996,
268쪽.

-인용자)에게는 고향과 혈육에 대한 애착이 있다. 가정의 평화가 있다. 민족에 대한 감격이 있다. 그러나 내게는 그게 없다. 야노면 야노, 남가면 남가, 어디로든지 치우쳤다면 조그만 비극을 일평생 짊어지고 다니지는 않았을 것이다."고 고민하는 인물이다.15)

이 작품에서 세부 묘사의 많은 부분은 남상철과 미좌서의 서로 다른 생활 습관을 드러내고 있다. 미좌서는 조선에서 30년을 살면서도 "조선식 살림을 할 줄 모를 뿐 아니라 위생이나 취미에도 도저히 맞지 않"고 "온돌방보다도 추워도 다다미 위에 앉고 눕는 것이 맘에 한결 나아서" 일본인 며느리를 맞으려고 한다. 똑같은 방식으로 남상철은 아들을 조선인 본처의 장남으로 호적에 올리고 조선의 상당한 문벌가로 장가들여서 남씨 집안의 장손 노릇을 할 수 있도록 만들려고 한다. 온돌과 다다미로 표상되는 문화의 차이와 그것의 추상으로서의 '고향'의 차이라는 것이 미좌서와 상철 사이를 온전하게 결합시키지 못한다. 둘 사이에서 태어난 남충서는 아예 고향이 없다는 생각으로 정체성 혼돈 상태에 빠져 있다.

염상섭은 이 작품을 통해서 민족이라는 것이 한 인간의 정체성을 결정하는데 얼마나 결정적인 요소인가를 보여주고자 했다. 그런 관점에서 내선결혼이라든지 내선일체라는 그럴 듯한 구호의 이면은 개인의 잇속 차리기이거나 아니면 인간의 정체성을 혼돈에 빠뜨리는 부정적인 것이었다. 이 소설은 좌우 합작의 신간회가 결성되어가고 있는 시점에

---

15) 이런 설정에서 내선결혼의 실상과 문제가 드러난다. 즉, 많은 내선결혼이 일본의 하층 여성과 조선의 상층 남성 사이에 이루어지면서 남성/여성과 식민지/피식민지의 위계가 어긋난 상태였기에 좀더 문제적으로 부각되었다는 것이다. 이 대목에서 충서는 자기의 생각을 들여다보기를 두려워하는데 위계가 어긋나지 않았다면 민족이니 뭐니 하는 고민 없이 순순히 부계-일본을 따라 식민주의의 입장에 섰으리라는 것이다. 이런 점에서 남충서의 사회주의 사상은 민족 의식의 발로이기도 하다.

서 발표되었고 민족 문제를 고민한 염상섭의 진면목을 보여준다.

미나미 총독의 '내선일체' 정책이 구체화되기 시작하는 1938년에 들
어서면서 나온 채만식의 「치숙」(『동아일보』 1938년 3월 7일~14일)은 그러
한 적극적인 내선일체 정책을 생활 현실에서 긍정적으로 받아들이는
인물의 계산 속을 잘 집어내고 있다. 사회주의 운동을 하다가 패가망
신한 오촌 아저씨를 비웃는 조카는 내선결혼을 해서 돈을 벌겠다고 자
기 식의 내선결혼론을 펼치고 있다.

> … 나는 내지인 규수한테로 장가를 들래요. 다이쇼오가 다 알아서 얌
> 전한 자리를 골라 중매까지 서 준다고 그랬어요. 내지 여자가 참 좋지요.
> 나는 죄선 여자는 거저 주어도 싫어요.
> 구식 여자는 얌전은 해도 무식해서 내지인하고는 교제하는 데 안됐고,
> 신식 여자는 식자나 들었다는 게 건방져서 못쓰고, 도무지 그래서 죄선
> 여자는 신식이고 구식이고 다 제바리여요.
> 내지 여자가 참 좋지 뭐. 인물이 개개 일자로 이쁘겠다 얌전하겠다
> 상냥하겠다, 지식이 있어도 건방지지 않겠다, 좀이나 좋아!
> 그리고 내지 여자한테 장가만 드는 게 아니라 성명도 내지인 성명으로
> 갈고 집도 내지인 집에 살고 옷도 내지 옷을 입고 밥도 내지식으로 먹고
> 아이들도 내지인 이름을 지어서 내지인 학교에 보내고 ……
> 내지인 학교라야지 죄선 학교는 너절해서 아이들 버려놓기나 꼭 알맞
> 지요.
> 그리고 나도 죄선말은 싹 걷어치우고 국어만 쓰고요
>
> 이렇게 다 생활 법식부터도 내지인처럼 해야만 돈도 내지인처럼 잘 모
> 으게 되거든요.16)

---

16) 채만식, 「치숙」, 『채만식 전집』 7, 창작과 비평사, 1989, 267~268쪽.

이 조카의 내선결혼론은 조선인 남성으로 일본인 여성과의 결혼을 통해 완전한 일본인이 되고 싶어 하는 인물의 속내를 밝히고 있다는 점에서 의미심장하다. 「치숙」의 화자인 조카는 조선식 생활 양식을 모두 버리고 일본인 여성과 결혼하겠다는 다짐을 한다. 그것이 돈을 버는 비결이라고 생각하기 때문이다. 이것은 당시 현실에서 이루어졌던 내선결혼의 한 단면을 보여주는 것으로 내선결혼을 하고 내선일체를 하는 목적이 '돈'이라고 하는 지점에서 작가 채만식은 '일시동인'이니 '팔굉일우'니 하는 단어로 치장된 일제의 동화정책을 비웃고 있다.17)

위의 작품들이 조선에서 조선 남성과 일본 여성 사이에 이루어지는 내선결혼을 소재로 삼았던 것에 비해 김사량의 「빛 속에서」(『文藝首都』 1939. 10)는 일본 남성과 조선 여성 사이에서 벌어진 내선결혼을 소재

---

17) 「치숙」은 '돈'을 위해서라면 내선결혼도 가능한 현실을 역설적으로 보여주는데, '돈'의 극복이라는 '신념'의 동질성으로 민족의식 같은 것은 문제가 안 되는 '내선연애'가 벌어지는 작품이 「냉동어」(『인문평론』 1940. 4~5)이다. 왕년에 사회주의라는 '아편'에 중독되었지만 이제는 변화한 현실에 적응하지 못한 채 뿌리 뽑힌 생활을 하던 일본 여성 스미코가 출구를 찾아 조선으로 와서 문대영을 만난다. 두 사람은 왕년에 같은 '아편'에 중독되었더라는 '동류감'에서 연애에 빠진다. 정신적 동질감을 바탕으로 한 내선 연애이기에 민족의식이나 피 같은 것은 문제가 안 된다. '고장난 시계' 스미코와 '묵은 책력' 대영은 살아있는 생활을 잃어버린 '냉동어' 같은 상태이고 그 냉동어는 펄펄 살아 헤엄쳐 다니던 심해를 그리워한다. 가령 대영은 '싱싱한 전선의 뉴스 영화'를 좋아한다. 그러기에 두 사람은 자신들의 연애가 이미 시류에 뒤쳐지게 된 과거의 사상을 기반으로 하고 생활이 없는 것이기에 오래 가지 못할 것을 안다. 대영이 머뭇거리는 사이 결국 스미코는 다시 생생한 생활을 찾아 전쟁이 벌어지고 있는 대륙으로 떠나버린다. 이러한 일본 여성 스미코와 조선 남성 둔대영의 연애에서 '민족'이나 '피'의 문제는 전혀 고려 사항이 되지 않는다. 「치숙」이나 「냉동어」에서 채만식은 내선결혼을 '민족'의 문제로 보지는 않는다는 것이 분명하다. 돈이 사태의 핵심이며 그러한 자본주의를 극복하고자 했던 사회주의가 시대에 뒤떨어진 것으로 되었을 때 새로운 전망을 찾아, 살아 있는 '생활'을 찾아, 개인의 사리사욕(돈)을 극복할 수 있는 길을 찾아 스미코는 만주로 가고 작가 채만식도 뒤따라 전체주의를 긍정하는 방향으로 나아갔던 것이다. 채만식의 친일문학의 노정에 대해서는 김재용, 「'멸사봉공'으로서의 친일파시즘 문학」, 『실천문학』 69, 2003. 봄호 참고.

로 삼고 있다는 점에서 특별하다. 화자인 '나'는 일본에 유학하고 있으면서 굳이 조선인임을 드러내지 않고 지내는데[18] 일본인 아버지와 학대받는 조선인 어머니 사이에서 갈등하는 소년 야마다 하루오를 만나 서로 조선인임을 확인하면서 함께 조선인임을 긍정하게 된다.

이 작품에서 내선결혼을 한 하루오의 어머니의 처지는 참혹하다. 하루오의 어머니 정순은 요릿집에 팔린 몸이었는데 하루오의 아버지 한베에가 요릿집 주인을 협박해서 뺏아 왔다. 정순이는 하루오를 낳고 살면서도 걸핏하면 정순이를 다시 팔아버리겠다고 위협한다. 정순에게서 작중 화자는 일본 남성과 결혼한 대부분의 조선 여성의 삶을 떠올린다.

> 그녀는 애초부터 그의 제물로 선택되었을 뿐이다. 그 무지막지하고 얼간이 같은 한베에를 생각하면 얼마나 가엾은 아낙네인가. 나는 그들 부부의 일상생활까지도 상상할 수 있을 것 같았다. 그녀는 날마다 엇어맞을 것이다. 벌거벗긴 채로 두 손을 모아 빌고 애원할지도 모른다. 그런 환경에서 하루오 같은 유별난 아이가 생긴 것이다. 자기는 조선 사람이라고 그녀는 몹시도 슬프게 말했다. 그녀는 어쩌면 자신이 내지인과 결혼했다는 사실을 자랑스럽게 생각하고 그나마 거기서 위안을 받으며 이런 역경 속에서 살아가고 있는지도 모른다.[19]

앞에서도 언급했듯이 내선결혼은 주로 조선 남성과 일본 여성의 문제로 부각되어 있었다. 그러나 그 이면을 생각해 보면 많은 조선 여성들이 강제적으로 또는 경제적 어려움 때문에 일본 남성의 아내나 노예

---

18) 이 소설의 인물도 성이 '남(南)'이다. 일본식으로 미나미라 불리는 것을 굳이 말리지 않고 사회 봉사에 더 나아서라고 변명하는 자기의 위선을 인식하고 있는 인물이다.
19) 김사량, 임형택 외 편, 「빛 속에서」, 『한국현대대표소설선』 6, 창작과 비평사, 1996, 181~182쪽.

가 되어 있었다. 이렇게 조선 여성이 압도적으로 불리한 위치에서는
이루어지는 관계는 상대방이 식민지인이고 남성이라는 점 때문에 조선
인에게 훨씬 더 억압적이다. 소설 속에서 정순이는 한베에의 칼에 찔
려 병원에 입원까지 했다. 이런 생활 속에서도 정순이는 조선인으로서
의 자기를 죽여가면서 하루오를 일본인으로 키우려고 노력했다. 이렇
게 "내지인의 피와 조선인의 피를 함께 물려받은" 하루오의 내면에는
"'아버지의 것'에 대한 무조건적인 헌신과 '어머니의 것'에 대한 맹목
적인 거부"가 끊임없이 서로 싸우고 있으며, 하루오는 어머니와 조선
적인 것을 부정하고 싶은 마음과 그것을 그리워하는 마음이 착종되어
조선적인 모든 것을 적대시하면서 어머니까지 부정하는 황폐한 모습으
로 자라난 것이다.

일찍이 염상섭의 남충서가 생각했던 것, 일본인 아버지와 조선인 어
머니 사이에서 태어났다면 자신의 정체성에 대해서 어떻게 생각했을까
하고 자문했던 것에 대해 김사량은 그렇게 되어도 자기를 사랑하지 못
하고 마찬가지로 황폐했을 것이라고 답하고 있다. 물론 남충서의 아버
지는 부자이고 하루오의 아버지는 가난뱅이라는 차이가 있다. 그러나
어느 쪽이든지 식민지인과 피식민지인의 결혼은 결국은 어느 한 쪽이
어느 한 쪽을 부정할 수밖에 없는 관계이고 그것은 인간성을 왜곡시키
고 불행하게 만든다는 것을 현실에서 보여주고 있다.

4. 내선결혼 긍정론

1) '피'의 동일성에 기반한 내선결혼

일제가 식민지 동화정책의 이데올로기로 내세운 일선동원론과 그에

기반 한 잡혼론 등을 내선결혼의 근거로 삼아 노골적으로 선전하면서 조선인의 희생을 호도하는 작품이 있다. 내선일체의 이데올로기를 선전하는 작품에서 '피'의 동일성에 근거한 내선 연애와 결혼은 주로 일본인 남성과 조선인 여성 사이에서 이루어진다. 이광수의 「진정 마음이 만나서야말로」, 「소녀의 고백」, 최정희의 「환영 속의 병사」, 최재서의 「민족의 결혼」이 다 그러하다. 이광수의 「진정 마음이 만나서야말로(원제 : 心相觸れてこそ, 일본어)」(『綠旗』 1940. 3~7)는 일본과 조선에서 상당한 수준의 사회적 지위를 가진 집안의 청춘 남녀가 맺어지는 이야기이다. 인수봉을 등반하다 조난된 타케오 남매를 석란이 남매가 구조해 준 것이 인연이 되어 청년들이 오고가면서 두 사람의 아버지─일본 육군 대좌 히가시와 불령선인 김영준도 상대 민족에 대한 편견을 버리고 서로를 이해하게 된다. 타케오가 징집되자 석란도 뒤따라서 간호부로 종군하는데 타케오가 부상당해 실명한 것을 석란이 간호해주면서 두 사람은 사랑을 확인한다. 결국 내선결혼을 이룬 남녀는 실명한 남편을 아내가 부축하여 중국인들에게 '대동아 공영권'의 이상을 전도하는 고난의 길에 오르는데, 이들이 중국군에게 포로가 된 데서 소설이 중단되었다.

　노골적으로 "같은 신의 일족입니다. 같은 대군의 적자입니다. 야마또와 고구려가 융합하지 않고 어찌 하겠습니까. 그러나 실제에 있어 그것은 결코 보통의 노력으로는 불가능한 일이라고 생각합니다."[20]라고 일선동원론을 내세우는 이 작품은, 이미 피의 동질성을 전제하고 있기 때문에 내선 남녀의 연애와 결혼에서 세부 묘사의 정확성이라든지 사실성 같은 것은 고려할 여지도 없다. 다만 눈여겨 읽을 대목은 그

---

20) 이광수, 이경훈 편역, 「진정 마음이 만나서야말로」, 『진정 마음이 만나서야말로』, 평민사, 1995, 10쪽.

럴싸한 내선일체의 이론을 서로 납득했더라도 이들의 마음이 완전히 일치하여 내선결혼을 이루는 데는 일본 남성의 '실명'이라는 과정이 필요했다는 것이다. 완전한 내선일체를 위해 조선인이 일본인과 함께 군인이 되어 피를 흘리며 죽을 수 있는 기회와 권리를 갈망했던 이광수이지만21) 대등한 위치의 남녀가 연애를 통해 피와 살을 섞는 내선결혼에까지 이르는 것이 식민지 남성과 피식민지 여성 사이에서는 쉽지 않다는 것을 외면하지 못한 것이다. '실명' 같은 것을 하지 않는 일본 남성과 조선 여성의 '연애'는 불가능했다.

「소녀의 고백(원제 : 少女の告白, 일본어)」(『新太陽』, 1944. 10)은 이것을 노골적으로 보여준다. 일본 귀족 가문의 아들과 일본으로 돈 벌러 가서 겨우 자리 잡은 조선인의 딸 사이에는 연애가 성립될 수 없다. 그래서 소설에서 연애는 일본의 절에 모신 백제관음상-천년 전 일본에 건너온 백제인에 의해 조성된-의 얼굴과 여자의 얼굴이 비슷하다는 것으로 일본 남성이 조선 여성에게 호감을 느낀다는 것이다. 여자는 농락당하고 남자는 일본 귀족 여성과 결혼하고 말았지만 이 조선인 소녀는 그 남자로 인해 조선적인 것에 대해 눈뜨고 역사에 눈뜨면서 진정한 내선일체의 길을 추구하게 되었다는 것이다.

소녀의 한없는 짝사랑이자 이광수의 일본에 대한 허망한 짝사랑을 보여주는 소설로서 이들 소설은 현실에서 벌어질 수 있는 남녀의 연애담이라기에는 너무나 관념적이다. 내선일체를 선전하는 작품이지만 그 효과는 의심스럽다. 독자의 입장에서는 내선일체론자 이광수조차도 덮지 못했던 현실-있는 그대로의 일본 남성과 조선 여성 사이에 '진정 마음이 만나는' 내선결혼은 불가능하다는 것을 역설적으로 드러내는

---

21) 이광수는 여러 산문에서 이런 내용을 주장하고 있으며 「병사가 될 수 있다(원제 : 兵になれる, 일본어)」, 『新太陽』 1943.11, 같은 소설도 썼다.

것이 이 작품의 의의일 것이다.[22)]

최정희의 「환영 속의 병사(원제 : 幻の兵士, 일본어)」(『國民總力』, 1941. 2)
는 일본 군인과 조선 처녀의 연애담이다. 이 연애 역시 결혼에는 이르
지 못한다. 일본 군인이 전선에 나가서 죽기 때문이다. 그러나 이들은
연애를 통해 상호 이해의 폭을 넓힌다는 점에서 일제가 내세운 정신적
차원의 내선일체에 좀더 다가가 있는 것처럼 보인다.

토쿄에서 대학을 다니다가 집에 돌아와 있는 영순은 철도경비대 소
속의 일본군 병사들을 만나고 특히 야마모토(山本勇)와 서로 끌리게 된
다. 영순이는 일본 군인들에게 아리랑의 노래와 '언문(諺文)'을 가르쳐
주었는데 일본 군인들은 '언문'이 조선의 집 모양과 비슷하다고 신기
해한다. 중국전선(北支)으로 떠난 야마모토는 영순이에게 편지를 보내온
다. 그 편지에는 동양 평화―신동아 건설을 목표로 하는 이념인 '일본
정신'을 세우는 방법으로 영순이 가르쳐준 아리랑과 '언문'을 익히고
있으며, '언문'으로 쓴 영순이의 이름을 보면서 영순이를 느끼고, 영순
이의 친척 나아가 조선인 전체를 느끼며, 조선의 집 구조와 중국의 집
구조가 매우 흡사한 것을 깨닫고, 중국과 조선과 일본은 카미요(神代 :
일본 신화에서 신이 다스렸다고 전해지는 시대)적부터 숙명적인 연관이 있다
고 생각한다고 썼다. 영순이는 자신도 야마모토를 알게 되었기 때문에
전쟁을 자기 자신의 것인 양 생각하게 되었고, 어디선가 군대를 만난
다면 야마모토를 만난 것처럼 기뻐하며 야마모토의 이념 아래에서 살겠
다는 답장을 보낸다. 야마모토가 전사했다는 소식을 듣고 영순이 그의
명복을 빌 때, 그의 환영이 나타나 "일본과 조선과 지나(支那)는 카미요
로부터 어떤 연관이 있다고 나는 믿고 있습니다. 당신도 그렇게 믿으시

---

22) 이광수의 친일소설 전반에 대한 논의로는 이경훈, 『이광수의 친일문학연구』, 태
학사, 1998가 있다.

겠지요."라고 말한다.

일선동원론을 바탕으로 내선연애가 성립하고 한 개인을 통해 그가 속한 문화와 공동체 전체를 느끼고 그에 융합되어가는 연애의 과정에서 두 남녀는 '신동아 건설을 위한 전쟁'에 대한 이념을 공유하게된 것이다. 현실에서 내선연애나 결혼을 할 때 발생하는 문제들은 전혀 고려 대상이 되지 않고 오로지 내선일체의 논리가 두 사람의 연애의 기초가 되어 있다. 게다가 연애를 통해서 일본 남성은 조선과 중국까지 모두 일본과 근원을 같이 한다고 대동아 공영권을 꿈꾸는 반면 조선 여성은 일본이 벌인 전쟁을 자기의 것으로 받아들이고 헌신하겠다고 하는 형국이다.[23]

최재서의 「민족의 결혼(원제 : 民族の結婚, 일본어)」(『國民文學』 1945. 1~2)은 '내선'결혼을 직접 다룬 것은 아니다. 신라 시대 신라에 정복당한 가야의 김유신이 누이동생을 신라의 金춘추와 결혼시켜 삼국통일을 완수한다는 이 작품의 기본 논리는 신라와 가락국처럼 일본과 조선의 차이도 종족의 차이일 뿐이며, 적절한 명분을 가진 종족의 섞임을 통해 더 강한 새로운 것이 만들어질 수 있다는 것이다.

한 여자에게 충실할 것인가? 그렇지 않으면 신라의 왕통을 이을 것인가? 지금 춘추공은 기로에 서 계신 것이다. 그렇게 생각하자 유신도 갑자기 마음이 꺾이는 것을 느꼈다. 그러나 다음 순간 그는 마음 속으로 강하게 고개를 흔들었다. 아니, 바로 그런 이유에서 자신은 모험을 한 것이 아닌가. 어디까지나 동생을 춘추공의 정실로 갖게 하고 그리고 춘추공이 왕위에 오르시게 하는 것이다. 그럴 때야 비로소 신라는 반석 위에 서게 되는 것이다.

---

23) 이 시기 최정희 문학에서 그의 '여성성'이 어떻게 식민주의에 기대는가에 대한 좀더 자세한 논의는 이상경, 「식민지에서의 여성과 민족의 문제-일제 파시즘하의 최정희와 임순득」, 『실천문학』 2003년 봄호 참조.

"공께서는 성골 중의 성골이십니다. 배우자로서 아무래도 저의 동생은 어울리지 않습니다. 그러나 고여 있는 성골의 연못에 맑고 깨끗한 물을 부어, 새로운 흐름으로 신라를 윤택하게 하는 데까지 이르게 되면 동생에게도 또 장점은 있을 것이라고 생각합니다. 이번의 관계를 저는 불결하다고도 어떻다고도 생각하지 않습니다. 그렇게 생각하기보다는 오히려 이것이 하늘의 계시가 아닐까 하는 생각조차 하고 있습니다. 어쨌든 동생 한 사람과의 결혼이라고 생각하지 마시고, 가락족과의 결혼이라고 생각해 주세요. 이것으로 가락 일천 년의 역사도 완전히 구원될 수 있겠고, 가락족이 제대로 힘을 발휘할 길도 열리게 될 것입니다."24)

'순혈론'에 맞서서 혼혈은 불결하지 않고 오히려 "고여 있는 성골의 연못에 맑고 깨끗한 물을 부어, 새로운 흐름으로 신라를 윤택하게 하는" 것이라고 잡혼론을 펼치고 있다. 최재서에게 있어 일본과 조선은 '민족'이 아니라 고대 신라와 가야처럼 '종족' 수준으로 사고되고 있었다는 것, 그런 점에서 내선결혼은 종족간의 유대를 강화하고 새로운 힘을 얻는 방법이라는 우생학의 논리가 깊숙이 들어와 있다.

이상의 작품들은 조선총독부의 내선일체론에 발맞추어 내선결혼의 논리를 선전한 것이다. 그러기에 이들 작품에서는 그런 논리를 실컷 펼치기만 할 뿐 전투적 내선일체론자 현영섭도 솔직하게 인정한 현실적 장애─내선결혼을 가로막는 정치적, 문화적, 법률적 현실적 요소들에 대해서는 일언반구도 언급하지 않는다. 그런 점에서도 이런 작품들은 이데올로기 공세임이 드러난다.

---

24) 최재서, 「民族の結婚」, 『國民文學』, 1945, 1~2쪽.

2) 사라질 구세대와 낡은 인습

이데올로기적으로 피의 동일성을 내세우지 않고 실제 생활에서 있을 수 있는 문제를 가지고 내선결혼론을 펼친 작품으로 정인택의 「껍질(원제 : 殼, 일본어)」(『綠旗』 1942. 1)이 있다. 이 소설은 낡은 사상의 껍질을 쓴 완고한 아버지가 내선결혼의 장애물이고 젊은 세대는 그 껍질을 깨고 나오고 있다고 하여 내선결혼의 가능성을 낙관적으로 보고 있는 작품이다.

혁주와 시즈에가 동거하기 시작한 이후 4년 동안 두 사람 사이에는 피의 차이든 관습의 차이든 아무 문제가 없는데 완고한 혁주의 아버지가 '양반 가문을 더렵혔다'는 이유만으로 시즈에를 며느리로 받아들이기를 완강하게 거부한다. 아이까지 낳아서 갔으나 아버지는 "내지인과는 풍속도 습관도 다르고, 집안도 천하고 조상도 모르는 여자와는 같이 앉지 못하겠으니 집에 들일 수 없다. 가둔의 수치다."라고 하면서 문턱도 넘지 못하게 했다. 그 사품에 아이는 폐렴에 걸려 죽어버렸다. 그랬던 아버지가 이번에는 다 죽어간다는 전보를 쳐서 아들을 내려오게 해서는 조선 여성과의 결혼을 강요한다.

> …나를 닮아 너도 고집이 세니 너희들을 억지로 헤어지게 하고 싶지는 않다. 그래서 나도 포기했다. 그 대신 내 말대로 명목상 만으로라도 황 씨 딸과 결혼해라. 결혼하고 너 하고 싶은 대로 해라. 경성에서 살고 싶으면 경성에서 살아. 황 씨 딸은 나와 네 형이 맡으마. 알았지? 왜 대답이 없어? 이렇게 말해도 모르겠냐?[25]

조선인 처와 일본인 첩을 두기를 아들에게 강요하는 이런 아버지는

---

25) 정인택, 김재용 외 편역, 「껍질」, 『식민주의와 협력』, 역락, 2003, 146쪽.

민족의식이 아니라 버려야할 낡은 인습의 소유자, 낡은 껍질을 뒤집어
쓰고 있는 인물로 도덕적으로 단죄 받아야 하는 존재이다. '시즈에를
첩으로 만들라는 것입니까? 황 씨네 딸에게 그런 벌 받을 짓을 해도
된다는 말씀입니까?'라고 소리치고 싶은 걸 꾹 참는 혁주가 도덕적으
로 우위에 있는 것이다.

그래서 혁주가 아버지를 포기하고 떠나올 때 동생까지도 아버지의
완고에 반대하여 지원병에 가겠다고 따라온다. 동생을 보며 혁주는 아
버지의 시간이 얼마 남지 않았음을 느낀다.

> 아버지의 딱딱한 껍질에 부딪혀 튀겨 나갈 사람이 여기 또 하나 있었
> 다. 그러나 그 껍질을 깨부수기는 어려울 것이다. 아버지는 그 껍질을 등
> 에 진 채로 그 무게에 눌려 부서질 것이다.
> 아버지가 앞으로 10년 정도만 사신다면, 아니 5년만 더 사신다면 아버
> 지를 설득할 수 있을지도 모른다. 그러나 아마 혁주의 반항으로 급격하
> 게 병세가 악화되어 겨울이 되기 전에 돌아가실 것이다.26)

참된 연애에 기반 한 결혼이라는 것을 이해 못하는 아버지의 낡은
정신이 문제이며 젊은 사람들은 그 낡은 세계에서 탈주를 꿈꾸고 있고
심지어 그것이 단지 '사랑에 살고 사랑에 죽겠다는 감상'이 아니라 더
큰 대의를 실현하는 것이라고 자신의 불효를 호도할 수 있기에 이 내
선결혼의 앞날은 밝다.

---

26) 위의 책, 148쪽.

5. 내선결혼 부정론

1) 숙명적인 '피'의 이질성

한설야가 일제시대에 거의 마지막으로 쓴[27] 두 편의 일본어 소설 「피
(원제 : 血, 일본어)」(『國民文學』 1942. 1)와 「그림자(원제 : 影, 일본어)」(『國民文學』
1942. 12)는 공교롭게도 둘 다 조선 남성과 일본 여성의 연애담을 소재
로 하고 있고, 그 중 한편은 제목조차 의미심장하게 '피'이다. 이 두 작
품에서 연애는 비극으로 끝난다. 그러나 그 비극에는 앞에서 살펴본
소설들에서 등장한 문벌의 차이라든지, 생활 습관의 차이라든지, 완고
한 부모의 반대 같은 것은 개입하지 않는다. 밋밋한 플롯으로 두 남녀
사이의 미묘한 감정의 흐름만이 섬세하게 묘사되고 있을 뿐 '피'나 '민
족'의 문제가 두드러지게 드러나 있지는 않다.

그러나 작품을 꼼꼼하게 읽어보면 화가인 '나'가 일본에 가서 그림
공부를 하면서 같은 문하생 마사코와 사귀었으나 결국은 헤어질 수밖
에 없었다는 이야기를 통해서 당시의 각종 검열과 통제를 우회해 가면
서 내선일체와 내선결혼의 가능성을 부정하는 한설야의 목소리를 들을
수 있다. 소설 속의 내선 연애는 '피'의 차이 때문에 결혼으로까지 진
전되지 못하고 깨어지고 만다.

화자인 나는 일본에 가서 스이후 선생의 문하에서 그림 공부를 하는
데 선생이 나에게 소토쿠태자전람회에 작품을 낼 것을 권하자 일본인
문하생들은 나에게 질투를 하고 쑥덕거린다.

멀리 조선 촌구석에서 와서 선생님이 가엾게 보시는 거야. 그러나 아

---

27) 일제시대 한설야는 이 두 작품 다음에 발표한 한글 소설 「젖」(『野談』 1943. 2)을
마지막으로 더 이상 작품을 발표하지 않았다.

직 갈 길이 멀지.
문명인의 오케스트라보다는 남양 원주민의 발가벗은 춤이 평가받는 거
야. 원주민은 우리에게 희귀한 존재니까.[28]

그러나 스이후 선생님의 인정을 받으면서 마사코가 나에게 호감을
표시해 온다. "마사코는 이소가이에게 미움을 받고 있는 내가 마음에
걸렸던 모양이었다. 마음에 걸렸다는 것보다는 불쌍하다고 생각했을지
도 모르지만" "얼굴도 마음도 예쁘기 때문에 오히려" 그녀와 가까워질
수 없다고 나는 생각한다. 대등한 입장에서 이루어지는 연애가 아닌,
동정이나 연민 따위는 싫기에 나는 수동적일 수밖에 없다. 게다가 나
는 아내가 있는 몸이었다.

마사코가 나에게 그림을 배우러 다니면서 함께 예술을 논하는 관계
가 되고 서로의 애정을 확인할 단계가 되었을 때 나는 내가 이미 조선
에서 결혼한 몸임을 밝힌다. 내가 '유부남'이라는 것을 알고도 마사코
가 나를 사랑한다면 그것은 단순한 동정이나 그런 것이 아니라 진짜
사랑일 것이라고 생각하지만, 마사코는 내가 유부남이란 소리를 듣고
는 나를 포기하고 미술을 전혀 모르는 평범한 남자와 결혼을 한다.

조선으로 돌아와 보니 아내는 다른 남자와 함께 집을 나가버렸고 딸
아이 역시 외갓집에서 키우기로 해서 나는 완전히 혼잣몸이 되어 그림
에만 정진하며 방랑하는 중에 우연히 마사코를 만난다. 마사코는 "자
신은 이미 예술가이기를 포기했다고 예술은 결코 인생을 행복하게 하
지 못한다고. 행복은 인간이 평범해짐으로써 얻는 것"이라고 말했다.
나에게 그림을 그려달라 하고 굳이 그림 값을 지불하는 것으로 과거의
나와의 관계를 정리해 보여준다. 단지 나의 그림 실력을 높이 평가했

28) 한설야, 김재용 외 편역, 「피」, 『식민주의와 비협력의 저항』, 역락, 2003, 175쪽.

을 뿐이라는 것이다.

소설에서 이소가이 등을 통해 식민지인의 피식민지인에 대한 경멸
은 드러나지만 나와 마사코 사이에는 '피'의 다름—민족의 차이와 관
련된 갈등은 특별히 보이지 않는다. 남성인 나의 수동성과 상대적으로
적극적인 마사코를 대비해서 보여주는 것 정도이다. 그런데도 소설 마
지막 부분에서는 관계의 결렬을 '피'의 문제로 설명한다.

> 그녀는 결국 내게 건어낼 수 없는 마음의 부담을 지우고 자신은 가벼
> 운 마음으로 떠났을 터이다. 내 마음은 언제까지나 납처럼 무겁게 가라
> 앉아 있었다. 마사코는 자신의 이러한 호의(그림 값을 놓고 간 것—인용자)
> 가 내게는 고통이라는 것을 몰랐겠지단 **결국 이번에도 그녀는 내게 고통**
> **이외에는 아무 것도 남기지 않았다.** 괜찮다. 평생 고통과 싸우지 않으면
> 안 될 운명을 타고 났으니 어쩔 수 없겠지. 그러나 나의 고통이라는 것은
> 외부에서 오는 것이 아니라 **내 피 속에 있는 것**이 아닐까?
> 나는 파란 하늘을 떠가는 하얀 구름을 한없이 바라보고 있었다.[29](강조
> 는 인용자)

뜬금없어 보이는 결말 부분의 '나'의 독백은 나와 마사코의 감정의
흐름을 짚어 보면 해명이 된다. 내가 아내가 있음을 고백했을 때, "애
매한 짐을 벗어버린 듯 마음이 가벼워졌지만 그때까지만 해도 잠재의
식 속에서는 마사코가 내 고백을 듣고도 마음의 행방을 다른 쪽으로
돌리지 않았으면 하고" 바랐고 동시에 마사코를 위해서 "생활을 뿌리
채 바꾸리라는 결심도 있었다." 그렇지만 마사코는 너무 쉽게 나를 떠
났다. 마사코는 '피'니 뭐니 하는, 시국에도 어긋나고 예술적 교양에도
어긋나는 이유가 아니라, 유부남이라는 것으로 조선 남성을 거부할 명

---

29) 한설야, 「피」, 앞의 책, 186쪽.

분이 생겨 자기합리화를 할 수 있지 않았을까. 그림값을 놓고 간 것은 예술을 논하던 고상함에서 '피' 따위의 비예술적이고 정치적인 이유로 조선 남성을 거부하였기에 마사코는 조선 남성을 버리면서 예술도 버렸다는 최소한의 정직함을 드러낸 것이 아니겠는가.

한설야는 내선결혼에서 쉽게 논할 수 있는 민족의식이니 생활 습관의 차이니 하는 것을 들지 않고 그야말로 연애담을 쓰면서 '피'의 다름을 내세워 이렇게 일본의 식민지 정책에 대한 저항을 담고 있었다.

이 「피」에 대해 당시 '국민문학'의 이론가였던 최재서가 쓴 비평은 이런 독법이 무리가 아님을 더 명료하게 보여준다.

한설야의 「피」의 처음 몇 구절을 읽은 독자는 틀림없이 내선일체를 그린 소설이라고 생각할 것임에 틀림없다. 그러나 작자는 이런 류의 작품에서 현재 당연히 기대될 듯한 원만한 내선결혼에까지는 작품을 옮겨 놓지 않았다. 아니 작품의 표제는 이러한 당연의 결말을 숙명적으로 갈라놓은 피가 다름을 암시하고 있는 것 같아서 불만을 넘어서 일부에서는 분격조차 산 듯하다.

그러나 「피」는 그렇게 심각하게 읽힐 작품은 아니다. 내지인 아가씨에 대한 짙은 짝사랑의 추억이다. 다만 그뿐인 작품이다. 그것을 이상하게 시국의 문제와 결부시켜서 읽기 때문에 불만이나 분격을 느끼는 것이다. 이 작품은 단순한 연애의 추억이다.

새삼스럽게 로맨스를 썼을 리 없다고, 이 작가를 아는 사람 정도의 사람이라면, 일단 그렇게 말할 것이다. 그러나 나는 분명한 리얼리스트로 알려져 있던 이 작가가 타애(他愛)가 없는 로맨스를 썼다는 점이 오히려 재미있다고 생각한다.[30]

---

30) 최재서, 「국민문학의 작가들 – 국민문학은 어떻게 생각되었는가」, 『轉換期の朝鮮文學』, 人文社, 1943.

최재서는 첫머리에서 「피」가 내선결혼을 부정하는 작품으로 읽힐수 있다는 것을 지적하고 있다. 또한 한설야가 뜬금없이 연애담을 쓸작가가 아니라는 것도 표나게 밝히고 있다. 그 다음 문장에서 그런 것이 아니라 순수한 연애담일 것이고 한설야 같은 작가가 연애담을 써서정말 반갑다고 조소하듯이 얼버무리지만, 당시의 문단에 한설야의 이작품이 어떻게 받아들여졌는지 잘 보여주는 자료이다.[31]

한설야의 또 하나의 일본어 작품인 『그림자(원제는 影)』(국민문학 1942.12집필 1942. 10)는 김이라는 성을 가진 화자 '나'가 10여 년 전에 만났던 치에코와의 과거사를 돌이켜 정리하며 쓴 편지 형식의 소설이다.

나는 동경에서 대학을 졸업하고 돌아와 시골 B읍에서 교사로 있었다. 나의 하숙집이 양조장을 하는 치에코의 집과 마주하고 있어서 알게 되었다. 치에코의 가족들도 내가 동경에서 대학을 나왔다는 것으로호의를 가졌다. 서로 문학 이야기, 철학 이야기를 나누며, 치에코는 엉뚱한 남자가 보내온 연애편지를 나에게 보여줄 정도로 감정적으로 가까워졌고 야간에 산책을 나가서 서로 포옹까지 하였다. 그러나 그 이상 가까워지지는 못했다.

> 지금도 저는 저의 가장 신성한 그림자는 당신과 함께 걸었던 그 밤의
> 제게 있었다고 생각합니다. 이제 다시 그 옛날로는 돌아가지 못할 것 같
> 습니다. 그건 제게 허용된 일생 일대 단 한번의 신에 가까운 모습이었을
> 지도 모르겠습니다. 솔직히 말하면 자기 우리 속으로 뛰어 들어온 어린
> 양을 놓아준 늑대의 회한과 비슷한 후회를 하곤 합니다.[32]

---

31) 「피」는 1941년 12월 8일에 집필했다는 부기가 붙어 있다. 이 날은 일본이 진주만의 미군 기지를 공습하면서 태평양 전쟁이 시작된 날이어서 더욱 예사롭지 않다.
32) 한설야, 김재용 외 편역, 「그림자」, 『식민주의와 비협력의 저항』, 역락, 2003, 206쪽.

어머니의 눈을 치료하기 위해 치에코가 일본으로 떠나면서 두어 번 편지가 오고가고는 서로 연락이 끊어진 뒤 내가 두 사람 사이의 관계를 반추해 보니 아마도 육체의 세계로까지 갔더라면 헤어지지 않을 수도 있었을 것 같다.

그러나 한편으로 치에코가 소식을 끊은 뒤에야 그녀가 육체를 가진 한 여성으로 느껴지면서 나는 오히려 생명의 환호성을 듣게 되었다. 그 환호성은 치에코와는 관계없이 나 자신의 마음 속에 있던 것이고 나에게는 이 생명의 환호성이 소중하다.

> 저는 기운 없이 일어나 보람없이 더해만 가는 그리움을 심호흡으로 얼버무리며 두 손을 머리 위로 깍지 끼고서 몸을 젖혔습니다. 그러자 어디선가 이상한 힘이 솟아나 함께 산책하던 때의 당신의 육체를 저의 몸속에 느낄 수가 있었습니다. 당신은 더 이상 투명한 존재가 아니라 나긋나긋한 자태와 색채를 가진 마녀처럼 생각되었습니다.
>
> 그것은 마치 구름을 잡으려는 자가 하늘이 너무 높다고 한탄하고 정신을 정신을 먹어치워 비만해진 육체가 광기어린 관능에 빠지는 것과 같은 것이었을 것입니다. 육체의 세계에는 뭔가 있을 것 같은 막연한 모색이 당신을 잃은 텅빈 가슴에 끊임없이 떠오르는 것이었습니다.[33]

한설야가 매우 섬세하게 은유적으로 말하고 있기에 분명한 의미를 파악하기가 쉽지 않은 대목이다. 「그림자」에도 「피」에서처럼 일본 여성과 조선 남성이라는 '민족'의 차이가 직접적인 갈등 요소로 등장하지는 않는다. 치에코의 부모들은 내가 동경에서 대학을 다녔다는 것에 호의적이며, 백내장을 치료하는 데 동경이 아니라면 경성의 대학병원이 일본의 시골보다도 낫다고 생각하는 사람이다.

---

33) 한설야, 「그림자」, 앞의 책, 207쪽.

그러나 나와 치에코는 정신적으로간 교류할 수 있지 육체적으로까지 관계를 진전시킬 수는 없는 것이 운명이다. 산책길의 포옹을 통해서 두 사람의 관계는 정신적인 것에서 육체적인 것으로까지 진전할 뻔했지만 치에코가 그렇게 구체적으로 존재로 되면서 오히려 서로 멀어지게 되었다는 것은 정신적 차원의 대등한 교류가 아닌 그야말로 구체적인 '내선결혼' 같은 것은 양측의 관계에 아무 도움이 되지 않는다는 뜻이 아닐까. 정신적 교류를 할 때는 약간 멍한 상태였다가 치에코가, 그런 육체적인 존재라는 것을 분명히 인식했을 때 내가 정신적 공허 상태에서 벗어나 생명력을 느낀다는 것은 나와 치에코의 현실적 관계, 혹은 조선과 일본의 구체적 상태에 대한 자각이 아니겠는가.

그리고 「피」에서와 마찬가지로 소설의 다지막 부분에서 한설야는 내선결혼에 대한 자기의 입장을 분몃히 드러낸다.

만약 제가 당신과 결혼했더라면 어떻게 되었을까요? 틀림없이 지금의 당신이나 저의 아이들과는 얼굴이 다른 아이들이 태어났겠지요. 그리고 얼굴이 다른 것처럼 서로 다른 심리를 가지고 다른 길을 걷고 있겠지요. **인간으로서의 모양은 같겠지만 그 영혼에는 얼마만큼 차이가 있을까 심각하게 생각하곤 합니다.**

보이지 않는 곳의 차이를 알고 싶습니다. 형태로 나타나지 않는 것을 위해 인간은 과연 얼마만큼의 노력과 열의를 쏟고 있는 걸까요? 저는 지상에서 꿈틀거리는 사람들의 형상이 거칠고 공허한 것을 보면서 내면에 있을, 형태로는 나타나지 않는 영혼의 빈곤함을 생각하곤 합니다. … 지금 생각해 보면 당신이 없는 제 결혼 생활도 바로 이 생명의 환호성 덕에 이루어지는 건지도 모르겠습니다. 그뿐만 아니라 빈약하지만 제가 걸어온 흔적이라는 것도 마찬가지라고 생각합니다. 다른 사람은 어떻게 말할지 모르겠지만 **저는 제가 걸어온 길이 틀리지도 않았고 빈약하지도 않았다고 생각합니다. 그리고 앞으로 다른 길로 들어서려고도 생각하지 않**

습니다. 요즈음 제 마음에 유일하게 바라는 것은 제가 하나의 형해로 남는 그 순간까지ㅡ그 형해도 결국은 사라지겠지만 ㅡ 지금과 같은 발걸음을 계속하고 싶다는 것입니다.

그렇게 할 때만이 제 마음 속 생명의 환호성을 제가 들을 수 있기 때문입니다.34)(강조ㅡ인용자)

지금은 치에코와 결혼하지 않은 것을 오히려 다행으로 여긴다고 하는 것에서 한설야가 대단히 조심스럽게 나와 치에코의 온전한 결합은 불가능한 것으로 생각하며, 말 그대로의 '일체'를 이루려는 일본의 정책들, 특히 내선결혼을 매우 비관적으로 바라보고 있음을 알 수 있다. 거기다가 그러한 판단이 맞으며 죽을 때까지 그런 방식으로 살 수밖에 없다고 토로하는 데서 한설야 특유의 자부심과 고집까지 읽을 수 있다.

이처럼 한설야는 아무런 종족적 편견 없이 만나는 것처럼, 일본 여성이 먼저 애정을 표시하는 것으로 내선 연애 관계를 설정했다. 이것은 남녀 사이 힘의 불균형을 식민지와 피식민지 사이의 힘의 불균형으로 상쇄시킴으로써 서로 대등한 지점에서 출발하여 관계를 사고할 수 있도록 하는 소설적 장치이기도 하다. 그러나 그렇게 대등한 위치에서 시작된 연애조차도 비극으로 끝나고 만다.

최재서는 앞서의 평론에서 한설야의 작품 「피」와 「그림자」를 논한 다음, 다음과 같은 불만을 맺는말로 삼았다.

마지막으로 하나 쓴 소리를 덧붙이려 한다. 시국적인 문제를 일부러 벗어나서 일상적인 소재를 다루려고 하는 것이 이 작가의 노리는 바로 보이는데 그러나 시국적인 문제를 어떻게 생각하고 있는지 그것에 대한 해답은 어딘가에 나와 있지 않으면 안 된다. 그것이 나와 있지 않는 한

---

34) 한설야, 「그림자」, 앞의 책, 207~208쪽.

작자는 도망치고 있는 것이라고 비평받아도 어쩔 수 없을 것이다. 「피」에 대한 불만이나 분격은 이러한 부분에서 나온 것이라는 것을 작자는 미루어 짐작하고 있을 것이다.[35)]

최재서가 보기에 한설야는 일본 조선 간의 문제에 대해 아무 발언을 하지 않고 회피하고 있다는 것이다. 모두가 찬성의 의견을 내어놓고 있는데 의견이 없다는 것은 '시국'에 반대하는 것이 아니냐는 것이다. 그러나 위에서 분석해 본 것처럼 한설야가 아무 말도 하지 않는 것이 아니다. 어쩌면 최재서도 그것을 감지했기에 이런 식으로 더욱 한설야를 몰아붙이고 있는 것이 아닐까 한다.

2) 기질의 차이를 낳는 사회적 환경

이효석의 「엉겅퀴의 장(원제 : 薊の章)」(『國民文學』, 1941. 11)은 실제로 내선결혼한 남녀의 일상을 소재로 한 작품으로, 정인택의 「껍질」과 유사한 소재와 갈등을 설정하고 있다. 소설의 제목이고 주인공 여성의 이름인 '아사미(엉겅퀴)'는 기질이 강한 여성을 상징한다.

술집 여급인 아사미와 출판에 종사하는 현은 함께 동거하고 있다. 두 사람이 맞닥뜨린 갈등은 세 가지이다. 우선 현과 아사미는 생활 습관의 차이로 갈등한다. 현이 어쩌다가 친구들과 만나 먹은 마늘 냄새를 아사미는 못 견뎌 한다. 그러나 이 습관은 사랑이라는 미명하에 아사미가 마늘 냄새에 익숙해 질 것이라고 자기의 취향을 포기하면서 봉합되었다. 아사미는 조선옷－한복을 입었을 때 더 아름답기까지 하고 아사미 자신 조선옷 입기를 즐기는 것으로 보아 생활양식의 차이는 그

35) 최재서, 「國民문학의 작가들－국민문학은 어떻게 생각 되었는가」, 『轉換期の朝鮮文學』, 人文社, 1943.

렇게 심각한 것으로 간주되지 않는다. 두 번째는 경제적인 것이다. 동거하면서 술집에 나가는 것을 그만두었던 아사미는 현의 잡지사가 일제의 정책으로 문을 닫으면서 다시 돈벌러 나갈 수밖에 없게 되니 술집 손님들은 아사미와 현을 정당한 부부로 취급하지 않는다. 이것은 현의 자존심에 상처가 되었다. 세 번째는 현의 집안이 아사미를 용납하지 않는 것이다. 현의 아버지는 일본 여자이고 여급 출신인 아사미를 용납하지 않고 문벌 좋은 조선 여자와 결혼할 것을 강요한다. 이 대목에서 현은 강력하게 자기 주장을 펴지 못하고 엉거주춤하고 있다.

아사미는 자기를 포기하면서 현을 이해하고 받아들이려 하지만 현은 여러 환경적 조건에 맞서서 싸워 나가려는 강한 의지가 없는 것이 아사미의 분격을 샀다. 문화나 관습에 관련된 갈등은 본질적인 것이 아니기에 아사미가 타협하고 넘어섰지만 현의 희미한 성격에 결국 아사미는 달아나 버렸다는 것이다. 현이 "정말로 이제부터 아사미와의 운명은 어떻게 될 것인가, 아직도 몇 차례 파탄을 이겨 넘어야만 할 것인가라고 아득한 미래를 헤아려 생각하면서 다시 한번 그녀의 얼굴을 떠올려 생각해 보았다."는 것으로 소설을 끝맺는데, 현의 희미한 성격과 아사미의 강한 기질의 갈등이 소설의 주 갈등이지만 꼼꼼히 읽어보면 현이 엉거주춤하는, 기질이라고 표현된 부분 속에는 기질만이 아닌 다른 것이 있다.

"고약한 냄새. 저리 가요 또 마늘을 먹었군요"
"용서해라. 그게 나오면 나도 모르게 자연 손이 가지는 걸. 할 수 없어."
마늘 소동은 그것이 처음이 아니었다. 현은 가끔 몸에 이상이 생겨 향토 요리가 먹고 싶어 그때마다 심한 냄새를 지니고 돌아오곤 했다. 그것이 아사미에게 혐오감을 일으키게 하는 것을 알고는 있었지만 기호가 그

러니 어쩔 수 없는 일이었다. 살짝 먹고 와서 다사미의 코를 교묘히 피할
수 있는 때가 더러는 있었지만 대개는 민감하게 냄새를 알아채게 되어
언짢은 경우가 되곤 하였다. 어쩔 수 없는 숙명하고도 같은 것이었다.[36]

　마늘 냄새 같은 기호에 관련되는 것을 아사미가 받아들이겠다고 타
협하지만 실제 소설에서는 거의 '숙명'이라고 표현하기에 그것이 얼마
나 가능할지 의문을 불러일으킨다. "새삼스럽게 결혼식 같은 거, 아무
래도 좋아요. 당신 부모들이 틀렸다고도 생각하지 않아요. 이제부터 마
늘을 먹어도 괜찮아요. 어쩔 수 없는 일인걸요. 나도 애써 그것에 익숙
해지도록 하겠어요."라는 것은 아사미의 의지일 뿐이고 아직 현실에서
구현된 것은 아니다.

　또한 정인택의 「껍질」에 등장하는 곧 죽어갈 아버지와는 다르게 「엉
컹퀴의 장」에서는 여전히 권위와 권력을 가진 아버지에게 현은 미도리
상(아사미의 이웃집 여자)의 남자 친구처럼 강하게 들이대지 못한다. 현의
성격이 약하기도 하지만 아버지가 강하기도 하며, 현 스스로가 「껍질」
의 '나'처럼 아버지의 생각이 틀렸다고 한편으로 치워버릴 확신이 없
는 것이다. 그러한 아버지로 상징되는 '관념'은 마늘 냄새나 복식 같은
것과는 차원이 다른 것이다. 현영섭이 내선결혼이 불행해지는 이유로
생활 관습의 차이를 들고 일본식이나 조선식 대신 서양식을 권했을 정
도인데 이효석의 소설에서 그런 것은 오히려 가벼운 문제로 생각될 정
도이다. 현의 실직 때문에 아사미가 다시 술집에 나갈 수밖에 없게 된
경제적 문제도 크다. 그 바람에 주위 사람들에게 온전한 부부로 인정을
받지 못하고 술집 손님에게 아사미가 희롱당하는 꼴도 현이 견딜 수밖
에 없게 된 것이다. 그리고 현의 실직이란 전시 총동원 체제의 부산물이

---

36) 이효석, 「엉컹퀴의 장」, 『이효석 전집』 3. 창미사, 1983, 136쪽.

었다.

이처럼 이효석의 「엉컹퀴의 장」은 엉컹퀴 꽃처럼 강한 기질을 가진 일본 여성과 우유부단한 조선 남성이 기질의 차이로 화합하기 어렵다고 말하고 있지만 그 이면을 들여다 보면 그러한 기질을 낳은 문화적, 경제적 요소가 있고 그것들 때문에 내선결혼은 요원하다는 상황 인식을 읽을 수 있다.[37]

6. 맺음말

이상에서 내선일체의 최종 단계로 간주하여 적극적으로 장려되던 내선결혼과 관련하여 씌어진 작품들을 논리와 전망을 기준으로 분석해 보았다.

1937년 이후 총독부의 장려책에도 불구하고 내선결혼은 현실에서는 그렇게 의미 있는 비중을 가질 정도로 행해진 것은 아니었고 그렇기에 훨씬 더 이데올로기 공세적인 측면이 강했다.

이런 이데올로기 공세에 대해 식민주의에 협력한 이광수, 최정희, 최재서 같은 작가는 일선동조론, 잡종강세론 등에 의거해 내선결혼의 당위성을 역설했다. 일본 남성과 조선 여성이라는 대등할 수 없는 관계도 '피'가 같으므로 섞여서 하나가 될 수 있다는 것이지만 설득력을 갖지 못했다. 정인택은 이데올로기 차원이 아닌 현실에서 내선결혼한 부부가 생활에서 직면한 문제는 생활 습관의 차이나 주위의 시선 같은

---

37) 「은은한 빛」(『文藝』 1940.7)을 비롯한 이 시기의 이효석의 소설과 평론 작품들을 분석하여 이효석의 '민족의식이 잠을 깨어'나기 시작했다고 보는 입장(이상옥, 「이효석의 '친일'문학」, 제4회 효석 문학 심포지움 발표문, 2002년 8월)도 이러한 판단을 뒷받침해 준다.

것은 아니고 완고한 아버지의 반대이며 그 반대는 비도덕적이고 또한 아버지의 죽음과 함께 극복될 수 있는 것이기에 내선결혼의 앞날은 밝다고 전망했다.

이런 논리에 맞서서 식민주의에 협력을 거부한 한설야는 '피'가 다르므로 섞일 수 없다는 논리를 펼쳤다. 대등한 관계에서 시작된 연애라도 결국은 깨어지는 과정을 통해 피의 다름을 부각시켰다. 그런가 하면 이효석은 생활 습관의 차이는 개인의 사랑과 노력으로 넘어선다고 해도 경제적 정치적 불균형 때문에 내선결혼은 쉽지 않고 파탄나기 십상이라고 전망했다.

이렇게 일제 말기 내선결혼이라고 하는 하나의 소재를 둘러싸고도 작가들이 서 있는 입지, 정치적 전망에 따라 매우 다른 작품들을 쓰고 있으며 일제 말기 저항의 자세를 견지한 작가들은 여러 종류의 억압과 검열 속에서도 자신의 현실 인식과 전망을 드러내고자 노력했음을 알 수 있었다.

박영호 희곡 「별의 합창」에 나타난 친일적 성향 연구

■이재명

1. 들어가는 말

해방 전 소위 신파극작가로 알려진 박영호에 대한 논의가 최근 들어 활발히 이루어지고 있다. 그동안 박영호는 일제 말기에 활동한 신파극 작가로, 해방 이후에는 자진 월북한 월북작가로만 받아들였을 뿐, 그와 그의 작품에 대한 구체적 논의는 아즉 드물었다. 그에 대한 연구는 10 여 년 전에 이루어진 석사학위 논문[1] 1편밖에 없었고, 유민영의『한국 근대연극사』에 의식 있는 신파극작가로서의 면모가 여러 지면에 걸쳐 소개된 바 있었다. 그리고 서연호의『식민지 시대의 친일극 연구』에 그의 작품에 나타난 친일성이 논의된 바 있었다. 그리고 최근에는 박 영호에 대한 논의로 필자의 것 2편을 포함하여 3편의 논문이 발표되었 으며,[2] 그동안 밝혀지지 않았던 1942년 작 「산돼지」가 발굴되어 소개

---

1) 김은하, 「박영호론」, 이화여대 석사학위 논문, 1993.
2)『한국극예술연구』16집(2002. 10.)에 김향의「박영호 희곡 연구」와 졸고「박영호 작「산돼지」연구」가 발표되었으며, 졸고「박영호 희곡의 인물 연구-「산돼지」「물 새」「별의 합창」을 중심으로」가『한국근대문학연구』7집(2003. 4.) 친일문학 특

된 바 있었다.[3]

　그런데 박영호에 대한 논의는 북한의 문학사와 연극사에서도 제대로 이루어진 바 없다. 박종원·류만의 『조선문학개관 2』에 그의 희곡 작품 「비룡리 농민들」(1947)과 「푸른 신호」(1952)가 소개되어 있을 뿐, 그의 생몰 연대를 비롯한 작품 활동 전반에 대한 언급이 없었다.[4] 그런데 필자는 최근에 북한의 자료인 최창호의 『민족수난기의 대중가요사』에서 그의 생몰연대를 비롯한 다양한 활동상황을 확인할 수 있었다. 그동안 미지에 싸여 있었던 그의 출생 연대와 사망 연대를 비롯하여, 대중가요 작사가로서의 활동상, 그리고 북한에서의 희곡 창작과 연극 활동을 확인할 수 있었다.[5]

　1930년대부터 본격적인 극작가로 활동하였던 박영호는 1940년대에도 왕성하게 작품 활동을 전개하였다. 이 무렵 그는 1940년대의 대표적인 극단 고협, 청춘좌, 성군, 아랑, 전진좌와 예원좌 등에서 활동하면서, 해방 전까지 25편 정도의 희곡작품을 남겼다.[6] 이중에서 현재 확인이 가능한 희곡작품은 『문장』 등의 문학잡지에 발표된 「등잔불」과 「수류」, 「만뢰」, 그리고 「김옥균의 사」 등이 있으며, 앞서 소개한 「산돼지」와 본고에서 다룰 「별의 합창」 등 3편의 공연 대본이 있다. 그밖의 희곡 작품에 대한 확인이 불가능한 현실에서 그가 언제부터, 어떻게 친일 국책 연극에 관여하게 되었는지를 확인하기는 쉽지 않다. 그러므

집호에 발표되었다.

3) 필자는 박영호의 「산돼지」를 발굴·정리하여, 『한국극예술연구』 16집에 소개하였다.

4) 한길사에서 펴낸 『남북한문학사연표』에는 두 작품 이외에 「홍수」(1948) 1편을 더 소개하고 있다.

5) 자세한 내용은 최창호의 『민족수난기의 대중가요사』, 일월서각, 2000, 167～168쪽 참조. 그밖에 그의 작품 활동 전반에 대한 논의는 졸고 「박영호 희곡의 인물 연구─「산돼지」 「물새」 「별의 합창」을 중심으로」, 121～124쪽 참조.

6) 유민영, 『한국현대희곡사』, 홍성사, 1982, 559～560쪽.

로 친일문인 42명의 명단과 그들의 친일 작품을 정리한 김재용의 자료[7]에서 「등잔불」외 10편의 희곡 작품을 친일작품으로 열거하고 있으나, 이 작품들이 모두 노골적인 친일 성향을 띈 것으로 보기는 어렵겠다. 어쨌든 박영호 희곡 작품의 친일성을 논하기 위해서는, 「등잔불」을 포함하여 1940년 이후 발표작 모두를 비교·연구할 필요가 있다. 그러나 아직 그의 희곡 대부분이 미 발굴 상태에 놓인 형편을 감안할 때, 일단 필자가 발굴한 연극경연대회 발표작 「산돼지」, 「물새」, 「별의 합창」의 연구가 우선적임은 분명하다.

2. 본론

박영호는 1942년부터 3차례 열린 연극경연대회에 출품하게 되면서, 일제가 강요하는 친일극, 국민연극에 동참하지 않을 수 없었다. 연극경연대회의 성격상 조선연극문화협회가 주최한 것이긴 하지만, 조선총독부 정보과와 같은 정부 기관, 국민총력조선연맹과 같은 어용기관 및 매일신보와 경성일보와 같은 어용 언론사가 공동 후원하여 이루어진 것이다. 1회 대회는 "극단 총력 문화전(劇團 總力 文化戰)"이라는 모토를 내걸고 실시되었으며, 2회 대회는 "생산 확충, 징병제도, 육해군 지원병 제도를 내용으로 일본정신을 강조할 것"을 강요하였다. 그와 같은 연극경연대회에 3차례나 작품을 발표했다는 것은 그가 일제가 강요한 국민연극에 소극적으로든, 적극적으로든 동참했다[8]는 사실을 확인할 수 있겠다. 그 중에서도 1945년 2월에 발표된 「별의 합창」이 가장 적

---

7) 김재용 정리, 「친일문학작품목록」, 『실천문학』 67호, 2002년 가을호, 131쪽.
8) 박영호에 대한 졸고 2편에서 「산돼지」는 친일적 성향이 거의 없거나 약한 반면, 「물새」와 「별의 합창」은 노골적으로 친일적 성향을 띄고 있음을 살펴 본 바 있다.

극적인 친일극 대열에 끼일 수 있겠다.

일단 이 작품은 일본어 대사가 전체 대사의 1/3 정도를 차지하고 있다. 제2회 연극경연대회에 1막짜리 국어극(일본어 대사로만 이루어진 극) 경연을 따로 펼친 바 있지만, 제3회 대회 출품작 중에는 「별의 합창」처럼 일본어 대사가 전체 대사 중에 상당 부분을 차지하고 있는 작품이 늘어나게 되었다. 「별의 합창」의 일본어 대사는 등장인물 둥에서 유일한 일본인 스미에와 다른 등장인물들 사이의 대화가 전부 일본어로 이루어지며, 나중에 조선인임이 밝혀진 료감도 처음부터 끝까지 일본어만 사용한다. 일본인 등장인물과 일본여자와 결혼하여 내선일체를 이룬 자칭 "일본인"의 등장이 크게 문제될 것은 없으나, 경우에 따라서 일본인은 일본어로 조선인은 우리말로 서로 소통하고 있음을 볼 때, 이 작품에서 일본어 대사 비중이 큰 것은 작가의 의도적인 선택이 아닐 수 없다. 그뿐만 아니라 공연 희곡작품으로서 이 작품은 일본인 검열관을 위한 일본어 대본 부분이 하단부에 수록되어 있어 이채롭기까지 하다.[9)]

박영호의 「별의 합창」은 극 구조면이나 인물 형상화 측면에서 「산돼지」와 유사성을 보이고 있다. 소재적 측면에서 전자는 탄광에서 일어난 사건을 다루고 있는데 비해, 후자는 금광을 다루고 있다. 또한 두 작품은 모두 다양한 인물 군상들의 묘사가 뛰어날 뿐만 아니라, 선을 추구하는 불굴의 의지를 가진 주동인물과 철저하게 악을 좇으며 집요하게 주동인물과 맞서는 반동인물의 형상화가 뛰어나다.

이 두 작품의 가장 큰 차이점은 「산돼지」에서는 주동인물이 반동인물을 외면하여 그를 파멸에 이르게 한 반면, 「별의 합창」은 주동인물이 반동인물의 개심을 위해 희생적 헌신을 보임으로서 그를 구제해 냈

---

9) 별첨 자료 참조.

다는 점이다. 또한 전자가 노다지 꿈을 좇는 군상을 비교적 사실적인 시선으로 그려낸 반면, 후자는 하나같이 일제에 충성하자는 일념을 가진 인물들을 노골적으로 그려냈다는 점도 두드러진다. 그 결과 전자는 극구성상 친일 성향이 거의 드러나지 않은 반면(일부 친일적인 대사와 연설이 조금 나오기는 하지만), 후자는 철저하게 황국신민화 정책과 내선일체 사상, 국민총력 체제에 따른 징병·징용령의 자발적인 추종 등을 다룬 노골적인 친일 작품임을 확인할 수 있겠다.

그러므로 본고에서는 「별의 합창」이 어떤 방식으로, 그리고 어느 정도로 친일 성향을 보였는지를 다루고자 하겠다. 주로 친일 성향을 분석하기 위해 주로 다음과 같은 사항을 검토하고자 한다.

① 중심인물들의 형상화 및 구성상 주동 / 반동의 극적 대립
② 부수적 인물들의 형상화

1) 중심인물들의 형상화 및 구성상 주동 / 반동의 극적 대립

드라마 창작에 있어서 제일 중요한 매체는 언어가 아닌 등장인물이다.10) 그러므로 희곡은 등장인물의 형상화를 통해 극의 주제와 사상적 측면이 나타나게 된다. 이상섭은 『아리스토텔레스의 『시학』연구』에서 흔히 말하던 비극의 세 번째 모방 대상인 "사상"은 작품 전체의 "주제"가 아니라 인물의 "사고력"이라는 견해11)를 펼쳤는데, 그와 같은 견해는 상당히 신뢰할 만하다고 여겨진다. 특별히 주동인물의 사상, 윤리적 선택 등의 측면은 극의 주제와 밀접하게 연결될 수 있기 때문이

---

10) M. S. 배렝거, 이재명 옮김, 『연극이해의 길』, 평민사, 1991, 210쪽.
11) 이상섭, 『아리스토텔레스의 『시학』연구』, 문학과지성사, 2003, 44쪽.

다. 그뿐만 아니라 주동인물과 그 주변의 인물들과의 관계를 통해서도
주동인물의 사상적 면모가 잘 드러날 수 있다.

　박영호는 특별히 주동인물을 비롯한 여러 등장인물의 성격 창조에
있어서, 비상한 재능을 갖춘 극작가였다. 그에게는 현대 극창작론에서
말하는 6가지 성격화 요소[12)]들을 골고루 활용해서 인물을 창조해 내
는 창작 기법이 우수하다. 필자는 졸고 「박영호의 「산돼지」 연구」에서
주동인물 고수머리 홍기사와 반동인물 장덕대의 형상화 문제를 살펴본
바 있는데, 이제 「별의 합창」의 주동인물 시라이에 대해 구체적으로
살펴보자.

　「별의 합창」의 중심인물 시라이는 일제의 징용 정책에 자발적으로
응해 북구주(北九州) 나까사끼(長崎) 근처 단도(端島) 탄광에 일하러 온 조
선인 광부[13)] 중의 한 사람이다. 작품 속에는 그의 고향이라든가 출신
성분에 대한 언급이 없다. 그러나 극의 내용을 미루어 보건대, 그는 신
분상 지도 계층이거나 권력층, 중산층 이상의 기득권자는 아닌 게 틀
림없다. 그는 조선을 떠나 멀리 일본으로 일자리를 찾아 온 평범한 서
민 노동자에 불과하다.

　하지만 그는 성실히 일한 덕택에 단도 탄광의 일성요(一誠窯) 3호실
실장 겸 분대장[14)] 자리를 차지할 수 있었다. 그의 이러한 성실성은 조
선인 응징사(應徵士)[15)]의 모범으로 꼽힐 만하였다. 또한 그의 이름 시라

---

12) 이재명・이기한 편역, 『희곡 창작의 실제』, 평민사, 1997, 133쪽.
13) 1944년 당시 일본 전역에서 강제로 일하던 석탄광부의 80% 이상이 조선인이었
　　다. 선재원, "전시 노동력 동원과 노무자 생활"『일제하 파시즘 지배 정책과 민
　　중의 생활상』, 연대국학연구원 국제학술회의 자료집, 2003, 261쪽.
14) 조선인 노동자들의 노동을 효율적으로 관리하기 위해 일제는 1944년 애국반을
　　사봉대(仕奉隊)로 개편하였는데, 각 직장의 사봉대는 10명 단위의 분대와 2, 3분
　　대로 편성한 소대, 2, 3소대로 편성한 중대 등으로 구성하였다. 앞의 논문 260～
　　261쪽.
15) "징집에 응한 조선인"을 높여 부르는 말로 보임.

이(白井 籐)는 물론 창씨개명한 것으로, 자발적으로 일제의 정책에 적극 협력하는 인물임을 알게 해 준다. 그리하여 시라이에 대해 주위 사람들은 "북구주의 화석 전사로서, 일본인으로서 황토를 지키고 영주하려는 정착 욕심"이 많은 인물이라는 평판을 내리곤 했다. 주동인물에 대한 이러한 간접 묘사는 이후 그의 언행으로 직접 드러나게 됨으로써, 그의 성격을 신빙성 있게 구체화시켜 보여준다.

개막전 이야기로서 밝혀진 것이긴 하지만 시라이에게는 같은 탄광에서 일하던 일본인 광부의 목숨을 위험을 무릅쓰고 구해낸 사건이 있었다. 그리하여 목숨을 건진 일본인 광부의 딸 스미에(橙枝)는 아버지의 생명을 구해준 시라이에 대해 보답하려는 마음을 지니고 있다가, 급기야 그를 사모하는 마음으로 발전하게 되었다. 이 작품의 기본적인 플롯 구성은 주동인물 시라이와 그를 연모하는 스미에, 그리고 스미에를 짝사랑하는 지옥성목의 이(李) 사이의 삼각 관계가 중심축을 이루며 형성되어 있다. 그런데 맡은 임무에만 충실한 시라이가 이러한 남녀간의 애정 문제에 대해서 무관심한 듯 지내는 가운데, 극의 발단은 스미에의 선물 제공 사건이 지옥성목의 이에게 발각되면서 이루어진다. 그 후 이 사건은 2막에서 아무 죄 없는 시라이가 분대장 지위를 빼앗기게 되는 사태로 발전한다. 그러나 그는 분대장 지위에 연연하지 않고 묵묵히 자신의 일에만 열중하는 성실성을 유지한다.

이 극의 반전은 시라이를 음모하고 곤경에 빠뜨렸던 반동인물 지옥성목의 이가 스미에에게 청혼했다가 거절당한 뒤 낭떠러지에서 투신한 사건 이후에 일어난다. 이 사건의 처리 과정에서 시라이는 헌신적으로 지옥성목의 이를 구해내기 위해 애쓰는 모습을 보임으로써, 주위 사람들을 감동시켰다. 그는 바다에 빠진 두 사람을 함께 구해내서는 병원에 후송시킨 후 지옥성목의 이를 위해 수혈을 마다하지 않았다. 또한 석탄대출(大出) 기간에 맞춰 채탄 실적을 올리기 위해 코피를 쏟아가며 그의 몫까지 대신해 주는 열의를 보였다. 더 나아가 나까사끼 경찰서에 가서 그의 죄를 용서해 달라며 구명 운동을 편 인물이었다.

이처럼 원수를 사랑하라는 예수의 가르침을 몸으로 실천해낸 시라이는 동료로부터 "산 예수"라는 극찬을 받았다. 시라이는 지옥성목의 이를 구하려는 자신의 노력은 "마음의 무적자(無籍者) 뜨내기 갱부에게 진심으로 애정을 갖고 따뜻한 훈련을 시키고 싶다"16)는 의지에서 비롯됐다고, 자랑스럽게 확신에 차서 밝히고 있다. 그리고는 스미에게 "적십자의 기분이 되어(지옥성목의 이가) 늠름한 석탄전사로 태어나게 도와주라"17)는 충고를 마다하지 않았다. 조선인으로서 일본인에게 충고할 정도로, 그는 이제 더 이상 반도 조선인이 아닌 "황국신민(皇國臣民)"으로 생활한 인물이었다.

주인공 시라이는 마지막 장면에서 동료 광부들에게 다음과 같이 연설하고 있다.

> 시라이 : (스미에를 흘겨보고 웃는다) 자, 여러분 우리의 살림살이도 저 별빛처럼 영롱해 가고 여물어 갑니다. 우리들은 지금 전선에 나간 마쓰이 군의 말과 같이 땅 속의 잠수함이올시다. 내 일부터 또 오오다시(大出) 주간입니다. 싸웁시다, 석탄과 싸웁시다.18)

시라이는 지금 하늘의 별빛을 말하고 있지만, 더 나아가 컴컴한 땅속에서 빛나는 광부들의 캡 램프(cap lamp)를 동시에 가리키고 있다. 그

---

16) 박영호, 「별의 합창」, 예원좌 공연대본, 1945, 288~289쪽. 일본어 대사를 우리말로 번역한 것임.
17) 앞의 작품, 292쪽, 일본어 대사를 우리말로 번역한 것임.
18) 박영호, 앞의 작품, 309쪽.

는 칠흑보다 어두운 탄광 안에서 캡 램프 빛에 의지해 광석을 찾아가는 광부의 존재는 바다 속에서 적을 향해 돌진하는 잠수함과 같다고 역설하고 있는 것이다. 여기서 시라이의 연설을 통해 제목 "별의 합창"의 의미를 일깨워 준다. 그가 수백 미터 땅 속어서 고생하는 징용 노동자들의 고역을 일제에 충성하는 황국신민들의 아름다운 합창으로 본 것은, 곧 극작가 박영호가 소유한 친일적 인식의 결과가 아닐 수 없다.

고대 비극 작품은 높은 신분의 고상한 성품, 강한 자의식을 지닌 영웅이 사소한 결점 때문에 파멸에 이르게 되는 과정을 그렸다. 일반적으로 비극의 주인공은 난세를 구원할 위대한 왕이었으나, 결국 인간을 대신해 희생당한 희생양으로 인식된다. 왜냐 하면 그는 위대하긴 하더라도 신과 같을 수는 없었으며, 그에 따라 신이 내린 운명을 거역할 수도 없는 인간적 한계를 지닌 또 하나의 인간일 뿐이었다. 비극을 지켜본 관객들은 그래서 그와 같은 영웅들이 겪은 운명의 반전에 대하여 연민과 두려움을 느끼며, 최종적으로 카타르시스를 느끼게 된다.

그런데 「별의 합창」의 주동인물 시라이는 아무런 결점 하나 없는 완벽한 인물로 그려져 있다. 게다가 그는 역사적으로 위대한 영웅호걸도 아니고, 단지 이름 없는 한 노동자에 불과하다. 이처럼 완전무결한 성현 군자, 혹은 원수까지 사랑하는 예수의 화신(化身)같은 시라이의 모습은, 그러므로 현실감이 떨어져 보인다. 이처럼 무리하게 영웅시한 주인공[19]에게 관객(이나 독자)이 동정심(sympathy)를 불러일으키기에는 무리가 뒤따른다. 오히려 비현실적으로 비춰져 동일시하기 부담스러운 존재에게 거부감을 불러일으키지는 않을까 하는 우려를 낳게 한다. 주동인물의 지나친 미화와 영웅시는 결국 극작가의 목적 의식 과잉이 초래한

---

19) "…몇 편의 영화는 모두 이상적이고 모범적인 인간으로 가득차 있다", 이준식, "문화선전 정책과 전쟁동원 이데올로기" 앞의 자료집, 134쪽.

결과가 아닐까 생각된다.

「별의 합창」에서는 주동인물보다 반동인물의 형상화가 뛰어난 편이다. 반동인물인 이(李)는 이가창달(李家昌達)이라는 개명한 이름이 있음에도 불구하고, 자신의 역할에 따라 부르는 일의 특성상 "지옥성목(地獄成木)의 이(李)"로 통하는 인물이다. 이 작품에서는 모든 등장인물들의 이름과 역할이 1막 후반부 점호 장면에서 자연스럽게 소개된 바 있다. 지옥성목의 뜻이나 역할에 대해서는 작품 서두에 붙여진 탄광 용어 해설에서 밝히고 있는데, "높은 곳에서 떨어지는 것을 막기 위해 틀 위에 나무를 늘어놓아 석탄과 돌이 새지 않도록 받쳐 놓은 나무"와 그 일을 맡은 사람을 가리킨다.[20]

반동인물 이가 맡은 역할이 지옥성목인 것에 대해서는 두 가지 해석이 가능하다. 첫째는 그 일의 성격상 다른 사람의 안전을 위해 헌신적인 역할을 해야 함에도 불구하고, 이는 그 일을 성실히 수행하지 않고 있다는 현실을 보여 주고자 함이다. 그러므로 이가 자신이 맡은 바 역할을 충실히 할 수 있도록 그의 성격을 개조하는 과업은 (누가 맡든) 석탄 증산이나 탄광 안전에 필수적일 수밖에 없다. 둘째로는 '지옥(地獄)'이라는 어감이 주는 부정적 이미지를 활용한 것으로 여겨진다. 아무래도 지옥이라는 표현 속에는 누구나 기피할 부정적 이미지가 들어 있는 게 사실이다.

지옥성목의 이에 대한 간접 묘사는 극작품 도처에 깔려 있어, 쉽게 파악할 수 있다. 그는 3·40년 전 자유이입시대에 도일한 노동자의 자식으로, 그동안 오오사카 등지에서 콩나물 장수, 인삼엿 장수를 전전하다가, 단도 탄광으로 흘러든 뜨내기 광부였다. 그는 국민 징용령이 내리기 이전에 이미 일본에서 노동자 생활을 해 온 인물로, 국가에 대한 충성심보다는 개인적 이익을 좇는 인물임을 나타내고 있다. 또한 그는

---

20) 박영호, 앞의 작품, 11쪽, 일본어 표현을 우리말로 번역한 것임.

일사분란하게 조직적으로 움직이는 집단에 소속되었던 경험보다는, 그저 하루 벌어먹고 사는 뜨내기들을 모아 놓았던 노무자 합숙소 출신으로서의 "근성"이 더 강조되어 있다. 그래서 그는 여러 직업을 거쳐 광부가 된 지 오래 되었으나, 비뚤어진 성격 때문에 남과 부딪히기 잘하는 문제아, 조직 생활에 적응하지 못한 불령선인(不逞鮮人)으로 낙인찍힌 인물이었다. 희극의 관점에서 보자면, 그는 이상적 세계로 나아가는 데에 장애가 되는 훼방꾼(blocking character)이다.

극중 환경인 3호실 내에서 조선인 광부 중에서 어느 누구와도 화목하게 지내지 못하는 모난 성격의 소유자 이(李)가 극중 사건의 전면에 나서게 된 것은, 타지에서 전근 온 시라이가 분대장 자리를 차지한 일과 짝사랑의 대상 스미에가 시라이를 연모한다는 사실 때문이었다. 그리하여 그는 시라이를 모함하기 위해 온갖 흉계를 꾸미게 되고, 극의 흐름은 그러한 사건들의 전개 과정 및 처리 과정에 초점이 맞추어져 전개되었다.

그리하여 그는 1막에서 스미에의 선물 건을 밀고하여 시라이의 분대장 자격을 박탈당하게 하였으며, 2막에서는 입대징병검사가 나오지 않아 애타는 두산군(頭山君)에게 탄광보다 벌이가 좋은 비행장 건설 현장으로 가자고 유혹하였다. 그는 두산군이 호적에서 이름이 빠진 무적자(無籍者)이기 때문에 징병검사 통지가 나오지 않았다고 강변하면서, 두산군을 유일한 자신의 편으로 두려 하였다. 그러나 심약한 두산군마저 그의 편이 돼 주질 않자, 그는 심한 박탈감 속에서 스미에를 절벽으로 끌고 가서 최후로 청혼을 시도해 보았다. 그러나 스미에로부터 승낙을 얻지 못한 그는 그녀와 함께 바다로 뛰어 들어 투신자살을 감행하는 무모함을 보였다. 2막까지 반동인물로서 지옥성목의 이의 모습은 말 그대로 자신의 이익을 위해서는 물불을 가리지 않는 교활함과 맹목성, 그리고 잔인함 그 자체였다. 그는 앞서 다른 등장인물들의 대사를 통해 간접적으로 설명된 자신의 성격, 즉 제멋대로 행동하며 다른 사람들과 절대로 화합할 수 없는 문제아의 독선과 여러 직업을 전전한 뜨내기 광부의 근성 등을 그의 말과 행동을 통해 구체적으로 구현해 보여주고 있다. 그야말로 말로만 듣던 불령선인의 화신이 아닐 수 없다.

지극히 불량한 성격의 이가 이제 3막에서는 완전히 새사람이 되었다. 말 그대로 급전(急轉)이 이루어진 것이다. 이가 개과천선하고 새사람이 된 계기는 3막의 개막전 사건으로 처리되었는데, 3막이 시작되자 전개되는 오라이 최와 보배의 혼인 준비의 분주함 속에 다른 등장인물들의 대사 가운데 그와 같은 개막전 사연이 간접적으로 전해졌다. 주동인물 시라이는 물에 빠진 스미에와 반동인물 이(李)를 함께 구해주었고 병원에 후송시켜 주었을 뿐만 아니라, 그를 위해 수혈을 마다하지 않았다는 것이다. 또한 시라이는 분대의 채탄 목표량을 달성하기 위해 코피까지 쏟아가며 그의 몫까지 대신하는 열성을 보이며, 더 나아가 나가사끼 경찰서로 찾아가 그의 구명운동을 펼쳤다는 것이다.

이런 시라이의 헌신적인 열성에 감동하여 드디어 그가 새사람이 되었다는 사실이 밝혀졌다. 즉, 그는 이전의 '반도출신 노무자'에서 '황국근로자'로 탈바꿈한 것이다.[21] 그리하여 3막의 끝부분에서는 잔인함과 시기심 등이 사라지고 참회와 감사의 얼굴로 바뀐 그의 모습이 나타나게 되었다. 그는 이제 완전히 새사람이 되어, 타카시마(高島) 사끼토(崎戸) 탄광으로 늠름하게 떠나게 되었다.

이 작품에는 운명의 급전·반전이 아닌 성격의 급전이 이루어졌다. 지옥성목의 이는 완전히 개과천선한 새사람으로 거듭나게 되었다. 그리하여 이 작품 안의 현실 세계는 사고뭉치였던 그가 새사람이 됨으로서 단도 탄광 일성요 3호실 내에는 모든 문제가 해결되었으며, 이제

---

21) 선재원, 앞의 논문, 257쪽.

열심히 석탄만 많이 캐면 된다는 안도감과 뿌듯함으로 가득 차게 되었다. 그러나 작품 안에 그려진 세계의 완벽함은 어딘가 어색해 보인다. 문제는 시라이가 완벽한 성인으로 그려진 것처럼, 이의 급작스런 변신 역시 현실감이 부족하고 신빙성이 없어 보인다는 점이다.

　　반동인물 이의 변신은 희극의 절정부에서 예상치 못했던 훼방꾼의 개과천선이 일어나는 것과 유사하다. 또한 이 작품의 3막에서 떠들썩하게 펼쳐지는 부수적인 인물 오라이 최와 보배 사이의 혼인식과 노총각 양서방이 영주조가 되기 위해 조선에서 신부를 데려온 일이 지옥성목의 이가 새사람이 된 사건과 함께 전개된다. 그래서 극적 세계는 "명랑감투"의 분위기에 젖어 있음을 보여 준다. 이러한 3막 장면은 이후 젊은 세대의 혼인식으로 종결부를 맺는 패턴과 유사하다. 그러나 이 작품이 희극을 의도한 것도 아니며 희극적으로 전개된 것도 아니기에, 이러한 장면 역시 억지스러운 작위성이 느껴진다.

2) 부수적 인물들의 형상화

「별의 합창」에는 다양한 부수적인 인물들의 개성이 비교적 잘 형상화되어 있다. 물론 이들도 대부분 친일적 목적의식으로만 충만한 인물들로 그려져 있다. 이들을 연령층별로 잠시 살펴보자. 이 작품에는 먼저 징용으로 탄광 노동자가 되었지만 징병 적령기에 이르러 일본군으로 징집되기를 기다리는 두 청년이 나온다. 그중에 송정군(松亭君)은 제대로 징병검사 통지서가 나와 기뻐하는 반면, 두산군(頭山君)은 제때 징병검사 통지서가 나오지 않아 애를 태우고 있다. 2막은 송정을 위해 동료 광부들이 마련한 성대한 출정식이 펼쳐지는 가운데 펼쳐지는데, 여기서 송정은 일본어로 다음과 같은 인사말을 하고 떠난다.

송정 : 여러분 감사합니다. 제3갱 양두 송정, 아무 것도 말하지 않겠습
　　　니다. 단지 아무 말 않고 전지(戰地)로 향합니다. 그러나 한 마디
　　　만 말씀드리자면 이곳에 있더라도 전지로 가더라도 비겁한 짓
　　　은 하지 않겠습니다. 절대로 하지 않겠습니다. 갱부로써 육지의
　　　잠수함이 되는 것뿐입니다. 이상.
시라이 : 차렷
일동 : (차려 자세)
시라이 : 경례
송정 : (경례 받는다. 힘없이 서 있는 두산 앞에 가서 어깨를 짚고) 두
　　　산군, 기운을 내게. 걱정할 일은 없어. 머지않아 반드시 나라로
　　　부터 검사 통지가 올 테니까. 자아 두산군, 울상 짓지 마라. 꼴
　　　사납지 않나. 웃어, 웃어. 석탄을 캐, 석탄도 전쟁이다. 그럼 실
　　　례한다. 안녕.(경례)22)

　이처럼 송정군의 출정사 내용은 철저하게 친일적이다. 일본군으로
징집되어 떠나는 자리에서 송정은 이곳(탄광)과 전쟁터가 다르지 않다
고 말하면서, 어디서든지 비겁한 행동을 하지 않는 떳떳한 인물이 되
겠다고 맹세하고 있다. 또한 그는 동료들에게 육지의 잠수함이 되어
미영 제국에 타격을 가하자는 주장을 펼치는 등 일제의 증산 정책을
철저히 추종하고 있다. 이어서 송정군 환송 출정식이 성대하게 치루어
지는 분위기 역시 일제의 징병 정책을 충실히 추종하는 맹목적인 모습
을 형상화하였다.
　송정군의 친구 두산군 역시 명예의 응징사를 자랑스러워 하지만, 더
나아가 황군(皇軍)이 되지 못할까 봐 안달을 부리는 인물로 그려져 있
다. 당당하게 입대하는 송정군에 비해 두산군은 같은 고향과 같은 나

---

22) 박영호, 앞의 작품 134～136쪽. 밑줄은 필자의 것이며, 전체 일본어 대사를 우리
　　말로 옮긴 것임.

이임에도 불구하고 징병검사 통지서가 나오지 않아 의기소침해 있거나, 심지어 발악을 하기도 하였다. 그런 가운데 두산군은 지옥성목의 이로부터 꼬득임을 당하게 되고, 억울한 심정을 친일적 내용의 와까(和歌)를 외우며 달래기도 하였다. 이처럼 이 작품에서는 조선의 젊은이들이 서로 일본군에 입대하는 것을 자랑으로 여기며, 또한 일본군에 입대하지 못해 안달을 하는 모습을 보여 주고 있다. 이처럼 송정과 두산은 모두 자발적으로 징병제에 나서는 모범적인 청년상으로 묘사되어 있다.23)

「별의 합창」에는 징병 적령기의 두 청년보다 나이가 많은 인물로는 결혼 적령기에 접어든 여러 청춘 남녀를 들 수 있다. 앞서 분석한 주동인물 시라이와 반동인물 지옥성목의 이 역시 이 세대에 속하면서 갈등을 벌인 바 있었다. 이 작품은 시라이와 지옥성목의 이, 스미에 사이의 삼각관계가 메인 플롯, 중심 플롯을 이루고 극이 전개되었다면, 부수적인 인물(foil) 오라이 최와 보배 사이의 사랑 이야기는 서브 플롯, 부수적 플롯으로서 이끌어져 간다. 즉, 이 작품은 극구조상 이중구조를 보이고 있어, 지옥성목의 이가 저지른 동반 투신자살 사건은 오라이 최가 탄차로 보배를 친 사건과 병행 구조를 이룰 정도로, 두 이야기는 동시에 엮여져 나간다. 차이점이 있다면, 주동인물과 반동인물, 그리고 그 둘이 동시에 추구하는 대상과 관련된 중심 플롯의 사건이 애국적 충정을 바탕으로 전개되는 것에 비해, 부수적인 인물(foil)들이 관련된 서브플롯의 사건은 우발적인 사건으로부터 비롯된 남녀간의 애정 문제를 다루고 있다. 결국 3막에 가서 두 남녀의 결혼식이 떠들썩하게 진행되는데, 이어 3막 후반부에서는 이들 부부 이외에 1막에서 조선으로 색시를 데리러 떠났던 하꼬구리 양 서방이 돌아와 두 쌍의 정착조(定着

---

23) 이준식, 앞의 논문, 128쪽.

組)를 맞아, "명랑감투"의 분위기를 형성하게 된다. 시라이와 스미에의 사이도 곧 결혼으로 이어질 것 같은 분위기를 감안하면, 세 쌍의 정착조를 맞이하여 석탄 증산 운동에 매진하는 적극성을 드러내고 있다.

오라이 최는 보배에게 청혼하면서, "한 평생 이 고향 사람이 되자구. 백제에서 건너왔다는 약광(若光)이라는 사람처럼 또 하나 다른 무장야(武藏野)를 만들자"24)고 한다. 그가 거론한 인물은 백제가 아닌 고구려 사람으로, 서기 703년 나당 연합군의 공격을 피해 일본으로 귀순한 고구려인 약광을 말하는 것이다. 고구려 왕족에다가 여러 모로 뛰어난 인물이었던 약광은 주로 관동 지방에 모여 살던 고구려인 1799명을 모아 무장야(武藏野)에다가 설치한 고려군(高麗郡)의 수장이 되었다25)고 한다. 그는 대륙의 문화를 가지고 무장의 황야를 개척하여 산업을 일으키고 민생을 안정시킨 큰 치적을 쌓았다26)고 한다. 오라이 최는 보배에게 청혼을 하면서 내선일체에 가장 적합한 모델이 아닐 수 없는 역사적 사실을 인용하였는데, 일본 땅에 정착하여 일본인들에게 많은 혜택을 끼친 약광(若光)이란 존재를 자랑스럽게 드러내며 역사상의 내선일체를 내세우고 있다.

게다가 과거의 인물 때문에 사고 친 남자(오라이 최)와 우연한 사고로 다리를 잃은 여자(보배) 사이의 결합은, '과거의 허물을 잊고 현재의 잘못을 용서하며 앞으로 나아가자'는 메시지를 담고 있는 것으로 보인다. 이들이 펼치는 이인삼각(二人三脚)은 내선일체, 일본과 조선 사이의 결합으로 읽히기도 한다.

이들 청춘 남녀의 혼사 문제는 탄광 기숙사의 사감 격인 료감(寮監)이 중재적인 역할을 하면서 진전된다. 처음부터 끝까지 일본어만을 사

---

24) 박영호, 앞의 작품, 200쪽.
25) http://member.nifty.ne.jp/vega-hoshino/Koma/高麗神社 聖天院 편.
26) 위와 같은 웹사이트 내용.

용하는 그의 존재는 나중에 밝혀진 바와 같이, 그 스스로 반도인으로
서 일본인 아내를 맞이함으로써 결혼을 통한 내선일체를 실천한 인물
이었다. 조선인으로서 탄광의 중간 간부로 승진할 수 있었던 그는 내
지인과의 결혼을 통한 국어사용이 몸에 밴 인물이었다. 그는 이미 내
선일체와 황민화 정책을 몸소 실천하고서, 그와 같은 신념을 지속적으
로 부하들에게 권장하는 철저하게 일본인화 된 인물로 그려져 있다. 조
선인이었던 료감은 조선인의 "자기 탈피"를 실행하고서, 다른 조선인들
에 대하여 조선인이 일본인이 될 것27)을 철저하게 주장한 "황국신민"
그 자체였다.

　그밖에 나이든 장년 세대로서 일제의 증산 정책에 헌신하는 인물로
는 장 선산이 등장한다. 그는 적극적으로 징용에 나선 응징사(應徵士)의
전형으로, 선산(先山, 사끼야마)28)에 이른 인물이다. 술 잘 먹고 놀기 잘
해 "봉산 취발이"라는 별명을 가진 장은, 60대의 노령에도 불구하고
분대장 시라이 이상으로 맡은 일에 열성을 다하는 인물로 그려져 있
다. 그는 '처자식 거느리고 개근상 타고 총후(銃後)를 지키는 정착조'임
을 자부하는 인물로, 군수성 상까지 받을 정도로 숙련된 광부로, "응징
사의 산 교훈"으로 칭송받고 있다. 애국(?)하는 열성이 지극한 그인지
라, 아들을 길러 군대에 보내고 딸을 적십자에 내보내려는 의지를 보
인 것도 당연해 보인다. 광부 일행의 나이든 세대로서 장은 과거에 파
묻혀 사는 동료 광부 "독수리 할아범"과 달리, 적극적이고 자발적으로
징용제 및 황민화 정책에 앞장서는 적극적인 인물로 그려져 있다.

---

27) 전상숙, "일제 군부 파시즘 체제와 '식민지 파시즘'", 앞의 자료집, 27쪽.
28) 일에 숙련되어 앞서서 작업을 하는 사람을 가리킴.

3. 맺음말

본고에서는 박영호의 희곡 「별의 합창」에 나타난 친일적 성향을 살펴보았다. 우선적으로 「별의 합창」은 일제가 연극경연대회와 같은 국책사업을 통해 강요하고자 했던 "내선일체", "황국신민화", "창씨개명" 등의 정책을 충실히 수행하는 인물들을 긍정적으로 그려냈다. 특별히 「별의 합창」의 주요 인물들은 일제의 "국민징용령"을 자발적으로 따른 조선인 응징사들로서, "멸사봉공"의 정신을 철저히 내면화하고 행동으로 실천해 나가는 모범적인 인물들이다. 대표적인 인물로 분대장 시라이와 장 선산을 들 수 있는데, 이들은 "응징사들의 산 교훈"으로 추앙받기도 한다. 또한 그들은 내부적으로 징용에 응한 일보다 일본군으로 징집되기를 열망하는 분위기를 부수적인 인물들(송정과 두산)을 통해 조장하고 있다.

「별의 합창」의 극적 세계 내의 문제는 결국 반동인물을 어떻게 처리하느냐에 달려 있게 된다. 소위 말하는 "불령선인"의 화신으로 취급받는 반동인물 지옥성목의 이를 어떻게 개화시켜서, 이상적인 세계로 나아갈 것이냐가 문제로 남는다. 결국 "산 예수"로까지 추앙받은 주동인물 시라이의 헌신적이고 이타적인 열정으로 "마음의 무적자" 지옥성목의 이를 "북구주의 화석전사"로, "진정한 일본인"으로, 거듭나게 함으로써 문제를 해결한 것이다. 그리하여 반동인물마저 "총후(銃後)를 지키는 정착조"로서의 사명을 다하게 이끌려는 것이다.

그리고는 3막에서 한 쌍의 젊은이의 결혼식을 준비하는 과정을 떠들썩하게 보여 줌으로써 "명랑감투"의 분위기를 형성하였다. 이 작품은 그들의 결혼뿐만 아니라 세 쌍의 혼인을 통해 황토를 굳건하게 지키는 영주조(永住組)를 정착시키겠다는 의지를 표명하기도 하였다.

「별의 합창」이 일제의 군국주의적 정책에 충실한 양상은 마치 주제가처럼 쓰인 노래 "적(敵)은 기만(幾万) 있어도"(敵は幾万ありとても)[29]에서도 나타난다. 이 노래는 메이지(明治) 18년 발표될 당시의 가상 적국인 청을 노래한 것이지만, 태평양 전쟁 중에는 대본영 육군부의 테마 음악으로서 사용될 정도로[30] 당시 군국주의 일본의 분위기를 가장 잘 나타내준다. 그러므로 이 작품은 태평양 전쟁 말기의 일제 정책을 수행하기 위한 대표적인 선전용 작품 중의 하나로 손꼽을 만하다.

그러나 이 작품에서 보여준 내적 결함 - 너무나 이상적이고 완벽한 주동인물의 형상, 지나치게 작위적인 설정과 급작스런 전환 등은 관객들의 몰입을 방해하는 요인으로 작용되었을 것으로 예상된다. 또한 이 작품은 당시 제3회 연극경연대회 공연작 가운데에서는 극단적인 선전극으로 전락하지 않았던 「신사임당」(송영 작) 등의 작품과 큰 차별성을 보이는 바, 이와 같은 과제는 추후로 미루고자 한다.

---

29) 이 노래의 제목은 1944년 일본 동보(東宝)영화사에서 제작한 군국주의 영화의 제목이기도 하다. http://www.d1.dion.ne.jp/~j_kihira/band/midi/tekiha.html 敵は幾万ありとても편, 아마 이 영화에서도 이 노래는 삽입되었을 것으로 추측된다.
30) 앞의 웹사이트.

참고문헌

■ 저서 및 작품집

박영호, 「별의 합창」(예원좌 공연대본, 1945)

유민영, 『한국현대희곡사』(홍성사, 1982)

이재명·이기한 편역, 『희곡 창작의 실제』(평민사, 1997)

이상섭, 『아리스토텔레스의 『시학』연구』(문학과지성사, 2003)

최창호, 『민족수난기의 대중가요사』(일월서각, 2000)

한길사 편, 『남북한문학사연표』(한길사,)

M. S. 배랭거, 이재명 옮김, 『연극이해의 길』(평민사, 1991)

■ 논문

김재용 정리, 「친일문학작품목록」, 『실천문학』67호 (2002년 가을호)

김은하, 「박영호론」(이화여대 석사학위 논문, 1993)

김향, 「박영호 희곡 연구」, 『한국극예술연구』16집(2002. 10.)

선재원, "전시 노동력 동원과 노무자 생활"『일제하 파시즘 지배 정책과 민중의
　　　생활상』02. 10.)(연대국학연구원 국제학술회의 자료집, 2003)

이준식, "문화선전 정책과 전쟁동원 이데올로기"『일제하 파시즘 지배 정책과
　　　민중의 생활상』(연대국학연구원 국제학술회의 자료집, 2003)

이재명, 「박영호 희곡의 인물 연구 -「산돼지」「물새」「별의 합창」을 중심으로」,
　　　『한국근대문학연구』7집(2003. 4.)

＿＿＿, 「박영호 작 「산돼지」연구」, 『한국극예술연구』16집(2002. 10.)

전상숙, "일제 군부 파시즘 체제와 '식민지 파시즘'"『일제하 파시즘 지배 정책과
　　　민중의 생활상』(연대국학연구원 국제학술회의 자료집, 2003)

■ 인터넷 자료 출전

http://member.nifty.ne.jp/vega-hoshino/Koma/

http://www.d1.dion.ne.jp/~j_kihira/band/midi/tekiha.html

일제 말 전시기의 아동문학 및 아동담론 연구

■ 김화선

1. '皇國臣民의 誓詞'와 아동

일제 말 전시기(1937~1945)는 1937년 중일전쟁의 발발에서 1941년 태평양전쟁, 1945년 8월 제2차 세계대전이 종결되면서 일제가 패망하는 시기로, 일제의 통제정책과 전시동원정책이 본격화되고 일제의 천황제 이데올로기가 파시즘으로 작동하던 때이다. 또한 당시 일제 통치정책의 기본 기조가 개개인을 전체적·구조적으로 통제·장악하려 했다는 점에서 다분히 파시즘적 성격을 띠고 있었다. 1931년 만주사변을 시작으로 이미 일본에서는 '準전시체제화'하고 있었으며 중일전쟁 이후 완전한 전시파시즘체제로 돌입하였다. 이러한 상황은 식민지 조선에도 절대적인 영향을 미쳐서 1937년 중일전쟁이 일어나고 1938년 이후 '국가총동원법'이 통과되면서 식민지 권력에 의해 위로부터 전시파시즘의 구축이 강행되기 시작하였다.[1]

특히 일제는 1937년 10월 '皇國臣民의 誓詞'를 제정하여 조선인들이

---

1) 변은진, 「일제 전시파시즘기(1937~1945) 조선민중의 현실인식과 저항」, 고려대학교 박사학위 논문, 1998, 1~14쪽 참조.

반복하여 제창하도록 하였다. '皇國臣民의 誓詞'는 미나미 지로(南次郎) 총독이 교육의 근본 방침으로 내세웠던 '황국신민 鍊成'이라는 취지에 기초한 것으로 '國體明徵, 內鮮一體, 忍苦鍛鍊'이라는 3대 교육 방침을 그 내용으로 하고있다.2) 이는 '반도에 사는 일본인은 內鮮, 老幼의 구별없이 오로지 皇業을 받드는 大君의 백성으로 수련'3)되어야 한다는 천황제 이데올로기에 기초한 것으로 조선인의 황국신민화를 통한 내선 일체화를 목적으로 한 것이었다. 황국신민의 서사를 반복적으로 제창 시킴으로써 일제는 조선인의 정신을 긴장시키고 비판의식을 약화시키고자 하였다. 뿐만 아니라 1938년 1월호 이후 모든 잡지는 '황국신민의 서사'를 게재하도록 하여 이를 실행하지 않는 잡지는 불온문서 취급을 당하는 사태에 이르게 된다.4)

그런데 여기서 "老幼의 구별없이" 황국신민화를 꾀하고 있지만 신민화되는 방식에 있어서 아동과 아동 이외의 조선인이 구분되고 있다는 사실에 주목할 필요가 있다. 이미 황국신민의 서사 자체가 아동용과 일반용 두 가지로 만들어졌다는 것이 이를 입증하는데, 아동용(황국신민의 서사 其 1 : 초등정도의 학교 및 각종 유소년단체용)과 일반용(황국신민의 서사 其 2 : 중등학교 및 동 정도 이상의 학교 및 청년단체와 동등 이상의 유사단체용)의 내용을 비교해보기로 하자.

皇國臣民의 誓詞 其 1
1. 私共ハ大日本帝國ノ臣民デアリマス
(우리들은 대일본제국의 신민입니다.)

---

2) 손인수, 「일제 식민지 교육정책의 성격」, 『일제하의 교육이념과 그 운동』, 한국 정신문화연구소, 1986, 73쪽.
3) 御手洗辰雄, 『南總督の朝鮮統治』, 1942, 11~12쪽 ; 최유리, 『일제 말기 식민지 지배정책연구』, 국학자료원, 1997, 74쪽에서 재인용.
4) 임종국, 『친일문학론』, 민족문제연구소, 2002, 50쪽.

2. 私共ハ心ヲ合セテ天皇陛下ニ忠義ヲ盡シマス
   (우리들은 마음을 합하여 천황 폐하에게 충의를 다합니다.)
3. 私共ハ忍苦鍛鍊シテ立派ナ强イ國民トナリマス
   (우리들은 인고단련하여 훌륭하고 강한 국민이 되겠습니다.)

皇國臣民의 誓詞 其 2
1. 我等ハ皇國臣民ナリ忠誠以テ君國ニ報セン
   (우리는 황국신민이며 충성으로 君國에 보답한다.)
2. 我等皇國臣民ハ互ニ信愛協力シ以テ團結ヲ固クセン
   (우리들 황국신민은 서로 信愛 協力하여 단결을 공고히 한다.)
3. 我等皇國臣民ハ忍苦鍛鍊力ヲ養ヒ以テ皇道ヲ宣揚セン
   (우리들 황국신민은 忍苦鍛鍊力을 길러서 皇道를 선양한다.)

위에 제시된 두 종류의 황국신민의 서사는 천황제로 대표되는 근대 일본의 지배체제가 황국신민의 서사라는 담론을 통해 조선인들에게 천황제이데올로기를 강제로 전파하고 있었다는 사실을 말해준다. 아동용 황국신민의 서사 첫 번째 항목에서는 조선의 아동으로 하여금 대일본제국의 신민이라는 생각을 심어주고, 다음으로 천황에게 충성을 다할 것을 맹세하게 한다. 마지막으로 아동들에게 인고·단련할 것을 요구하면서 장차 "훌륭하고 강한 국민"이 될 것을 다짐하게 한다. 아동용 皇國臣民의 誓詞는 어른용에 비해 구어체에 가까운 단어를 선택하여 문장을 단순화시키고 있는데 무엇보다 어른용과 구별되는 내용은 세 번째 항목이 아닐까 한다. "훌륭하고 강한 국민이 되겠"다는 내용은 아동을 국민으로 호명하면서 그들에게 장차 국민이 될 것을 요구하고 있다. 그런데 황국신민의 서사가 말하는 있는 "훌륭하고 강한 국민"의 진정한 의미는 무엇인가. 조선인 스스로가 자발적으로 "훌륭하고 강한 국민", 즉 황국신민이 되도록 그 자발성을 이끌어내기 위해 일제는 아동을 대상으로 황민화교육을 실시했던 것은 아닌가. 그렇다면 식민 담론이 형성하고 있는 '국민'의 개념이 구체적으로 어떠한 것인지를 해명해야 할 필요성이 제기된다.

어쨌건 아동용과 일반용으로 황국신민의 서사가 이원화되어 있다는 사실은 일제가 식민통치에 있어서 아동 교육의 중요성을 철저하게 인식하고 있었음을 말해주는 것이다. 물론 일제의 조선에 대한 식민지 정책이 다른 제국주의 국가와는 전혀 다르게 철저한 동화주의 원칙에 입각하고 있었고, 이것이 식민지 교육을 통해 관철되고 또 강화되고 있었다는 사실에 비추어 본다면 당연한 것이기도 하다.5) 하지만 문제는 교육령의 공포와 이의 실행이라는 현실적 차원에서가 아니라 아동문학장에서 일제의 식민담론이 아동들에게 어떤 영향을 미쳤는가 하는 점에 있다. 이 글은 바로 이러한 문제의식에서 출발한다.

사실 『실천문학』을 중심으로 친일문학에 대한 논의가 활발해지기는 했으나 친일아동문학에 대한 연구는 매우 미흡한 실정이다. 이는 개별 아동문학작가를 통해 친일문학의 특성을 밝히는 작업이 갖는 어려움을 암시하는 것이기도 하지만, 동시에 아동문학 분야에 대한 연구 성과 자체의 부족에서 기인하는 것이기도 하다. 최근 들어 이원수를 중심으로 친일 아동문학에 대한 연구가 시도되고 있으나 일반문학에 비하면 관심도가 현저히 낮은 편이다.

이 글은 일제의 파시즘적 권력이 아동들에게 어떻게 작용하였는가를 살피려는 시도로서, 장차 '훌륭하고 강한 국민'이 되어야 할 아동을 대상으로 일제의 이데올로기가 어떻게 침투해 들어갔는가를 아동문학의 차원에서 살펴보고자 한다. 국가적 관점에서 어떤 방식으로 아동을 새로운 주체인 '국민'으로 호명하는가를 살펴봄으로써 일제 말 전시기

---

5) 최유리, 앞의 책, 56쪽.

의 아동문학과 아동담론의 양상을 밝히려는 것이 본고의 목적이다.

2. 식민주의의 내면화를 위한
   호출기제로서의 아동문학과 아동담론

1) 교육제도와 식민 담론

일본의 경우 메이지 3년(1869)에 소학교 규칙과 징병 규칙이 제정되었고, 메이지 5년(1871)에는 학제 반포와 징병령 반포가 이루어진다. 메이지 시대의 혁명 정권이 맨 처음 실시한 정책이 이 두 가지였다는 것은 흥미롭다. 왜냐하면 징병제가 그때까지의 사회적 생활로부터 청년층을 빼앗아 가는 것이었다면 학제 반포는 아이를 학교에 뺏김으로써 그때까지의 생활양식을 파괴하는 것이나 마찬가지였기 때문이다. 징병제와 학제는 부국강병의 기초로서 실시된 것임은 말할 것도 없지만 서양열강에 대한 방위와 대항을 목적으로 형성된 군대는 그때까지 여러 계급, 여러 생산 형식에 소속되어 있었던 사람들에게 집단적 규율과 기능적 존재방식을 교육하는 교육기관이었다[6] 말하자면 징병제와 학제는 이렇게 근대적인 교육의 이면을 말해주는 두 가지 중요한 제도인 셈이다. 따라서 의무교육의 실시 목적을 살펴보는 일은 매우 중요한 의미를 갖는데, 그것은 근대 일본의 의무교육이 아동을 어른에게서 분리시켜 국가 이데올로기를 전파하는 중요한 수단이 되기 때문에 그러하다. 그런 의미에서 메이지 5년(1872)의 학제제정에 그 뿌리를 두고 있는 일본의 교육제도는 그야말로 근대 국가제도의 산물인 것이다. 근

---

6) 가라타니 고진, 박유하 옮김, 『일본근대문학의 기원』, 민음사, 1999. 173~174쪽
   참조.

대적 학교가 의무교육을 통해서 아동을 개별적인 존재가 아니라 집단
화된 존재로 규정하게 되고, 이들 아동은 '건설기의 근대국가를 담당
할 국민의 육성'을 목적으로 하는 의무교육의 대상으로 제도를 통해
배출된다.[7)]

일제는 1938년 2월에 '육군특별지원병령'을 공포하고, 곧 이어 3월
에 제3차 '조선교육령(朝鮮敎育令)'을 개정하였으며, 1940년 2월에 창씨
개명을 실시했는데, 그 사이에 소학교령을 개정한 '국민학교령'을 실시
했다는 것은 식민지 조선에서도 징병제와 학제가 상호 밀접한 관계를
가지고 있음을 말해주는 것이다. 일제가 이와 같은 학제개혁을 단행한
이유는 무엇인가.

우리는 다음의 예문을 통하여 일제가 교육개혁의 필요성을 느끼게
된 과정을 이해할 수 있을 것이다.

우리(日本)의 힘이 그 어느 때보다 더욱 커짐에 따라 동아시아와 세계
에서 그 지위와 사명 또한 중대해졌습니다. 이에 지금 가장 긴요한 일은
교육개혁을 통해서 황국의 뿌리를 한층 더 튼튼히 해야 한다는 것입니다.
망극하옵게도 天皇의 諭示를 받들어, 국내외 정세와 새로운 환경을 두
루 살펴서 교육개혁의 방법을 강구하도록 敎育審議會를 설치하였습니다.
그 동안 여기서 조사 심의한 결과를 소화 13년(1938) 12월에 내각 총리대
신께 올린 바가 있습니다. 그것이 바로 '국민학교, 사범학교 그리고 유치
원에 관한 요강'입니다.
이것을 문부성에서 신중히 검토한 결과 무엇보다도 **황국민 의식의 기
초가 되는 초등교육제도를 개선하는 것이 가장 중요한 일이었습니다.**
…… '국민학교에 관한 요강'을 기본 골격으로 올해(1940년)에 모든 준비
를 끝내고, 내년(1941년)부터 현재의 소학교를 국민학교로 고치는 국민학

7) 원종찬, "한일 아동문학의 기원과 성격 비교 : 방정환과 한국 근대아동문학의 본
질", 『아동문학과 비평정신』, 창작과 비평사, 2001, 54쪽 참조.

교제를 실시하도록 결정하기에 이르렀습니다.

　이번에 실시하려는 국민학교제는 황국민 전체의 기초교육을 확대 정비하고, 新學制의 근거를 확립한 것이므로 이에 따라 대국민의 자질을 닦도록 의무교육 기간도 6년에서 8년으로 연장하였습니다. 더구나 **황국의 도를 수련시키는 것이 근본 뜻**인 만큼 그 내용 역시 근본부터 개혁하여 분리된 교재의 통합을 비롯하여 모든 것을 철저히 하도록 하였습니다.[8]

　위 예문은 1940년 1월 일제 문부성이 공식 발표한 '국민학교제의 실시 지침'의 일부로 당시의 학제개혁이 어떤 과정을 거쳐 이루어지게 되었는가를 상세히 밝히고 있다. 일제가 전시 체제 아래에서 굳이 막대한 비용을 감수하면서까지 학제개혁을 단행했다는 사실은 무엇을 의미하는가. 예문에서 확인된 바와 같이 일제는 중일전쟁 이후의 황국 경영의 기초를 확립하기 위하여 학제개혁을 단행하기에 이른다. 일제는 아동의 황국신민화를 위하여 당시의 소학교라는 명칭을 국민학교로 바꾸고, 학제도 6년에서 8년으로 바꾸면서 의무교육의 기간을 연장한다. 이처럼 국민학교령을 실시하면서 명칭을 바꾸고 의무교육 기간을 연장한 목적은 "지금 동아시아와 세계에서 우리(日本)의 국운이 그 어느 때보다고 커감에 따라 그 지위와 사명 조한 점점 증대되어 왔"다는 시국의 인식에서 찾을 수 있다. 바야흐로 "이 시대의 요청에 따르도록 그 교육내용과 제도를 환전히 개혁해야 할 때"이기 때문이다. 따라서 "최우선해야 할 일은 새롭게 황국민 전체에 대한 기초교육을 하도록 학제의 기틀을 정비, 확립하는 일"이다. "그것은 황국신민의 기초를 연성시켜 그 임무를 다할 수 있도록 하는 근본이 여기에 있기"에 학제개혁이야말로 "국가정책을 결정하는 가장 중대한 일"이 된다. 이러한 사실은

---

8)『原案準據 國民學校의 實踐的 解說』, 國民學校制度硏究會, 1940. 5, 東京, 文敎書院, 十九版, 씨올교육연구회 편역, 앞의 책, 188~189쪽에서 재인용.

'소학교령'과 '국민학교령'을 비교해봄으로써 확인할 수 있다.

1. 소학교의 목적

소학교는 아동 신체의 발달에 鑑하여 국민교육의 기초와 그 생활상에 필요한 보통 지식 및 기능을 줌을 本旨로 한다.(소학교령 제1조)⁹⁾

제1조 국민학교는 황국(皇國)의 도(道)에 따라 초등보통교육을 실시하고 국민의 기초적 연성(鍊成)함을 목적으로 함. 국민학교령 칙령 148호(昭和 16년 2월 28일) 소학교령 개정(公布 昭和 16년 3월 1일)

'소학교령'이 학교교육이 국민교육의 기초를 다지는 것이어야 한다는 사실에 바탕을 둔 것이라면 '국민학교령'은 "황국의 도에 따라" 황국 국민을 연성하는 것에 그 목적을 두고 있다. 다시 말해 '소학교령'이 근대적인 국가 이데올로기에 기반한 것이라면 '국민학교령'은 친일 파시즘의 이데올로기에 의해 아동을 새롭게 황국신민으로서 배치하려는 의도로 실시된 것이다. 일반적으로 계몽의 내면화를 위해 교육이 근대적 아동을 호명하였다면, 전시체제하의 일제는 식민주의의 철저한 내면화를 위해 학제를 개혁함으로써 근대적 아동을 파시즘적인 국가 권력으로 포획하고 있는 형국이다. '국민학교령 시행규칙'은 이러한 면모를 보여준다.

국민학교령 시행규칙

제1조 국민학교에서는 국민학교령 제1조의 취지에 기초하여 전기(前記) 사항에 유의하여 아동을 교육할 것.
1. 교육에 관한 칙어의 취지를 봉체(奉體)하여 교육 전반에 황국(皇國) 의 도(道)를 수련케 하고 특히 국체(國體)에 대한 신념을 깊게 할 것.

---

9) "學部告示", 『구한국관보』, 제4호, 1895년 9월 30일.

2. 국민생활에 필요한 보통지식의 기능을 체득토록 하고, 정조(情操)를 순화(醇化)시켜 건전한 심신의 육성에 힘쓸 것.
3. 우리(일본) 문화의 특질을 밝히는 동시에 동아시아와 세계의 흐름을 깨우치도록 하고 황국의 지위와 사명의 자각을 통해 대국민(大國民)다운 자질을 계발토록 할 것.
4. 심신일체로 교육하고 교수(敎授), 훈련, 양호(養護)의 분리를 피할 것.
5. 각 교과와 과목은 그 특징을 살려 상호 관계를 긴밀하게 해서 이를 국민 연성에 귀일시킬 것.

결국 국민학교 교육의 근본 목적은 아동으로 하여금 "황국의 도를 수련케하"는데 있었는데, 특히 제1조 3항은 일본을 중심으로 한 대동아공영권을 굳건히 하기 위해 의무교육이 어떤 방향으로 진행되어야 하는지를 밝히고 있어 주목을 요한다. 이처럼 당시의 학제개편은 천황제 이데올로기에 근거한 것으로 파시즘적 국가 권력의 산물인데 아동이 중요한 의미를 갖는 것은 그들이 장차 "황국을 어깨에 메고 나갈 황국민"이 될 존재이기 때문이다. 강한 황국의 신민이 되기 위해서 아동은 무엇보다 건전한 심신을 육성하여야만 했다. 전시체제 하에서 "황국의 역사적 사명에 따"라 "천황의 은혜에 보답하"기 위해 아동은 "대국민의 자질"을 도야했던 것이다. 일제 말 전시기에 아동들은 이러한 맥락에서 존재 의미를 획득하게 된다.

2) 아동문학 및 아동담론에 끼친 식민담론의 영향

'대동아공영권'은 군사적 필요에 따라 내건 팽창정책의 슬로건이고, 거기에는 '동아 해방' 등 근대 일본으 굴절된 아시아 인식이 편입되어 있었다. 사실상 '대동아공영권론'에 관철되어 있는 원리는 황국을 핵심으로 한 지배—복종이라는 수직적 상하관계의 계층적 질서였다. 일본은 이 이념에 따라 표면적으로는 아시아 각 민족의 평등, 역사·문화의 다원성을 주장하면서도 실질적으로는 일본민족이 지도 민족인데, 그 이유는 태고 적부터 동화와 융합을 지속시켜온 일본민족의 우수성과 천황이 통치하는 황국의 위대함 때문이라고 주장했다.10) 이러한 맥락에서 아동이 중요한 의미를 지니게 되는데, 대동아공영권의 논리는 아동을 군사적 필요에 따라 교묘하게 국민으로 호명하고 있다. 아동을 대상으로 전달되었던 다양한 담론들은 이러한 일제의 이데올로기를 그대로 담고 있는데, 특히 아동의 내면이 "명랑하고 쾌활"할 것을 요구하는 글들은 주목을 요한다.

오늘의 어린이들은 明日의어른이다. 國家社會의 將來는 오로지 다음 國民의 健否如何에잇다. 그러면 健全한第二國民을 育成하기에 우리는 果然萬全을 期하고잇는가. 적어도 그만한 생각을 가지고 努力이라도 하고잇는가. 未曾有의大國難을當한오늘 國運의 消長을 支配할다음世代에對하여 우리는 다시한번 생각해볼 必要가잇다. …어린이들이 恒常快活하고 明朗하게지내도록 해주어야할것이며…11)

兒童을가라처 小國民 또는 第二世國民이라 부른다. 그理由는 將來國家의 中堅이되며 主人이 되기까닭이다. 때는 바야흐로 大東亞戰爭이 지터졌다. 子女를 둔 父母나 敎鞭을 잡은 敎育者의 一大覺醒을 要저하는 重大한 時局이다. 現下의 小國民을 單只 第二世國民敎育이란 在來觀念에서 한거름 떠나서 적어도 大東亞共榮圈의 盟主로써 또는 指導者로써의 敎育이 요구된다. 여기에는 兒童을 좀더 明朗하고 潔白하게 또는 協同的이요 獨創的이요 建設的이요 決斷的이요 進取的인 兒童으로 길러야하는 一大覺醒이 必要하다.12)

10) 윤건차, 이지원 옮김, 『韓日 근대사상의 교착』, 문화과학사, 2003, 287쪽.
11) 楊美林, 「童心如鏡」, 『반도노광』 53호. 1942년 4월호, 43쪽.
12) 『아이생활』, 1943. 1. 宋昌一 著 小國民訓話集 광고.

　　조선금융연합회에서 간행한 『반도노광』, 그리고 아동잡지 『아이생활』
에 실린 이 글들은 당시에 아동을 어떻게 인식하고 있었는가를 잘 말
해주는 글들이다. 여기서 아동은 "국은의 消長을 지배할" 제2국민으로
서, 전시체제에서 국가의 미래를 책임질 존재가 되어야 하기 때문에
그들에 대한 교육의 중요성이 강조되고 있다. 단순히 아동교육의 필요
성만을 강조하는 것이 아니라 아동의 내면까지 철저하게 교육의 대상
이 되고 있다. "명랑하고 쾌활"한 아등이 필요한 것은 그들이 장차 국
가의 주인이 되어야할 존재이기 때문인데 그것은 물론 시국에 대한 인
식을 바탕으로 한 대동아공영권의 논리에서 비롯된 것이다.

　　아동을 바라보는 이와 같은 관점은 국민학교 제도를 창출하게 된 과
정을 설명한 다도꼬르(田所) 교육심의위원회 특별위원장의 담론을 비롯
하여 학제개혁을 단행하면서 밝힌 일제의 논리를 그대로 반복하고 있
는 것으로 황국신민화를 위한 교육의 관점과 정확히 일치한다.

　　　**바야흐로 우리나라는 동아시아에서 새로운 질서의 건설이라고 하는 미
　　증유(未曾有)의 시국에 직면하여 동아시아와 세계에서 그 지위는 점점
　　중대해지고 있으므로 사상, 산업, 국방을 통해 국가 총력체제가 필요하
　　게 되었던 것입니다.** 이런 시기를 맞이하여 우리가 황국민 전체에 대한
　　기초교육을 확충 정비하고, 신학제의 기틀을 확립하는 것은 대국민으로
　　서 필요한 기초적 연성(鍊成)을 통하여 국운 진전의 근기(根基)를 배양시
　　키자는 것입니다.13)

　　예문에서 밝히고 있는 바와 같이 국가 총력체제 속에서 학제개혁이
갖는 의미는 "국운 진전의 근기 배양"에 있다. 중일전쟁 이후 일제는

---

13) 씨올교육연구회 편역, 「국민학교제도 창출 과정－다도꼬르(田所) 특별위원장 경
　　과 보고」, 앞의 책, 171쪽.

철저한 교육을 통해 아동을 황국신민으로 호명하고 있는데, 1930년대 후반에서 1940년대 초반에 이르는 아동문학과 아동담론은 이와 같은 일제의 파시즘적인 이데올로기의 영향을 받아 그 이데올로기를 전달하는 실질적인 전략으로 기능하게 된다.

> 半島의兒童은 지난날의 兒童과 同一視할수업는 크나큰 任務를 가진 寶貝로운 存在 … 오늘의 兒童이야말로 日本精神을 막바루 그生命에다 불어너흘수잇는 皇國臣民입니다. 우리는 어린 生徒들이 스스로 神社압헤나아가 공손히 參拜하는 아름다운 光景을 봅니다. 그들이야말로 强制밧지안코서 日本精神을 가슴에 색이고 훌륭한 皇國臣民이 되어가는 것입니다.[14]

이 글에서 아동문학가인 이원수가 말하는 일본정신이란 무엇인가. 그것은 바로 "훌륭한 황국신민이" 되기 위해 필요한 것이다. 바꿔 말해 조선의 아동이 황국신민이 되기 위해서는 "일본정신을 가슴에" 새겨야만 했는데 이원수는 아동들이—특히 농촌의 아동들이—"어른들의 누추한 생활정신을 계승하"지 않기 위해서는 "건전한 兒童讀物의 出生"이 있어야만 한다고 말하고 있다. 여기서 우리는 이원수가 생각하는 아동문학의 기능을 짐작할 수 있다. 결국 일본정신을 길러주기 위해 간절히 필요한 "건전한 兒童讀物"이란 황국신민의 이데올로기를 전파할 수 있는 "童話, 映畵, 演劇, 繪畵, 音樂, 舞踊, 玩具" 등이었다.

요컨대 반도의 아동은 황국신민이라는 점에서 그 이전의 아동과 변별되며, 그들이 "강제받지 않고" 다시 말해 자발적으로 황국신민이 되기 위해서는 철저한 교육이 필요했던 것이다. 그리고 이러한 교육의 중요성은 아동담론을 통해 반복적으로 확산되었고 아동들이 즐겨부르는 동요를 통해서도 아동은 "거칠 것 없는" "일본의 일꾼"으로 자리매

---

14) 이원수, 「農村兒童과 兒童文化」, 『반도노광』, 1943년 1월호, 15쪽.

김된다.

　　一　우리들은 大日本에 일꾼이란다
　　　　大日本을 빛내일 일꾼이란다.
　　　　다같이 두팔것고 앞으로가자.
　　　　산이라 물이라도 거칠것없다.
　　　　에헤야 少年들아 大日本少年들아
　　　　굿굿이 씩씩하게 힘써나가자.

　　二　우리들은 大日本에 용감한少年
　　　　大日本을 빛네일 용감한少年
　　　　할일많은 大日本에 귀한少年들
　　　　할 일을 다할때까지 앞으로가자
　　　　에헤야 少年들아 大日本少年들아
　　　　두주먹 붉은쥐고 앞으로가자.

　　三　우리들은 大日本에 똑같은少年
　　　　할 일많은 大日本에 少年이란다.
　　　　굼드래도 할일을 하고야말고
　　　　벗드래도 할일을 하고야말리
　　　　에헤야 少年들아 大日本少年들아
　　　　기운껏 힘있게 앞으로가자.[15]

　아동을 위한 잡지 『아이생활』에 수록된 김영일의 동요는 우리의 소년을 "大日本"의 소년으로 호명하면서 씩씩한 기상을 가질 것을 요구하고 있다. "대일본을 빛내일 일꾼"이 되어야 할 아동들이기에 그들은 용감하고 "할 일 많은 귀한 소년"이다. 우리의 소년이 "대일본"을 위

15) 김영일, 「大日本의 少年」, 『아이생활』, 제18권, 제1호, 1943. 1.

해 많은 일을 하기 위해서는 그들이 먼저 大日本의 소년들과 다름없는 존재라는 생각이 바탕이 되어야 한다. 그래서 김영일은 3절에서 "大日本에 똑같은 소년"임을 강조하며 內鮮一體 사상을 전달하고 있는 것이다. 외면적으로는 일본의 소년들과 "똑같은" 평등한 소년이라고 주장하고 있지만 실제로는 내선일체라는 동화정책을 통해 식민지 조선의 소년들, 아동들을 자발적으로 일본화 시키려는 의도가 숨어있다. 조선의 아동과 일본의 아동이 민족을 뛰어넘어 실질적으로 평등해지는 것이 아니라 철저한 국가주의 논리 하에서만 조선의 아동은 국민이 될 수 있었다. 김영일의 이 동요는 "歌詞와 樂曲은 황국민다워야 하며, 아동의 감정을 밝고 쾌활하게 하는 것으로 덕성 함양에 이바지하는 것"이어야 한다는 국민학교령 시행규칙 제2절 교과와 과목 제 14조에 충실한 동요이다. 이미 앞에서 제시한 『반도노광』의 "童心如鏡"과 송창일의 "소국민훈화집" 광고에 표현된 바와 같이 아동을 명랑하고 쾌활하게 교육해야 하는 필요성 역시 그들이 "황국민다워야" 한다는 점에서 찾을 수 있었다.

이렇게 아동들은 "대일본제국의 국민으로" 호명받고 새로운 제도 속에 편입되는데, 당시에 출간된 아동잡지 『소년』에는 아동에게 이러한 국가 이데올로기를 내면화시키기 위한 의도된 담론들이 곳곳에 눈에 띄인다. 그 중 "恩師의 入營을 보내는 가난한집兒童들"을 살펴보기로 하자.

신의주역에는 二百여명의 少年 少女가 모여 있었읍니다. 그것은 四十九대에 입영하는 평북도사회과 **국민정신총동원** 연맹지도관 영목국곽(鈴木國郭)선생을 배래기 위하야 모인 신의주사상보도 연맹 야학부의 아동들이였든 것입니다. … 「제군은 가난한집에 태여났지만 이제 앞으로 공부를 잘하여서 **훌늉한 그리고 굳세인 국민**이되지않으면 않된다」고 최후의

훈시를 하였읍니다. 아동들은 이소리에 우렀읍니다.16)

　"이백여 명의 소년소녀"가 모여 입대하는 스승을 환송했다는 소식을 전하고 있는 이 기사는 국민정신총동원과 교육의 긴밀한 상관성을 암시하고 있다. 그리고 아동들이 공부해야 하는 궁극적인 목적은 "훌륭하고 굳세인 국민"이 되는 데 있음을 다시 한번 강조하고 있는데, 말하자면 "새해새날 오늘부터 … 학고가는 길에는작난 안하고… 솟는 해를 바라보고 궁성요배 열심으로 공부하고 운동잘하여… 마당쓸고 쑤하고 라디오체조… 좋은 국민 됩시다. 우등생이 됩시다"17)와 같이 우등생이 되는 것이 곧 좋은 국민이 되는 길이었다. 그러나 아동들이 내면화해야 하는 좋은 국민이란 구체적으로 군인을 의미한다.

　八. 황군(皇軍)의 은혜(恩惠)
　영부야!
　너는 황군의 은혜를 생각한적이 있느냐?
　물론 위문문(慰問文)같은것을 지을때나 묵도(默禱)를 올닐때 잠시 생각하군햇으리라.
　그렇나 그 짧은 시간(時間)으로는 황군의 큰은혜를 다 헤아릴수는 없으리라. ……
　황군이 생명(生命)을 던저 싸우는 목적이 어데있는가? 그것은 두말없이 너이들의 장래를 생각하는데있다. 신동아(新東亞)를 건설하는것도 다 너이들의 시대를 평안이 하여주려는 뜻이다. 장차 동아의 일꾼은 너이 어린사람들이다. …… 너는 장차 군인이될 사람이다. …… 군인이 될바에는 좀더 힘차고 좀더 훌륭한 군인이 되여보겠다는 굳센 결심이 있어야한다.18)

---

16) 『소년』, 1940. 1, 60쪽.
17) 「신시대－잡지 어린이차지」, 『신시대』, 1941. 1, 185쪽 어린이 만화.
18) 송창일, 「小國民訓話集(三)」, 『아이생활』.

위에서 제시한 예문에 나타난 바와 같이 아동이 "장차 동아의 일꾼"이 된다는 것은 곧 군인이 된다는 사실에 다름 아니다. 송창일은 아동을 대상으로 한 훈화에서 황군이 싸우는 이유가 "어린 사람들"을 위해서라며 '신동아' 건설의 당위성을 부여하는 억지 논리를 펴고 있다. 아동이 군인이 되는 것이야말로 진정한 황국신민이 되는 길이다. 내선일체 정책 중 사용되기 시작한 황국신민이라는 표현은 당시 '반도의 히틀러'라고 불리던 학무국장 시오바라 토키사부로(鹽原時三郎)의 '신조어'라고 알려져 있다. 그리고 미나미총독 자신의 정의에 의하면, 내선일체란 "반도인을 충량한 황국신민으로 만드는" 것으로서, 그 내실은 궁극적으로는 "천황이 친히 통솔하는 신의 병사(神兵)"에 어울리는 황군병사의 육성이었다고 한다.19)

이와 관련하여 이원수의 동시 「지원병을 보내며」는 아동들이 자라서 "굿센 일본 병정이 되겠"다는 다짐을 강하게 표출하고 있어 주목되는 작품이다.

> 지원병 형님들이 떠나는날은
> 거리마다 국기가 펄럭거리고
> 소리높히 군가가 울렷습니다.
>
> 정거장, 밀리는 사람틈에서
> 손붓처 경계하며 차에올으는
> 씩씩한 그얼골, 웃는그얼골.
>
> 움직이는 기차에 기를 흔들어
> 허리굽은 할머니도 기를 흔들어

---

19) 宮田節子他, 『創氏改名』, 明石書店, 1992 ; 윤건차 지음, 이지원 옮김, 『韓日 근대사상의 교착』, 문화과학사, 2003, 194쪽에서 재인용.

『반-자이』 소리는 하눌에 찻네.

나라를 위하야 목숨 내놋코
전장으로 가시려는 형님들이여
부대-큰공을 세워주시오.

우리도 자라서, 어서자라서
소원의 군인이 되겟습니다.
굿센 일본 병정이 되겟습니다.
　　　　　　▶ ▶〈「志願兵을 보내며」〉20)

　"전장으로" 떠나는 "형님들"을 격려하는 어린 화자의 시선에서 서술
되고 있는 이 동시는 입대하는 이들의 씩씩하고 웃는 얼굴을 그려 보
임으로써 "나라를 위하여 목숨"을 내놓는 일이 얼마나 당연하며 기꺼
운 일인가를 선전하고 있는 친일 작품이다. 시적화자는 만세 소리가
가득한 "지원병 형님들이 떠나는 날", 스스로 목소리를 높여 "소원의
군인이 되겟"다는 다짐을 하고 있다. 아동들이 어서 자라야 하는 이유
는 황군병사가 되기 위해서인데, "굿센 일본 병정이" 되려는 시적화자
의 적극적인 목소리는 당시의 식민 담론을 강하게 대변하고 있다.

　요컨대 아동은 장차 일본의 군인이 될 존재이므로 그들을 황국신민
으로 만드는 교육의 필요성이 매우 중요하게 제기되었던 것이다. 1938
년 제3차 조선교육령이 지원병제도와 같은 시기에 만들어졌고 지원병
제도의 실시를 교육의 측면에서 뒷받침하기 위하여 제정된 것이었다21)

---

20) 이원수, 「志願兵을 보내며」, 『반도노광』, 1942년 8월호, 37쪽. 이원수의 친일 작
　　품들은 경남대학교 박태일 교수에 의해 발굴되어 발표된 바가 있다. 박태일, 「이
　　원수의 부왜문학 연구」, 『2002년 가을 배달말학회 전국학술대회 발표논문집』,
　　180~192쪽.
21) 최유리, 앞의 책, 57쪽.

는 사실은 일제가 추구했던 교육이 군사적 목적을 강하게 지니고 있었
던 것이었음을 다시 한번 증명해준다. 일제는 이와 같이 아동을 황국
신민으로 새롭게 배치하기 위해 다양한 차원에서 아동을 군사가 될 국
민으로 집요하게 호출하고 있었다. 다음 장에서는 아동이 황국신민으
로 호출되는 양상을 내용적 층위를 달리하여 구체적으로 분석해보고자
한다.

3. 아동의 '국민' 편입을 위한 담론의 몇 가지 양상

1) 대동아공영권의 전쟁동원론 :
전쟁을 위한 선전도구로서의 아동문학 및 아동담론

일제가 주장한 대동아공영권은 아시아에서 '문명의 우두머리가 된'
일본이 아시아를 대표해야 한다는 도착된 자부심(식민지 지배의 '문화적
사명')에서 기인한 것으로 '낡은 모욕적·양이적인 서양관'의 극복과 더
불어 '구태의연한 근린 아시아 국가들로부터 일본을 구별하려는 자의
식'이 강화되어[22] 일본을 동양체제의 중심으로 설정하는 논리이다. 이
러한 논리에 따라 "동아시아의 지도자라는 사명을 지고 있다는 것을"
아동에게 이해시키기 위해『매일신보』는 "덥고 추운 먼거리의 남북 대
동아공영권의 기후, 지리풍토를 차저가자"(『매일신보』, 1942년 2월 1일)는
기사를 싣기도 하고 아동잡지『아이생활』은 "必勝 大東亞戰爭 祈願"(『
아이생활』제18권 제1호, 1943. 1)을 표지에 밝히기도 한다. 뿐만 아니라
"戰線 뉴-쓰"란을 통해 전쟁 상황을 상세히 소개하며 "우리 동양의 영
원한 평화를 가져오고 동아신질서건설을 착착 예정대로 진행"하고 있

---

22) 강상중, 이경덕·임성모 역,『오리엔탈리즘을 넘어서』, 이산, 1997, 87~89쪽.

다는 사실을 보고하고 있다. 1940년을 맞이하여 간행된 『아이생활』
'新年辭'는 일제의 대동아공영권의 논리를 정당화하고 있다.

> 우리 일본은 지금 바야흐로 지나를 사면으로 공략(攻略)하고 있읍니다.
> 우리 일본이 지나와 전쟁하게 된것은 결코 우리 일본이 힘이세어서 부질
> 없시싸움을 즐겨하는 것은 아닙니다. 지나의 민중을 잘살리고 동아(東亞)
> 의 영원한평화를 갖게 하려고 장개석(蔣介石)정권을 뚜드려 부시는것입니
> 다. … 天皇, 皇后陛下의 玉體가 康寧하시옵고 皇太子陛下, 義宮殿下, 照宮,
> 孝宮, 淸宮四內親王殿下의 康寧하옵심을 삼가 빌어 마지안는 동시에 제일
> 선에서 싸우고 있는 황군장병의 무운장구(武運長久)를 비옵니다.[23]

동아의 평화를 위하여 전쟁을 하고 있다는 논리를 내세우며 일제는
세상을 지배하는 중심에 일본이 있다는 사실을 반복하여 강조하고 있
다. "금후세계의중심은태평양 여러분의 활동무대 영미를 동아에서 쪼
차내자"고 주장하면서 전쟁을 하는 목적이 "미영의세력을동양에서 쪼
차내고 동양을 동양인만히 공존공영(共存共榮)하자는데"(『매일신보』, 1941
년 12월 21일) 있음을 누누히 강조하고 있는 것이다.

> 五月二十七日은 海軍紀念日입니다. 三十午年前의이날 天氣淸朗하고물결
> 높은 日本海에서 우리東鄕艦隊가 露國의 「발틱」艦隊를 한꺼번에 擊滅시켜
> 서 日露戰爭을 끗막게한날입니다. 이날이 잇슴으로서 世界는 비로소 우리
> 日本海軍의 實力에 놀랏습니다. 그래서 白人의 世相支配는 이날부터 「變하
> 여질것이라」고 말한사람이잇습니다.
> 果然 그후우리나라는 白人의손에 짓밟혀지내는 支那를 救하야여 興亞의
> 새光明이 빛어오게되엿습니다. … 東洋平和를 위하여 더한층 이날을 삼가
> 경축하여 만지않습니다.[24]

---

23) 「新年辭」, 『아이생활』, 1940. 1, 8쪽.
24) 「海軍紀念日」, 『소년』, 1940. 5, 7쪽.

이러한 관점에서 조선의 아동은 "새동아를 세우는데 가장 씩씩한 어린 용사"가 되어야 하는 정당성을 확보하게 된다. 그리고 조선의 아동이 대동아의 앞날을 책임질 국민이 되는 길은 지원병이 되는 것이라는 점은 주지의 사실이다.

> 七月七日은 地那事變三週年紀念日입니다. 今年부터 三年前이날 北支蘆강橋에서 시작된 이事變은 蔣介石政權의 쓸데없는 반항(反抗)으로 이러케 오래끌었습니다. 그러치만 世界에서는 가장 忠勇無比한 皇軍은 蔣介石을 저 西쪽구석진곳에까지 모라내고 지난 三月에는 새로운 中央政府를 새워서 오로지 새로운 東亞建設에 全力을 다하고 있읍니다.
> 이날을 當하야 朝鮮의 우리들은 戰線將兵의 무운장구(武運長久)를 비는 동시에 우리는 새 東亞를 세우는데 가장 씩씩한 어린勇士가 되어야할 새 각오를 가저야하겠습니다.[25]

"어린 용사가 되"려는 "새각오"는 결국 대동아공영권의 논리에 바탕을 둔 것으로 아동들마저 전쟁에 동원하기 위해 '병역봉공'을 할 것을 주장하고 있다. '애국소설'이라는 명칭으로 『소년』에 발표된 金惠園의 「大旋風」은 노골적으로 전쟁 동원을 위한 선전 역할을 자청하고 있는 작품이다. 애국소설로 발표된 이 작품은 『소년』에 실린 작품들 중 가장 친일적인 색채가 강하다. "어머니 대신 집안일을 맡"고 있는 "소학교를 졸업한 점잖은 소년" "다스로"는 "소집명을 받은 아버지"를 대신하여 "나라를 위해서"라는 명분으로 아버지일(후미끼리)까지 맡아하면서도 "조곰도 고단한 것을 모"른다.

「전쟁이다! 전쟁이다!」

---

25) 「地那事變三週年」, 『소년』, 1940. 7.

　　이런 전쟁의 소문은 이 산골 조고마한 「후미끼리」지키의 집에까지 굉장하게 전해 왔다. 오늘은 어느 연대에서 출정을 하고 내일은 어느 사단에서 출정을 한다…… 「빈디」는 날마다 학교에서 이런말을 듣고 와서는 아버지나 형님에게 이야기하였다. …(중략)……

　　아버지는 다스로와 빈디의 만세 소리에 환송을 받으며 용감하게 집을 떠나갔다.

　　아버지가 군인다운 복장을 입고 총과 칼을 갖이고 기차에실리어 이 「후미끼리」를 지내갈때에는 「다스로」가 아버지 대신 이 「후미끼리」를 지키며 힌기를 들고 나와서서 흔들었다. 그리고기차속에서 그것을 본 아버지는 안심되는 기쁜마음으로 멀리 멀리 사라져버렸다.[26]

　　동생에게서 전쟁의 소식을 듣고 기차를 타고 가는 수많은 병정들을 보았던 '다스로'는 아버지가 "소집명"을 받자 아버지에게 축하한다는 인사를 건네고 만세를 부르며 아버지를 환송한다. 그런 '다스로'의 의지는 "무서운 폭풍" 때문에 산이 무너져 선로가 끊기게 된 것을 붉은 등불로 알려주어 군대의 생명을 구하는 일까지 성공적으로 해낸다. 또한 '다스로'의 대단한 효심은 아버지가 "개선의 노래를 부르며 돌아"오도록 했을 뿐만 아니라 어머니의 병환까지 완쾌시킨다. 「大旋風」은 전쟁동원을 정당화시키고 선전하려는 의도로 전쟁에 긍정적인 가치를 부여하는 소년들과 아버지의 행동을 제시하면서 서사구조 자체를 작위적으로 만들어버림으로써 작가의 의도를 숨기지 못한다. 또한 주인공 '다스로'가 지나치게 영웅시되어 캐릭터 자체의 현실성을 찾을 수 없을 뿐만 아니라 의도된 해피엔딩으로 처리된 결말은 아동잡지 『소년』의 독자들을 선동하려는 의도를 그대로 드러내고 있다.

　　그밖에 少年航空兵에 대한 기사를 사진과 함께 실어 "앞날의 하늘

---

26) 金蕙園, 「大旋風」, 『소년』, 제3권 제11호, 1939년 11월호, 21∼23쪽.

정복을 목표로 부지런히 훈련하고" 있다는 점을 부각시키거나(『소년』, 1939년 5월), "義務志願 國民皆兵인 나라가 만타"며 세계각국의 병역제도를 소개하고(『매일신보』, 1939. 5. 21) "童心에 어린 愛國熱! 大昌學院生徒14名 一時志望 志願兵"(매일신보 1939. 2. 5)이 되었다는 내용의 소식을 전하기도 한다. 대동아공영권의 논리는 친일 파시즘의 논리로써 조선의 아동을 전쟁에 동원하려는 목적으로 아동담론을 형성하고 있었던 것이다. 이처럼 대동아공영권은 '위장된 인터내셔널리즘'으로서 조선의 아동을 세계주의의 논리로 설득하고 있지만 그것은 어디까지나 철저한 천황제를 바탕으로 한 군국주의에서 기인하는 것이다.

2) 銃後美談 : 전시체제의 일상화

일제는 1938년 7월 7일 중일전쟁 발발 1주년을 기념하여 "황국정신의 현양과 내선일체의 완성, 그리고 생활의 혁신과 전시경제정책에의 협력, 근로보국 및 생업보국, 銃後국의 후원, 방법방첩 및 실천망의 조직 및 지도의 철저"를 강령으로 하는 국민정신총동원운동을 시작한다. "민중을 충량한 황국신민"으로 만들기 위해 국민정신총동원운동을 실시하던 일제는 1940년 10월 16일 국민정신총동원 조선연맹을 국민총력 조선연맹으로 전환시키면서 국민총력운동을 시작한다. 국민정신총동원운동이 조선인들의 정신동원, 즉 내선일체화에 상대적으로 보다 큰 중점을 두었다면, 국민총력운동은 정신 동원 못지 않게 '고도국방국가체제의 확립'이라는 전쟁 수행을 위한 체제 확립에 조선 민중들을 직접 참여시킬 것을 그 목표로 한다. 그리고 이러한 '고도국방국가의 요소로 국민정신의 통일, 국민총훈련, 자급자족을 위한 최고도의 생산력 확충의 세 가지를 들고 있다.[27]

　국민정신총동원운동은 아동들에게도 "총후국민(銃後國民)의 열성"을
보여주기 위해 "전지의 군인들께 위문대를 보내는" "열성이 가득찬 행
동"(송창일, "소국민훈화집(三)", 『아이생활』)을 종용하는 형태로 나타나기도
하고 아래와 같이 전시체제를 일상화하는 것으로 표현되기도 한다.

銃後報國強調
　總力實踐 우리는 몸과마음의 모—든힘을 합하여 나라에바치자. 말로만
말고 적은일 한가지라도 실행하도록 힘쓰자.
　物資節約 바늘한개 못한개를 애껴쓰자. 더욱이 전쟁에 소용되는 물건은
아낌없이 나라에 바치자. 지금이야말로 정신을 바짝 채려야할때다.
　貯蓄實行 저금을 많이하는것은 곧 자기를의하는일인 동시에 나라를위
하는일이다. 꿩먹고 알먹는격으로 한푼이라드 생기면 고대로 저금하자.
　아츰에 宮城遙拜
　正午에 默禱합시다
　　　　　　　　　　　　　　　　　　　　　　　　　▶▶〈『아이생활』〉

年末年始 銃後報國強調週間
　生活刷新 : 시방이야말로 정신을 바짝 차려야 할 때다. 설빔도 하지 말
　　　　　　고 연핫장을 내거나 세찬도 그만 두자. 그리고 설은 하나만
　　　　　　쇠자.
　物資節約 : 물건을 애껴쓰자. 그리그 전쟁에 소용되는 물건은 아낌없이
　　　　　　다 나라에 바치자. 대용품을 쓰고 더욱 불조심을 하자.
　貯蓄實行 : 한푼이라도 생기는대로 저금을 하자. 저금을 많이 하는것은
　　　　　　곧 집안과 나라를 위하는 일이다. 군것질은 올부터 뚝 끊자.
　　　　　　　　　　　　　　　　　　　　　▶▶〈『소년』, 1939년 1월. 62쪽〉

　물자절약과 저축을 강조하면서 "강원도통천군패천소학교 생도일동"이

---

27) 최유리, 앞의 책, 126～127쪽.

"「작년말부터 다달이 있는 애국일에 전교생도들이 폐물을 모아서 판돈이라」하며 일금 십삼원 오십전을 국방헌금으로 바쳤"다는 내용이나(『소년』. 1939년 7월. 54쪽), 상금을 모아 황군 위문금으로 보낸 사실(『소년』, 1939년 11월. 18쪽)을 소개하기도 하고 "저축을합시다 그것이 총후국민의 큰義務"라며 "저금은 하면 할수록 물가는나려가는법"임을 강조하면서 (『매일신보』 1940년 6월 10일) "貯蓄報國에 總力戰, 戰線勇士의 苦勞에報答하자"(『매일신보』, 1941년 7월 4일)는 기사를 수록하기도 한다. 또한 '내선일체미담'을 통해 아동들로 하여금 경각심을 갖게끔 유도하기도 한다. 뿐만 아니라 근로보국을 실행하고 있는 황해도 신천군 온천소학교 학생들을 소개하여(『소년』, 1939년 9월 31쪽) 근로보국의 중요성을 일깨우기도 한다. 계용묵의 「개구리도숨었건만」은 "학생들의 지금 든 그 호미는 병사들이 메인 총에 조곰도 지지않는 얼과 성이 담기운 무기임을 잊어서는 않된다"고 근로보국의 중요성을 강조하는 동화이다.

> 이 동내 국민학교에서는 五학년생도 百여명을 총동원시켜 김이 늦어진 논에 김을 매여 죽로 하였든 것이다. …… 그 논에서 나는 곡식을 그 논 임자만이 먹는것이냐. 그것이 다 나라의 곡식이 되는것이라는 것을, 그리하야 다만 그 한알의 쌀알이라도 더불키여 내게 한다는 것은 국민으로서의 누구나 하여야할 일인 동시에 어떻게도 큰 일이요, 귀한 일[28]

이다. 이러한 가르침을 학교로부터 들은 학생들은 비가 오는데도 아랑곳하지 않고 열심히 김을 매고 그런 "어리다고 할 수가 없"는 마음을 가진 학생들에게 선생님은 감동을 받는다. 이러한 상황이니 "놀고먹는 건 나라에 죄인"(연재만화 "멍텅구리" 운전수편, 『신시대』 1941. 1.)일 수밖에

---

28) 계용묵, 「개구리도 숨었건만」, 『放送小說名作選』, 조선출판공사, 소화18년(1943), 372~372쪽.

없는 것이다. 근로보국운동은 국가가 개인의 노동력을 착취하는 것을 정당화하기 위한 것으로 "국민으로서 누구나 하여야 할 일"이라는 논리로 학생들의 노동력까지 동원하였다. 이는 육체적 노동을 정신교화와 연결시키면서 아동들의 노동력까지 착취하고 나아가 자연스럽게 징용으로 이어지도록 일제가 의도한 것이었다.

또한 방공훈련을 실시하여 후방에서의 생활을 전시체제화 하면서 전시동원체제를 강화시켜 나가는데 박태원의 「꼬마 반장」(『放送小說名作選』에 수록)은 방공훈련이 일상적으로 행해지고 있었음을 말해주는 동화이다. 아버지가 애국반장이라는 사실을 자랑스러워하는 어린 남수가 "동리아이들을 모아 놓고 방공훈련"을 하는 내용의 「꼬마 반장」은 "防空訓練도 잘 안하고, 常會에도 잘 안나오고, 또 그밖에 무엇이든 하라는 것은 도무지 잘 안하면서 꼭 고무신이나 廣木, 配給이 나왔으면 그저 눈이 벌개서 달려드는 그런 班員들은, 아주 나쁜 班員이라고 하시던 말씀을" 기억하는 남수를 통해 방공훈련의 필요성을 강조하고 있지만 역으로 당시의 모든 사람들이 적극적으로 방공훈련에 가담한 것은 아니었다는 사실을 보여주기도 한다. 남수는 "소국민도 다가치방공전사 가을의방공대연습 오늘부터시작 부모를도와활동하자"(『매일신보』, 1941년 10월 12일)는 小國民의 한 모습으로 다가온다.

그리고 총후미담은 애국반의 활동을 상세히 전달하면서 아동들을 '씩씩한 「소년애국반」'으로 만들고자 한다. 예컨대 "려흥국민학교아동들이 읍내각부락별로 애국반을 조직 비상시국하 멸사봉공은 우리들의 실천으로부터 모범을 보이자하는 아름답고 씩씩한 표어아래 무언실행의 즐거움을 좁은가슴에 가득히안고 …매일요일아츰여섯시 자기부락 국기게양기 밋헤모여 궁성요배 황국신민서사를 제창한뒤 그주간중의 식행사항 다음일요일의 실시예정사항등을 협의한후" 봉사작업을 실천에 옮기는 "귀여운 兒童愛國班"의 소식을 전해주거나("귀여운 兒童愛國班 日曜마다 奉仕作業實行".『매일신보』. 1941년 6월 27일), "우리들은 씩씩한「소 년애국반」"(매일신보 1942. 4. 24.)이라는 제목으로 이년 전부터 스스로 애국반을 조직하여 "미래의 대동아는 우리것"이라 하는 갸륵한 小國民 을 소개하기도 한다.

애국반이 애국반 단위의 常會를 정례화시키는 등 활동을 강화해 가 는 가운데 애국반을 통해 모든 근로동원, 저축, 공채의 소화 등을 수행 하면서 다른 한편으로 이 조직을 물자 배급과 연결시킴으로써 조선인 들로 하여금 이 애국반 조직에 소홀하여서는 생활자체가 불가능한 상 황을 만들고 있었다.29) 전쟁이 계속되면서 이러한 양상은 더 강화되어 "총후보국의 정성을 다 바치기 위해 애국일은 국민 전제의 애국일이" 되기에 이른다. 이처럼 아동문학 작품과 아동담론은 조선의 아동들을 "총후의 국민"으로 만들면서 전시체제의 일상화를 기도한다는 점에서 일제의 친일논리를 그대로 따르고 있는 것이다.

3) 건강한 몸의 중요성

1900년대부터 계몽주체를 생산하기 위한 근대적 기획이 학교교육과 건강을 관련지어 위생의 중요성을 강조했다는 것은 주지의 사실이다. 근대적 주체를 생산하기 위한 계몽교육의 필요성이 건강과 결합되면서 위생을 강조하던 1900년대를 거쳐 1910년대를 넘어 1920년대와 1930 년대가 되면 감시와 통제라는 더욱 치밀한 권력의 효과를 발휘하는데, 일본의 경우 아동의 건강 문제는 優生學的 관점과 연결되어 人口戰으

---

29) 최유리, 앞의 책, 139쪽. 이러한 상황은 박태원의「꼬마 반장」(『방송소설명작선』) 에도 잘 나타나 있다.

로 제기된다. 식민지체제는 전쟁동원에 필요한 군사를 양성하기 위해 건강한 아동이 필요했기 때문에 다양한 경로로 아동의 건강을 염려하게 된다.

> **우리 아세아(亞細亞) 어린이 여러분!** 나는 단 이 한가지를 신신 당부하고 십습니다. 먼저 여러분의 몸입니다. 몸이 약해 빠지고는 아무런 것을 바란다 하드래도 소용이 없이 훌륭한 사람이 되기는 어렵읍니다. 그럼으로 쳤대 몸을 사자처럼 강하고 씩씩하게 단련해야만 되겠습니다.[30]

이처럼 아동들이 강하고 씩씩하게 단련된 건강한 몸을 가져야 한다는 인식은 "씩씩하고 건강한 장래일꾼을 길러내는 것이 비상한 시국에 당면한 제국으로서는 몹시도 긴요한 일"이라는 인식에서 비롯된 것인데, 조선사회사업협회와 국민총력조선연맹에서는 "어린이는 國家의 꽃"이기에 "국민총력아동애호주간"(매일신보 1941. 4. 12)을 마련하여 아동애호의 문제를 부각시키고 체위의 향상을 꾀한다.

> 현재 우리나라의 교육현실은 교육의 근본 정신과 시대가 요구하는 문제들이 하루속히 해결되기를 바라고 있는 형편입니다. 즉 국체(國體)의 근본 정신을 한층 더 철저하게 다질 필요가 있다거나 혹은 황국민에게 대중교육을 확충시키도록 도모해야 한다는 요구들을 말하는 것입니다. 또한 **체위의 향상을 비롯해서 과학이나 산업발달에 따라 발생하는 각종 문제들도 교육을 통해서 해결해야 한다는 것입니다.** …… 무릇 교육은 국가의 기본적 의무이므로 모든 국가활동, 국민생활 그리고 국민문화의 기초하고 할 수 있습니다.[31]

---

30) 張東根, 「먼저 몸을 강하게 하라」, 『아이생활』 1943년 1월, 7쪽.
31) 총리대신 고노에(近衛)의 훈시, 씨올교육연구회 편역, 『일제 황민화교육과 국민학교』, 한울, 1995, 154쪽.

체위의 향상을 비롯한 각종 문제들을 어떻게 교육을 통해 해결할 수 있는가. 우리는 그 해답을 소학교령 시행규칙을 개정한 '국민학교령' 시행규칙 제10조와 제11조에서 찾을 수 있을 것이다. 먼저 제10조와 제11조를 인용해보기로 한다.

> 제10조 체련과(體練科)는 신체의 단련과 정신의 연마를 통해서 활달하고 강건한 심신을 육성시켜 獻身奉功의 실천력을 기르도록 할 것. 예의범절과 자세 그 밖에 훈련의 효과를 일상 생활에서 구현토록 할 것. 그리고 특별히 아동의 심신발달과 남녀의 특성을 고려하여 적절히 지도할 것. 衛生養護에 유념하고, 신체검사의 결과를 참작해서 적절한 지도를 할 것. **강인한 체력과 왕성한 정신력이 국방에 필요한 까닭을 스스로 깨닫도록 가르칠 것.**
> 제11조 체련과 體操는 체조·교련·유희·競技 그리고 위생을 정해서 심신의 건전한 발달을 도모하고 동시에 단체 훈련과 규율을 통해서 협동하는 습관을 기르도록 할 것. …… 위생은 신체의 청결과 피부의 단련을 비롯해서 기초 훈련을 중시하고 점차 그 정도를 높여서 구급과 간호도 하게 할 것. 아동에게 운동과 위생의 필요성을 이해시키고, 나아가 그것을 실행시키는 습관을 갖게 할 것.

국민학교령 시행규칙 제10조와 제11조에는 강인한 체력과 왕성한 정신력이 국방에 필요하기 때문에 체련과목을 통해 이를 교육해야 한다는 점이 잘 나타나 있다. 아동은 몸을 튼튼히 해서 제2세 국민이 되어야 하기 때문에 학교교육은 체련과를 통해 국민정신을 앙양하고자 했던 것이다. 그리하여 전승을 기원하면서 아동들로 하여금 몸을 튼튼히 하고 부지런히 공부할 것을 권장하고 있다.

> 임금님의 은혜, 나라의 은혜! 그리고 나라 땅을 지키고 나라의 끝없는

발전을 위하여 화약 연기 숨이 맥히는 벌판어서 싸우는 우리 황군의 고마움, 지금이야마로 우리 나라, 해 돋는 일본의 천년에 한번 당할가말가 한 가장 뜻 깊은 새 해입니다. 여러붓은 이 무용(武勇), 이 감격(感激)을 영원토록 잊지 말아주십시오. 그리고 더욱 돋을 튼튼히 하고 더욱 부지런히 공부를 해서 빛나는 제이세국민(第二世國民)이 되어주십시오.[32]

적십자 깃발아래『우리도, 우리도』하고서 신동아건설의 빛나는 싸움을 돕는 제이세 국민의 말과 몸을 튼튼케 하기 위하여 일본적십자사 조선소년적십자단에서는 **『소년소녀총동원』**운동을 한바탕 일으키기로 하였답니다.… 올부터는 더좋은 산과 바갯가를 찾아가서 **굳센 일본 정신**을 기르기로 하였답니다.[33]

이처럼 "건강체가 제일"(『매일신보』, 1942년 3월 2일)이어야 하는 까닭은 굳센 일본정신을 길러 씩씩한 국민이 되기 위함이다. 그래서 "명랑한 위생생활 귀한몸건강히국가에바"치기 위해서는 국가가 요구하는 건강한 몸을 길러야하는(『매일신보』, 1942년 3월 11일) 것이다. 건강한 몸을 기르기 위한 하나의 방법으로 강조되었던 라디오체조는 총후국민이라면 "아침마다" "어른 아이 남자 여자 모두 다같이" 해야만 하는 "자미있는 십분간 체조"였다.(「연재만화 멍텅구리」, 라디오체조 편, 『신시대』 1941. 3.) 그리고 이러한 건강에 대한 관심은 "산과 물과 들을 차저서 것자! 련성의 가을 것고쉬는 것을 규칙적으르"(『매일신보』, 1941년 9월 28일)하자는 것으로도 나타난다.

냉, 냉, 냉, 상학종 쳤다./月城 소학교 一, 二학년./체조 시간이다. 일 이 학년.//나란이 나란이 힌 모자 쓰고,/나란이 나란이 빨강 모자/나란이 나

---

32) 「戰勝의 新年」, 『소년』, 1939년 1월.
33) 『소년』, 1939년 5월, 35쪽.

란이 나란이 하고,/나란이 나란이 마당 한바퀴.//나란이 나란이 오리 떼
도,/나란이 나란이 나란이하고,/나란이 나란이마당 한바퀴.//나란이 나란
이 해바라기도/나란이 나란이나란이 하고,/나란이 나란이 돌고있다.[34]

"나란이 나란이"가 반복되어 체조시간의 분위기를 리드미컬하게 형
상화하고 있는 박영종의 동시는 학교 체조시간을 즐겁고 재미있게 표
현하고 있다. 조선 아동의 강인한 체력을 기르기 위한 방법으로 학교
교육에서 체조가 강조되고 있었던 당시의 상황을 반영하고 있는 이 동
시를 통해 건강한 아동을 확보하기 위하여 체육을 강조했던 식민지체
제의 의도를 파악할 수 있다. 사실 체육은 국가적 사명과 교육적 사명
으로 그 중요성이 제기되다가 1930년대 중반부터는 "유능한 국민을
양성하기 위하여" 신체의 건전한 발달과 정신적 도야를 목적으로 하여
그 중요성이 부각된다. 智・德・體로 요약되는 근대 초기의 교육강령
은 사실상 체육사상이라는 형태로 제기되고 정립되고 실현되어 갔는
데, 신체를 훈육하는 방식으로서 체육을 더 중시하는 경향을 보였다.
특히 식민지체제는 전쟁동원에 필요한 군사를 양성하기 위해서 건강한
아동이 필요했던 것이고 그 결과 1913년에 학교 체조 교수요목이 제
정된 이후, 1930년대를 넘어서면 체육이 더욱 강조된다.[35] 이러한 맥
락에서 아동의 건강한 신체가 장려되었고 체조와 같은 과목이 학교교
육에서 더욱 중요하게 생각되었던 것이다.

---

34) 박영종, 「나란이 나란이」, 『소년』 1939년 3월호, 6쪽.
35) 졸고, 「한국 근대 아동문학의 형성과정 연구」, 충남대학교 대학원 박사학위 논
    문, 2002, 42쪽.

4) 전쟁의 일상화 : 전쟁놀이

일제가 주장한 내선일체의 황국신민화나 대동아공영권의 전쟁동원
론은 전시체제를 일상화하면서 아동이 전쟁을 친숙한 상황으로 받아들
여 놀이로 즐기게도 한다. 예를 들어 애국반장의 호령에 따라 전쟁놀
이를 하는 모습을 묘사하고 있는 김효식의 「전쟁노름」은 아동들이 전
쟁연습을 하면서 전쟁이라는 상황을 일상의 경험으로 받아들이도록 하
고 있다.

> 우리들은 매일 학교에서 돌아오는 산기슭에서 전쟁연습을 합니다. 우
> 리동리에서 학교까지 십리인데 갈때에는 마라손을 하고 올때에도 마라손
> 을 해서 오다가는 마을에서 이리가량 떠러진 산에서 연습을하는것입니
> 다. …… 전에는 「닛뽕」과 「지나」라는 파를갈라서 싸웠는데선생님이 영
> 국과미국에 선전포고를하엿다고하야 우리들은 「지나」를 떼여버리고 「양
> 코」라고일홈으로고첫습니다.[36)]

아이들이 학교에서 돌아오면서 하는 행동들이 전쟁놀이가 아니라 전
쟁연습이라는 사실은 이 동화가 일제의 정책에 적극적으로 동조하고
창작된 것임을 말해준다. 전쟁상황을 설명해주는 선생님의 말씀을 듣고
'지나'라는 이름 대신 '양코'라고 이름을 바꾸고 전쟁연습을 하는 상황
은 전쟁상황과 놀이가 구분되지 않고 있음을 말해주는데, 「전쟁놀음」은
이와 같이 현실과 허구의 경계가 뚜렷하지 않은 작품으로 전쟁에 대한
관심이 작품에 그대로 노출되어 문학적 가치를 저하시키고 있다.

또한 韓巴嶺의 「애기병정」은 전쟁의 상황을 일상적 삶에 그대로 결
부시켜 유희화하면서 전쟁 자체가 놀이가 되도록 유도하고 있다.

---

36) 김효식, 「전쟁노름」, 『매일신보』 1941년 12월 21일.

여섯살난 애기가 兵丁이다/닭하구 전쟁하는 兵丁이다// 바가지 모자 쓰
고/병뚜껑 훈장(勳章)달고/부지깽 칼을 찾다.//장난깜 기관총 치켜들고/닭
을 쫓는다/적(敵키)이라 추격(追擊)한다.//담모통에 숨어 서서/타타타타 타
타타 타타타타/닭한테다 총을 쏜다.//여섯살난 애기가 兵丁이다./닭하구
전쟁하는 兵丁이다.37)

이구조의 「병정놀이」(『소년』, 1940년 12월호) 역시 아이들이 즐겨하는
전쟁놀이를 그리고 있는데 "수수깡을 어깨에 메자마자, 벌써 총이" 되
고, "수수깡을 왼편 허리에 차자마자 벌써 군도가" 되어 대장의 호령
에 따라 병정놀이를 즐기는 상황이 구체적으로 묘사되어 있다. 그런데
"빨리 빌지 않으면 총으로 쏠테야. 빨리 빌지 않으면 군도로 칠테야"
라거나 "잘못했거던 우리들의 바지 가랑이 아래로 기여 나가야 한다"
라고 "말 탄 대장이" 명령하는 상황은 자못 진지하기까지 하다.

돌잔치에 총을 집는 아들을 보며 부모가 매우 기뻐하는 모습을 담은
계용묵의 「生日」은 "하구많은 물건 가운데서 더구나 능금 같은 휼란한
빛에 유혹을 받음이없이 한토막의 나무로 밖에 안 된 아무런 빛깔도
없는총을" 집어든 아들을 향한 아버지의 가슴벅찬 감동이 지나칠 정도
로 과장되게 서술되어 있다.

어린 가슴에서도 힘잇게 뛰는 심장의 고동이 맞다은 아버지의 가슴을
울리며 따스하게 스미여드는 체온이 온통 그의 정열인 것 같애 그것을
길러내임에 아버지로서의 책임이 더욱 중하여 지는 것 같음을 느끼었다.
「네가 총을 드렸것다!」
하고 아버지는 감격한 마음에 참을수 없는 듯이 또 다시 이렇게 중얼
거린다.38)

---

37) 韓巴嶺, 「애기兵丁」, 『소년』 1940년 7월호, 63쪽.
38) 계용묵, 「生日」, 『방송소설명작선』, 366쪽.

　　겨우 돌을 맞은 아들 '마사오'가 총을 집어들자 감격해하는 아버지
는 자신의 아들이 "동네에 보답을 하여야 하는 것이 아닌가"하고 걱정
하고 아들을 "키워내일 자기의 책임이 중한겄임을" 깨닫는데 결국 '마
사오'가 동네에 보답하는 길이 무엇인가 하는 것은 총을 통해 암시된
다. "딸 오형제를 내리" 낳은 후에 겨우 얻은 늠름한 아들의 탄생은 곧
한 병사의 탄생이었던 것이다.

　　그리고 이 시기에는 유난히 하늘과 비행기에 관한 작품들이 많은데
그 이유를 짐작하기란 어렵지 않다.

　　　"명일에 하늘의 용사가 될 우리 창공이 그리웁다 팔에 날개를 달고 훨
　　훨 날으고푸다" 이십일은 항공일. 이 항공일은 전시하 우리나라에 잇어
　　여간크고 뜻기픈날이안입니다. 여러 가지 행사가 잇기로듸어잇습니다.
　　더구나요즘가을날은 하늘이 새파랏케 맑어 누구나 하늘을 동경하고 사랑
　　하지 않는 사람이업지만 비행긔를 타고 … 소년들은 장차 우리나라를 위
　　하야 용감한 비행사가 되어힘차게싸움칠심을 할때도 이때입니다.[39]

　　항공일을 기념하거나 하늘을 동경하는 것도 결국엔 소년들이 장차
우리나라, 즉 일본을 위하여 싸울 비행사가 되어야 하기 때문이다. 그
래서 "모형비행긔 학년마다달은제조법"(『매일신보』, 1942. 3. 29.)이라 하
여 모형 비행기 만드는 법을 소개하거나 "비행기의 발달사 : 금년은
비행기가 날기시작하야 이십년이 되는해"(『머일신보』, 1940. 3. 3.), "비행
기가 날기까지"(『소년』, 1939년 6월호, 22~23쪽)의 지식을 상세히 전달하
는 등, 비행기에 대한 기사가 많이 보인다. 뿐만 아니라 "하로 석냥 세
개피만 애껴쓰면 비행긔마흔대가생겨"라는 제목으로 물건을 아껴써야
하는 필요성을 강조하기 위해 그림을 그려서 자세히 설명하고 있기도

---

39)『매일신보』, 1941년 9월 15일자.

하다.(『매일신보』, 1939. 11. 12.)

이처럼 하늘에 대한 동경과 비행기에 대한 관심, 그리고 비행사가 되려는 꿈은 모두 항공열을 보급하려는 일제의 의도된 노력에서 기인하는 것이다.[40] 일제의 이러한 의도는 동요나 동화를 통해 반복적으로 생산되고 있다.

파―란 하늘에/비행기떴네/한바퀴 돌고서/산넘어가네/풀베는 아이가/이리오라고/비행기보고서/손짓을 하네[41]

나무야/위로 위로 자라는 나무야/너는 하늘 구경이 하고십흐냐//냇물아/빗흐로 빗흐로 흐르는 냇물아/너는 바다 구경이 하고십흐냐[42]

날라라 날라라 솔개미야/날라라 날라라 비행기야/사람도 배꼽을 꼭누르면/날라라 날라라 저하늘로(소화십육년 구월십일 서울을 떠나며)[43]

위에서 예로 든 동요는 모두 하늘에 대한 동경을 담고 있거나 비행기에 대한 관심을 나타내고 있다. 김영일의 「비행기」는 "파란 하늘에" 뜬 비행기를 보고 친숙함을 나타내는 농촌의 아동의 모습을 잘 그리고 있으며, '나무'와 '냇물'을 통해 하늘과 바다에 대한 꿈을 표현하고 있는 윤석중의 「나무와 냇물」은 "하늘 구경", "바다 구경"을 소망하는 아동의 꿈이 "위로 자라는" 나무와 끊임없이 흘러가는 "냇물"의 욕망으로 전이되어 표현되고 있다. 또한 "하늘 구경"을 하고 싶은 아동의 소망은 "배꼽을 꼭 누르"고 하늘을 날아가고 싶은 욕망으로 강화되어

---

40) 京畿公私立中等校長會議開幕, 「皇國臣民鍊成과 航空熱普及에 注力」, 『매일신보』, 1941년 6월 28일자 참고.
41) 김영일, 「비행기」, 『소년』, 1937년 9월호, 37쪽.
42) 윤석중, 「나무와 냇물」, 『매일신보』, 1941년 6월 30일.
43) 윤석중, 「배꼽」, 『반도노광』 1942년 6월호, 28쪽.

나타난다.

　비단 동요뿐 아니라 동화에도 이러한 항공열이 상세히 묘사되고 있는데, 박태원의 「어서크자」(『방송소설명작선』)나 정비석의 「그리운 창공」(『방송소설명작선』)이 그 예가 될 수 있다. 종이비행기를 날리러 가는 누나와 형들을 보며 다섯 살난 남수는 어서 크고 싶은 강한 욕망을 느끼게 된다. 남수의 이러한 욕망은 비행기를 타는 꿈을 꾸면서 비행기 조종사가 되고 싶어하는 구체적인 욕망으로 이어진다. 「그리운 창공」의 주인공 막동이는 그래서 "이대로 남쾌평양으로 날어가서 소로몬군도에 있는 미국병정들을 한바탕 뭇질러주고 왔으면" 하는 "큰뜻"을 품게 된다. 아동들이 하늘을 보며 품은 이러한 큰 뜻은 일상에서 비행기를 가지고 놀며 적을 무찌르는 전쟁놀이를 하면서 반복적으로 강화된다. 비행기를 총으로 쏘는 전쟁놀이를 하는 「비행기」(이구조, 「비행기」, 『소년』, 1940년 9월호)의 '영애' 역시 전쟁놀이를 하면서 전쟁을 친숙한 것으로 받아들인다.

　전쟁상황을 놀이의 차원에서 즐기는 것은 단지 이 시기에만 적용되는 것은 물론 아니다. 하지만 당시의 아동문학과 아동담론들은 아동들이 전쟁에 지속적인 관심을 갖도록 반복해서 전쟁 상황을 전달하거나 전쟁놀이를 하는 모습을 구체적으로 텍스트화 함으로써 전쟁동원을 위한 이데올로기에 포섭되어 있었다. 그 결과 아동들은 지금 당장 직접적으로 전쟁에 참여할 수는 없지만 언젠가는 훌륭한 병사가 되어야겠다는 꿈을 갖게끔 강요받거나, 전쟁 자체를 놀이의 맥락에서 친숙하게 받아들이도록 강요받는다.

4. 맺음말

지금까지 일제 말 전시기의 아동문학과 아동담론의 양상을 살펴보았다. 일제는 조선의 아동들이 "천황폐하에게 충성을 다할" "大日本제국의 신민"이 되도록 교육제도를 통해 그 이데올로기를 반복적으로 생산해내고 있었다. 조선의 아동은 일본의 소년이 되어 "훌륭하고 강한 국민"이 되어야만 했다. 그러나 여기서 일제가 말하는 '국민'이란 제국주의의 내셔널리즘의 또다른 표현에 다름 아니다. 조선의 아동을 전쟁에 동원하기 위해 일제는 그들을 '국민'으로 호명하고 "대일본제국의 신민"으로 계속해서 불러들이면서 일본정신을 간직할 것을 요구하였다. 일제가 말하는 일본정신은 '국민'이 되어야할 아동들이 가져야만 하는 내면의 이름이다. 일본정신을 내면에 간직한 "훌륭한 황국신민"이 되기 위해서 아동들은 "강인한 체력과 왕성한 정신력"이 필요했던 것이고 그러한 이유에서 건강한 몸에 대한 관심이나 체육의 중요성, 나아가 어른이 지니는 교육의 필요성에 대한 절실한 인식이 뒤따르게 된다. 천황을 중심으로 한 황국신민의 이데올로기는 결국 조선의 아동들을 전쟁에 필요한 병사로 키우기 위해 교육개혁까지 단행한다. 여기서 징병제와 학제가 아동에 관련된 담론과 아동문학 작품을 통해 교묘하게 다시 만나 아동의 내면을 치밀하게 형성하고 있었다는 사실을 기억해야 할 것이다.

일제 말 전시기에 아동잡지 『소년』과 『아이생활』, 그리고 『매일신보』의 '소년소녀'면과 '소국민'면에 발표된 아동문학 작품과 아동에 관련된 담론들은 대동아공영권의 논리나 천황제 이데올로기의 그물에 갇혀 조선의 아동을 "大日本제국의 신민"으로 계속해서 호명하고 있었다. 그러나 兒童文學場에 한정해서 생각해볼 때 당시의 지배적인 이데올로기가 부여하는 국민의 실체는 다소 추상적이었던 같다. 물론 이러한 측면은 추후에 다시 논의되어야 할 것으로 믿는다. 아동문학장에서 아동을 호출하는 방식과 일반문학이나 논설의 장에서 조선의 백성들을 국민으로 불러내는 방식의 차이가 나름대로 존재할 것으로 생각되기 때문이다.

아동문학장에서 형성되고 있었던 황국신민의 상은 실천적인 측면이 강하다. 다시 말해 아동의 내면은 어서 커서 훌륭하고 강한 일본의 병사가 되기 위해 명랑하고 쾌활한 마음으로 채워지고 있지만 실제 생활에서는 어른들과 다름없이 애국반 활등을 하거나 물자를 절약하고 열심히 근로보국할 것을 요구받았던 것이다. 이처럼 양면적인 모습은 일제가 가지고 있었던 식민담론의 이중성을 드러내주는 것이기도 하다. 아동문학 작품과 아동담론으로 형성되고 있었던 아동문학장은 이와 같이 일제의 파시즘적인 속성을 드러내주고 있었다.

이원수 문학의 양가성
-『半島の光』에 수록 된 친일 작품을 중심으로 -

■ 김화선

1. 서론

"나의 살던 고향은 꽃피는 산골"로 시작돼는 「고향의 봄」으로 유명한 이원수(1911~1981)는 수많은 동시와 동요, 동화와 소년소설, 아동극과 아동문학평론 등을 발표한 대표적인 아동문학가 중의 한 사람이다. 다양한 영역에 걸쳐 활발한 작품 활동을 하 온 아동문학가 이원수가 兒童文學場에 미친 영향은 실로 지대한 것이라고 할 수 있다. 그런 이원수가 친일 작품을 발표했다는 사실은 가히 충격적이다. 해방 이후에도 그토록 많은 작품을 창작하고 일제시대를 회상하는 글들을 꾸준히 발표하면서도 자신이 친일 작품을 창작했었다는 사실을 전혀 언급하고 있지 않다는 점에서 그 충격의 파장은 더욱 크다.

지금까지 밝혀진 이원수의 친일 작품은 동시 2편(「落下傘」과 「지원병을 보내며」), 농민 시 1편(「보리밧헤서-젊은 農夫의 노래」), 수필 2편(「農村兒童과 兒童文化」, 「古都感懷」)이다.[1] 이 작품들은 모두 이원수가 근무하던 금융

---

[1] 이원수의 친일 문학 행위는 경남대의 박태일 교수가 2002년 11월 "친일문학 연

조합의 기관지였던 「半島の光」에 수록된 것으로 1942년과 1943년에
발표된 작품들이다. 이원수는 그 시기를 다음과 같이 회고하고 있다.

> 1943년, 나는 경남 함안 역전에 있는 가야 금융 조합에서 서기 노릇을
> 하고 있었다.
> 중일전쟁에서 미·영 격멸을 외치고 나선 일본이 한창 기세를 올리고
> 있었지만 실력 없는 악만 가지고 국민을 도탄에 몰아넣었을 뿐 아니라
> 식민지인 조선에서 온갖 물자를 거둬 가고 인력을 쓸어 가서 우리들 모
> 두가 가히 거지꼴의 생활을 하게 되었을 때다.
> 우리말을 쓰지 말고 일본말을 쓰게 했고, 창씨 제도를 만들어 한민족
> 의 성까지 일본 사람 성처럼 고치게 한 압정 아래서의 나는, 동시인이란
> 이름도 모르고 사무원으로만 엎드려 있었다.[2]

이원수 스스로가 "동시인이란 이름도 모르고 사무원으로만 엎드려
있었다"고 하지만 그는 이 시기에 위에서 밝힌 친일작품 뿐만 아니라
「빨래」나 「종달새」, 「봄바람」과 같은 다른 동시들도 「半島の光」에 발
표한 바 있다. 따라서 이러한 이원수의 회상은 1940년 이후에서 해방
이 되기까지의 자신의 작품 활동을 공백으로 만드는 진술이다. 그러나
같은 글의 뒷부분에서 이원수는 "군가를 부르며 자라는 아이들에게 동
시를 줄 기회도, 길도 막혀 있긴 했지만 그대로 나는 시를 썼다"고 말
한다. "동시인이란 이름도" 몰랐다는 것과 "그대로 시를 썼다"는 이율
배반적인 진술을 어떻게 이해해야 할 것인가. 이렇게 한 편의 글에 존
재하는 모순된 진술의 함의는 무엇인가.

구의 성과와 과제"라는 주제로 열린 배달말학회 학술대회에서 「이원수의 부왜문
학 연구」를 발표하면서 공론화되기 시작하였다. 그러나 본격적으로 이원수의 친
일문학을 다룬 글들은 아직 발표되지 않고 있다.
2) 이원수, 「군가를 부르는 아이들에게」, 『솔바람도 그 날 그 소리』, 이원수아동문
학전집 27, 웅진출판, 1983, 130쪽.

가난한 목수의 아들로 태어난 이원수는 마산공립상업학교를 졸업한 뒤 1930년 함안읍에 있는 금융조합(지금의 농업 협동조합)에 취직이 된다. 그리고 1935년 2월 '함안독서회' 사건으로 1년 동안 옥고를 겪고 1936년 1월 30일에 풀려 나온다. 이듬해인 1937년에 다시 함안 금융조합에 복직이 되어 해방을 맞을 때까지 금융조합에서 직장생활을 하게 된다. 이원수가 일제시대에 감옥 생활을 했다는 사실은 그 동안 그를 애국투사로 인정받게 만든 중요한 근거가 되어왔다. 그러나 애국투사의 한 모습으로, 이 땅에 아동문학을 꽃피운 작가로 자리잡은 그에게 이러한 부역행위는 치명적인 행위로 생각된다. 특히 당시 그의 신변이나 경제적인 문제에 어려움이 따르긴 했으나 부일시를 쓰지 않으면 안될 만큼의 절박한 사정이 보이지 않는데도 이런 시를 썼다는 사실은 그의 활동과 정신에 큰 오점을 남긴 시기로 볼 수 있다.[3]

하지만 더욱 중요한 것은 그가 친일 작품을 발표한 계기가 무엇이었나 하는 점이다. 지금까지 밝혀진 그의 친일 작품이 5편에 지나지 않기 때문에 5편을 가지고 이원수를 친일 작가로 판단하기는 곤란한 면이 있기는 하다. 그러나 이들 작품들에 담긴 이원수의 열정이 너무나 진지하기 때문에 그 수가 적다 하여 논의의 대상에서 제외시켜서는 안 될 것으로 생각된다. 이 글은 이러한 문제의식을 가지고 이원수가 친일 작품을 발표한 계기가 무엇인가를 밝혀보고자 한다. 우리 민족의 고향을 노래하고 어린이의 동심을 지키기 위해 누구보다 노력했던 아동문학가 이원수가 어떤 이유로 친일 작품을 창작했는가를 생각해보고자 하는 것이다.

---

3) 박종순, 「이원수 동화 연구—사회의식을 중심으로」, 창원대학교 국문과 석사학위 논문, 2002년 71쪽 참조. 비교적 최근에 나온 이 논문에서 이원수의 친일 행위를 언급하고는 있으나 그 내용은 아주 간단한 것이다.

2. 본론

1) 저항과 모방, 상반된 삶의 기억

문학을 하는 사람으로서 이원수가 기억하는 1940년대는 그의 기억 속에서 지워져있다. 그의 말대로 "동시인이란 이름" 대신 "사무원으로만 엎드려 있었"던 그 때는 일제의 통제정책과 전시동원정책이 한층 강화되어 '국가총동원법'이 통과되고 일제가 내선일체의 황민화론으로 조선을 통치하던 때였다. 이원수가 글을 통해 재현하고 있는 1940년대의 기억은 들뢰즈(G. Deleuze)가 말한 바와 같이 항상―이미 내장되기 마련인 다수성, 다수적 척도에 따라 좋고 나쁨의 판단으로 분별된 기억이다. 그런 기준에 따른 소망과 욕망에 따라 선별되어 재구성된 기억인 것이다.4) 영광과 상처를 분할하는 척도에 따라 재영토화된 기억 속에서 이원수는 1940년대를 "사무원"으로만 기억하고 있는 것은 아닐까. 그렇다면 그는 무엇을 기억하고 싶지 않았던가. 우리는 이원수가 "사무원으로만 엎드려 있었"다고 기억하는 그 기억의 무의식을 추적해야 할 것이다. 그러기 위해서는 애국투사에서 친일 문학인으로 다양한 면모를 보여준 이원수의 삶 자체를 살펴봐야 하겠다.

애국투사로서의 이원수의 면모는 소년회 활동에서 시작된다. 천도교 조직을 배경으로 소년회 운동의 일환으로 만들어진 '신화 소년회'에 가입한 이원수는 이 조직 활동을 통해 문학을 접하고 민족애를 키우게 된다. 9살이 되던 해 3·1독립운동이 일어나자 어머니가 장롱 속에서 꺼내보여준 태극기를 기억하고 있던 이원수에게 소년회 활동은 "비록 나라를 빼앗겼다고 할지라도 죽는 날까지 조선 사람으로 살아야 하고, 그러기

---

4) 이진경, 『노마디즘』 2, 휴머니스트, 2002년, 50쪽.

위해서라도 우리말을 쓰고 우리 혼을 단단히 가져야 한다"는 생각을 갖게 된 계기가 된다. 실제로 이원수는 보통학교 6학년 때 일본인을 비난하는 글을 학급신문에 게재하여 경찰에서까지 문제가 되고 당시 담임선생님이 그에 대한 책임을 지고 학교에서 물러난 일도 있었다.5)

　나의 학창 시절은 민족적으로 절망과 슬픔에 젖어 있던 때이다. 머리 위에서 내리누르는 일본의 식민지 정치가 어쩔 수 없는 운명인 듯이 여기는 것이 대다수의 생각이요, 특히 지위나 재산이 있는 사람들의 처세상 필요한 것으로 되어 있었다.

　　이 우울한 시대에 나는 동시를 쓰기 시작했지만, 나의 문학적 힘은 역시 독서에서만 길러진 것이라 생각된다. …… 나로 하여금 식민지의 소년으로서 항상 일제에 대한 저항 의식을 가지고 자라게 하고, 비굴해지지 않고 긍지를 가지게 해 준 것은 오직 책이었다.
　　그 시절에 읽은 책이란 대개가 일본말로 된 것이었다.
　　　　　　　　　　　　　　　　　　▸▸〈71년 7월『독서신문』〉6)

　그의 글 도처에서 발견되는 민족적인 진술은 해방 이후 발표했던 리얼리즘적인 경향의 동화와 연결되어 그의 문학세계를 가난하고 어려운 아동의 입장에 선 서민 아동문학이며, 적극적으로 사회를 비판하고 고발하는 리얼리즘 문학으로 규정하게 한 바 있다.7) 위에 제시된 예문에

---

5) 이에 대한 글로는 다음을 참조할 수 있다. "내가 학급 신문을 등사판으로 박아 반 아이들에게 돌리고 있었는데, 거기 쓴 글이 반일(反日)적이었다 하여 경찰에서까지 문제가 되었을 때 일본인 교장 선생은 내게 끈질지게 꾸지람을 계속했지만, 그 말썽이 된 학급 신문에 고선생은 평양 고적을 이야기하는 가운데 민족의 얼을 호소하는 글을 기고(寄稿)해 주기까지 했다." (1970년 5월,『교육자료』에 수록) 인용은 이원수,「잊혀지지 않는 선생님」,『솔바람도 그 날 그 소리』, 앞의 책, 90쪽.
6) 이원수,「나의 독서 편력」,『솔바람도 그 날 그 소리』, 앞의 책, 105쪽.
7) 이재철,『한국현대아동문학사』, 일지사, 1978, 232~234쪽.

서와 같이 이원수는 "식민지의 소년"이었고 그에서 비롯된 일제에 대한 저항의식은 그가 쓴 많은 글들을 통해 반복되면서 그를 민족주의자나 애국투사의 한 사람으로 기억하게 만든다. 이처럼 일제시대의 이원수는 "절망과 슬픔에 젖어" 동시를 쓰면서 "우울한 시대"를 견디고 있었던 애국적인 文士의 면모로 형상화되어 있다.

그러나 다른 한편으로는 그 시기에 만난 일본인 선생님에 대한 글들에서 이원수가 지금까지 보여준 것과는 전혀 다른 모습의 자화상을 엿볼 수 있다. 이원수가 기억하는 일본인 여선생에 대한 자신의 감정은 순수하면서도 개인적인 그것이다. 일본인 여선생에 대한 서술에서 우리는 일제시대에 "식민지 소년"이 가질 법한 민족적 감정을 찾아볼 수 없으며 단지 감수성이 예민한 문학 소년의 모습을 목격하게 된다.

① 예쁘장하고 몸집이 작은 편인 그 여선생은 자기가 가지고 있는 문학 전집의 책들을 보자기에 싸 주며, 읽고 또 바꿔 가라고 했다. 나의 문학적 독서는 그 때부터 열을 올렸다. 지금도 그 분이 살아 있다면(살아있을 나이다. 나보다 대여섯 살밖에 위가 아니었을 테니까) 감사의 인사를 하고 싶다. 이찌가와 선생은 그 뒤에 결혼을 했는데 그 때부터 나는 찾아가기를 삼갔다. 사랑을 이해하고 나를 위로해 주던 그 여자의 마음씨는 나를 사랑해 준 것과 조금도 다름없다고 생각되었다.(1966년 11월 『새길』에 발표)8)

---

8) 이원수, 「여성과 나」, 『이 아름다운 산하에』, 이원수문학전집 26, 웅진출판, 1983, 303쪽. 이밖에 「솔바람도 그 날 그 소리」에서도 다음과 같이 이찌가와 선생을 회상하고 있다. "나를 귀여워해 주고 문학 전집을 빌려 주던 그 일본 여선생의 집은 어디였던가? 눈에는 그림처럼 선한데 그 길가에 그 집은 없다."(1968년 3월 『여성동아』에 발표)

② 6학년 졸업 때 가깝게 된 일본 여선생 이찌가와(市川) 선생은 미
혼의 예쁜 처녀로 마음씨가 고왔다. 우연히, 정말 우연히 나는 그
선생의 집에까지 가게 되었고, 저기 외로워하는 나를 동정하여
위로해 주기도 하셨다. 이찌가와 선생은 문학을 좋아하여 그의
서가에는 그 때 이름 있는 문학 전집이 갖추어져 있었다. ……
일본의 유명한 작가들의 작품은 그 선성이 빌려주는 책으로 해서
읽게 되었고 그 때 그러한 작품에서 배운 것이 나의 문학 생활의
거름이 되기도 했을 것은 의심할 여지가 없다.
이찌가와 선생은 지적인 것보다 감성적인 영향을 내게 주었다. 그는
나의 소년의 애정을 지도해 주었고 나의 정서 생활의 인도자가 되기
도 했었다.
더구나 그에게서는 민족적 차별이니 하는 것을 조금도 느낄 수 없었기
에 더욱 친근감을 갖게 되었는지도 모른다.(1970년 5월『교육자료』에
발표)9)

예문 ①은 이원수가 이찌가와 선생에 대해 연정을 품고 있었던 것을
암시하는 내용이 들어있는데 여섯 살 정도밖에 나이 차이가 나지 않던
이찌가와 선생이 예문 ②에 제시된 것처럼 "정서생활의 인도자가 되"
었으며 그 선생이 빌려준 일본의 유명한 작가들의 작품이 문학생활의
밑거름이 되었다는 당당한 고백은 학창시절에 보여준 강한 반일적인
행동과 그에 관한 진술과 모순된다. 일제에 대한 강한 저항의식을 가
지고 반일적인 내용의 글을 쓰기까지 한 이원수가 별다른 거부감 없이
일본인 선생을 "정서 생활의 인도자"로까지 받아들이고 있다는 사실을
어떻게 이해해야 할 것인가. 물론 일본인 교사를 모두 거부할 수는 없
지만 일본인에 대한 순수한 마음은 저항적인 그의 삶의 궤적과 어울리

---

9) 이원수,「잊혀지지 않는 선생님」,『솔바람도 그 날 그 소리』, 앞의 책, 91~92쪽.

지 않는다. 이와 관련하여 하나의 일화를 확인해 볼 필요가 있다.

> 새 양복을 입은 지 한 달쯤 되었을 때, 직장 사람들과 같이 술자리에
> 나갔는데, 접대를 하는 일본 여자가, 전에는 그러지 않았는데, 내 곁에
> 앉아서 유달리 친절히 굴었다. 나도 기분이 좋아 의외로 술을 과하게 마
> 시고, 노래까지 불렀다. 그 여자도 나를 따라 노래를 많이 불렀는데, 그
> 녀는 나중에 내게 반쯤 안기다시피 하며 무척 즐거운 얼굴이었다.10)

금융조합에 다니면서 가졌던 회식자리에서의 일화를 서술하고 있는
위 예문에서 이원수는 일본 여자가 자신에게 관심을 가져준다는 것 자
체를 행복하게 회상하고 있다. 가난한 살림 때문에 학생처럼 옷을 입
고 다니다 처음으로 새 양복을 입고 출근하던 무렵의 이야기다. 다른
글에 나타난 일제에 대한 저항의식은 찾아볼 수도 없을 뿐만 아니라
오히려 접대를 하던 일본 여자가 자신에게 친절하게 굴었던 사실을 매
우 즐겁게 기억하고 있다. 의식적으로는 일제에 저항하고 항거하면서
도 개인적으로 알게된 일본인과의 만남은 아주 순수한 것으로 받아들
이고 있는데 이러한 모순된 모습은 이원수가 가지고 있었던 역사의식
의 피상성을 말해주는 것이다.

이를 뒷받침해주는 근거가 또 하나 있는데 바로 '함안독서회' 사건
으로 감옥에 가서 있었던 일이다.11) 이원수는 독서회 사건으로 1년간

---

10) 이원수, 「첫 양복을 입던 그 때 그 시절」, 『솔바람도 그 날 그 소리』, 앞의 책,
   152쪽.
11) 이때의 사건을 이원수는 다음과 같이 말하고 있다.
   "내가 철창 신세를 져야 할 무슨 죄를 지었던가? 일본 경찰은 내게, '국가의 안
   녕 질서를 유린하고 일본 제국의 국체를 파괴하려는 목적으로 단체를 만들었다.'
   고 몰아세웠지만 사실은 그런 큰일을 한 것도 아니었다. 농촌에 가서 살며 벌판
   이나 산골을 두루 다녀 본 나는 우리 농민들이 너무나 가난하고 시달리는 데 가
   슴이 아팠고, 그래서 농민들을 위해 문학도 해야겠다는 생각을 했었다.
   마침 같은 직장의 친구와 고향 마산의 친구들이 호응하여 우리는 농민들의 생활

의 감옥생활을 하면서 식사가 오기까지 무료함을 달래기 위해 일본 동요를 불렀다고 한다. 「탱자나무 꽃」이나 「꾸중을 듣고」라는 일본 동요를 즐겨 부르면서 "이 동요들은 일본에서 등요의 황금시대에 지어진 우수한 작품들이었다"고 평가하기까지 한다. 일제에 저항하였다 하여 감옥생활을 하면서 아무런 거부감 없이 일본 동요를 매일같이 부르고 일본인 선생을 순수한 마음으로 기억하고 있는 이원수의 태도를 어떻게 받아들여야 할 것인가.

여기서 우리가 기억해야 할 또 하나의 사실은 이원수의 문학 세계의 밑거름이 된 것이 바로 일본어로 쓰인 책, 다시 말해 일본 문학 작품이라는 점이다. 학창시절 일제에 대한 저항감을 가진 식민지의 소년이 일본어로 된 책을 접하며 문학과 만났다는 사실은 이원수의 의식세계가 분열될 수밖에 없는 하나의 요인이 되기에 충분할 것이다. 이원수는 의식적으로는 일본의 제국주의에 저항하고 있었지만 감성적으로나 문학적으로는 그것을 모방하고 있었던 것이다. 그 양가성은 민족이 처한 현실에 대한 인식과 개인적인 취향이 서로 어긋나면서 이후에 이원수가 친일문학작품을 발표하는 하나의 계기가 될 수 있었다.

이원수가 보여주는 이런 양가적인 측면은 설날을 주제로 한 일련의 시들을 통해 다시 한번 확인할 수 있다. 이원수는 1930년과 1939년, 그리고 1962년에 설날을 주제로 하여 명절을 맞은 어린이들의 심리와

을 그려내고 그들에게 용기를 불어넣을 수 있는 일을 하자고, 그러한 문학의 연구회 같은 모임을 만들었던 것이다.

우리도 한 달에 한두 번씩 모여 문학을 이야기하고 작품을 돌려보며 우리 민족의 밝은 내일을 위해 살려고 했던 것인데 이 사실을 어떻게 알았는지 잡아 가두고 만 것이었다. 일본의 식민지 정치 아래에서의 농민의 생활은 참으로 기막힌 일이었다. 넓은 땅, 기름진 논이 많건만 농사짓는 사람들은 항상 빚에 쪼들리고 쌀밥 한 번 제대로 먹어 보지 못했다. 더구나 산촌의 사람들은 보기에도 눈물겨웠다."(1980년 『소년』에 수록) 인용은 이원수, 「흘러가는 세월 속에」, 『얘들아 내 얘기를』, 이원수아동문학전집 20, 웅진출판, 1984년, 279~280쪽.

명절의 분위기를 묘사한 시들을 발표한 바 있다.

　① 설날

　간난아 어서 와서 떡국 먹어라./한 해 한 번 제일 좋은 설날이다./없는 설빔 조른다고 나올 줄 아니./새해부턴 우리도 잘 살아야지.//눈 위에 해가 뜨니 은세상이다./간난아 언덕으로 올라오너라./하얀 산 멀리 너머 돈 벌이 가신/아버지 부르면서 새배 드리자

▶▶〈1930년 『어린이』에 발표〉12)

　② 설날

　눈 위에 아침 해/밝기도 하다./새해니까 그렇지./설이니까 그렇지.//오늘부터 나도 열 살/나이 하나 더 먹고,/오늘부터 너도 열 살/나이 하나 더 먹고//모두 모두 키 대보자/누가 많이 컸나./눈밭에 뛰어 보자./누가 힘이 세졌나.//울보도 골샌님도 하하하/이 집에도 저 집에도 하하하/새해니까 그렇지./설이니까 그렇지.//오늘부턴 우리 모두/서로 좋게 지내고/오늘부턴 우리 모두/착한 아이 된다나.

▶▶〈1939년 『소년』에 발표〉13)

　①은 시적화자인 '간난이'의 어머니가 새해를 맞이하여 잘 살아보려는 소망을 담고 있는 작품이다. 새해에 갖는 새로운 희망은 잘 잘아보려는 것이지만 이러한 소망과 대조적으로 가난한 간난이네의 삶이 잘 드러나있다. 설빔도 준비하지 못한 가난한 집안형편과 돈을 벌기 위해 멀리 떠나신 아버지를 그리워하는 마음이 대조적으로 표현되어 희망과 절망이 교묘한 이중주를 들려준다. "은세상"이 된 새해 첫날 떡국을 먹으며 가난을 떨쳐보려는 어머니의 소망이 아버지의 부재 속에서 더 아프게 다가온다. 반면 1939년에 발표된 시 ②에는 설을 맞이한 기쁨

12) 이원수, 「설날」, 『고향의 봄』, 이원수아동문학전집 1, 웅진출판, 1983, 19쪽.
13) 이원수, 「설날」, 『고향의 봄』, 앞의 책, 67~68쪽.

이 리듬감있게 표현되어 있다. "눈 위에 해가 뜨니 은세상"이라는 ①
과 거의 동일한 설정에서 시는 시작된다. "눈 위에 아침 해"가 "밝기
도" 한 새해 첫 날 어린이들이 즐겁게 키도 대보고 눈밭을 뛰어 보고
누구 힘이 더 센가 내기하면서 웃음소리가 끊이지 않고 있다. "이 집
에도 저 집에도 하하하" 웃음소리가 꽃피는 행복한 설날의 모습이 ①
과 아주 대조적이다. 중일전쟁 이후 일제의 압박이 강해지고 "우리들
모두가 거지꼴을 하고" 있는 즈음에 맞이한 설날의 풍경이 지나치게
밝고 명랑하며 유쾌하게만 제시되어 있다. 이는 일제가 장차 국가의
주인이 될 아동의 내면을 철저하게 교육시키면서 "명랑하고 쾌활한"
아동을 요구했던 시대적 맥락과 닿아있다.14) 따라서 단순히 현실의 맥
락이 거세된 낭만적 동심을 가진 아동을 그린 것이 아니라 일제가 요
구한 아동상에 어울리는 동심을 형상화하고 있다는 의심을 지울 수 없
다. 특히 ①번 시와 비교하면 시적 경향의 변모 과정이 확연히 드러난
다.15)

두 편의 시와 견주어 볼 세 번째 작품은 1962년에 발표된 「설」로
예문 ①, ②와 마찬가지로 "환한 햇볕 속에" 설을 맞은 "둥그런 지구"

---

14) 이와 관련된 글로는 楊美林, 「童心如鏡」, ˝半島の光˝ 53호, 1942년 4월호 43쪽과
송창일, 『아이생활』, 1943년 1월호를 참조할 수 있다.
15) 이원수가 1938년에 『소년』에 발표한 「아침 노래」도 일제에 대해 우호적인 분위기
를 바탕으로 창작된 것으로 볼 수 있다. 일제가 건강한 아동을 육성하기 위해 학
교나 일상생활에서 강조했던 체조의 즐거움을 리듬감 있게 묘사한 「아침 노래」는
체조할 때는 언제나 대장이라는 아버지의 모습을 통해 체조의 중요성을 강조했
던 시국을 반영하고 있다. 시 전문은 다음과 같다.
짹 짹 짹/짹 짹 짹/참새들이 깼구나./아기새도 깼구나./울 너머 보리밭에/종다리도
깼구나.//어서 먼저 옷 입고/이불 치고 나가자./엄마는 첫째/나는 나는 둘지/우리
아빠 꼴지//우리 아빠 꼴지라도/체조할 땐 대장이죠./언제나 앞에 서서 한ㅅ둘 한
ㅅ둘/나는 아빠 곁에 서서 한ㅅ둘 한ㅅ둘//팔을 좍 좍 뻗혀라./허릴 쭉 쭉 펴어
라./우물가에 서서/재미나게 체조하면/아침 해님 동산에서/우리 보고 벙글벙글,/
이슬 맺힌 밭 위에선/종다리가 종달종달//참새야/참새야,/너희들도 체조해라./아
침은 좋다야.

의 모습을 그리고 있다.

③ 설

낮달이 먼 데서 바라보았다./깜깜한 허공 속에 빛나는 별들/그 중에도 지구는/환한 햇볕 속에 설날이었다.//설맞이한 둥그런 지구,/바다는 초록으로 즐거운 몸짓하고/아득히 아득히/연 날리는 소년들, 널 뛰는 소녀들/폭죽은 탕탕 터지고/'하고'치는 소리도 들릴 듯, 들릴 듯⋯⋯//북극, 남극, 얼음산, 눈 벌판에/썰매 타는 아이들./아열대, 열대의 야자수 밑에/벌거숭이로 뛰노는 검은 아이들⋯⋯//어느 곳에나 즐거운 설,/설 모르고 지내는 아이는 없는가?/달님은 눈 닦으며 바라보았다./둥그런 지구는/환한 햇볕 속에 설날이었다.

▸▸〈1962년 『소년한국』에 발표〉16)

새로운 한 해의 시작은 새해에 대한 희망으로 시작하기 마련이기에 이원수는 한결같이 희망찬 설날의 풍경을 그리고 있다. 그런데 ①, ② 가 설을 맞이한 우리의 모습을 표현한 것인데 반해 위의 시 ③은 설을 맞이한 지구의 상황에 관심을 가지고 있는 점이 특이하다. "북극, 남극, 얼음산, 눈 벌판", 나아가 "아열대, 열대" 지역 어느 곳에서나 즐거운 설을 노래하면서 설을 "모르고 지내는 아이"가 없는지 달님은 눈을 닦으면서까지 바라보고 있다. 즐거운 분위기에서 소외된 아이가 없는지 배려하는 모습은 시 ①에서 보여준 현실인식과 닿아있다. 대체로 이원수의 시에는 가난한 살림살이에 대한 심회가 잘 드러나 있는데 1939년에 발표된 시 ②에는 가난의 아픔이나 고통은 전혀 찾아볼 수 없지만 오히려 다시 시간이 흐른 뒤 발표된 시 ③이 시 ①의 문제의식을 공유하고 있는 것이다. "우리"에서 나아가 전세계로 시선이 확대되어 세계적인 차원에서 설날의 즐거움을 말하고 있다.

---

16) 이원수, 「설」, 『고향의 봄』, 이원수아동문학전집 1, 웅진출판, 1983, 242~243쪽.

그런데 시 ③에서 눈에 띄는 것은 "'하고'치는 소리도 들릴 듯, 들릴 듯……"이란 부분이다. '하고'는 일본 소녀들이 설에 치고 노는 장난감이라고 하는데, 연 날리는 소년과 널 뛰는 소녀들로 묘사된 우리의 설 풍속과 폭죽을 터뜨리는 중국의 설 풍경과 아울러 '하고'를 치는 일본의 설 풍속이 연결되어 제시되고 있다. 물론 한국과 중국, 일본의 설 풍경을 압축적으로 묘사하고 있어 설을 매개로 하여 말 그대로 설날을 맞은 지구촌의 모습을 개괄하고 있지만 "아득히 아득히"와 대구를 이루며 "들릴 듯, 들릴 듯"은 묘한 여운을 남긴다.

동일한 주제로 창작이 된 시 세 편을 검토해보면서 이원수의 시세계가 변모해가는 과정을 살펴보았다. 외부적인 압력에 의해 강압적으로 친일 작품을 한두 편 창작한 것이 아니라 진지한 열정으로 완성도 있는 친일 작품을 창작하게 된 데에는 내적 계기가 있었을 터이다. 이원수가 개인적으로 가지고 있었던 일본인이나 일본 문학에 대한 우호적인 감정은 그의 의식—식민지 소년으로서의 민족적 감정과 그로 인한 저항 정신—과 괴리되어 나중에 그가 친일 작품을 창작하게 된 원인이 된 것으로 보인다. 실제로 시 ②에 나타난 바와 같이 이미 1938년과 1939년에 접어들면 식민담론에 저항하는 던모는 상당히 약화되었고 오히려 일제에 동조하는 분위기가 자리잡고 있었다.

2) 내선일체를 통한 황국신민화
-「古都感懷 − 夫餘神宮御造營 奉仕作業에 다녀와서」

이원수의 글에서 저항의 측면이 약화되기 시작한 시기는 일제가 중일전쟁을 일으킨 1937년 이후이다. 이때는 일제가 중일전쟁을 도발한 이후 '국가총동원법'을 통과시키면서 전시동원체제를 법률로 성립시키고 조선을 지배하기 위해 내선일체를 내세웠던 시기이다. 이는 전쟁 수행을 위하여 조선 전체를 '大陸前進兵站基地'로 만드는데 있어서 조선 내부로부터 분출될 수 있는 저항을 그 뿌리째 뽑아버리기 위한 정신적인 면에서의 정치작업이었다.[17] 즉, 내선일체론은 대륙전진병참기지라는 군사적·경제적 요구에 입각한 현실론적 명제[18]로 조선인들을 진정한 황국신민으로 만들려는 치밀한 의도로 계획된 논리였다.

일제는 내선일체를 구체적으로 수행하기 위한 한 방법으로 1939년 3월 부여에 신궁을 조성할 사업을 계획하고 1940년에 신궁을 착공한다. 부여 신궁 사업은 당시 조선의 총독이었던 미나미 지로(南次郎)가 일본과 三國, 특히 백제와의 친선관계를 강조하면서 부여를 성지화시켜 神功皇后, 應神天皇, 齊明天皇, 天智天皇의 4위를 모셔놓기 위해 신궁을 건설하려던 사업이다. 이 신궁 사업을 위해 많은 사람들이 봉사대를 조직하여 근로봉사를 하였는데, 이원수 역시 봉사대의 일원으로 부여에 가서 신궁 조성 봉사작업을 하고 그 체험을 「古都感懷-夫餘神宮御造營 奉仕作業에 다녀와서」란 제목의 글에 담아 『半島の光』(1943년 11월호)에 발표한다.

「古都感懷 - 夫餘神宮御造營 奉仕作業에 다녀와서」는 기행문 형식의 수필로 "어딘지 모르게 아름다운 歷史와 聖地로서의 빗을 發하고 있는 夫餘"에 도착해서 겪은 일과 근로봉사를 하고 잠을 청하기까지의 이틀에 걸친 일과를 시간순서대로 서술하고 있다. 이원수는 "宮幣大社 夫餘神宮이 御造營되는 것은 半島의 자랑이요 二千五百萬民衆의 기쁨인지라 우리도 이 神宮御造營에 赤誠을 다하야 광이를들고 땀을흘리러 밤을 세며" 찾아왔다고 신궁 조성 사업에 참여하게 된 경위를 밝히고 있다. 이원수가 포함된 '奉仕作業團'이 근로봉사에 참여하게 된 목적은 그의

---

17) 최유리, 『일제 말기 식민지 지배정책연구』, 국학자료원, 1997, 9~10쪽 참조.
18) 임종국, 『일제하의 사상탄압』, 평화출판사, 1985, 256쪽.

표현대로 "日本精神을 心臟에색여 由緒기푼 이땅, 이 거룩한 神宮造營
工事에 聖汗을 흘리는 隊員으로하여금 內鮮一體의 한본이되고 先頭者가
되도록하는 것"에 있다. 신궁 조성 사업에 참여하여 비로소 "황국신민
이 된 우리"의 사명은 "太平洋이라도 한숨에 건너가서 못된 무리들을
처부시고 참된世界를 建設하는" 것이며 그것이야말로 "大東亞戰爭下에
우리들의 가야할 길"임을 이원수는 격한 감정으로 주장한다. 이처럼
이원수는 이미 부여 신궁을 조성하는 목적이 무엇인지 명확히 파악하
고 있었을 뿐만 아니라 "한덩이돌이라도 한브삽의 흙이라도 파고싸허
올리는 광영을 가슴깊히 느"끼면서 봉사작업에 참여할 수 있었다는 사
실에 감사하고 있다.

또한 "봉사작업 단원"의 "精神的 鍊戒所며 內鮮一體의 실천과 皇民으
로서의 決意를 굿게 해주는" 半月寮의 식사시간을 "훌륭한 鍊成의 時
間"이였다고 하면서 "內地食事樣式에 對한" 부러움을 감추지 못한다.
"우리들家庭의 食生活"을 비판하면서 일본의 그것을 좇고자 하는 욕망
은 내선일체의 일환으로 일제의 생활양식을 따르도록 했던 당시의 분
위기에 자발적으로 영합한 것이다.

요컨대 이원수의 「古都感懷 － 夫餘神宮御造營 奉仕作業에 다녀와서」
는 내선일체를 통해 황국신민이 되는 벅찬 감정을 표출하고 있는 노골
적인 친일 수필로 이원수의 다른 친일 작품을 이해하는 열쇠가 된다.
"일본의 식민지 정치가 어쩔 수 없는 운명인 듯이 여기는 것이 대다수
의 생각"이었다는 그의 진술대로 어쩌면 이원수도 일제에 의한 식민상
황을 운명으로 받아들이고 일제의 황민화 이데올로기를 자발적으로 내
면화했던 것일지 모른다.

3) 금융조합과 농민시 「보리밧헤서 - 젊은 농부의 노래」

이원수가 친일 작품을 발표했던 시기는 그가 금융조합에서 직장 생활을 하던 때였고 그의 친일 작품이 수록된『半島の光』은 금융조합의 기관지였다. 금융조합은 일본의 軍部와 독점사업이 저질러 놓은 침략의 뒷바라지를 할 수밖에 없었던 제국주의 일본의 국책기관이었다.[19] 총독부가 1943년도의 금융조합 지도방침에서 밝힌 바와 같이 "금융조합은 자본의 조직이라기보다 사람의 조직인 점에 많은 의의"가 있었으며 황국 전통을 따라 "上下相睦, 隣保共助하여 背私向公"하는 것을 미덕으로 삼았다.[20] 그리하여 금융조합원은 조합취지를 보급함에 힘쓸 뿐만 아니라 조합원의 훈련이나 경영의 합리화에도 힘써야 했다. "1. 勤儉貯蓄, 治産에 힘쓰자. 2. 隣保共助, 鄕土를 일으키자. 3. 至誠奉公, 皇恩에 보답하자"로 이루어진 '組合員의 盟誓'를 보면 금융조합의 성격이 명확히 드러난다.[21] 전시하에서 일제는 농촌의 모든 금융경제를 장악하고 농민의 노동력을 착취하기 위하여 금융조합의 활동을 강화시켜나갔던 것이다.

이와 같은 금융조합의 직원으로서 이원수가 일제의 국책에 동조하지 않기란 얼마나 어려웠던 것인가가 짐작이 된다. 그가 하는 일 자체가 이미 일제의 정책에 따르는 것이었기 때문이다. 그래서 이원수는 자신이 하는 일에 대해 떳떳할 수 없었고 오랜 시간이 흐른 뒤 그 시절을 "아무런 보람도 없는 일"에 청춘을 봉사한 시기로 기억하고 있다. 그렇지만 이원수는 농민들의 빈궁한 삶을 직접 목격하면서 농민들의 삶을 이해하는 기회가 되었다는 것을 인정하고 있다. 늘 가난한 삶을

---

19) 박복래 편,『한국농업금융사』, 농업협동조합중앙회, 1963, 92쪽.
20) 서광운,『한국금융백년』, 창조사, 1972, 550쪽.
21) 박복래 편, 앞의 책, 91~92쪽.

살았던 이원수가 자신보다 더 궁핍한 생활을 하고 있던 농민들을 목격
하면서 일제의 폭압적인 식민지 정책을 몸소 체험하게 되었기 때문이
다. 다음의 예문은 이러한 사실을 증명하고 있다.

> 그러한 내가 처음 취직을 한 것이 금융 조합이었던 것이다. 그것도 조
> 그마한 시골, 누백 년 내려오는 낡은 풍습과 봉건적인 사고방식이 뿌리
> 깊이 남아있는 구읍(舊邑)이었다. …… 장날이면 눈코를 뜰 새 없이 모여
> 드는 땀내나는 농민들. 그네들과 얘기하고 싸우고 일깨우고 하며 해를
> 지우는 것이 나의 일과였다. …… 일본의 식민지 정책은 그 시절 금융
> 조합 운동에도 반영되어 있음을 감지한 나는 실로 소처럼 일하고 누추한
> 생활을 말없이 하고 지내는 농민들의 정상(情狀)이 눈물겨웁게 보였고,
> 그래서 그런지 대부분의 이자를 받아들이고 원금을 독촉하고 하는 나 자
> 신이 항상 그네들에게 죄지은 인간처럼 느껴져서 언제나 상냥한 태도를
> 스스로 가지지 않을 수가 없었던 것이다.22)

예문에서 보듯이 이원수는 농민들의 삶을 가까이에서 경험해보기는
했으나, 농민을 자신과 동일시하지 않고 길항관계로 생각하고 있음이
분명하다. "땀내나는 농민들"과 "얘기하고 싸우고 일깨우"며 하루 일
과를 보내는 충실한 금융조합 직원으로서의 이원수와 한편으로는 죄지
은 인간처럼 느껴지는 인간적인 감정이 충돌하고 있는 위의 예문은 이
원수 자신이 식민담론을 모방하면서도 그에 저항하고 있는 양가성을
보여주는 대목이 아닐 수 없다. 특히 "낡은 풍습과 봉건적인 사고방식
이 뿌리깊이 남아있"다는 진술은 또 다른 야만의 발견을 보여주는 '식
민주의적 의식'의 발로이다.23) 농촌을 바라보는 이원수의 이러한 시각
은, 이원수가 친일 작품을 창작하는 데 정당성을 부여할 수 있는 위험

---

22) 이원수, 「보람없는 청춘 봉사」, 『이 아름다운 산하에』, 앞의 책, 121~125쪽.
23) 고모리 요이치, 송태욱 옮김, 『포스트콜로니얼』, 삼인, 2002년, 156쪽.

성을 지니고 있다.

바람이 분다
옷속엘 들어도 보드럽기만한,
이른봄三月에 南風이 불어온다.

눈어름속에 숨엇든 보리싹시
웃즐 웃즐 자라겟구나
이부드러운 바람과 햇볏아래
막퍼부어주는 구수한거름 바다먹음고
왼 들이 가득허니 뻐더나리라
그씩씩한푸른 물기들.

아아 원통해 가슴치든 凶作의지난해여
나라에바칠 그나마의 精誠도
가무름속에 헛되이말나지고
주림의괴롬만 맛보게 된 원수의 해,
그러나 이도 하눌이주신試鍊이라면
早害克復의 이정성도 크다란힘이려니.

聖戰의 내나라에 못숨 비록 못밧첫서도
우리힘 나라를 배불리 못할거냐,
모든努力 왼갓 窮理로
올 一年 이따에 豊年을 이뤄노코
지난해의 그恨을 풀고야 말리라.

南風은 불어온다
산과들을 건나 보리밧흐로 보리밧흐로,
봄실은 그바람은 내품에도 안겨든다.

모다 나와 밭골을 매고 또매자
올해야 마로 決戰의해!
勝利를 위해 피흘리는一線의 將兵을생각하며
生産의 戰士들, 우리도 익여내자
올해야말로 豊作과 勝利의 즐거운해 되리라.

▸▸〈「보리밧헤서 – 젊은 農夫의 노래」 전문〉[24]

이 작품은 『半島の光』 1943년 5월호의 표지를 장식한 권두시 형식
의 작품이다. "젊은 농부의 노래"라는 부제가 붙어있는 이 시는 남풍
이 부는 봄에 농부가 꿈꾸는 풍작에 대한 소망을 바람결에 따라 흔들
리는 보리를 따라 희망적으로 그려내고 있다. 그렇지만 단순히 지난해
의 흉작을 가슴아파하고 올해에는 반드시 풍작을 이루고 말겠다는 차
원의 소망을 말하고 있지 않다. 농부가 "모든 노력 왼갓 궁리로" "이
땅에 풍년을 이뤄" "지난 해의 한을 풀"고자 하는 이유는 바로 "성전
의 내나라에 목숨"을 비록 바치지는 못했어도 "우리 힘"으로 "나라를
배불리" 하기 위함이다. 이렇게 풍작을 기원하는 젊은 농부의 소망은
곧 전쟁에서의 승리를 기원하는 것에 다름 아니라는 사실이 마지막 연
에서 밝혀지고 있다. 젊은 농부들은 "승리를 위해 피흘리는 일선의 장
병"과 동일한 존재들인 "생산의 전사들"이기 때문이다. 바로 이 부분
이 이 시가 왜 권두시로 실려 있는가가 밝혀지는 대목이다. 생산력 확
충이 곧 전시체제하의 농민이 담당해야 할 중요한 임무 중의 하나였기
때문에 이 시에서 땀흘리는 농부는 "피흘리는 일선의 장병"에 다름 아
닌 것이다.

금융조합에서의 직장생활이 농민들의 삶과 가까워질 수 있는 계기

---

24) 이원수, 「보리밧헤서–젊은 農夫의 노래」, 『半島の光』, 韓國金融聯合組合會, 1943
년 5월호, 1쪽.

가 된 반면 그 경험이 농민시 「보리밧헤서」로 왜곡된 채 형상화된 아
이러니는 우리의 역사가 지닌 아이러니이기도 하다. 이원수가 「보리밧
헤서-젊은 농부의 노래」라는 친일시를 창작했다는 사실은 하나의 비
극이 아닐 수 없다. 결국 이원수가 목격한 민중들의 실체는 왜곡되어
농민시를 표방한 친일시로 변질되고 말았던 것이다.

4) 아동문학이 나아갈 방향과 「農村兒童과 兒童文化」

앞에서 살펴본 바와 같이 농촌을 바라보는 이원수의 시각은 「農村兒
童과 兒童文化」라는 서간체 형식의 글에 그대로 나타나 농촌에서 가난
하게 살고 있는 아동의 현실과 아동문화의 문제점을 인식하는 데까지
나아간다. 우선 몇 가지 예문을 먼저 살펴보도록 하자.

① 처음 취직을 경남 함안의 금융조합에 한 나는 거기서 농민들의 생
   활을 직시하고 제하(帝下)의 농민의 빈궁상에 마음 아픔을 금할 수
   없었다. 춘궁에 대부금 이자를 받으러 가는 일이 많았다. 여항산 높
   은 재를 넘어 산골 마을에 가면 그 궁해 빠진 사람들의 모습들이
   내 가슴을 아프게 했었다. …… 이 산을 넘어다니며, 나는 농촌 아
   이들의 노래를 생각했었다. 나는 그런 농촌 아동들을 위해 즐겁고
   유쾌한 시를 써서 그들을 기쁘게 해줄 마음을 먹지 못했다. 그들과
   같이 슬퍼하고 괴로와하는 것이 그들을 위해 바른 일이라 생각했던
   것이다.[25]

② 일제의 압정 아래 허덕이고 있는 농민들과 그들의 자제들을 위하는
   마음에서라면 애상조의 동시나 써서 스스로 만족해서는 안 된다는

---

25) 이원수, 「나의 문학 나의 청춘」, 『아동과 문학』, 이원수아동문학전집 30, 1984,
   253쪽.

큰 원칙적인 것에 생각이 미쳤다. 그렇다고 낙천적인 유쾌한 노래를 쓸 생각은 아예 없었다.[26]

③ 농촌에서 금융 조합(지금의 농협) 사무원으로 있으면서 농촌－농민과 문학에 대한 공부를 하느라고 문학 그룹을 만들었다가 일경에 붙들여 옥살이도 했다. 일본 경찰은 자기네들 정치에 반감이나 불만을 간접적으로 나타내는 작품도 싫어했다. 그 때 나의 동시는 즐거움을 노래하기보다는 농촌 어린이들의 괴로움과 슬픔을 노래하고 있었다.[27]

위에 제시된 예문들은 이원수의 문학과 농민들의 삶－금융조합 시절의 경험－이 얼마나 밀접한 관련을 가지고 있는 것인지를 말해주고 있다. 일제의 강압적인 정치 하에서 고통받고 있는 농민들의 아픔을 공감하면서 이원수는 농촌 아이들의 "괴로움과 슬픔"을 생각하게 된다. 대표적인 한국의 아동문학가로서 이원수는 농촌의 어린이들의 고통을 들여다보고 그들을 위한 노래를 쓰고 싶었던 것이다. 그러나 농촌 어린이들을 위해 아동문학이 어떠해야 하는지를 밝힌 다음의 수필은 당시의 아동문학 역시 식민 담론에 프섭되어 있음을 반증하고 있다.

김형!

惠書는 반가이 읽엇습니다.

적어보내주신 兒童文化에關한 형의 卓越하신 意見에서 엇는바 만헛습니다.

諸般施設이 完備된 서울에계신형께서 切實히 느끼시는 兒童文化의 貧寒은, 直接 農村兒童의 生活과 그文化의 眞狀을 삷히실때 一層深刻함을 痛感

26) 이원수, 「군가를 부르는 아이들에게」, 연도 없음, 133쪽.
27) 이원수, 「나의 수업기－문학을 즐기고 사랑하는 마음으로」, 『솔바람도 그 날 그 소리』, 앞의 책, 1983, 251쪽.

하시리다.

오늘의 半島의兒童은 지난날의 兒童과 同一視할수업는 크나큰任務를가
진 寶貝로운存在임을 生覺할때 父兄된者는 勿論, 兒童問題에 關心을 갖는者
再考三考아니할수업습니다.

오늘의兒童이야말로 日本精神을 막바루 그生命에다 불어너흘수잇는 皇
國臣民입니다.

우리는 어린生徒들이 스스로 神社앞헤나아가 공손히參拜하는 아름다운
光景을 봅니다.

그들이야말로 强制밧지안코서 日本精神을 가슴에 색이고 훌륭한皇國臣
民이 되어가는것입니다.

오늘의成人들에比하야 얼마나 多幸한 그들인지요 -생략- 이들 精神的糧
食에주린 農村兒童이 數的으로 半島兒童의大部分을 차지하고잇는것과 그
들이 어른들의 루추한生活精神까지 繼承하게되어 皇國臣民으로서의 潑剌
한將來를 開拓함에 支障이되는바만흘 것을 生覺할때 憂慮하지안흘수업습
니다.

內地에서는 過去의 亂發한 兒童文化財의 淨化와 强化를 위하야 日本兒童
文化協會의 結成까지 보게됏다 합니다만, 內地 以上의 周到한 用意와 熱意
로서 이루어져야할 特殊한 地域인 이곳 兒童文化가 이럿틋 貧寒해서 되겟
습니까.

…(중략)… 우리의 힘으로 건전한兒童讀物의出生을 바라는마음, 또한
간절합니다.

▶▶〈「農村兒童과 兒童文化」〉[28]

「農村兒童과 兒童文化」라는 제목으로 실린 이 글은 김형이 보낸 편
지에 대한 답장 형식을 취하고 있는 것으로 『半島の光』 43년 1월호
'戰勝 新春에 農村의 벗에게 붓치는 편지'난에 최정희, 이기영, 채만식,
박계주, 박승극, 장혁주의 글과 함께 실려있다. 무엇보다 이원수가 당

---

28) 이원수, 「農村兒童과 兒童文化」, 『半島の光』, 韓國金融聯合組合會, 1943년 1월호,
15쪽.

시의 아동을 어떻게 보고 있고 아동문화를 어떻게 생각하고 있는지가
잘 드러나 있기 때문에 아동문학가로서의 이원수가 일제시대에 가지고
있었던 생각을 대변해주고 있다. 반도의 아동은 "훌륭한 황국신민이
되"기 위해 자발적으로, 즉 "강제받지않고서 일본 정신을 가슴에 새"
겨야 했다. 그러기 위해서는 "童話, 映畵, 演劇, 繪畵, 音樂, 舞踊, 玩具"
등과 같은 "건전한 兒童讀物"이 필요했던 것이다. 하지만 이원수는 "諸
般施設이 完備"되지 못한 농촌의 현실이 서울이나 나아가 일본과 비교
했을 때 매우 심각하다는 점을 인식하고 이를 몹시 아쉬워하고 있다.
전쟁을 홍보하고 조선인들의 의식을 통제하기 위해 인쇄물·영화·뉴
스사진·라디오·강연·그림연극·좌담회 등에 의한 계몽활동이 강조
되고 있었던 시기에 농촌 "兒童文化의 貧寒"은 심각한 문제가 아닐 수
없었다. 다시 말해 이원수가 생각하는 농촌 아동을 위한 아동문화는
일본정신으로 충만한 황국신민이 되기 위해 필요한 것이었다. 그가 말
하는 "건전"하다는 의미는 철저한 황국신민이 되어야 할 "특수한 지
역"의 아동들이 갖추어야 할 황국신민 이데올로기에 다름 아니다.

> 오늘의 아동문학이 가야할 길은 그러한 억압된 백성의 슬픈 노래나 이
> 야기의 길이 아니요, 민주적 건설의 길이며 부정되어야 할 것들에 대한
> 저항과 배격의 길이어야 하기 때문이다. … 문학이 생명을 갖기 위해서
> 는 그 민족의 현실적 이상-그것이 美이거나 義이거나를 투철히 나타내지
> 않고서는 소위 純眞無垢의 아동에게 주어져서 옳은 문학은 못된다. … 부
> 당한 세력에 신음하는 대중의 고통도 슬픔도 모른체하고, 외세에 시들어
> 가는 민족의 생활도 덮어두고 천진난만하게 즐거운 얘기만 하는 아동문
> 학은 인간의 성장에 이로울 것이 없을 뿐 아니라 해독이 되고 만다. 평화
> 와 발전을 희구하며, 그러한 마음으로 성장하는데 있어서 불의를 미워할
> 줄 알며 의를 높이 생각할 줄 아는 아동을 기르는 것은 문학이전에도 이
> 미 긴요한 일이다.29)

이원수가 생각하는 아동문학은 현실과 결코 동떨어진 것이 아니다. 현실 속의 아동을 반영한 것이 진정한 아동문학이라고 생각하는 데에는 해방 이전이나 이후나 별다른 차이가 없다. 이원수의 이러한 아동문학관은 해방 이후 민족문학을 논하는 글―위에 제시된 예문―에서도 똑같이 반복되고 있다. 그가 일관되게 주장하는 아동문학은 현실을 반영한 것이며 생생한 현실적 맥락에서 살아 숨쉬는 아동이야말로 그가 그리고자 했던 아동상이었다. 동일한 외면 속에 감추어진 서로 다른 내면은 이토록 치밀하게 연관되어 있었던 것이다.

5) 전시하의 아동과 「낙하산」, 「지원병을 보내며」

현재까지 밝혀진 이원수의 친일 동시는 「落下傘」과 「지원병을 보내며」의 두 편인데, 이 동시들은 아동문학가로서 이원수의 숨겨진 면모를 드러내고 있어 매우 중요한 작품들이다. 먼저 「落下傘」은 항공열을 보급하려는 일제의 의도에 맞추어 창작된 동시로 "용감한 낙하산 병정"이 하늘에서 낙하산을 펼치며 떨어지는 모습을 꽃송이에 비유하여 표현하고 있다.

> 푸른하늘 날르는 비행기에서
> 뛰어나와 떠러지는 사람을 보고
> 『앗차』하고 놀내면 꽃송이 처럼
> 활작피여 훨―훨, 하얀 낙하산,
> 오오, 하늘공중으로 사람이가네.
> 새들아 보아라

---

29) 이원수, 「民族文學과 兒童文學」, 문학사연구회 편, 『민족문학론』, 백문사, 1988, 58~61쪽.

해도 보아라
우리나라 용감한 낙하산 병정,
푸른 하늘 날러서 살풋내리는
낙하산 병정은 勇敢도하다,
낙하산 병정은 참말 조쿠나.

▸▸〈「落下傘」– 防空飛行大會에서 전문〉30)

"하늘공중으로 사람이" 갈 수 있다는 감탄은 푸른 창공을 날고싶은 욕망을 자극하면서 "용감한 낙하산 병정"에 대한 감탄으로 이어진다. 일제가 '항공일' 행사니 '비행기헌납은동'과 같은 여러 가지 행사를 기획하면서 항공열을 보급하려 했던 저변에는 조선의 아동을 포함한 조선인 전체가 총후국민이라는 사실을 각성시켜 황국신민으로 연성하려는 치밀한 의도가 자리하고 있었다. 실제로 이원수의 이 동시를 제외하고도 당시에 발표된 많은 작품들이 유행이라 할 정도로 비행기에 대한 관심이나 하늘에 대한 동경을 드러내고 있었는데 이는 모두 일제를 위한 병역병공의 일환으로 황국신민화 이데올로기에 부합하는 것이었다.

지원병 형님들이 떠나는날은
거리마다 국기가 펄럭거리고
소리높히 군가가 울렷습니다.

정거장, 밀리는 사람틈에서
손붓처 경례하며 차에올으는
씩씩한 그얼골, 웃는그얼골.

움직이는 기차에 기를 흔들어

---

30) 이원수, 「낙하산」, 『半島の光』, 韓國金融聯合組合會, 1942년 8월호, 37쪽.

허리굽은 할머니도 기를 흔들어
『반-자이』 소리는 하눌에 찾네.

나라를 위하야 목숨내놋코
전장으로 가시려는 형님들이여
부대부대 큰공을 세워주시오.

우리도 자라서, 어서자라서
소원의 군인이 되겟습니다.
굿센 일본 병정이 되겟습니다.

▶▶〈「志願兵을 보내며」〉[31]

역시 충실한 병역봉공의 의지를 내세우고 있는 「지원병을 보내며」
는 조선의 아동들을 전쟁에 동원하기 위해 지원병제도를 실시하고 이
를 선전하려는 일제의 의도를 적확하게 반영하고 있다. 목숨마저 내놓
고 웃으며 전장으로 떠나는 "형님들"을 보며 "굿센 일본 병정이" 될
것을 다짐하는 아동은 기꺼이 미래의 병사가 되어 대동아전쟁에 참여
할 것을 마다하지 않는다. "반도인을 충량한 황국신민으로 만드는" 내
선일체의 궁극적 목적이 "천황이 친히 통솔하는 신의 병사(神兵)"에 어
울리는 황군병사의 육성에 있다는[32] 사실을 상기시키는 작품이다. 특
히 1연과 2연에 나타난 축제와 같은 분위기는 후방에서의 병역봉공이
얼마나 중대한 의미를 지니는가를 역설적으로 말해주고 있다. 전시상
황에서 가장 거리가 멀게 느껴지는, 어찌 보면 전쟁에서 소외된 듯도
보이는 "허리굽은 할머니"마저 만세를 외치면서 기를 흔드는 열광적인
분위기는 총후국민의 자세가 어떠해야 하는지도 암시해준다.

---

31) 이원수, 「지원병을 보내며」, 『半島の光』, 韓國金融聯合組合會, 1942년 8월호, 37쪽.
32) 宮田節子他야, 『創氏改名』, 明石書店, 1992 ; 윤건차 지음, 이지원 옮김, 『韓日 근대
   사상의 교착』, 문화과학사, 2003, 194쪽에서 재인용.

이처럼 이원수의 친일 작품은 아동이 황국신민이 되는 구체적 방법을 서술하고 있다. 군인이 될 것을 자발적으로 소원하는 전시하의 아동은 곧 일본 병정이 되어 '聖戰'에 참여해야 할 미래의 황국의 병사였다. 이러한 사실을 잘 알고있던 이원스는 충실하게 일제의 이데올로기를 반복적으로 재현해내고 있었던 것이다.

3. 결론

해방 이후 이원수는 "심중의 생각을 토로"하기 위해 동화와 소년소설을 창작한다. "울분과 탄식에 젖어" 동시로는 "가슴이 후련해질 까닭이 없었"기 때문에 "동화를 쓰자. 소설을 쓰자"고 다짐했던 것이지만,[33] 해방을 맞이하고 나서 이원수가 동시보다 동화와 소설 창작에 주력한 이유에는 앞서 살핀 친일 작픔 창작 행위가 관련되어 있지 않을까 추측해 볼 수 있다. 서둘러 민족적이고 서민적인 동화와 소년소설을 발표한 데에는 금융조합에서 직장생활을 하고 친일 작품을 발표한 자신의 과거를 반성하기 위한 변혼이라는 의도가 내재해 있을 가능성이 크다.

그의 말대로 "문학의 길에 어느 정도 마이너스가 되었"던 금융조합 재직 시절, 그는 노골적인 친일 작품들을 창작하고 발표한다. 그러나 그가 발표한 친일 작품들은 어쩔 수 없는 강제에 의한 것으로 보기 어렵다는 것이 필자의 판단이다. 작품의 완성도 측면이나 각각의 글에서 드러나는 진지하고 열정적인 어조는 그의 작품 창작 행위를 자발적인

---

33) 이원수, 「나의 문학 나의 청춘」, 『아동과 문학』, 앞의 책, 255~256쪽. 이 글에는 이원수가 해방이 되고 나서 동화를 창작하게 된 계기가 상세히 나타나 있다.

것으로 이해하게 하기 때문이다.

뚜렷한 저항정신을 가진 애국투사의 면모를 보여준 이원수는 1937년 중일전쟁 발발 이후 일제의 황국신민화 이데올로기에 물든 작품들을 발표한다. 주로 1942년과 1943년에 내선일체를 내세우는 일제의 이데올로기에 동화되어 내적으로 일관성이 있는 친일 작품들을 「半島の光」에 발표하였던 것이다. 이원수가 애국투사에서 친일 작품을 창작한 문인으로 변모할 수밖에 없었던 계기는 이미 1937년과 1938년에 드러난 그의 내면의 변화에서 찾을 수 있다. 의식적으로는 일제에 저항하고 있었지만 감성적으로 일본인과 일본 문학을 가깝게 여겼던 이원수의 양가적인 감정은 일제의 식민 담론에 저항하면서도 그것을 다시 흉내내는 혼성성을 내재하고 있었다. 그것이 1937년과 1938년을 거쳐 서서히 변화의 조짐을 보이다가 내선일체를 내세우는 일제의 논리에 영합하는 모습으로 귀착된 것이다. 결국 그는 그토록 "탁한 물방울이 아니기를 바"랬지만 아동문학가로서의 그의 삶에 "더러운 오점을 남기"고 말았다.

그의 기억이 만들어 놓은 문학의 공백은 어쩌면 결코 드러나지 말았어야 할 부분이었을지도 모른다. 이원수는 친일 작품을 발표했던 자신의 과오를 기억하고 싶지 않았을 것이다. 새로운 모습으로 거듭나기 위해서는 기억을 지우는 일이 필요했을 것이다. "사무원으로만 엎드려 있었"던 때를 기억하며 새로운 자화상을 그리려던 이원수의 무의식은 이미 너무나도 정치적이었던 것이다.

여성해방의 기대와 전쟁 동원의 논리
-여성의 친일 작품과 논설-

■이선옥

1. 머리말

이 글은 여성지식인들이 친일을 내면화하게 되는 이유는 무엇인가, 여성 해방의 주체적 욕망인가 혹은 외압에 의한 순응적 행위인가, 이러한 의문을 가지고 일제 말기의 여성 논설과 소설들을 분석하려는 글이다. 여성 작가들의 친일 작품[1]을 더듬어 보면, 최정희, 장덕조 정도가 두드러질 뿐 발표된 작품이 거의 드물다는 사실을 발견하게 된다. 소설보다는 논설이나 수필이 많이 발표되었으며, 작품도 소품 정도여서 그러한 현상 자체에서부터 내용에 이르기까지 담론적 현상과 그 내용, 그리고 그러한 담론이 지니는 정치적 효과를 꼼꼼히 따져보는 과정이 필요하리라 생각한다. 그 과정에서 여성지식인들의 친일 논리가 밝혀질 것이며, 또한 전쟁 동원으로 흡수되어간 성정치 논의를 통해 식민지와 제국주의간에 무엇이 침묵되고 변질되는가를 살펴볼 수 있을

---

[1] 이 글에서는 대동아 전쟁 발발 전후부터 창작되는 노골적인 전쟁 동원 작품을 대상으로 하였다. 친일문학에 대한 정의에 대해서는 김재용, 「친일문학에 대한 새로운 접근」(실천문학, 2002. 봄) 참조.

것이다.

이 글의 관점을 미리 밝혀둔다면, 여성지식인들이 일본 제국주의의 논리에 단지 순응한 것이 아니라 여성해방적 관점에서 이를 주체적으로 수용하고 있다는 생각이다. 논설이나 작품을 보면, 국가의 성원으로 호명된 여성들이 남성과 동등하게 신민으로서의 자격과 공적 영역으로 진출할 기회를 가지게 되었다고 강조하고 있으며, 이를 새로운 여성해방의 계기라고 파악하고 있다. 여성대중을 향한 계몽의 필요성은 실제 여성지식인들에게 상당한 공적 권력과 담론적 주체가 되는 계기이기도 했을 것이다. 그렇다고 해도 기존에 생산된 '여성성'에 대한 이념을 어떻게 재해석하고 여성 범주를 재생산할 것인가는 여전히 문제거리가 된다. 보수적인 현모양처론이나 신여성들의 자유주의적 여성해방론, 사회주의 여성해방론 등과 경합을 벌이면서 전쟁 동원에 필요한 새로운 여성 범주를 구성해내기 위해서는 상당히 복잡한 논리적 경쟁이 필요했을 것이라 짐작된다. 그러한 논리적 절합(arculation)의 과정을 거쳐 국가주의에 필요한 여성을 만들어내는 일이 여성지식인들의 친일논설과 작품의 내용이 된다. 본론에서는 어떠한 성격의 여성성이 배제되고 혹은 선택되는가를 분석할 것이다.

여성지식인들뿐만 아니라 남성지식인들도 모성, 출산, 양육, 가정 역할 등등 전쟁과 여성에 대한 많은 논설과 작품들을 발표하고 있어서 친일 담론 중에서 여성성의 재규정 문제는 상당히 중시되고 있음을 알 수 있다. 얼핏 보기에 전쟁과 직접 관련에 없어 보이는 여성성에 대한 재규정이 왜 친일 담론들 중에서 이처럼 중요한 위치를 차지하게 되는가. 모든 국민국가에서 여성에 대한 규정은 여성노동력 동원의 필요성이나 재생산(인구 재생산, 노동력 재생산을 모두 포괄)의 확대 같은 현실적 요구 외에도 국민의 정체성 형성과 깊은 관련을 맺고 있다는 것이 최근의 연구들에서 밝혀지고 있다. 즉 하나의 국가가 일정하게 동질한 국민의 정체성을 형성하고자 할 때 여성, 가족, 혈통과 같은 범주들은 균질화된 국가 성원으로서의 개인의 성격을 규정하고 이를 출산이나 혈연처럼 절대적인 것, 자연스러운 것으로 만들어내는 데 유용한 기제가 된다는 것이다. 예를 들어 한국 여성들의 헌신적인 모성애 혹은 혈연적 가족애 등은 '전통'이라는 이름으로 찬양되고, 개인보다는 집단을 중시하는 정신을 변하지 않는 민족의 정신으로 구성하여 이를 국민적 정체성 형성에 끌어들인다. 이상화되고 절대화된 국민적 이상이 신여성에게 투사되고, 새로운 국민이 되기 위해 버려야 할 것, 배제해야 할 것이 구여성과 타락한 모던걸로 투사되어 나타난 신여성 담론도 그 대표적인 예이다.[2]

따라서 수많은 국가주의적 담론들은 여성 범주의 재생산에서 경합을 벌이는 경향을 보이며, 정체성의 혼란기 혹은 극도로 동질화된 국가 정체성이 요구될 때 여성에 대한 담론들이 급증함을 알 수 있다. 친일 문학 역시도 전쟁을 위해 균질화된 황국 신민의 정체성을 형성해내기 위해서는 여성 범주의 재규정이 반드시 필요했을 것이다. 따라서 이를 분석하는 일은 친일 문학이 전개했던 제국주의의 논리나 그에 순응하는 개인의 생산이 여성과 가족을 매개로 어떻게 이루어졌나를 볼 수 있는 유용한 방법이라고 생각한다.

2. 여성지식인의 친일논설

친일의 내용을 담은 글[3]들을 살펴보면, 문학 작품보다는 여성지식인

---

2) 졸고, 『한국소설과 페미니즘』, 예림기획, 2002, 13~20쪽.

들의 친일논설 혹은 수필 등이 압도적으로 많아진다. 물론 근대 초기부터 여성들의 글쓰기는 자전적 글쓰기가 중심이 되면서 수필이나 잡문이 많이 발표되지만 특히 이 시기의 경우는 자전적 이야기보다는 여성지식인들이 계몽적 논설을 발표한다는 점이 흥미롭다. 여성이 사회적 직책을 명기하고 정치적 담론의 한 중심에 떠오르는 경우는 흔치 않은데4), 친일 담론의 경우 교육자, 언론인, 사회운동가, 문인, 음악가 등 자신의 직책을 내걸은 여성지식인들이 대거 등장하고 있다. 남성지식인의 경우 기존의 명망가들이 중심이 되었다면, 여성지식인의 경우 친일 담론을 중심으로 새롭게 등장하는 경우가 많다는 점도 주목할 만하다. 이러한 현상은 어떤 의미를 지니고 있을까. 이들이 주장하는 친일의 내용은 어떤 내적 논리를 지니고 있을까. 일본의 여성지식인들이 국가 정책에 협력하는 논리와는 다른 것일까. 글을 읽는 동안 내내 이런 질문을 가지게 되었고, 오히려 이 분석을 통해 여성들이 일제에 협력하게 되는 내적 논리가 밝혀지지 않을까 싶다.

1) 銃後婦人의 覺悟와 군국의 어머니

전시 일본의 여성 정책은 이중의 기대 즉 '가족 체계의 보존과 노동

---

3) 친일논설에 대해서는 삼천리와 대동아를 중심으로 분석한 바 있는데(실천문학, 2002.봄) 본고의 논설 분석은 이를 확장 심화하였다. 삼천리, 대동아 외에 신시대, 춘추, 국민문학, 매일신보 등을 검토 대상으로 삼았다. 그 결과 내린 결론은 모든 잡지에 거의 동일한 내용이 반복되고 있다는 점이다. 이는 국가정책담론의 전성기가 됨으로써 여성 담론이 획일화된 계몽의 목소리를 담고 있다는 사실을 말해준다.

4) 1920년대 신여성 담론은 여성지식인들이 처음으로 공식적 담론에서 자기 목소리를 내고 일정한 세력을 형성한 예였다. 이들이 이처럼 담론의 전면에 부상할 수 있었던 이유는 동경 유학에서 배운 신지식의 후광과 '신여성'에 대한 논의가 새로운 민족구성원의 성격 형성과 관련되어 있었기 때문이다.

력 감소의 해결'이라는 두 축으로 진행된다.[5] 따라서 여성에게는 전쟁에 직접 참여하는 것이 아니라 총후부인으로서 군국의 어머니가 되어후방의 가족을 지키고, 전쟁을 지원하는 역할이 부여되었다. 重光兌鉉(총독부정보계)의 글 「전시하의 여성계몽문제」(춘추, 1942. 4.)에는 이러한일본의 여성정책 방향을 명시하여, "일가의 생활을 전시체제에 卽應시킬 것. 戶外에 나서서 남자만이 의례 할 줄 알았던 勤勞部面에 부인들의 근로가 능률화될 것. 장래의 국민의 어머니로서 자녀를 양육하고가정교육을 擔任할 것"(45쪽)이 전시하의 여성의 임무라고 밝히고 있다.그러나 "조선부인은 그 지식정도가 극히 저급한 탓으로 이상의 어느하나도 그들에게 바랄 수 없는 상태에 있"(45쪽)어서 그들의 교육이 매우 시급한 상태임을 강조하고 있다.

이러한 일본의 여성 정책은 우리나라 여성지식인들의 담론에도 그대로 반영되고 있음을 알 수 있는데, 그 내용은 크게 두 가지로 나뉘어진다. 첫째, 군국의 어머니로서 아이를 낳고 기르는 일을 천직으로 하며 둘째, 근검절약과 저축으로 국가의 경제를 부양하고, 전시 생산력보충을 위한 노동력으로 참여하는 역할이 그것이다.

(1) 군국의 어머니

'군국의 어머니' 역할을 강조하는 글들이 쏟아져 나오는 시기는 징병제의 실시 발표와 맞물려 있다. 1938년 2월 26일 조선육군 특별자원병령이 공포된 이후 조선에서는 지원병제도가 실시되었으나, 1942년 5월 9일 조선에서의 징병령 실시(44년)가 선포되었다. 내지와 식민지 국민의 의무와 권리가 모두 동일하다는 내지연장주의를 강조[6]하면서 발

---

5) Gail Lee Bernstein Edit, 『*Recreating Japanese Women, 1600~1945*』, University of California Press, 1991, 288쪽.
6) 호사카 유우지(保坂祐二), 『일본제국주의의 민족동화정책 분석』, 제이앤씨, 2002,

표된 징병제에 대해 이광수는 "그동안 조선사람 남자들은 병정이 못 되었으니 반편국민 노릇을 한 세음"이었으나 징병제의 실시로 비로소 "옹글은 국민"(「징병과 여성」, 신시대, 1942.6, 28쪽)이 될 수 있게 되었다고 기쁨을 표하기도 한다.7)

天城活蘭으로 발표한 김활란의 「징병제와 반도여성의 각오」(신시대, 1942. 12) 역시 동등한 국민의 지위를 갖게 되었음을 강조한다. "인제 우리에게도 국민으로서의 최대 책임을 다할 기회가 왔고 그 책임을 다함으로써 진정한 황국신민으로써의 영광을 누리게"(29쪽) 되었다는 것이다. 여성을 '국민'으로 호명하며, 동등한 지위를 가지는 의무로써 황군 병사를 키우는 강한 어머니로 거듭나야 한다는 논리가 군국주의 모성론의 기본 논리라 볼 수 있다.

> 지금까지 우리는 나라를 위해서 귀한 아들을 즐겁게 전장으로 보내는 내지의 어머니들을 물끄럼이 바라만 보고 있었다. 막연하게 부러워도 했다. 장하다고 칭찬도 했다. 그러나 인제는 반도여성 자신들이 그 어머니 그 안해가 된 것이다. …(중략)… 그들을 그렇게까지 만드는 그 근본 정신을 지니도록 해야 한다. 즉 국가를 위해서는 즐겁게 생명을 바친다는 정신이다. 모든 것이 내것이 아니다. 내 남편도 내 아들도 물론 국가에 속한 것이다. 최후의 내 생명까지 국가에 속한 것이라는 것을 절실히 깨다러야 한다."

▸▸〈29쪽〉

아들을 훌륭한 황군으로 길러 즐거이 나라에 바치는 내지의 어머니들, 이들을 닮기 위해서 가장 중요한 것은 근본 정신, 즉 모든 것이 국

216쪽.

7) 松村紘一(주요한)의 「징병령 실시와 조선청년」(신시대, 1942. 6)에서도 "이로써 조선의 진로가 열리고 황국신민으로서의 일단의 진취가 약속된 것"이라고 기뻐하는 입장을 보여준다.(24쪽)

가에 속한 것이라는 국민주의 정신의 함양이다.[8]

덕화여숙 교장이었던 박인덕의 글에서도 "장차 대동아의 주인이 될 어린이들을 체질은 특특하고 힘세고 정신은 건전하고 씩씩하게 많이 생산하고 양육"하여, "우생학적으로 장차의 제국 신민은 세계의 어느 민족보다도 가장 우수하게"(「전승의 길은 여기 있다」, 삼천리, 1941. 11, 236쪽)게 만드는 일이 여성의 임무임을 밝히고 있다. "어머니로서의 최중대한 책임은 자기 아들을 강하고 현철하게 길러 지원병, 혹은 국가 유용인재"(「가정의 신질서」, 91쪽)로 바치는 일이라는 임숙재의 글이나 "자녀를 학교에 보내시는 데 있어서도 훌륭히 양육하여 나라를 위해 유용한 인물이 되도록 힘쓰는 헌신적 정신이야말로 일본 정신"(「총후부인의 각오」, 89쪽)이라는 글에서도 여성의 천직을 일본 제국주의 병사의 생산과 양육으로 규정하는 내용이 재차 강조되고 있다.[9]

여성을 어머니로 규정하고 모자보호법(1937), 국가우생법(1940)이나 인구부양책 확립을 위한 개요(1941) 등으로 출산을 장려하는 여성 정책의 근간은, 장기화된 전쟁으로 노동력 부족에 시달렸던 일본으로서는 여성 노동력을 효과적으로 동원하는 방법은 아니었다.[10] 그럼에도 불

---

8) 이창호, 「결전하의 愛育－총후모성에게 들이는 말씀」(신시대, 1944. 7)에서는 육아 이념의 혁신을 위해 첫째, 나라의 아들, 임금의 아들이라는 애육의 이념이 기본이 되어야 한다. 둘째 감은의 정신, 셋째 분투적 정신, 넷째, 의지적 훈련육, 다섯째, 창작적 정신의 함양(64~68쪽)되어야 한다고 강조하고 있다.

9) 독일, 이탈리아 등지의 총후부인운동도 자주 소개된다. 平林茂子, 「독일의 부인운동」(신시대, 1941. 3), 「일본부인의 총후활동」(신시대, 1941. 7), 「독일부인의 총후활동」(신시대, 1941. 7), 「이태리부인의 총후활동」(신시대, 1941. 7) 등.

10) 조선의 신문 잡지에는 40년을 전후하여 출산장려책에 대한 글들이 자주 등장하지만, 일본 내부의 논리는 조선이나 대만 등 식민지민들의 인구 증가를 억제해야 한다는 우생학적 배제의 원리가 중심이었다는 분석도 있다.(가와 가오루, 「총력전 아래의 조선 여성」, 김미란 옮김, 실천문학, 2002 가을, 309쪽) 이에 대해서는 좀더 세밀한 연구 검토가 필요하다고 생각하며, 이 글은 표면적으로 진행된 출산장려책이나 모성보호법 등이 조선에서는 어떻게 배제되는가를 분석하는 데 초점을 두었다.

구하고 일본 정부가 이러한 어머니 역할을 여성 역할의 중심으로 삼았던 이유는 단순히 병사의 충원을 위한 것만이 아니라 가족을 국가라는 공동체의 척도로 삼았기 때문이라 분석된다. 출산장려정책과 이에 대한 보상 등은 국가 권력이 가족과 개인의 삶을 공적 영역으로 재구성해내는 방편이었으며, 이렇게 공적 영역으로 흡수된 가족은 '家族心'이라 불리는 천황제의 국가주의 이념을 이끄는 근본 축이 되었다. 가족심이란 국가를 가족과 동일시함으로써 가족처럼 국가도 자연적이고 본래적인 조직으로 여기게 만들고, 천황의 '적자'로서 개인을 국가 정책에 동원해내는 이념이었다.[11] 그 아들들을 낳아 황국신민으로서의 정신을 키워주는 역할이 바로 여성의 임무였던 것이다. 이광수가 「母, 妹, 妻에게」(삼천리, 1940. 7)에서 강조했던 여성의 직분도 바로 이러한 가족심에 대한 내용이었다. "옛날에 신라와 백제와 고구려가 한 나라가 된 것 같이 우리 조선 사람도 이제는 내지와 하나가 되어서 똑같은 일본 나라의 신민"이 되어 "천황폐하의 적자가 되었"고, 따라서 "일본의 어머니는 아들을 제 것으로 생각하여서는 아니"되며, "임금님께서 맡기심 받은 것으로 알아" "아드님을 길러서 임금님께 바치는 것이 어머니의 거룩한 직분"(38쪽)이라는 것이다. 가족은 국민을 교육하는 장일 뿐 아니라 가족의 원리는 국가로 치환되어 국가는 거대한 혈연조직으로 상상된다. 그 때문에 일본은 여성을 모성으로 규정하는 분리형 정책을 유지하게 된다.

(2) 근검 절약과 물자 생산 확충

여성에게 요구되는 또 하나의 역할은 전쟁기의 경제를 부양하고 노

---

11) '가족심'과 국가주의 이념에 대해서는 우에노 치즈코, 『내셔널리즘과 젠더』, 이선이 옮김, 박종철출판사, 1999, 47쪽 참조.

동력으로 충원되는 것이다. 육군참모 야마노우찌는 高度國防國家란 정신상 "국민의 조직, 훈련, 계획 등의 준비를 충분히 정비하는 것"이고 물질상 "전쟁을 수행하는 데 소요되는 것을 절대 우세하게 준비하는 것"이라고 정의하고 있다.(좌담회, 신시대, 1941.1, 115~116쪽) 이를 위해 '국방가정'의 신질서가 마련되어야 한다는 내용이 여성 담론의 중심이다. "신질서라 함은 가정생활을 통하여 국가난국을 돌파하"기 위해, "가정총동원 총력을 발휘하여 정신, 굴질 양면생활이 함께 건전한 사상전, 경제전을 승리함"(임숙재, 「가정의 신질서」, 82쪽)을 말한다. 근검 절약(「전시 우리 가정의 생활가계부 공개」, 샴천리, 1942. 1), 소비절약, 폐물 이용과 재생, 근로봉사, 저축장려(허하백, 앞의 글, 89~91쪽) 등이 주된 내용이고, 정신 무장과 질서 의식(고황경, 「여성과 신생활」)이 바탕이 되어야 한다고 강조한다. "병사는 전장에 나가 적고 싸우고 우리는 다 각각 가정에서 경제와 싸워야"(박순천, 「국방가정」, 84쪽)하기 때문이다.

　"주부된 우리들이 모든 생활에 간소화하기를 생각하여 시간으로 물질로, 금전으로 남는 것은 국가에 바치겠다는 이 한 정신을 가지고 생활할 때에 필승"(永河仁德(박인덕) 「의식주에 관한 필승의 길」, 신시대, 1943. 4, 32쪽)은 가능해진다. "우리의 생활전부를 국가를 위하여 할 것이나 그 중에도 특히 우리 일천 이백 만 여성이 하루에 적어도 한 시간씩을 국가를 위하여 물자생산확충에 쓴다면 그야말로 큰 운동일 것"(박인덕, 「전승의 길은 여기 있다」, 삼천리, 1941. 11, 238쪽)이라는 내용에 수치까지 제시하면서 노동력 동원을 독려하고 있다. 모성을 천직으로 강조하는 이념과는 모순을 일으키게 되지만 이에 대해서도 과거 전통과 총후부인의 새로움을 대비시키는 합리화 방식이 등장한다.

　　과거에 있어서는 가정을 가지고는 일한다는 것은 한 수치와 같이 생각했을지도 모릅니다마는 지금은 그러한 관념은 허용되지 않습니다. 각인이 중대한 사명을 가지고 일에 나서지 않으면 안될 총후의 부인으로서는 일하지 않는다는 것이 얼마나 수치스러운 일인가를 생각지 않아서는 안됩니다."

▶▶ 〈허하백, 앞의 글, 91쪽〉

총후부인이란 말 그대로 사적 영역이 공적 영역으로 재편되어 전쟁의 말단 조직이 된다는 의미이다. 근대 이후 공사 영역의 분리는 공적 영역과의 관련성을 불가시화하고 분리된 것으로 보이게 하는 데 이념적 초점이 있었다면, 전쟁기의 이념은 전선과 후방의 개념으로 이를 하나의 영역으로 만드는 데 있었다. 그렇게 후방의 개념이 될 때 병사의 생산, 군수품의 생산 모두 자연스럽게 여성의 역할이 될 수 있는 것이다.

모윤숙의 말처럼 "전쟁에 나간 남자들을 대신하여 공장이 비었으면 공장으로 회사가 비었으면 회사로 들어가서 일"(앞의 글, 94쪽)하는 역할 또한 전쟁기 동안 여성이 담당할 몫이었다.

실제 집안일과 농사일의 이중고에 시달리고 있던 대다수 농촌 여성의 실정이나 일본 남성의 1/4 정도의 임금을 받는 여성 노동자들의 실상을 생각해 보면, 이러한 식민지 조선에 있어서 총후부인의 역할은 철저히 여성 노동력 착취의 이념으로 작동하게 된다. "남자들은 경제적, 정치적으로 대동아 건설을 하는 때에 우리 여자들은 정신적 역할을 맡아야 할 것"(박인덕, 앞의 글, 71쪽)이라는 정치적 이념이 식민지에서는 대다수 여성들의 노동력 착취로 이어지게 되는 것이다.[12]

---

12) 「처녀의 직장보고서」, 신시대, 1942. 3. 아나운서, 보모, 기자, 여배우, 교원, 백화점원, 은행원, 타이피스트, 간호부, 미용사 등의 직장여성들이 자신의 생활을 소개하는 글이다. 여성의 직업 활동을 장려하는 내용을 볼 수 있으며, 보모만 유독 3명이 소개된 것도 특기할 만한 점이다.

왜 조선의 경우 더 심각한 착취가 이루어졌는가. 이는 일본의 여성 정책이 대상으로 삼고 있는 계층과 관련시켜 생각해 보아야 할 문제이다. 여성을 군국의 어머니로, 민족혼의 절대 정신으로 만들어낼 때 그 대상은 중산층 여성이 된다. 전통적인 여성과도 다른 또 현대의 하층 계급과도 다른 그리고 서구의 물질적이고 남성적인 여성과도 다른 여성을 구분내고 이상형으로 만들어내는 과정에서 국가가 호명해내는 계층이 바로 중산층이다.[13]

> 우리는 첫째, 여성의 천직을 다시 한 번 엄격히 생각하고 그 직을 다하여야겠습니다. 과거의 중류계급이나 그 이상 계급의 여자들 중에 향락주의를 가지고 생산을 피하려는 경향이 있었습니다. 그러나 오늘 이때는 장차 대동아의 주인이 될 어린이들을 체질은 특특하고 힘세고 정신은 건전하고 씩씩하게 많이 생산하고 양육하여야겠습니다.
> ▶▶〈박인덕, 「전승의 길은 여기 있다」, 삼천리, 1941. 11, 236쪽〉

이들은 국가의 도덕성을 담보하는 동시에 국가 역시도 이들에 대한 물적 지원과 명예로 보상하게 된다. 모성보호제도나 모자보호법 등을 통해 출산과 양육에 대해 지원하는 국가정책이 그러한 예인데, 일본의 페미니스트들이 전쟁기의 국가 정책에 호응하게 되는 한 이유도 이러한 모성보호제도를 여성의 지위 향상으로 받아들였기 때문이라고 한다. 앞서 예를 들은 친일논설들이 호소하고 있는 대상도 중산층임을 알 수 있으며, 최정희, 장덕조의 작품들도 중상층의 지식인 여성을 주인공으로 삼고 있다. 그러나 일본의 경제적 하위 블록으로 흡수된 조선의 현실은 이처럼 전시 효과로 시행되는 중산층 중심의 모성보호법

---

13) Prasenjit Duara, 「Of Authenticity and Woman: Personal Narratives of Middle-class Wo- men in Modern China」, Paper prepared for the Conference, June 2~4, 1995, Berkeley, California 참조.

과도 무관한 것이었다. 민족 단위가 계층적으로 서열화되기 때문이다. 일본의 하층 노동력으로 편입된 조선의 여성들은 일본의 중산층 여성을 대상으로 하는 모성보호정책과는 무관한 존재였다.

2) 합리화, 과학화, 규율화와 조선의 열등성

친일 담론의 여성성 재규정이 기존의 보수적 여성성이나 혹은 자유주의, 사회주의의 여성성과 싸워나가는 원리는 크게 두 가지로 볼 수 있다. 그 하나는 합리화, 과학화를 통해 잘못된 '전통'을 버리는 일이며, 다른 하나는 규율화를 통해 무질서한 신여성들의 개인주의를 배제하는 일이다.

먼저 조선의 전통을 열등한 무엇으로 재구성하는 과정을 살펴보자. "과거, 우리는 오랫동안 이런 높은 기개와 정신을 잊어버리고 살아 왔습니다. 남을 위해서 산다는, 나라를 위해서 몸을 바친다는 높고 귀한 사상을 오랫동안 파묻고 살아 왔습니다. -중략- 우리는 모든 것을 다 잊어버리고 귀하고도 높은 오직 우리의 아들들의 뜻을 받드는 어머니가 되십니다. 신의 뜻을 받드는 어머니가 되십시다."(「군국의 어머니」, 대동아, 1942. 5, 117~118쪽)라고 말한 최정희의 글은 이러한 논리를 그대로 드러내고 있다. 조선의 전통은 '높은 기개와 정신'을 갖지 못하였으므로 이를 버리고 일본의 어머니를 모방하는 방향으로 나아가자는 논리이다. 채만식의 『여인전기』에서 비교되는 구식 어머니(전통적 어머니)/신식 어머니(군국의 어머니)에서도 허약한 체질과 심약한 아들을 만들어내는 구식의 어머니는 전통적 교육으로 아이를 망치는 인물로 그려진다. 이처럼 열등화된 조선의 전통은 '과학적 사고'와 '합리적 생활 방식'을 근거로 비판된다. 식민지 조선보다 한 발 앞서 근대화를 진행한

일본이 우월한, 배워야 할 선진적 위치에 서게 되는 것은 자명한 이치
였다.

重光兒鉉(총독부정보계)의 글 「전시하의 여성계몽문제」(춘추, 1942. 4)는
재래의 구식교육이나 구지식이 아닌 신교육, 신지식의 습득이 필요한
데, 여성의 일어 해득률이 6, 7% 정도여서 지식 습득이 어려운 상태라
고 지적하고 있다. "신문명의 온갖 지식은 국어를 통하여 전달되고 있
는 현상"(46쪽)이기 때문에 조선의 여성이 낮은 문명의 단계에 처해 있
고, 이들의 계몽이 시급한 문제라고 설명한다. 조선의 여성지식인들이
전시 생활 개선을 위해 강조하는 원리 역시 합리화, 과학화이다.14) 전
시 가정과 생활의 합리화에 대한 좌담15)을 열기도 하고 동경에 유학하
는 조선여성들의 좌담회16)를 열기도 한다. 흥미로운 대목은 유학생들
의 좌담회에 나오는 일본 여성과 조선 여성의 비교이다. 이들은 일본
여성보다 부족한 점을 '게으름, 불결함, 모성애 부족, 공중도덕, 시간관
념, 예절의 부족' 등으로 꼽았다. 단순한 경험담 같이 보이지만 이러한
담론의 이면에는 민족간의 차별, 조선인의 비문명성, 열등성을 자연스
럽게 만드는 방식이 자리하고 있다. 문화적 차이를 무시하고 조선의
전통을 열등한 것으로 만들어낼 때 자연스럽게 일본과 식민지 조선간
의 위계가 만들어진다. 과학화, 합리화는 근대화의 꿈인 동시에 식민지
화의 길이었음이 확인되는 대목이다.

과학화, 합리화가 조선의 열등화와 맞물려 있다면, 규율화는 국민

---

14) 喜田壯一郎(대정익찬회 국민생활지도부장), 「총후부인의 각오」, 신시대, 1941. 2.
   총후부인이 갖추어야 할 소양으로 '합리적 절약생활', '과학적 지식을 바탕으로
   한 아이양육', '명랑한 정서로 화목한 가정의 분위기 조성' 등을 들고 있다. 여성
   은 경제적 지원과 아이 양육, 그리고 정서적 안식처로서 역할을 모두 맡게 된다.
15) 「전시가정과 생활의 합리화 좌담회」, 신시대, 1943. 7. 大山盛子(총력연맹부인지
   도위원), 金村河伯(허하백, 숙명여고교장), 金田芙紀子(덕성여실교유), 표경조(배정
   현씨 부인) 등이 참석.
16) 「동경조선여성 좌담회」, 신시대, 1941. 3.

의 생산과 직결되어 있다. 특히 자유주의 여성해방론을 주창했던 신여
성들의 활동이 친일 담론 하에서는 개인주의로 비판받으며, 철저히 배
제된다. 아이를 많이 낳지 않으려는 태도도 신여성들의 개인주의, 향락
주의로 비판되며, 가정은 국민적 소양을 키우는 규율화된 삶을 표준으
로 삼아야 한다.

이광수의 「징병과 여성」(신시대, 1942. 6)은 규율화가 왜 필요한가를
설득하는 매우 흥미로운 글이다. 그는 이 글에서 강한 병정, 강한 병정
의 아내를 키우기 위한 방법으로 첫째, 추위와 더위에 견디고 고생을
고생으로 알지 아니하도록 기를 것. 둘째, 힘든 일을 싫어하지 않는 사
람으로 키울 것. 셋째, 복종하는 버릇을 기르는 것. 넷째, 일심하는 습
관을 기르는 것- 일심이란 일제히 시작하고 일제히 끝내는 단체생활의
원리-다섯째, 책임감을 기르는 것(29~32쪽) 등 다섯 개 항목을 들고
있다. 특히 셋째 복종하는 버릇이나 일심하는 습관은 국민의 소양으로
말하는 항목으로 눈에 띈다. 즉, "국민 생활이란 복종의 생활이오, 군
대생활은 그중에서도 철저한 복종의 생활"(30쪽)이며, "나를 죽이고 우
리로 사는"(32쪽) 것이 국민의 도리이므로 철저한 복종과 단체적 규율
화가 요구된다는 내용이다.(이광수, 「징병과 여성」, 신시대, 1942. 6.)

개개인들에게 규율화 된 삶의 방식을 습득시키는 방법은 실제 이념
만으로 진행되기는 어렵다. 이것을 여성들에게 구체적 생활 원리로 체
화시키는 과정이 애국반이라 볼 수 있다. "부인들에게 애국반은 규율
의 좋은 까닭을 실제로 가르쳐주는 참 훌륭한 제도"(부내애국반장중간보
고, 「애국반은 자란다」, 신시대, 1941.2, 143쪽)라는 애국반장들의 보고처럼
실제 애국반 운동은 여성들에게 집단에의 복종과 규율을 습득시키는
제도였다.

3) 여성지식인과 친일의 논리

군국의 어머니, 총후부인으로 여성을 재정의하고 이를 과학과, 합리화, 규율화로 설득하는 논리가 친일 여성 논설의 가장 중심적인 내용임을 살펴보았다. 물론 그 논리들이 여성의 공적 활동이나 가정의 근대화와 맞물려 있어서 여성지식인들이 이념적으로 동조할 만한 요소가 보이지만 조선의 여성지식인들이 이러한 논리에 호응하게 된 이유는 주체 회복의 측면에서 좀더 살펴볼 필요가 있을 것이다. 여성지식인의 경우 남성지식인들이 여성을 대상화하면서 친일의 논리를 수용했던 의미와는 다른 것일까. 이광수의 작품에 드러나는 동양적 정신을 구현하는 여성성이나, 채만식이 강조하는 군국의 어머니상, 혹은 이기영의 작품에서 볼 수 있는 건강한 국민 생산을 위한 우생학의 논리 등 남성작가들의 친일 소설에서 여성을 대상화하는 예를 찾아보는 일은 그리 어렵지 않다. 여성에 대한 계몽적 언설을 만들어낼 때 계몽의 주체로 거듭나면서 식민지 남성에게 부여된 열등화된 이미지를 벗어날 수 있기 때문이다.17) 여성지식인의 경우도 크게 달라 보이지는 않지만, 평등에 대한 환상과 주체 회복에 대한 희망이 좀더 복잡하게 얽혀 있는 것으로 보인다.

> 오늘이란 이 때는 남자에게는 물론이고 여자에게도 무슨 심상치 않은 사태가 벌어진 것만은 사실입니다. …(중략)… 여러분의 사상의 변혁을 요구하게 되었고 여러분의 일이 대외적으로 늘어가게 되었다는 것을 외치지 않으면 안 되게 되었습니다. …(중략)… 이 시대에 난 우리 반도부

---

17) 이기영의 『처녀지』는 특히 주목할 만하다. 『고향』의 김희준과 안갑숙 사이의 계몽구조가 전향소설에서는 무너지지만 이 작품에서는 남표와 신경아의 관계로 다시 회복되고 있다.(졸고, 『이기영소설의 여성의식 연구』, 숙명여대 박사논문, 1995, 4장 참조)

인은 산 가치를 발휘할 수가 있지 않은가 합니다. 새 세계의 정문 앞에
모여선 우리이기 때문에 아니 새세기를 창조할 기둥이 되어야 할 우리인
까닭에 과거 몇 천 년을 살아 온 반도부인보다 우리는 행복합니다.

▸▸〈모윤숙, 「여성도 전사다」, 대동아, 1942. 5, 92쪽〉

조선 여자들은 어려서는 아버지가 대신 생각하여 주었고, 혼인하여서
는 남편이, 늙어서는 아들이 대신하여 주었습니다. 그러나 이제부터는 스
스로 머리쓰기를 배웁시다. -중략- 우리는 배우고 생각하고 남을 사랑하
는 맘을 가지고 대표적 황국신민이 되어서 우리 스스로가 지도자도 되고
또는 우리 여자들을 길러 그들로 지도자 되게 합시다.

▸▸〈박인덕, 「동아여명과 반도여성」, 대동아, 1942. 5, 72쪽〉

모윤숙이나 박인덕의 글에서 주장하는 내용은, 여성도 스스로 지도
자가 될 수 있는 기회가 주어졌으며, 자기 삶의 가치 즉 '산 가치'를
찾을 수 있게 되었다는 것이다. 모윤숙은 더 나가아 "가문에서 쫓겨나
더라도 나라에서 쫓겨나지 않는 아내 며느리"(앞의 글, 94쪽)가 되자고
주장한다. 그러한 변화가 생긴 이유는 여성이 공적 사회에서 인정받고
사회를 위해 일할 수 있게 되었기 때문이다. 친일논설이나 수필 등에
여성 필자들의 직업이나 직책 등을 꼼꼼히 표기하는 현상도 그 예로
볼 수 있다. 이들의 논리와 일본의 페미니스트 히라츠카 라이쵸의 주
장은 거의 동일해 보인다. 히라츠카는 청탑운동의 창시자로 1920년대
조선의 신여성들에게 상당한 영향을 끼쳤던 여성인데, 그 역시 여성의
국가적 동원에 긍정적인 평가를 하고 있다.

어쨌든 부인 대중을 동원해 가사 이외에 사회적, 국가적인 일을 할 수
있게 하고, 부인들이 그러한 일로 집을 비우는 것을 남편들이 인정하게
된 것은 일반적으로 부인들의 생활에 상당히 큰 변화가 온 것이라 생각
합니다. …… 사변 중 일반 가정 부인에게 그러한 습관이 생기는 것과

그리고 단체 일에 협력해서 얻는 경험을 쌓는 것은 여러 가지 의미에서 후세에 좋은 점을 남기는 일이라고 생각합니다. 예를 들면 가정과 사회, 국가와의 긴밀한 관계를 알게 되어 새로운 눈으로 자신의 가정을 보게 됨으로써 지금까지의 가정 이기주의에서 벗어날 수 있게 될 것입니다.

▶▶〈우에노 치츠코, 앞의 책, 59쪽 재인용〉

이 예문은 여성들의 사회 진출이 인정되고, 가정과 사회, 국가의 관계를 이해할 수 있는 새로운 경험이 여성의 지위를 향상시킬 것이라는 기대를 보여주고 있다. 일본의 페미니스들이 전시 동원 정책에 흡수되어 간 과정을 분석하면서, 우에노 치즈코는 공적 역할의 인정이나 모자보호법 실시 등이 당시 페미니스트들에게는 긍정적인 성과로 받아들여졌다고 말한다.[18] "세계의 지도자가 되고 동아의 주인"(임효정, 「대전과 여성의 길」, 230쪽)이 되자는 우리나라 여성지식인들의 자신감도 이러한 기대감에서 출발하고 있음을 알 수 있다.

또 하나 눈에 띄는 변화는 여성적 경험이 공적 담론으로 인정된다는 측면이다. 의식주 생활에 대한 연구가 필요함을 역설하고 그 동안 사소한 일로 무시되던 여성의 경험이 지식으로 인정받게 되었다는 점은 여성들에서 자신의 경험을 자유롭게 표출한 기회로 작용하게 된다.

모든 생활필수의 물자가 풍부치 못한 현 시국을 잘 살피어 어떻게 하면 약한 감 좋지 못한 물건 부족한 식량을 가지고 보건과 위생에 지장이 없도록 의복과 음식을 만들까 경영하고 공부하는 것이 예술이나 학문을 힘쓰고 닦는 것보다 더 긴급하건만 지도자가 되고 모범을 보여야 할 지식층 신여성 가운데 혹 의복 음식 같은 것은 변변치 않은 적은 일로 생각하여 고상한 문화생활과는 관계없는 부문으로 돌려 소홀히 하거나 몰간섭하시는 경향이 있는 듯 한데 하로도 속히 각성하여 풍부한 학식으

---

18) 우에노 치즈코, 앞의 책, 36쪽.

로 부단의 연구를 거듭하여 우리 가정 생활에 좋은 구체안이 많이 발표
되기를 바라서 마지 않습니다.

▶ ▶〈홍승원, 「이기기 위한 생활」, 신시대, 1943. 4, 36쪽〉

위 예문에서 나타나는 것처럼 예술이나 학문에 비해 '변변치 않고
적은 일'로 취급되던 의식주 생활의 문제가 지식으로 인정될 때 여성
들이 자기 경험에 대한 긍정이나 자신감을 가지게 됨은 물론이다.

3. 여성작가의 친일소설

여성작가의 친일소설도 친일논설의 논리와 크게 달라보이지 않지만,
논설이나 수필에서 주장되는 내용과 그것이 삶의 전체성 안에서 형상
화되어야 하는 소설의 경우를 비교해 보면, 실제 그 이념을 어떻게 체
화하고 있는지 볼 수 있을 것이라 생각한다. 그 과정에서 식민지 여성
지식인의 분열된 초상을 발견할 수 있다면, 친일의 논리적 궤적을 밝
혀내는 데 도움이 되지 않을까 싶다. 여성작가의 친일소설은 크게 후
방소설이라는 틀 안에서 창작되고 있는 것으로 보인다.

후방소설이란 "전장에 나가 있는 병사들을 위하여 나라에 남아 있는
(후방) 자는 모든 어려움을 참아내야 한다는 것"으로 "그러한 생활상을
그린 것, 혹은 그러한 생활을 추진하기 위해 씌여진" 것이다. 한국에서
발표된 후방소설은 첫째, 애국반(愛國班)의 활동이나 사람들의 일상생활
모습에 시국색을 다소 가미한 것, 둘째, 지원병을 내게 된 가정을 그리
거나 지원병이 되라고 결의를 촉구하는 이른바 '군국의 어머니'류의
두 가지로 나뉘어진다.[19]

여성작가의 친일소설[20]로는 장덕조, 「출발하는 날」(매일신보, 1943. 3.

7~10), 「行路」(『半島作家短篇集』, 조선도서출판, 1944. 5. 25, 일어), 최정희, 「幻の兵士」(국민총력, 1942. 2. 7, 일어), 「二月一五日の夜」(小品)(신시대, 1942. 4, 일어), 「黎明」(야담, 1942. 5), 「野菊草」(국민문학, 1942. 11, 일어), 「薔薇의 집」(대동아, 1942. 7) 등을 들 수 있다.

1) 군국의 어머니 - 「야국초」, 「행로」, 「여명」

최정희의 소설 「장미의 집」과 「야국초」[21]는 공적 사회에서의 인정, 모성 보호에 대한 기대의 측면에서 친일의 논리를 펼치는 흥미로운 작품이다. 후방소설라 할 수 있는 두 작품 중에서 더욱 문제적으로 생각되는 소설은 「야국초」이다. 「장미의 집」이 지식인 여성의 근검, 절약과 애국반장이 되어 성장해가는 모습을 평이하게 그리고 있다면, 「야국초」는 미혼모인 여성이 자신을 버린 옛 애인에게 보내는 편지 형식의 독특한 작품이다.[22] 유부남과의 사랑에서 미혼모가 된 그녀는 아들과 지원병 훈련소를 견학한 후 병사처럼 강한 어머니로 거듭나겠다는

---

19) 호테이 토시히로, 앞의 논문, 98~99쪽.
20) 필자는 여성지식인들의 논설을 검토하는 글에서 이후의 작업으로 여성작가들의 친일소설목록을 제시하고 추후에 검토하기로 한 바 있다.(실천문학, 2002. 가을) 이 목록은 신희교, 『일제 말기 소설 연구』(국학자료원, 1996, 196~197쪽. 일제 말기 소설목록), 호테이 토시히로(布袋敏博), 「일제 말기 일본어 소설 연구」(서울대석사논문, 1996, 일본어소설 한·일대조연표), 임종국, 『친일문학론』(평화출판사, 1963)의 목록을 토대로 작성했는데 일본어 작품을 포함한 것이었다.
  일본어 작품의 경우 이중언어 사용 문제에 대한 좀더 섬세한 검토가 필요하므로 이 글에서는 논외로 하였다. 전쟁기 동원 논리를 직접 다룬 작품들은 최정희와 장덕조의 작품임을 알 수 있었다. 심진경의 「여성작가 친일소설 연구」(2002 가을 배달말학회 학술대회발표집)에서도 이에 대해 분석하고 있다.
21) 김병걸, 김규동 편, 『친일문학작품선집2』(실천문학사, 1986)에 실린 번역문을 텍스트로 하였다.
22) 최정희 자신의 경험과도 관련이 있는 것 같다. 37년 여름에 쓴 편지에서 최정희는 친가에 있는 아이를 데려오려 못해 그리움으로 앓아누워 있던 자신의 심경을 토로하고 있다.(「신시대 편지틀」, 신시대, 1941. 1, 266쪽)

결심을 하게 되고, 이제 자신이 과거의 상처로부터 벗어났음을 옛 애인에게 당당하게 선언하는 내용이다. "패배하지 않고 이 세상의 모든 것에 이기기를"(176쪽) 비는 마음에서 아들의 이름까지 승일(勝一)로 지은 그녀는 지원병들의 절도 있는 생활과 건강한 열정에 감격하고, 강인한 군인을 길러내는 어머니가 될 각오를 다진다. 그리하여 마침내 아이의 아버지에 대한 미련을 버리고 새출발하는 편지를 쓰게 된 것이다.

"이제 저는 아무것도 생각하지 않고, 승일이를 위해 들국화를 아름다운 꽃, 강인한 꽃으로 가꾸기로 했습니다. 그게 제게 하셨던 당신의 행위에 대한 복수가 될 테니까요. 그럼 안녕히."(186쪽)라는 마지막 대목은 특히 주의 깊게 보아야 할 부분이다. 그녀가 안녕을 고하는 대상, 복수를 꿈꾸는 대상은 무엇인가. 그 대상이 명예와 지위를 위해 자신의 가정으로 돌아간 조선의 남성이라면, 그녀를 미혼모로 만든 무책임한 남성 대신에 그녀가 선택하는 새로운 대상은 그들 모자를 당당한 국가의 일원으로 받아주는 일본 제국이 된다. 가부장제의 희생물인 여성에게도 평등한 권리와 보호를 제공한다면 구습에 얽매인 조선을 버리고 과감히 일본을 택하겠다는 논리를 읽어낼 수 있다. 즉 젠더의 측면에서 보이는 기대감으로 민족 문제를 뛰어넘는 것이다. 남성 작가의 작품보다 훨씬 치밀한 구성과 완결성을 보이는 이유도 이러한 논리가 구체화되었음을 말해주는 것은 아닐까 싶다. 아이러니하게도 「야국초」는 친일문학 중 드물게 형상화가 잘된 작품으로 꼽아야 할 것 같다.

「여명」은 여학교 동창생인 은영과 혜봉, 경자의 삶을 대비시키면서, 각자 다른 삶을 살아왔지만 이제 어머니가 되어 군국의 어머니로 함께 나아가게 된다는 이야기이다. 연설가가 된 경자는 부민회관에서 아들을 황군에 보내자는 연설을 하게 되었으며, 이에 감동한 은영이 아직 서양의 침략 논리를 깨닫지 못하는 혜봉을 설득 계몽한다는 구조로 되어 있다. 은영은 "왼손에 십자가, 바른손엔 칼을 잡았구, 성서와 아편을 한품에 품구서 우리들이 사는 동양인이 사는 언덕 언덕 구석 구석을 찾아다니며, 속히구, 유린을 하구, 강탈을 했는데, 우리는 그들이 부리는 요술, 마술에 걸려서 그것을 몰랐단 말이야"(80쪽)라고 혜봉에게 말하고, 이제는 서양의 침략에 대응하는 동양인의 총력전이 필요하고 이를 위해서는 황군에 아들을 바치는 어미가 되어야 한다는 논리를 전개한다. 특히 아이들은 황군을 찬양하는 '완전무결한 마음'을 가진 존재로 묘사되고, 이들의 뜻을 따르기 위해 망설임을 버리는 어미가 되어야 한다는 결의가 흥미롭다.

장덕조의 「행로」도 「여명」과 유사하게 10년이 훨씬 넘어 만나게 된 여학교동창생 순덕과 애라의 이야기이다. 최정희의 작품과 유사하게 군군의 어머니가 되자는 논리를 전개한다. 눈에 띄는 특징은 여류문인으로 이름을 떨치던 애라가 혼전에 낳은 아이를 아이 아버지에게 떠맡기고 자신의 삶만을 중시했지만 결국 실패하고, 지난날의 개인주의와 자유주의에 물들었던 사상을 깊게 반성한다는 점이다. 신여성들의 자유주의 비판으로 보이며, 이를 서양사상에 굴들었던 탓이라고 비판하는 논리도 눈에 띄는 점이다. "여자가 대단해졌다한들 얼마나 대단해지겠어요. 가정을 잘 지키고 아이들을 훌륭하게 키우는 것, 그게 여자들에게 있어서 중요한 일인 것을. 난, 난 우둔했어."(99~100쪽)라고 반성하는 애라는 소년 항공병이 된 아들의 편지에 감동하여 아들의 뜻을 따라 '그 아이가 몸바친 나라'를 위해 다시 태어날 것을 결심한다.

「출발하는 날」은 수필로 소개되어 있으나 짧은 단편적 구성을 지니고 있어서 소설 분석의 대상으로 삼았다. 이 작품은 일본인 니시다 목사의 연설과 편지를 통해 개인주의적인 자신을 반성하고, 모성애를 자각한 새로운 여성으로 태어나게 된다는 이야기이다. 니시다 목사는 진주만 기습에서 죽은 9명의 특공대가 보여준 멸사봉공의 정신을 계승하고 실천하는 인물이다. 주인공 나는 "남은 생애를 신과 국가와 모든 불쌍한 사람들의 영육을 위해서 후회없는 봉사와 묵묵한 奉公 가운데 보내겠다"(74쪽)는 그에게 깊게 감동한다. 그러던 어느날 그를 배웅하던 기차역에서 무의식적으로 기차에 치일 뻔한 어린아이를 구하게 되고, 그 죽음의 순간에 생명의 소중함 봉공의 소중함을 깨닫게 된다.

> 어린 것은 울지도 못하고 내 치마자락에 매달린 채 와들와들 떨고만 있다. 해어진 조선바지 밑으로 벗은 발이 빨갛게 얼었다. 나는 그만 눈물이 콱 치밀어 오르며 고개를 들어 먼 들을 바라보았다. 푸른 하늘 아래 붉은 지붕 역시 아름답다고 생각한다. 그러나 다시 눈을 돌려 내 치마자락에 매달려 있는 노란 머리를 쓰다듬을 때 내 가슴 속에는 새로운 熱과 같은 힘이 솟아오름을 느끼는 것이다. '멀리 보이는 풍경은 다만 꿈 같은 서정시다. 그러나 지금 내 앞에 안겨 있는 것은 실로 리얼리틱한 소설이 아니냐.' 나는 이제까지의 모든 서정시를 청산하고 지금부터는 정말 현실적인 소설만을 바라보리라 생각한다."
>
> ▶ ▶〈교육출판기획실 엮음, 『교과서와 친일문학』, 동녘, 1988, 76쪽〉

이 예문에서는 이제까지의 낭만적 세계를 청산하고 현실의 세계로 돌아가겠다는 선언적 태도를 보여준다. 그리고 그 계기는 모성의 자각임을 알 수 있다.

이 작품들 모두 아이들이 어머니들을 계몽시키는 구조를 가지고 있는데, 성숙한 남성과의 계몽구조 대신 계몽자가 '아들'로 바뀌는 서사적 특성이 주목된다. 이 때 아이는 '소국민'으로서 일본의 정신을 대신하는 대리물로 등장하고 있다.

> 어머니! 저의 생명은 절대 저 한 사람의 것이 아닙니다. 이러한 시대에

태어난 사람이 나라에 몸을 바쳐, 一死報國하는 것은 당연한 일입니다.
만약 제가 죽는다 하더라도 어머니는 조금도 슬퍼하시면 안됩니다. 기쁘
게 자랑스럽게 생각해 주십시오. 저는 다른 사람들보다 우수한 공적을
세우기를 바라지 않습니다. 특별한 명예를 바라는 것도 아닙니다. 단지
사람들 눈에 띄지 않는 평범한 젊은이로서 저의 의무를 다하려고 합니다.

▶▶〈「행로」, 103쪽〉

우리집 애두 이건 뭐 조금만 어쩌두 엄만 왜 그러느냐규 항의구나. 글
세 영화 뉴-쓰관에 가면, 황군이 만세부르는 장면에서 저두 따라 만셀 부
르는데 엄만 웨 안부르느냐구, 엄만, 기쁘지 않으냐구 야단이구나, 이것
뿐인줄 아니, 얘기하려면 끝이 없어. 어쨌든 아이들은 이렇게 철저하구
나, 조금두 빈자리가 없이 꽉 들어 찻구나, 난 이 아이들의 빈자리가 없
이 꽉 찬 마음을 어디까지든지 조장식혀줄려는 생각이야, 북도다 줄려는
생각이야, 아무것도 생각지 않을 테야, 모든 것을 다 잊어버릴테야.

▶▶〈「여명」, 81~82쪽〉

황군에 지원입대하는 아들이 어머니에게 보내는 편지(위 예문)에서도,
아이의 철저한 일본정신에 감복하는 어머니의 서술(아래 예문)에서도 아
이는 어머니의 계몽자이고 완벽한 정신의 소유자로 그려진다. 조선의
남성이 계몽자로서의 위치를 잃고 있다는 점은 아이, 즉 소국민의 뒤
에서 거대한 힘을 드리우고 있는 일본의 정신이 계몽자로 등장하는 서
사적 변화라고 볼 수 있다.

2) 전시가정과 내선일체 -「2월 15일 밤」, 「장미의 집」, 「환영의 병사」

이 세 작품은 애국반 활동과 내선일체의 정신을 강조하는 내용을 담
고 있다. 먼저 최정희의 「2월 15일 밤」은 애국반 활동을 선전하는 작
품이다. 주인공 선주가 애국반장이 된 일로 남편 남주는 그런 소란스

러운 여자는 딱 질색이라며 잔소리를 한다. 여자는 가정을 지키는 것
이 본업이라던 남편도 싱가폴 함락되었다는 방송에 감동하고 아내의
활동을 인정하게 된다는 짧은 이야기이다. 「장미의 집」은 「2월 15일
밤」의 작품을 좀더 구체화한 소설로, 화가였던 주인공이 전시 가정의
안주인으로 애국반장으로 검약과 국가에 봉사하는 생활을 하게 된다는
줄거리이다. 애국반 활동을 선전하는 작품은 앞서 논설에서 분석한 것
처럼 규율화를 생활화하는 내용을 담고 있으며, 공적 영역에서 활동하
게 된 여성들의 성장을 강조하고 있다.

　·애국반 활동을 내용으로 하는 작품이 가정생활에서의 몸의 규율화
라고 한다면, 「환영의 병사」가 다루는 내선일체는 정신적 지원을 담당
하는 '여성성'에 대한 내용을 담고 있다.

　주인공 김영순은 홀어머니의 외동딸로 동경의 모여자대학 2학년까
지 다니다가 건강 때문에 휴학하고 집에 돌아와 요양 중이다. 그녀는
야마모토 이등병 등 일본인 병사들과 알게 되어 그들에게 아리랑을 가
르쳐주기도 하고, 그들로부터 전쟁에 대한 이야기들을 듣기도 하면서
친해진다. "전쟁터에 언제 불려갈지 모르는 그들을 위해 한 시간이라
도 좋다. 그들을 즐겁게 해주고 위로해 주는 일에 주저할 일이 무엇이
있겠는가"(126쪽)라고 생각하며 그들의 막사를 자주 찾아간다. 그러던
중 한글을 배우고 싶다는 그들의 청으로 한글 자모를 써주고 더욱 친
밀해지는 느낌을 갖게 된다. 그러나 「가」행조차 배우지 못 한 채 4명
의 병사들은 낙동강 연안으로 야마모토는 북지로 떠나고, 영순은 야마
모토의 편지를 받게 된다. 작품의 결말인 야마모토의 편지와 영순의
답장에 전쟁의 당위성과 내선일체의 논리, 그리고 여성의 자세 등의
내용이 전개된다. 두 사람 사이의 아련한 그리움을 남긴 채 야마모토
의 전사 소식이 전해지고 그의 환영을 느끼며, 영순은 일본과 조선, 중

국의 인연이 선대부터의 깊은 것이라는 믿음을 가지게 된다.

　당신이 써준 당신의 이름과 언문을 때때로 열어보고 당신을 느끼고 당신의 어머니부터 당신의 친척, 그분들과 같은 동포인 조선이 전체를 느끼는 것과 동시에 언문의 형태를 하고 있는 조선 가옥의 구조와 중국 가옥의 구조가 비슷하다는 것을 느끼고 중국과 조선과 일본은 신대(일본 신화에서 신이 다스렸다고 하는 시대) 때부터 어떤 인연이 있었다고 믿지 않을 수 없습니다. 신대에서부터 숙명적인 인연만은 어떻게 할 수 없는 것이라고 생각합니다. 제발 당신도 저와 같은 이념을 가져 주시길 바랍니다. 그리고 신의 뜻인 동양평화를 위해 강한 여성이 되어 주십시오. 싸우기 위해 싸우는 전쟁이라면 죄가 되겠지만 평화를 위하여 싸우는 전쟁이라면 신도 기뻐하실 것입니다.”

▶▶⟨129쪽⟩

야마모토의 편지를 받고 영순은 “당신이 제가 써드린 언문에서 조선 전체와 중국까지 동양 전체를 느끼신 것처럼 당신과 알게 된 이유로 저도 전쟁이 제 일처럼 느껴져 어딘가에서 병사를 만나면 당신을 만난 것처럼 기뻐하게 됩니다.”(129쪽)라는 답장을 보낸다. 그가 말하는 동양평화를 위한 강한 여성으로 성장할 것을 기약하는 대목이다. 내선일체의 이념을 강조하는 동시에 이 작품은 여성의 정서적 지원 또한 요구되고 있음을 알 수 있다.

3) 신여성들의 좌절된 꿈과 주체 환상

　여성지식인들의 논설에서는 여성의 공적 지위에 대한 인정이나 여성적 경험이 지식의 범주로 재규정되는 것 등이 여성해방적 측면으로 받아들여졌음을 알 수 있었다. 작품에서도 그러한 논리들이 그대로 적용되고 있지만, 좀더 구체적인 이들의 내적 상황을 엿볼 수 있어서 세밀한 검토가 필요하다.

매일신보에 연재된 장덕조의 장편 『女人圖』와 연결하여 친일소설들을 읽어보면 이들의 상황을 이해하는 데 도움이 될 것 같다. 이 소설은 1939년 5월 23일부터 7월 6일까지 39회 연재된 작품으로 친일소설은 아니지만 신여성들이 왜 친일의 길로 가게 되는가를 읽어낼 수 있는 작품이다. 교육받은 상층 여성들의 갈 곳 없는 에너지, 과잉된 자의식이 연애사건이나 남편을 향해서만 쏠리는 현상을 다루고 있으며 장덕조는 이를 건강한 사회적 에너지로 바꾸어보려는 의도를 보이고 있다. 20년대 신교육의 세례를 받고 현재 30대의 주부가 된 세 여성을 주인공으로 하고 있는데, 이들은 과거의 나태하고 소모적인 삶을 청산하고 건강한 주부로 새롭게 탄생할 것을 결심하게 된다.

주인공 은애와 경애, 진숙은 각각 교수, 변호사, 의사를 남편으로 둔 중상층의 여성들이다. 꽤 긴 작품인데 내용의 대부분은 이 세 여자들의 부부갈등, 사치한 생활, 삶의 허망함을 그리고 있다. 그리고 결말은 경애가 첫사랑과의 불륜으로 자살사건을 일으키고 이를 용서하는 남편과 화해하는 내용이다. 이들은 아이들을 "이유도 업시 자기와 남편의 사이를 멀어지게 해준 조그만 악마들"(5.31)이라고 생각하기도 하는 모성애가 부족한 인물들이다. 여전히 "현대 연애소설에 나오는 사랑의 문구며 서양영화에 나오는 사랑의 장면을 신통하게도 고대로 기억"(6.1)하는 낭만주의자이기도 하다. 유명한 운동선수로 전문학교의 수재로 이름을 날렸던 여학교 시절만이 이들에게는 아름다운 시절로 기억된다. 화려한 과거만을 간직한 채 이들은 현재 자신의 삶을 한탄하며, 무료하고 허무한 일상을 견디어 나가고 있다.

이 작품은 이들에게서 새로운 열정을 발견하고자 하는데, 서로의 생

활에 개입하고 걱정해주는 세 친구의 관계와 결국 동반자살 직전에 친
구를 구해내 신문에까지 실리게 된 은애의 영웅담을 통해 이들의 건강
성을 찾아보려 시도한다. '참 맘으로 남편을 섬기'고 '훌륭한 어머니'
가 되는 새로운 주부가 되자는 어설픈 결말은 맺고 있지만, 끊임없이
서로의 삶에 개입하고 무엇인가 사회적으로 의미 있는 일을 찾아보려
는 이들의 열망은 좌절된 신여성들의 꿈이 다시 꿈틀거리고 있음을 보
여준다. 이러한 열망에 부합하는 사회적 지위와 이념이 제공될 때 이
들은 쉽게 주체 정립의 환상으로 나아갈 수 있었을 것이다.

1920년대 교육받은 신여성들은 급증[23]했지만 이들이 사회적 조건의
미성숙이나 가부장제의 완고함으로 무너져갔던 상황을 떠올려 보면, 친
일의 논리가 이들의 욕망과 결합할 수 있는 가능성은 충분했을 것이다.
소설 작품에서는 이러한 신여성들의 내적 상황을 드러내고 있으며, 사
생아의 문제가 유독 작품에서 눈에 뜨는 이유도 결혼제도와 자유연애
사이에서 갈등했던 신여성들에게 상당한 호소력을 지녔을 것으로 짐작
된다.

세계 문학에 나타난 사생아의 문제를 소개하고, 이 문제를 문학이
왜 깊게 다루는가를 이야기한 정우상을 글은 일본의 작품 眞船豊의 「
太陽의 아들」을 이 문제에 대한 주요한 작품으로 소개하면서, 이 문제
에 대한 국가적 개입의 필요성을 설명하고 있다. "원래 사생자법은 민
법 가운데 가장 난치의 암이다. 결혼생활의 옹호와 사생자의 보호. 이
두 가지 과제를 완전히 해결하기는 곤란하기 때문에"(211쪽) 이들에 대
한 문제를 국가가 해결해야 한다는 것이다. 소년 범죄의 대부분이 사
생아에게서 발생하기 때문에 "사생자의 문제는 단순히 개인간의 認知,

---

23) 1919년 5월말 고등여학교와 여자고등보통학교 학생수는 2592명에서 1934년 5
   월말에는 15,423명으로 늘어났다.(『시정25년사』, 호사카 유우지, 『일본제국주의
   의 민족동화정책 분석』, 제이앤씨, 2002. 120쪽 재인용)

不認知의 문제를 떠나서, 이 죄없는 과실로 하여금 일정한 교육을 받게 하고, 일정한 수준의 생활을 보장해야 할 국가의 의무의 문제에 도달하게 되"(정우상, 「私生子와 文藝」, 춘추, 1941. 2, 222쪽)는데, 국가가 아동에 대한 의무 및 권리를 주장할 수 있는 가장 자연스러운 지점이 된다.

> 아동은 부모의 독점물도 아니요 宗中의 소유물도 아니요 국가의 일원인 한 인격이요 사회의 중요한 일 존재이다. 부모는 자녀에게 대하여 나의 독점물 소유물이니까 보호지도하는 것이 아니라 국가와 사회의 위임을 받아 직접 그 책임을 이행할 뿐이다. 그런 고로 자기 지혜로 지도키 어려울 때 국가사회와 협력하여 지도할 것이요 자기가 국가사회 위임 맡은 그 일에 불충실하고 탈선의 길로 갈 때에는 반드시 이 간섭과 제재가 있는 것이다. 이것이 오늘날 아동과 부모의 정당한 관계와 입장이라고 생각할 수 있다."
>
> ▶▶〈고황경, 「아동보호 시설의 확충」, 춘추, 1941. 3, 194쪽〉

아동의 양육이 공적 영역으로 재편될 때 고아든 사생아든 아이는 개인이 아닌 국가의 성원으로 평등한 보호를 받을 수 있다는 기대가 이들의 논리에서 나타난다. 모성과 자아 사이에서 끊임없이 흔들렸던 신여성들에게 아동의 국가 보호는 결코 뿌리치기 어려운 매력이었을 것이다. 그러나 고아나 사생아를 위한 보호시설의 확충을 주장하지만 조선에서는 보호제도의 마련은 제대로 진행되지 못한 채 제국주의의 논리를 전파하는 담론으로서 효과만 강화되었을 뿐이다.

4. 맺음말 – 해방에의 기대와 국가적 동원 논리의 결합

여성지식인의 친일논설과 소설의 핵심적인 논리는 여성의 공적 활동이나 모성의 보호에 대한 기대였다. 그러나 앞서 살펴 본 것처럼 이러한 논리의 문제점은 중상층 여성을 대상으로 삼으면서 이루어지는 논의들이 계급적, 민족적 차이를 보지 못했다는 점이다. 성과 민족, 계급의 복합적인 관계에 대한 고려 없이 고립돈 여성성만을 추구하는 경우24) 일본의 제국주의와 식민지와의 관계에서 벌어지는 성정치의 복잡한 정치적 효과들을 이해하기 어렵게 된다.

특히 중상층 여성을 국가적 모성으로 불러낼 때, 실제 조선에서는 모성 보호제도나 아동보호시설과 같은 지원제도가 거의 이루어지지 않은 상태에서의 이념적인 선전이었다는 사실이 간과되고 있다. 또한 일본의 경제적 하위블록으로 편재된 조선의 대부분 여성들이 전시노동력으로 동원되는 상황도 이러한 논리 하에서 은폐된다. 민족적, 계급적 차이들이 남녀의 평등이라는 환상으로 감추어지는 전형적인 성정치의 한 예이다.

민족간의 서열화가 자연화되는 과정도 여성지식인의 친일논설과 작품에서 발견된다. 여성이나 가족에 대한 이념, 규율 등이 합리성, 과학성, 규율성이라는 원리 하에서 조선은 열등한 전통으로 비판되고, 일본은 모방의 대상으로 제시된다. 물론 조선의 가부장제가 여성에 대한 억압이나 왜곡된 가족 이념을 만들어왔다는 사실에 동의한다 할지라도, 그것이 사회적 역사적 맥락이 배제된 채 무조건 열등한 문명으로, 일본은 우월한 문명으로 제시되는 것은 여성성이나 가족 이념에 대한 재규정을 통해 자연스럽게 민족간 서열화를 이루는 방식이 된다.

여성해방에 대한 기대감으로 여성지식인들이 이끌려 갔던 세계는 이러한 일본 제국주의의 논리와 결합되면서 결국 전쟁을 위해 개인을

---

24) 이상경은 최정희와 임순득의 작품을 비교하면서 여성성에 대한 고립된 추구가 어떻게 역사적인 맥락을 잃게 되는가를 분석한 바 있다.(「식민지에서의 여성과 민족의 문제」, 실천문학, 2003 봄, 80쪽)

동원하는 정책으로 흡수되게 된다. 대동아 전쟁을 위대한 싸움, 거룩한 전쟁으로 미화(김활란, 「여성의 무장」, 대동아, 1942. 5, 75쪽)하면서, "인간생활은 전쟁이올시다. 가정도 전쟁입니다. 인간 모두가 병정입니다."(박순천, 앞의 글, 87쪽)라고 외치는 결과를 빚게 된 것이다. 친일문학의 가장 큰 문제는 폭력성으로 진화해간 국가적 집단주의 이념에 동조하고 이를 선전한 문학이라는 점이다. 여성과 가족에 대한 일본의 국가 정책과 이념은 바로 이러한 집단주의와 폭력성으로 개인을 동원해내는 기제였다.

흔히 성정치(gender politics)라고 말할 때 그것은 단순히 남녀간의 차별만이 문제되는 것이 아니다. 국가주의가 여성과 가정을 재구성해낼 때, 그 이면에서 민족과 계급, 혹은 인종간의 위계가 어떻게 만들어지는가를 파악하는 일은 우리가 성정치를 분석하는 주요한 이유일 것이다. 여성적이라는 호명은 민족 혹은 인종간 위계를 자연화하는 비유로 작동하기도 하고(인도인이나 흑인의 예), 또 여성과 가족은 국가의 이념을 개인의 삶으로 전이시키는 매개항이 되기도 한다.[25] 젠더 정치는 공사 영역의 경계를 변동시키면서, 사적 영역에 대한 국가적 통제 즉 개인을 국가의 성원으로 동원하는 방식을 보여주는 것이기 때문이다. 여성 지식인의 친일논설과 작품은 여성해방을 남녀간의 단순 대립으로 이해하면서 이러한 제국주의적 성정치의 급류에 휘말려들어간 여성들의 불행한 역사를 보여준다.

---

25) Meng Yue, 「Female Images and National Myth」, 『Gender Politics in Modern China』, ed. Tani E. Barlow, Duke University Press, 1993, 118~120쪽.

▎수필 및 논설문

「삼천리」, 「대동아」

「전쟁장기화 가정생활 주부좌담회」, 삼천리. 1940. 3 : 참석자 박인덕(여류평론
　　　가), 황신덕(동아일보기자), 최정희(여류작가, 전동아일보사 편집국장), 최
　　　의순(설의식씨 부인), 박경희(향상기계학교교사, 음악가)
「명류여성제씨의 남총독 가정방문기」, 삼천리, 1940. 5. : 집필자 김활란(이화여
　　　자전문학교장), 이숙종(경성성신여학교장), 서경남(숙명여고교유)
「상해조선부인단 고국산하방문기」, 삼천리, 1940. 6.
김활란, 「皆様こそまことの犠牲, まことの奉公の鑑」, 삼천리, 1940. 7.(『지원병
　　　십만 돌파 기념특집』에 실린 글, 그외 이광수 「母, 妹, 妻에게」, 김동환
　　　(삼천리사장) 「國防觀念과 尙武熱의 鼓吹」 등이 실림)
「문사부대와 지원병」, 삼천리, 1940. 12. : 10월 12일, 조선문사부대 38명이 양
주지원병훈련소에 일일 입소를 하고 돌아와 소감을 기록한 글.
　▸ 최정희, 「진실로 이기라」
　▸ 이선희, 「여성도 군대생활 필요」
　▸ 모윤숙, 「태양 아래 빛나는 몸」
「부인부대와 지원병」, 삼천리, 1941. 1 : 서울 공덕리, 지원병훈련소를 방문한
서울 상, 중류 각 가정의 부인 38인이 보고 들은 내용을 기록.
고황경, 「경성자매원」, 삼천리, 1941. 1
박인덕(永河仁德, 德和女塾校長), 「전승의 길은 여기 있다」, 삼천리, 1941. 11.
　____, 「半島女性總立ちの秋」(임전애국자군상9), 삼천리, 1941. 11.
김활란, 「半島女性の蹶起促す」(임전애국자군상15), 삼천리, 1941. 12.
최정희, 「林芙美子と私」, 삼천리, 1941. 12.
「我教의 女學生 軍事教鍊案」, 삼천리, 1942. 1.
　▸ 福澤玲子(송금선, 덕성여자실업학교장), 「단체적 국가관념 주입에 전력」
　▸ 배상명(芳村祥明, 상명실천여학교장), 「시국강화와 교련실시」
　▸ 月村水先(명성여학교장), 「주로 방공훈련과 근로공작」
　▸ 이숙종(성신종정여학교장), 「학교연맹의 작업」
　▸ 永河仁德(박인덕, 덕화여숙장), 「군사교련은 찬성」
　▸ 天城活蘭(김활란, 이화여자전문학교장), 「불요불굴의 정신 함양」

‣황신덕(경성가정여숙장), 「偉人記와 저온생활」

고황경(梨專家事科長), 「여성과 신생활-질서 있는 생활을 위하여」, 삼천리, 1942. 1.

박인덕, 「東亞黎明과 半島女性」, 대동아, 1942. 5.

『半島指導層 女性의 決戰報國의 大獅子吼』, 대동아 1942. 5.

‣김활란, 「여성의 무장」

‣임효정, 「미몽에서 깨자」

‣임숙재(豊川淑宰, 숙명여자전문교수), 「가정의 신질서」

‣박순천, 「國防家政」

‣허하백, 「銃後婦人의 覺悟」

‣모윤숙, 「女性도 戰士다」

‣최정희, 「君國의 어머니」

‣최정희, 「꿈은 南域으로」, 대동아, 1942. 5.

임효정(臨戰報國團婦人隊幹事長), 「大戰과 女性의 길」, 대동아, 1942. 7.

박옥희, 「맹훈련 중의 지원병」, 대동아, 1942. 7.

「신시대」

송금선(덕화여자실업학교장), 「시대도 새로운 이날 여인으로 알아둘 예절」, 신시
        대, 1941. 1

이정순, 「각국 전시생활 풍경」, 신시대, 1941. 2.

부내애국반장중간보고, 「애국반은 자란다」, 신시대, 1941. 2.

좌담회, 「시국과 여배우」, 신시대, 1941. 11.

: 일제 말 선전사업의 일환으로 여배우들도 많아졌고, 이들 역시 시국 담론에 동
        원되었다. 강정애, 백란, 윤정란, 김령 등의 배우가 참석했다.)

「처녀의 직장보고서」, 신시대, 1942. 3.

: 아나운서, 보모, 기자, 여배우, 교원, 백화점원, 은행원, 타이피스트, 간호부, 미
        용사 등의 직장여성들이 자신의 생활을 소개하는 글이다. 여성의 직업
        활동을 장려하는 내용을 볼 수 있으며, 보모만 유독 3명이 소개된 것도
        특기할 만한 점이다.

天城活蘭(김활란), 「징병제와 반도여성의 각오」, 신시대, 1942. 12.

永河仁德(박인덕), 「의식주에 관한 필승의 길」, 신시대, 1943. 4.

豊川淑宰(임숙재), 「이기기 위하여는 어떠한 생활을 할 것인가?」, 신시대, 1943.
        4.

홍승원, 「이기기 위한 생활」, 신시대, 1943. 4.
「願兵制度と 家庭婦人 座談會」, 신시대, 1943. 6. : 홍승원, 大山孝貞(임효정)
　　　등이 참석.
「전시가정과 생활의 합리화 좌담회」, 신시대, 1943. 7.
　　　: 大山盛子(총력연맹부인지도위원), 金村河伯(허하백, 숙명여고교장), 金田芙
　　　紀子(덕성여실교유), 표경조(배정현씨 부인) 등이 참석.
「총후여성 독본」, 신시대, 1943.7.
: 정현숙 '여성과 생활', 정봉 '여성과 방공', 水野靜子 '여성과 예법'
「동경조선여성 좌담회」, 신시대, 1941.3.

「춘추, 국민문학」

고황경, 「아동보호 시설의 확충」, 춘추, 1941. 3.
김정실, 「열국의 국민후생운동」, 춘추, 1941. 12.
노천명, 「여인연성-함남여자훈련소 참관기」, 국민문학, 1943. 6.(일문)

「매일신보」

송금선, 「반도여성의 책무도 크다」, 매일신보, 1942.5.10.
유각경, 「어머니 자신부터 가질 야마도 다카시」, 머일신보, 1942.5.12.
이숙종, 「다시 한번 굳게 해야 할 진충보국의 결의」, 매일신보, 1942. 5. 12.
박마리아, 「자식 둔 보람 어미 된 면목」, 매일신보, 1942. 5. 13.
배상명, 「역사에 남을 여성이 되자」, 매일신보, 1942. 5. 13.

우생학과 제국주의의 성정치
-채만식의 『여인전기』와 이기영의 『처녀지』-

■이선옥

1. 머리말

이 논문은 채만식의 『여인전기』와 이기영의 『처녀지』를 중심으로
여성성을 둘러싼 담론의 한 양상을 검토하려는 글이다. 이 두 작품은
모두 일제 말 대동아전쟁기에 발표된 친일작품으로 여성성에 대한 재
규정을 중심 서사로 삼고 있다. 이를 비교 분석하는 과정에서 여성에
대한 전쟁의 동원논리가 어떻게 이루어지는가를 살펴볼 수 있으리라
기대한다.

필자는 이 글에 앞서 여성지식인들의 친일논설들을 검토하면서, 여
성지식인들의 역사적 선택이 어떻게 이루어지는가, 이들의 이념은 어
떠한 논리로 형성되는가에 대한 의문을 풀어보고 싶었다. 아들을 황군
에 보내는 '군국의 어머니'가 되어 盡忠報國하자고 외치고, 勤勞愛汗의
정신으로 땀 한 방울까지 전쟁물자 동원에 바치는 '총후부인'이 되자
는 계몽의 논설들이 단지 외압에 의해서 이루어지는 일일까 하는 의심
이 들었기 때문이다. 이런 의문들은 이들의 논설이나 작품들에 나타나

는 열망과 기대감들을 읽어내면서 차츰 풀어나갈 수 있었다.

여성지식인들의 논리가 가장 두드러지는 글로는 대동아 1942년 5월
에 실린 특집 『半島指導層 女性의 決戰報國의 大獅子吼』를 들 수 있는
데, 김활란의 「여성의 무장」, 임효정의 「미몽에서 깨자」, 임숙재의 「가
정의 신질서」, 박순천의 「國防家政」, 허하백의 「銃後婦人의 覺悟」, 모윤
숙의 「女性도 戰士다」, 최정희, 「君國의 어머니」 등이 실려 있다. 1942
년 5월 9일 조선에서의 징병령 실시(44년부터 실시할 것을 결정)가 선포되
자 많은 잡지들이 이에 호응하는 특집들을 싣고 있는데, 이 특집도 그
하나이다. 이 특집은 전시 체제 하에서 여성의 역할과 그에 필요한 여
성적 자질 등에 대한 논의가 중심을 이루며, 가장 눈에 띄는 대목은 이
들 모두 여성해방에 대한 열렬한 기대감을 보여주는 점이다.

남성에게 종속된 생활에서 벗어나 스스로 지도자가 되고, 지도자를
길러내는 살아있는 가치를 발현할 기회가 비로소 주어졌다는 이들의
표현처럼 여성지식인들의 친일 논리는 여성의 공적 지위가 인정되고,
그 경험이 이들의 성장에 기여할 것이라는 기대감에 바탕하고 있다.
전쟁기 여성동원의 방식이 분리형 정책이나 혹은 참가형 정책1)이냐에
따라 국가의 동원 방식과 여성 역할 사이의 규정이 달라지지만, 어떤
경우이든 여성을 국민으로 호명하여 평등한 지위를 줄 것이라는 기대
감으로 전쟁 참여를 독려하는 예는 흔히 발견된다.2) 실제 전쟁 독려와
계몽의 논설들을 발표하면서 상당히 많은 여성지식인들이 다시 담론의
중심으로 떠오르게 되고, 애국반 활동을 통해 공적 사회의 경험을 하
게 되는 일이 많아지면서 그러한 기대감도 커졌을 것이라 짐작된다.

---

1) 독일과 일본은 전시 총동원 체제 하에서도 성별 역할 분리를 유지한 반면, 영국
   과 미국은 국가가 여성을 징병하면서 여성들을 적극적으로 참가시켰다.(우에노
   치즈코, 『내셔널리즘과 젠더』, 이선이 옮김, 박종철출판사, 1999, 25쪽)
2) 이상경, 「식민지에서의 여성과 민족의 문제」, 실천문학, 2003 봄, 57쪽.

그러나 문제는 여성 문제를 단순한 남녀의 대립구조로 이해하면서 국민적 지위에만 관심을 두는 경우 그 이면에서 진행된 계급간 민족간의 위계 질서는 은폐된다는 사실이다. 민족간 위계까지 겹쳐 경제적 최하위 블록으로 편입된 조선의 여성들이 전쟁을 위한 노동력으로, 위안부로 동원되는 과정이 이러한 지식인들의 논리 하에서 사라지게 되는 것이다.

또한 여성성을 민족간 위계를 만들어내는 매개항으로 사용하는 제국주의의 젠더정치는 여성에 대한 공적 담론을 만들어내는 일과 함께 이루어진다. 여성에 대한 공적 담론들은 여성의 역할이나 사회적 지위, 바람직한 여성의 자질 등에 대한 다양한 논의들이 진행되는데, 이러한 여성성의 재규정은 모든 국가주의가 국민성의 형성이나 민족간의 위계를 만들어내는 과정과 맞물려 있어서 복잡한 양상을 띄게 된다. 여성은 민족의 절대정신, 변하지 않는 전통 등으로 호명되기도 하고, 남성적인 제국주의와 여성적인 식민지라는 비유로 위계관계를 자연화하는 방편으로 쓰이기도 한다. 이처럼 복잡한 젠더 정치를 단순한 성별 대립 논리로는 읽어내지 못하게 된다. 그로 인해 여성지식인들의 친일 논리가 무책임하게 제국주의의 전쟁 논리에 흡수되게 되는 것이다.

이미 많은 연구들이 밝히고 있는 것처럼 근대 민족국가의 형성에서 국가는 국민성의 내용이나 혈연적 신념 등을 민족의 '전통'이라는 이름으로 구성해내게 되는데,[3] 이때 민족의 '전통', 혈통 등의 문제를 담지하는 주체로 여성이 호명된다. 남성이 불안한 주체로서 근대적 발전과 싸우는 대신 여성은 변하지 않는 절대적 정신, 그 민족의 영혼을 지키는 성소가 되는 것이다. 신비화된 모성 담론은 모성을 신비화, 균질

---

3) Eric. J. Hobsbawm and Terence O. Ranger, eds., The Invention of Tradition, Cambridge University Press, 1983, 12~14쪽.

화하여 이를 민족의 전통이라 이름하고, 국민성으로 치환하는 대표적이 예이다.

친일 담론의 경우는 좀더 복잡하다. 조선민족의 '전통'은 버려야 할 무엇, 개조되어야 할 대상으로 그려지고, 여기에 황국 신민으로서의 국민성 즉 일본의 정신을 다시 정립시켜야 하기 때문이다. 친일논설이나 작품에서 여성에 관한 논의들이 급증하고, 그간의 여성성 규정들과 치열하게 경합을 벌이는 이유도 이러한 민족 전통의 재규정과 이를 통한 민족간 위계 정립이 필요했기 때문이라고 생각한다. 이 글에서 다루고자 하는 두 작품은 후자의 경우 즉 여성성의 재규정이 어떻게 민족간 위계를 만들어내는가를 보여주는 한 예로 두 작품 모두 우생학을 통해 민족의 소질을 어떻게 개조해나갈 것인가를 다루는 작품이다.

2. 우생학 담론과 친일의 논리

『처녀지』가 혈통의 개조를 다루고 있다면, 『여인전기』는 환경의 개선을 통해 민족의 소질을 어떻게 바꾸어나갈 것인가를 중심 내용으로 삼고 있다. 어떠한 아이를 낳고 길러낼 것인가는 자연스럽게 여성의 출산이나 양육의 문제로 연결되는데, 아이는 미래의 국민인 '소국민'으로 조선민족을 일본 국민으로 낳고 키우는 문제를 담고 있다. 서구와의 경쟁에서 후발로 출발한 일본이 대동아공영권의 이상을 실현하기 위해서는 이들과 경쟁할 수 있는 일본 민족의 우월성 확보와 아시아 민족을 아우르는 국민적 정체성의 형성이 중요하게 부각되었으며, 우생학은 출산(생물학적 요인)과 양육(환경적 요인)에서 일본을 우월한 민족으로 만들어내는 논리의 하나였다.

전쟁기에 접어들면서 조선에서도 우생학과 출산 장려 담론이 급증하게 되는데, 당시의 신문이나 잡지에는 「우생사상 보급의 필요」(동아일보, 1935. 1. 26), 「억센 어린이, 조선을 어떻게 건설할가」(동아일보, 1938. 1. 1), 「이상아동보호법의 목표」(동아일보, 1938. 6. 15~16), 「국민체력관리제도의 실시」(동아일보, 1939. 10. 5), 「영아를 코호하자」(동아일보, 1939. 1. 9), 「결혼을 권하는 書－우생이 제일 조건」(매일신보, 1941. 10. 24) 등등 우생사상의 보급과 출산 장려의 기사들이 자주 등장한다. 또한 1941년에는 국민체위향상을 도모한다는 계획 하에 후생국이 신설되기도 한다. 이와 함께 다산의 장려도 강조되었는데 「나허라! 불려라! 조선의 인구증식대책」(매일신보, 1941. 6. 29), 「조혼을 장려하여 출산율을 올리자」(매일신보, 1942. 9. 2), 「시국이 요구하는 새아씨감, 어린애 잘 나흘 인물」(매일신보, 1943. 1. 23) 등의 글이 다수 발표되는 한편 매일신보사 주최로 1941년부터 매년 다자가정(多子家庭)을 표창[4]하기도 한다. 『여인전기』와 『처녀지』는 이러한 일본의 국가 시책에 발맞추어 씌여진 작품이라 할 수 있다.

당시 덕화여숙 교장이었던 박인덕의 글에서도 튼튼한 아이의 생산과 양육이 여성의 천직임을 강조하는 예를 볼 수 있다.

우리는 첫째, 여성의 천직을 다시 한 번 엄격히 생각하고 그 직을 다하여야겠습니다. 과거의 중류계급이나 그 이상 계급의 여자들 중에 향락주의를 가지고 생산을 피하랴는 경향이 있었습니다. 그러나 오늘 이때는 장차 대동아의 주인이 될 어린이들을 체질은 특특하고 힘세고 정신은 건전하고 씩씩하게 많이 생산하고 양육하여야겠습니다. 우생학적으로 장차의 제국 신민은 세계의 어느 민족보다도 가장 우수하게 되어야 하겠습니

---

4) 소현숙, 「일제 식민지시기 조선의 출산통제 담론의 연구」, 한양대학교 석사학위논문, 1999, 36쪽.

다.(밑줄-인용자) …(중략)… 독일서 우생학적으로 하는 일은 독일의 남 녀청년은 생식적으로 장애 없는 증명을 맡아야 결혼을 하게 됩니다. 한 가정에서 셋째로 생기는 어린이에게부터는 부양료를 줍니다. 독일에 어 떤 여자는 58세에 스물 다섯째 아일 낳았다고 왼 동리가 그 부인에게 축 하를 하고 국가에서 상을 나리고 부양료를 주고 국가를 위하여 영광을 나타내었다고 평판이 자자하다 하였습니다. 우리의 천직도 이로부터 의 미가 완연히 닮어저서 개인본위가 아니오 국가를 위하여서입니다.

▶▶〈박인덕, 「전승의 길은 여기 있다」, 삼천리, 1941. 11, 236~237쪽〉

이 글에 나타나는 것처럼 우생학적으로 세계의 어느 민족보다 우수 한 제국 신민을 길러내야 한다는 논리는 일본 민족과의 동등한 지위를 보장하고, 조선 민족의 우월성을 강조하는 것으로 보인다.

그러나 우생학 담론의 문제는 표면적인 평등성과는 달리 식민지의 열등화와 제국주의의 배타적 우월성을 형성하는 논리였다는 점이다. '우생학'은 건강한 인구의 생산이 약육강식의 세계질서에서 살아남는 방법이라는 사회진화론의 일환으로 등장하였다. 19세기말부터 유행했 던 일본의 우생학은 다윈의 자연선택설 대신 갈톤의 인위선택설을 중 시했다고 하는데, 이는 인간혈통도 가축이 개량되는 것처럼 인위적인 선택에 의하여 개선될 수 있다는 입장에 근간을 둔 극단적인 인종개선 학이었다. 열등 형질을 배제하고 우수한 형질을 선택함으로써 특별한 재능을 갖추게 되는 인종은 진보할 것이라는 신념과 심지어 도덕적, 종교적 감정이나 정서들도 엄격한 선택에 의해서 개선될 수 있다고 믿 었던 것이다.[5]

인위적인 선택과 배제의 방식에서 식민지 민족은 우월한 형질이 아 니라 열등한 형질로 규정되며, 이를 통해 일본 민족의 배타적인 우월

---

5) 박성진, 『한말-일제하 사회진화론 연구』, 정신문화연구원 박사학위 논문, 1998, 87~89쪽.

성을 확보하게 되는 것이다. 앞서 예문처럼 내선일체를 주장하면서 조선에서도 일본과 동일하게 출산 장려 담론들이 등장하지만 내부적으로는 조선인의 증가 억제책이 논의되었다.[6] 또한 1938년 9월 개최된 '조선총독부 시국대책 조사회'의 결정사항에 의해 조선인 남성과 일본 여성의 내선결혼이 급증하게 되는 예도 실제로 조선 민족이 배제의 대상이었음을 입증하고 있다.

이 결정사항에는 내지인의 증가를 도모하여 그 정착을 장려하는 방책을 강구할 것과 내선인의 통혼을 장려할 적당한 조치를 강구할 것 등이 들어 있다. 내선결혼은 1920년 영친왕과 일본 황족 이방자의 결혼이 이루어진 1년 후 총독부령 99호 '내선인 통혼 법안'이 성립된 이후 일본의 민족동화정책의 일환이 되었다. 이후 1937년까지 18년간 1,206쌍의 내선결혼이 이루어지지만 1938년 총독부 결정사항 이후 41년까지 4년간 4,541쌍이 결혼하여 내선결혼이 급증하였음을 알 수 있다. 특히 배우자 관계의 변화에도 주목할 필요가 있다. 37년까지의 조선남편과 일본부인, 일본남편과 조선부인의 비율은 472쌍대 664쌍이었으나 41년의 통계를 보면, 1,416쌍 중 조선남편과 일본부인이 1,303쌍, 일본남편과 조선부인이 113쌍으로 전자가 압도적으로 많아짐을 알 수 있다.[7] 1937년까지 일본남편과 조선부인의 결혼이 많았던 데 비해

---

6) 이에 대해 가와 가오루는 흥미로운 견해를 제공하고 있다. 당시 조선통치에 관한 일본 후생성 연구(1942)와 내무성 자료(1943)를 바탕으로 "조선민족의 수는 가급적 소수로 하는 것이 적당"하지만 이미 너무 많으므로 "일부 이주, 증가 억제 등의 방책을 수행"해야 한다는 논의가 전개되었음을 밝히고 있다. 여성에게도 출산보다는 근로를 장려하고 억제 방책으로 우생법의 실시 등이 제시되었다고 한다.(가와 가오루, 「총력전 아래의 조선 여성」, 김미란 옮김, 실천문학, 2002, 가을, 303쪽)

7) 호사카 유우지는 『施政三十年史』와 『新しき 朝鮮』 자료를 중심으로 내선결혼의 변화를 밝히고 있다.(『일본제국주의의 민족동화정책 분석』, 제이앤씨, 2002, 206~209쪽)

1938년 이후 조선남편과 일본부인의 결혼이 대부분이었다는 사실은 조선 혈통의 희석 내지는 축소와 일본 어머니의 일본식 훈육의 효과를 정책적으로 기대하고 있음을 말해준다.

결국 우생학은 식민지민에게 일본과 동등한 지위를 제공하는 것과는 거리가 먼 이념이었다. 다음 장에서는 우생학의 논리가 조선 민족의 열등성을 어떻게 자연스러운 논리로 만들어내는지『처녀지』와『여인전기』를 중심으로 살펴보기로 하겠다.

3. 남녀계몽구조를 통한 민족간 위계만들기 -『처녀지』

『처녀지』는 1944년 9월 상, 하권으로 삼중당 서점에서 발간된 작품이다. 27개의 장으로 구성된 이 작품은 730페이지에 달하는 장편소설로 이기영이 해방 전 마지막으로 발표한 소설이다. 아직 잘 알려지지 않은 이 작품을 주목하는 이유는 '우생학' 이론을 소개하면서 제국주의의 출산 통제 논리에 동화되어간 특이한 작품이기 때문이다. 즉 건강한 국민의 생산을 위해서 좋은 형질만을 선택해야 하는데, 이를 위해서는 여성이 모성의 역할을 충실히 하며, 다산에 힘을 써야 한다는 관점이 제시되고 있다.

줄거리는 의사인 주인공 남표가 정안둔이라는 만주의 개척마을에 들어가 생산증대와 의료사업을 성공적으로 수행하고 자신은 페스트에 감염되어 죽게 되는 이야기이다. 이기적이고 무지한 농촌사람들을 깨우친다는 농촌계몽소설의 전형적인 서사구조를 지니고 있으며, 그의 헌신적 정신을 존경하고 사랑하는 간호사 신경아가 그의 유지를 이어가게 된다는 결말 역시 흔히 볼 수 있는 남녀의 계몽구조이다. 그러나

만주 개척의 당위가 "만주 농촌으로 하야금 왕도락토를 건설하야 문화 수준을 향상"시켜 "황은을 감사하는 동시에 그와 같은 개척정신으로써 농촌문화를 창조"(418쪽)하는 데 있다는 점에서는 친일적인 성격을 분명히 드러내고 있다.

여기서 주목하고자 하는 부분은 우생학의 논리에 담긴 제국주의적 인종차별의 논리가 이 작품에서 어떻게 합리화되고 있는지 여성에 대한 담론적 지배와 관련시켜 살펴보려는 것이다. 우생학의 논리는 부인야학회에서 남표가 여성들에게 강연하는 중심 내용으로 되어 있다. 여성은 가정에서 주부로서 어머니로서 국가에 헌신하는 일꾼을 배출해야 하는데, 독일의 '유전우생학'의 예처럼 '건민운동'의 목적을 달성하기 위해서는 건강한 신체와 우수한 자식의 출산이 제일 근본이라고 주장한다.

> ……에―그럼으로 우리 나라의 여성은 현모양처를 이상으로 삼는데 무엇보다도 여자는 모성(母性)으로서 가장 현량한 부덕을 갖추어야 하겠습니다. 여러분께서도 잘 아시는 바와 같이 어느 나라고 간에 부국강병이 되려면 훌륭한 자녀를 많이 낳고 또한 잘 길러야 되는 겁니다. 이렇게 우량한 자녀를 많이 두려면 그것은 전혀 모성에게 달린 줄 압니다. 박궈서 말하면 훌륭한 어머니가 많아야만 훌륭한 자손을 많이 둘 수가 있다는 것이올시다. 그런데 우리 나라는 다행히 출생률이 매우 좋다는데 그것은 독일이나 영국에 비하면 거의 배에 가깝다합니다. 그래서 문명국으로서는 우리 일본이 제일 생산을 잘하는 편으로 이것은 여러분의 매우 자랑꺼리인 줄로 생각합니다.
>
> ▶ ▶〈403쪽〉

부국강병을 위해서는 우량한 자녀를 많이 낳아 길러야 하며, 이를 위해서는 여성을 천시하고 건강조차 돌보지 않는 조선의 전통을 버려야 한다는 남표의 주장은 일견 모성 보호와 남녀의 동등한 사회적 중

요성을 강조하는 것으로 보인다. "여자도 인구의 절반을 차지하는 국
민의 일분자요 사회의 성원인 만큼 그들에게도 중대한 책임이 있
다."(416쪽)는 대목 또한 농촌 부인들의 열렬한 지지를 받는 것으로 그
려진다.

　하지만 유전우생학에서 어머니의 혈통이 중요한 이유는 우수한 아
들을 낳아야 하기 때문이다. "우생학에서 생각해 보면 유전적으로는
모친편이 부친보다도 더 많이 아이한테 피를 가지게" 되고 "더욱 사내
아이는 외탁을 하"(406쪽)기 때문에 모성이 중요한 것이며 이러한 아들
생산은 곧바로 일제의 병사 생산과 연결된다. "인구는 수만 많고 질이
나빠서는" 안 되며, "건민(健民)이 되지 않으면 건병(健兵)도 될 수 없
다"(404쪽)라는 서술은 아들 생산이 전쟁 수행을 위한 일제의 병사 충
원 정책과 맞물려 있음을 드러내는 대목이다.

　『처녀지』에서 독일의 유전우생학을 소개하는 부분은 바로 이러한
인종에 대한 선택과 배제의 논리를 담고 있다.

　　유전결혼상담소란 것이 독일에서는 한 구역에 하나의 비례로 생겨서
거기를 가보면 관할 안의 가족계도(家族系圖)가 적어도 삼대까지 – 할아버
지 때까지의 계통도면이 있어서 그들은 어떤 사람이었다는 것을 쉽사리
알게 되는데 거기에 의사와 심리학자 두 사람이 있어서 당자의 신체는
의사가 보고 마음은 심리학자가 보아가지고 서로를 이 결혼이 장래 좋은
아이를 낳게 할 수 있을 것이라는 판정이 붙으면 곧 증명을 해준답니다.
그러나 이래서는 변변한 자식을 못 두겠다는 인정이 붙을 때는 법률로써
그 혼인을 금지시킬 수 있게 됩니다. 이미 결혼을 한 자에 대해서는 소위
단종법(斷種法)이란 것이 있어서 그 부부간에 생산을 해서는 안되겠다고
생각되는 경우에는 아이를 낳지 못 하도록 단종의 수술을 강제로 하게
됩니다.

▶ ▶〈405~406쪽〉

'인종개선학'(人種改善學) 혹은 '민종개선학'(民種改善學)으로 번역된 우생학은 나치의 우생학으로 잘 알려진 것처럼 인종간의 우열을 과학화하여, 식민지배를 합리화하는 대표적 기제로 작동한다. 일본 식민학의 창시자 니토베는 "인종간의 우열은 개인이 아니라 인종 전체를 기준으로 보아야 한다"는 관점에서 식민의 개념을 "대체로 우등한 인종이 열등한 인종의 토지를 취하는 것"으로 정의하기도 한다.[8] 즉, 우등한 인종의 문명 전파라는 측면에서 식민지 지배는 자연스러운 일이 되는 것이다. 특히 분리, 감금, 단종으로 배제시키는 열등한 형질이 유전적 질환만이 아니라 환경적 요인을 모두 포함[9]하고 있어서 식민지민들을 자연스럽게 열등한 인종으로 배제시킬 수 있는 근거가 된다. 빈민, 실업자, 불량아까지 정신병적 경향으로 분류되는[10] 기준에서는 일본인에 비해 식민지 조선인이 도태되어야 할 열등한 인종으로 분류될 수밖에 없기 때문이다.

얼핏 보면 이 작품은 우생학에 대한 논의를 서사와는 분리시켜 야학 강의라는 방식으로 덧붙여 놓은 것처럼 보인다. 농촌 계몽의 이야기와 남표와 경아의 사랑이야기가 중심이 되는 줄거리와는 크게 관련이 없어 보이기 때문이다. 하지만 꼼꼼히 살펴보면, 이야기의 한 축을 이루는 삼각관계 즉 남표의 옛 약혼자 선주와 남표, 신경아의 관계는 열등한 형질을 버리고 우수한 형질을 선택해나가는 우생학의 논리를 서사적 원리로 삼고 있음을 알 수 있다.

이 작품에서는 사회적 헌신(정신적 삶)/개인주의(육체적 욕망)를 대립시키고 있는데 이는 경아의 삶과 그의 약혼자였던 선주의 삶으로 형상화

---

8) 박성진, 앞의 논문, 114쪽.
9) 소현숙, 앞의 논문, 39쪽.
10) 조형근, 김진균·정근식 편저, 「식민지체제와 의료적 규율화」, 『근대주체와 식민지 규율권력』, 문화과학사, 1997, 215쪽.

되어 있다. 선주는 "혼이 크지 못한 철부지"(522쪽)로 남표를 버리고 부자와 결혼했으나 남표와 경아의 삶을 지켜보면서 '물질적 생활'만 추구했던 자신의 삶이 무의미했음을 느끼고 자살하는 인물이다. 남표와 신경아 사이에서 온갖 모략을 벌이던 그녀는 자살함으로써 "육체적 자아를 떠나서 완전한 정신"(562쪽)을 얻게 된다. 그 반면에 경아는 남표의 유지를 이어받아 '고상한 정신', 사회를 위한 헌신성을 지닌 인물로 성장하게 된다. 여자란 본래 '수동적'이라 "육체적 유혹은 고상한 정신"(624쪽)을 흐리게 만들지만 '자기희생'적인 남표의 죽음으로 감화를 받고 진정한 사회적 모성으로 거듭나게 되는 것이다.

이러한 이분법은 당시 우생학에서 강조되었던 우수한 정신 형질과 열등한 정신 형질의 분류항을 따르는 것으로 보인다. '사회심(社會心)'과 '단체정신(단체주의)'을 우수한 정신의 형질로, '개인주의, 향락주의, 육체적 욕망'을 열등한 정신의 형질로 구분[11]하는 당시 우생학의 분류를 남녀의 계몽구조로 치환한 것이라 볼 수 있다. 열등 형질을 여성의 본질로 규정하고 그것에서 벗어나지 못하게 될 때는 도태되지만, 남성의 계몽에 의해 열등한 형질을 벗어나게 될 때 진정한 여성, 즉 모성이 될 수 있다는 서사의 진행은 우생학의 논리를 남녀 관계로 치환한 경우가 볼 수 있다. 우월한 정신을 남성에게 열등한 정신을 여성에게 부여함으로써 이들의 위계를 마치 생물학적 본성인양 자연스럽게 만드는 것이다.

남성에게 부여한 사회심, 단체정신이 내지인들의 소질이고 우리가 모방해야 할 우수한 형질이라고 강조하는 남표의 연설과 연결지어 생각해 보면, 남표는 조선민족의 전통을 표상하는 인물이 아닌 일본의 우수한 형질을 표상하는 특수한 대리자가 된다. 그리고 열등한 형질,

---

11) 박성진, 앞의 논문, 97쪽.

조선의 전통을 담지한 존재는 선주와 경아 두 여성 인물이 된다. 이들
의 운명이 갈리는 이유는 일본 정신의 수용 여부에 달려 있으며 이는
조선의 운명을 상징하는 것이기도 하다. 이 작품의 남녀간 계몽구조는
이러한 민족간 서열화 논리를 마치 남녀의 관계처럼 자연스러운 일로
만드는 젠더 정치의 예라 볼 수 있다.

이기영이 이 시기에 발표한 글에서도 그의 관점이 제국주의의 양육강
식 논리에 동조하게 되는 변화를 살펴볼 수 있는데 「생명」(동아일보, 1940.
2. 3)이 그 예이다.

> 생명은 귀중하다 볼 수 있다. 초개같이 여긴다는 것은 보다 큰 생명을
> 위한다는 데서만 의의를 찾을 수 있다. …(중략)… 이것을 생물학상의 진
> 화론으로 보아도 좋겠다. 피차간 생명임에는 틀림없으나 大小輕重을 비교
> 해야 한다. 자연계를 두고 보더라도 — 大魚는 中漁를 中漁는 小漁를 잡아
> 먹는다. 이 적은 것이 큰 것한테 희생되는 것은 어느 곳에서나 발견할 수
> 있는 진리인상 싶다.
>
> ▶ ▶〈「생명」〉

대어가 중어를 잡아먹고 중어가 소어를 잡아먹는 자연의 약육강식
론은 1931년 발표된 『현대풍경』(중앙일보, 1931. 11. 29~1932. 4. 27, 151회
연재 중단)에서도 서술된 바 있다. 그러나 이 작품에서는 현실추수주의
자인 사촌형이 펼치는 약육강식의 논리를 "그러타면 사람이나 즘생이
나 다를 것이 없"(83회)지 않느냐는 강훈의 입장으로 반박한다. 위 예문
은 현실추수주의로 비판하던 인물의 입장으로 작가의 시각이 변하고
있음을 분명히 드러내는 글이다.

이기영의 『처녀지』는 이처럼 제국주의의 식민 지배 논리를 남녀의
계몽구조로 치환시켜 보여준 한 예로 분석된다. 그 때문에 실제 여성

의 경험이 민족의 차이에 따라 달라지는 현실의 문제는 은폐된다. 조선에서의 모성 보호나 국가성원으로서의 여성의 지위 향상 등을 서사의 전면에 내세우는 예를 보더라도, 평등화에 대한 담론적 효과를 누리면서 민족적 차이를 은폐하는 효과적인 전략이 아니었을까 싶다. 여성의 근로 동원과 성적 착취가 증가되던 식민지 말기의 상황에서 조선에서의 모성 보호와 다산 장려는 단지 담론적인 환상에 불과하기 때문이다.

4. 전통의 열등화와 내지 어머니 모방 — 『여인전기』

1944년 10월 5일부터 1945년 5월 17일까지 101회에 걸쳐 매일신보에 연재 『여인전기』는 채만식이 해방직전에 발표한 친일소설이다. 이 작품은 1943년 『조광』에 연재되다가 중단된 『어머니』의 속편 격으로 여주인공이 친정으로 쫓겨오는 대목에서 중단된 『어머니』의 내용에 이어서 그 이후의 인생 역정을 전개하고 있다.[12]

주인공 임진주는 황국군인이 되어 출전한 아들 철과 여의전 학생이 된 딸을 둔 중년의 여성이다. 1945년 추석 즈음을 현재 시점으로 이야기는 1915년 추석머리로 거슬러 올라간다. 그녀는 18세에 어린 신랑 남준호에게 시집을 갔으나 홀시어머니의 무고한 학대로 쫓겨나게 되고, 다시 공부를 시작하여 여학교 중등과를 마친다. 그러던 어느 날 중학생이 된 신랑과 우연히 재회하여 함께 살게 되지만, 생활고에 시달리다 남편 준호가 폐결핵에 걸려 죽고 만다. 시어머니의 절연으로 갖

---

12) 채만식전집 4권, 창작과 비평사, 1987, 해설, 302쪽(이하 예문은 전집 권수와 쪽수만 표기함).

은 고생을 하며, 아이들을 키워낸 진주를 마침내 시어머니가 인정하게 되고 시집으로 돌아온 진주는 시어머니가 물려준 가산을 지키며 헌신적인 어머니의 삶을 지켜나간다. 이제 47세 지긋한 중년의 어머니가 된 진주에게 일본에서 이복동생이 찾아와 형제상봉을 이루고 이들이 혈육의 정을 확인한다는 내용으로 결말을 맺는다. 이 이복동생은 진주의 아버지와 일본인 처 사이에서 태어난 혼혈로 이들의 결합은 내선일체의 이념을 직접 작품화하는 부분이다.

겉으로 보기에 이 작품의 기본 이야기는 여인의 일대기이고, 친일의 내용은 결말 부분과 회상부분에 등장하는 러일전쟁 이야기 정도가 군더더기처럼 붙어 있어서 이 작품을 일관된 친일의 논리로 읽어낼 때 무리한 해석이라 생각할지도 모른다. 그러나 이 작품을 시어머니의 아이기르기와 진주의 아이기르기의 대비로 분석해보면 전혀 다른 논리가 내면에 흐르고 있음을 알 수 있다.

진주가 심신이 건강한 황군을 키워낸 어머니라면 시어머니는 병약한 아들을 키워낸 실패한 어머니이다. 두 여성 모두 홀어머니로 아이를 기르지만 시어머니의 경우는 중년 과부에 "히스테리 여인의 썩은 분비물(病的 호르몬)이 들어서 작희를 하는"(341쪽) 병적인 여성으로 그려진다. 그녀는 성적 히스테리로 인해 며느리의 순결을 의심하고 결국 내쫓는 지경에 이르고. 시어머니의 아이기르기도 병적인 집착으로 일관된다. "자애란 꼬물도 비치는 것이 없고 그저 엄히, 엄히만 하면서 가혹히 굴기로만 주장"(347쪽)이어서 "온갖 간섭과 책망과 매질"(346쪽)을 일삼는다. 구식 학문만을 주장하고, 아들에게 집착하여 자유를 구속하는 어머니이다.

그 반면에 이제 중년이 된 주인공 진주는 "환갑 바라보는 노인 방불"(309쪽)케 하는 외모로 헌신적이고 무성적인 어머니 이미지를 지니고 있다. 주인공 진주는 시어머니의 아들 교육에 대해 "매가 두려워 겉으로 복종하는 체하는 것이지 속으로부터 우러나서 하는 복종이 아닌"(354쪽) 그런 교육은 하지 않겠다고 결심하고 자신의 아이기르기에서 실천하는 인물이다. 그녀는 진정한 교육은 자율적 복종이라는 양육관을 지니고 있다.

이들이 길러낸 아이의 건강 상태는 극명한 대조를 이룬다. 모친의 강압과 간섭으로 제대로 성장하지 못 한 "소년 준호는 한창 자라고 있을 낫세이면서도 발육이 정지된 것처럼 밤낮 고만하고 살도 오를 줄을 몰랐다. 가냘픈 몸집, 실내끼같이 가느다란 목, 그 위에 가 올라앉은 커다란 머리통, 어웅한 눈"(352쪽)에 보기에도 위태위태한 외모와 섬약한 성격의 소년으로 성장한다. 그리고 병약한 체질로 인해 그는 젊은 나이에 병사한다. 준호의 외모는 마치 조선 아이들의 저열한 발육 상태를 지적하는 당시 논설들의 논조를 옮겨놓은 듯하다. 그에 비해 진주의 아들 철은 아버지의 섬약한 형질을 물려받았음에도 불구하고 좋은 어머니의 영향으로 건강하고 의지가 굳은 군인으로 성장하게 된다.

진주가 이처럼 심신이 건강한 아이로 키워낼 수 있는 이유는 무엇보다 그 아이를 자신의 아이가 아닌 나라의 아이로 생각하기 때문이다. 자신의 소유물로 생각하고 집착한 시어머니와 달리 아이를 나라에서 위임받은 것이라는 사회적 의미를 깨달을 때 비로소 사적 집착에서 벗어날 수 있는 것이다.

내지의 어머니들은 이천육백여 년을 두고 한결같이 나라를 위하여 아들네를 전지에 내보내되, 동치 아니하도록 도저한 도야(陶冶)와 훈련과 그리고 자각(自覺) 가운데서 살아 내려왔다. 그런 결과 일본 여성은 사랑하는 아들을 나라에 바쳤으되 조금도 미련거워하며 슬퍼하는 등 연약한 거동을 함이 없이 가장 늠름하기를 잊니 아니하는 천품이 ─정신이 잡히

기에 이르렀다. …(중략)… 여러 백 년을 나라와 나라 위할 줄을 모르고
오직 자아본위(自我本位), 가정본위(家政本位), 오직 일가족본위(一家族本位)
로만 살아온 조선 백성은 따라서 어머니들의 군국에 대한 정신적 준비랄
것이 막상 충분치가 못하였다. 빈약한 편이 많았다. "나라는 개인보다 중
하니라." "민족의 번영은 언제나 그 민족의 젊은이가 흘린 피와 정비례
하느니라."

▶▶〈310쪽〉

위 예문은 군국의 어머니를 강조한 친일논설의 내용과 거의 동일하
다. "국가를 위해서는 즐겁게 생명을 바친다는 정신"을 지니고, "내 남
편도 내 아들도 물론 국가에 속한 것", "최후의 내 생명까지 국가에 속
한 것이라는 것을 절실히 깨다러야 한다"(天城活蘭(김활란), 「징병제와 반도
여성의 각오」, 신시대, 1942. 12, 29쪽)는 것이다.

특히 이러한 군국의 어머니가 되기 위해서는 내지의 어머니들을 모
방해야 한다는 내용을 주목할 필요가 있다. 위 예문을 보면, 그 이유는
조선의 어머니들이 '자아본위', '가정본위', '오직 일가족본위'로만 살
아왔기 때문이라고 설명한다. 개인주의적인 어머니들이 나쁜 환경적
요인이 되고, 열등한 아이를 만들어낸다는 것인데, 시어머니가 이러한
구식 어머니에 해당한다. 그 반면에 진주는 내지의 어머니를 모방한
신식의 어머니이다. 민족주의 서사에서 그려졌던 헌신적인 어머니들을
떠올려 보면, 조선의 어머니는 늘 진주의 이기지로 그려져 왔고, 이들
이 구습에 갇힌 어머니들과 대조되는 서사도 그리 새로울 것이 없다.
그 때문에 이 작품은 낯익은 모성 서사처럼 느껴지는 것이다. 그러나
조선의 전통이 열등한 어머니로 일본의 모방이 우월한 어머니로 그려
져 그 대립 관계는 전혀 달라진다.

물론 이 작품에는 자식과 남편을 나랏일에 바치고 생계를 짊어져 온

조선의 어머니도 등장한다. 진주의 할머니가 그러한 예인데 서사의 전면에 부각되지 않으며, 이 작품이 조선의 전통으로 불러내는 어머니는 진주의 할머니가 아닌 준호의 어머니이다. 그녀를 조선의 전통으로 구성해낼 때 일본과의 민족적 위계관계, 모방관계가 자연스럽게 만들어지게 된다.

"우리는 대국민(大國民)이요 문화한 민족이며 대동아(大東亞)의 어른이다"라는 자부심을 드러내며 "우리는 높고 건전한 문화로써도 대동아의 후진 여러 민족을 지도할 긍지와 더불어 임무가 있는 것"(채만식, 「몸빼 是是非非」, 전집10권, 반도지광, 1943.7, 1989, 465쪽)이라는 희망을 품었지만, 채만식이 도달한 세계는 민족간의 위계를 합리화하는 제국주의의 논리를 만들어내는 일이었다.

5. 맺음말

조선 혈통의 생물학적 요인과 환경적 요인이 어떻게 개조될 수 있는가를 다룬 두 작품을 읽어가면서 가장 고민스러웠던 점은 국민, 민족, 여성 사이의 복잡한 결합 양상을 어떻게 설명해낼 것인가였다. 이 글은 그러한 관심의 출발점으로 읽혀지길 바라며, 다만 이러한 분석을 통해 친일문학을 여성주의적 시각에서 읽어내는 다른 관점들이 제기되었으면 싶다.

사실 이 두 작품을 식민지 남성 주체의 제국주의 모방으로 읽어내면 훨씬 명쾌한 분석이 가능하다. 자신을 다시 계몽자의 위치에 놓으면서 여성의 이미지에 유혹과 환멸의 양가성을 투사하여 자신의 내면적 불안을 해결하는 방식은 우리 서사에서 낯선 방식이 아니다. 최정무는

벨 혹스(Bell Hooks)의 이론을 언급하면서, 식민지배자의 힘은 식민지민들에게 끊임없는 유혹과 환멸을 불러일으키며, 그로 인해 식민지민들의 심성에는 양가적 감정이 공존하게 된다고 말한다. 특히 남성은 훼손된 남성성을 회복하기 위해 식민지배자의 위치를 채택하게 되고, 그러한 모방의 과정에서 자기 종족의 여성 주체를 부정하고 억압하게 됨을 지적한다.13)

하지만 이러한 분석 시각이 식민지 서사와 제국주의 서사간의 남성주의적 공모관계를 설명하는 데는 유용하지만 차이를 분석하기는 어렵다고 생각한다. 이 문제를 해결하기는 쉽지 않겠지만 본론에서 살펴본 것처럼 식민지지식인들의 친일서사에서는 민족과 국민이 동일하게 사유되지 않는다는 점을 알 수 있다. 조선민족을 일본국민으로 재정립하는 과정에서의 갈등과 민족성을 여성성을 매개로 하여 다시 자연화하는 복잡한 관계가 얽혀 있어서 논리적으로도 서사적으로도 매끄럽게 연결되지 못 한다. 논설과 달리 친일 작품들이 서사적 완결성을 갖지 못 하는 이유도 그 때문이 아닌가 싶다. 이러한 서사의 불안함들을 꼼꼼히 읽어낸다면, 친일 서사의 이면에 흐르는 민족간 위계만들기와 여성의 담론적 지배 현상을 관련지어 설명하는 방식들을 발견해낼 수 있으리라 생각한다. 단순히 여성적 지배를 지적하는 일이 아니라 그것이 민족간 인종간에서 작동하는 정치적 효과를 밝혀내는 일이 성정치를 분석하는 관점이 되어야하지 않을까 싶다.

---

13) Chungmoo Choi, 「Nationalism and Construction of Gender in Korea」, 『Dangerous Women』, Routledge, 1998, 14~15쪽.

▌논설 및 기사

「동아일보」

「우생사상 보급의 필요」, 동아일보, 1935. 1. 26.
「억센 어린이, 조선을 어떻게 건설할가」, 동아일보, 1938. 1. 1.
  ‣ 먼저 우리 자녀의 체질을 알자 : 조선아동의 신체발육은 년령증가에 반비례
  ‣ 유아사망률이 명시하는 위생시설의 빈약상
  ‣ 법으로 아동을 보호
  ‣ 조선아동발육의 특이성(의학박사 이인규)
  ‣ 아동보호위생에 대한 사회적 시설이 긴급
  ‣ 체력 향상과 그 훈련책
「체력 향상과 그 훈련책」, 동아일보, 1938. 1. 3.
「체조도 체력증진 극민에 강력을 부여」, 동아일보, 1983. 1. 3.
「천시, 멸시받는 조선아동−물경! 사망률 사할」, 동아일보, 1938. 5. 3.
「아동을 보호하자1~3」, 동아일보, 1938. 5. 17~19.
「이상아보호법의 목표」, 동아일보, 1938. 6. 15~16.
「조선 딸들의 健康展」, 동아일보, 1938. 6. 19.
「선천적 劣惡民族 방지코저 단종법 제정에 邃到達 − 후생성민족우생회에서 결
          의」, 동아일보, 1938. 6. 19.
「영아를 보호하자」, 동아일보, 1939. 1. 9.
「국민체력관리제도의 실시」, 동아일보, 1939. 10. 5.
「서울은 産兒都市 − 금년 만 이천 출생 하로 평균 52명」, 동아일보, 1939. 10.
          5.

「매일신보」

「새해부터는 첫째로 젖먹이 아이를 잘 기르십시다」, 매일신보, 1938. 1. 1.
「단종법」, 매일신보, 1938. 4. 24.
「젊은이들아 이용하라 결혼상담소 府교화단체 연합회서 계획」, 매일신보, 1940.
          6. 20.
「나허라! 불려라! 조선의 인구증식대책」, 매일신보, 1941. 6. 29.
「결혼을 권하는 書-우생이 제일 조건」, 매일신보, 1941. 10. 22, 24.

「나어라 부러라」, 매일신보, 1941. 10. 24.

「興亞의 산아에 기념상을 창설」, 매일신보, 1941. 12. 7.

▸ 매일신보사 주최로 1941년부터 매년 다자가정(多子家庭)을 표창

「부끄러워말고 오시오, 결혼상담소 1년 동안의 성적 양호」, 매일신보, 1942. 1. 16.

「출생신고하면 순면 배급한다」, 매일신보, 1942. 1. 22.

「교육도 대동아 체제」, 매일신보, 1942. 1. 24~27.

「子福家庭도 표창−경기서 10명 이상 40가정을」, 매일신보, 1942. 2. 11.

「부덕함양과 자녀육성, 전시하의 생활쇄신, 일천이백만 부인계발 운동을 전개」,
　　　　매일신보, 1942. 2. 18.

「군국어머니 미담」, 매일신보, 1942. 3. 3.

「우리집은 이러케 건설, 어머니 전진훈」, 매일신보, 1942. 3. 19~4. 15.

「(가정과 문화란)조국의 어머니로 이러납시다. 이 시대가 베푸는 광명」, 매일신
　　　　보, 1942. 4. 15.

「어머니의 힘은 크다, 구군신 모친을 본밧자. 남총독 부인 애국반상회 방송」, 매
　　　　일신보, 1942. 4. 11.

「건전한 유아는 건전한 모친에게서, 모자후생 좌담회1~3」, 매일신보, 1942. 5.
　　　　5~8.(3회 2번 연재되어 실제는 4회)

「징병제를 압두고 가정생활의 대전환」, 매일신보, 1942. 5. 15.

「위대한 모성의 교훈, 굿세인 병정양성에 절대 첫 조건」, 매일신보, 1942. 5. 16.

「건민은 건병의 초석 후생운동에 총력전」, 매일신보, 1942. 6. 4.

「(가정란)내지여성에게서 우리들이 배울 점, 세계일의 안해요 어머니」, 매일신보,
　　　　1942. 6. 4.

「군국의 어머니 열전」, 매일신보, 1942. 6. 23~30.

「조혼을 장려하여 출산율을 올리자」, 매일신보, 1942. 9. 2.

「가정란」, 매일신보, 1943. 1. 15.

「시국이 요구하는 새아씨감, 어린애 잘 나흘 인물」, 매일신보, 1943. 1. 23.

「소년보호좌담회」, 매일신보, 1943. 4. 15.

「전시와 소년 보호」, 구보다 審判官談, 매일신보, 1943. 4. 17.

「보배 기르는 어머니 사명을 알라」, 매일신보, 1943. 5. 9.

「산모에 식량을 증배」, 매일신보, 1943. 6. 20.

저자약력:

김재용

연세대학교 대학원
원광대학교 국어국문학과 교수

김화선

충남대학교 대학원
충남대학교 강사

박수연

충남대학교 대학원
충남대학교 교수

이상경

서울대학교 대학원
한국과학기술원 교수

이선옥

숙명여대 대학원
숙명여대 강사

이재명

연세대학교 대학원
명지대학교 교수

한도연

원광대학교 대학원
원광대학교 강사

식민주의와 문화 총서 3

친일문학의 내적 논리

초판 발행 2003년 9월 30일
초판 2쇄 2010년 10월 08일
편역자 김재용 · 김화선 · 박수연 · 이상경 · 이선옥 · 이재명 · 한도연
펴낸이 이대현
편 집 박선주
펴낸곳 역락
　　　　　서울 서초구 반포4동 577－25 문창빌딩 2층
　　　　　전화 02-3409-2058(영업부), 2060(편집부)
　　　　　팩시밀리 02-3409-2059
　　　　　이메일 youkrack@hanmail.net
　　　　　등록 1999년 4월 19일 제303－2002－000014호

　ISBN 89-5556-256-X 93800
　정 가 17,000원

* 잘못된 책은 교환해 드립니다.